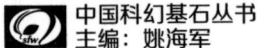

中国科幻基石丛书
主编：姚海军

与机器人同行

阿缺中短篇科幻小说选

阿缺 著

四川科学技术出版社

图书在版编目（CIP）数据

与机器人同行：阿缺中短篇科幻小说选 / 阿缺著；

姚海军主编 . -- 成都：四川科学技术出版社，2015.10

ISBN 978-7-5364-8215-9.

Ⅰ . ①与… Ⅱ . ①阿… ②姚… Ⅲ . ①科学幻想小说

—小说集—中国—当代 Ⅳ . ① I247.7

中国版本图书馆 CIP 数据核字（2015）第 235964 号

中国科幻基石丛书

与机器人同行

——阿缺中短篇科幻小说选

出 品 人	钱丹凝
丛书主编	姚海军
著　　者	阿　缺
责任编辑	丁大镛　刘维佳
封面绘画	九代火影
封面设计	杨　爽
版面设计	杨　爽
责任出版	欧晓春
出版发行	四川科学技术出版社
	成都市三洞桥路 12 号　邮政编码：610031
成品尺寸	147mm×208mm
印　　张	12.25
字　　数	260 千
插　　页	2
印　　刷	四川省南方印务有限公司
版　　次	2015 年 10 月成都第一版
印　　次	2015 年 10 月成都第一次印刷
定　　价	32.00 元

ISBN 978-7-5364-8215-9

写在"基石"之前

■ 姚海军

"基石"是个平实的词,不够"炫",却能够准确传达我们对构建中的中国科幻繁华巨厦的情感与信心,因此,我们用它来作为这套原创丛书的名字。

最近十年,是科幻创作飞速发展的十年。王晋康、刘慈欣、何夕、韩松等一大批科幻作家发表了大量深受读者喜爱、极具开拓与探索价值的科幻佳作。科幻文学的龙头期刊更是从一本传统的《科幻世界》,发展壮大成为涵盖各个读者层的系列刊物。与此同时,科幻文学的市场环境也有了改善,省会级城市的大型书店里终于有了属于科幻的领地。

仍然有人经常问及中国科幻与美国科幻的差距,但现在的答案已与十年前不同。在很多作品上(它们不再是那种毫无文学技巧与色彩、想象力拘谨的幼稚故事),这种比较已经变成了人家的牛排之于我们的土豆牛肉。差距是明显的——更准确地说,应该是"差别"——却已经无法再为它们排个名次。口味问题有了实际意义,这正是我们的科幻走向成熟的标志。

与美国科幻的差距,实际上是市场化程度的差距。美国科幻从期刊到图书到影视再到游戏和玩具,已经形成了一条完整的产业链,动力十足;而我们的图书出版却仍然处于这样一种局面:读者的阅读需求不能满足的同时,出版者却感叹于科幻书那区区几千册的销量。结果,我们基本上只有为热爱而创作的科幻作家,鲜有为版税而创作的科幻作家。这不是有责任心的出版人所乐于看到的现状。

科幻世界作为我国最有影响力的专业科幻出版机构,一直致力于对中国科幻的全方位推动。科幻图书出版是其中的重点之一。中国科幻需要长远眼光,需要一种务实精神,需要引入更市场化的手段,因而我们着眼于远景,而着手之处则在于一块块"基石"。

需要特别说明的是,对于基石,我们并没有什么限定。因为,要建一座大厦需要各种各样的石料。

对于那样一座大厦,我们满怀期待。

目　录

CONTENTS

与机器人同行

1

　　LW31 对我入狱的原因很好奇，在漫长艰辛的路途中，它一直盘问着。

　　沙漠一望无际，烈日酷晒，我心情烦闷，说："你他妈烦不烦？"

　　它显然不懂"烦"的概念，愣了几秒后，继续啰唆。

　　我无奈地停下来，看着 LW31 那乏味的方形脑袋，一本正经地说："好吧，我告诉你——是因为爱情。"

　　"爱情？"这显然又是一个它不能理解的概念。

　　"对，我遭到陷害，被抓到这该死的星球，远离家，远离她，然后不顾艰难险阻地越狱逃走。这一切行为的源头，都是爱情。"

　　"我很同情您，先生。"它说。噢，它才不会对我有一丁点儿同情呢，这句话只是它体内负责正常交际用语的处理单元所分析出的恰当回答，"但我想知道更多，可以吗，先生？"

　　"你为什么要打听我的私事？"

　　"我要收集更多的人类情感，进行归类分析，以便尽量更加了解你们的思维。"LW31有板有眼地说,"这样,当我再次回到爱丽丝小姐身边时,不仅能照料她的起居,还可以跟她进行情感交流,这对她的成长会起到积极作用。"

"我得警告你,对机器人来说,试图了解人类情感是很危险的。"

"放心!"它拍拍胸膛,铿锵撞击声在空旷的沙漠里传得很远,"我是联盟甲级产品,安装有三十二核处理器,能在零点五秒内模拟整个银河系的星球运转,从恒星到沙粒,不会遗漏任何一个细节。"

"事情是这样的,"我打断它,斜睨它一眼后一口气往下说,"我爱上了玛丽,但玛丽心中只有吉姆。在一次宴会中,吉姆认识了汤姆,所以他背叛玛丽去追求汤姆。汤姆不喜欢吉姆,他喜欢的是海莲娜,海莲娜却同时爱着杰克和安妮。杰克和安妮是一对恋人,不过杰克还与他的邻居凯文有染。奸情曝光后,安妮到酒吧自暴自弃,和克里斯发生了一夜情。这让深深爱着克里斯的凯瑟琳、梅根、罗茜和皮特很气愤,其中罗茜曾来找我诉苦。我们刚上床,就被她男友派恩发现了,派恩于是陷害了我。"

LW31睁大矩形眼睛,很久都没有说话。我拍了拍它的脸,它却毫无反应。

然后我才意识到,它死机了。

2

遇见LW31完全是个意外。

我的越狱很顺利,那群愚蠢又懒惰的希特星人至少要在一个月之后才能发现我的失踪。但问题是,我没有预料到监狱外是延绵千里的沙漠。我带的粮食和水不够,仅仅一天后,我就陷入了困境:向前行,是死;往后走,是生不如死。

这时，LW31 出现在我面前。

它是家用型机器人，主人一家进行星际旅行时，把它也带上了，放在货舱里。不幸的是，一个拳头大的陨石击中了飞船，氧气从货仓里泄露。紧急之下，船长放弃了货舱，货舱划过茫茫宇宙空间，穿过希特星的大气层，落到了这片沙漠上。

在如此猛烈的撞击下，LW31 竟奇迹般没有损毁，只是导航系统被破坏了，只能茫然站在沙漠中央，顶烈日，踩黄沙。

我在残破的货舱里找到了食物和水，还有一些衣物，然后准备离开。

"先生，请、请您发发好心，把我带回地球去。"LW31 在背后叫住了我，"爱丽丝小姐需要我……"

我没理它，继续往前，走着走着，我突然想起了一件事，于是转过身，问："你是什么型号的？"

"我是 LW 型第三十一代智能家居机器人，能处理一切家务，尤其擅长带小孩。我会唱儿歌，会讲故事，会……"

我打断他的喋喋不休，吞了口唾沫，"那，你的主人从商场把你买回去时，花了多少？"

"先生，请您不要侮辱我！我在出厂前就被预订了，不打折，不促销！"它的语气充满骄傲，"主人一共花了十二万联盟币。"

"那我带你走吧，我的目的地也是地球，正好顺路。"

希特星的白天很短，两轮恒星沉入地平线后，黑暗就降临了。燥热褪去，而后严寒如鬼影覆盖，我把从货舱找到的破布料全部盖在身上，却仍挡不住彻骨寒凉。

为了御寒，我只得抱住 LW31，紧紧贴着，它体内的散热总算让我好过一些。

"先生，呃，请……请您自重。"

"放心，我对你没兴趣。"

"哦，那就好……"过了一会儿，它扭捏着，"要是你有什么……请千万把持住。"

"闭嘴!"

沙漠的行程分外枯燥,沙尘飞扬,所见仅是玄黄之色。但回地球的愿望驱使着我,凭借星辰定位,我一步步地向着东方走去。到了第六天傍晚,我走得累极了,一下子瘫软在地。还未褪去余温的沙子炙烤着我的背,我却不愿意起来。

LW31 则坐在一旁,体内咔咔作响,眼睛里变幻着彩光。

"嘿,我说,你在干什么?"

"我在清除无用资料。"它难得地话语简短。

我继续躺着,说:"什么是无用资料?"

"我的双眼接收到的视觉影像,都会自动存储进我的硬盘。但我的硬盘容量不大,只有 7.5PB,很快就会被占满。所以每隔一个月,我都会清除大部分影像资料,只保留对爱丽丝小姐有帮助的片段。今天就是这个日子。"

"哦,"天渐渐暗了下来,有风吹过,带起一些沙子,"那你在清理哪些影像?"

"就是这些天看到的沙漠,还有待了很久的货舱。更早些是在地球上,都很无聊,你不会有兴趣的。"它眼中的光亮在昏暗中逐渐变得明显,像亮起的烛火,"我现在删的,是爱丽丝小姐上学后,我独自待在家里看到的景象,房间和街道,天空,高楼,男主人除草,女主人洗澡——先生,你干什么?松开!"

"别,别删!"我掐着它的脖子,"你女主人长得漂亮吗?"

它使劲挣开我的手臂,坐起来,"我对你们人类的审美标准没有认知,在我看来,只有爱丽丝小姐是美丽的。不过,我记得女主人曾经被评为欧洲最性感女星的前一百名。"

我奋不顾身地又扑上去,涎着脸说:"那你把女主人洗澡的影像放出来。"

"不行!"LW31断然拒绝,"机器人条例里明确禁止了此类事情。"

机器人条例是流淌在它整个回路里的逻辑准则,不可能更改。我颓然叹了口气,翻个身,又躺在渐渐冰凉的沙子上。

过了一会儿,LW31把手伸过来,摸着我的头,"不过,我可以给你看看我的爱丽丝小姐,她比一切人类加起来还要美丽。"

"随便吧。"我挥挥手。

咔咔,它的眼睛眨了下,两道锥形光柱从眼球射出,在空中形成了清晰的三维影像。一个五岁左右的小女孩在花园里奔跑,阳光正好,满地青草。女孩有着金色头发,与阳光混在一起,看不分明。她跑了一段,突然被裙子绊倒,趴在地上哭了起来。

画面立刻颠簸着迅速靠近小女孩,传来LW31的声音:"爱丽丝小姐,您没事吧?"爱丽丝坐起来,张开两臂,脸上挂着泪,嘴角却含着笑。

在这颗遥远星球的黄昏里,在沙漠中央,LW31也怔怔地伸出两臂,似乎要与这个天使般美丽的虚影女孩相拥。

3

七天后,视野尽头终于出现了一座城市的轮廓。凭着记忆,我知道那是一座港口城市,有飞往联盟各大星球的船只。

我把LW31带到一家机器人中心门口,叮嘱道:"你站在这里别动,我进去问问,看有没有人可以修好你的导航系统。记住,你现在是无主机器,任何人都可以处置你。你若乱跑,就可能再也见不着你的爱丽丝小姐了。"

最后一句话吓得它连连点头,左顾右盼,缩在墙角。

我径直走到中心里,一个费罗斯星人过来招呼道:"尊敬的客人,有什么需要我为你效劳的吗?"

"哦，"我把手插在裤袋里，用随意的语气说，"我要搬家了，打算把原来的家用机器人卖掉。"

"是门外面站着的那个吗？"

"对，LW 型号的，没有一点儿故障。它之前一直负责照顾家里，勤勤恳恳，硬是没让我看见一点儿灰尘。我侄女，就是在它的照顾下成长的，不但健健康康，而且漂漂亮亮。十年来，它……"

"尊敬的客人，如果我没有记错，LW 型机器人的最初一代都是七年前产出的，何况这个三十一代。"费罗斯星人指了指摄像屏幕里的 LW31，它正可怜兮兮地缩在墙角阴影里，每路过一个人，它都吓得抖一下，"先生，打开天窗说亮话，这个机器人，恐怕来路不正吧？"

"不想做生意就算了，何必污蔑我！"我愤然作色，作势要走。

费罗斯星人站着不动，脸上的石头褶皱挤在一起，看上去似笑非笑。

我脸上的愤怒持续了半分钟，终于泄气，垂下头说："算你狠。"

"一万。"

"什么？你也太贪心了！你这个岩石身体里，究竟藏着怎样一副黑心肝?! 要是在地球，像你这种奸商，一定会被愤怒的市民拖出去暴打。"我恨声骂道，但见费罗斯星人不为所动，只得压低声音，"好吧，但要给现金。"

到门外，我踢了踢 LW31，说："进去吧，我问好了，他们可以帮你修好导航系统。"

"先生……"LW31 的声音有些发抖，"我刚才看见别的客人带机器人走进去，但是出来的时候，没有机器人……先生，您不会丢下我吧？"

它的矩形眼睛看着我，黑色硅晶体闪着光，看上去像是泪光。

娘的，是谁给它造的这样一双眼睛？我在心里骂了一声，咬咬牙，硬起心肠，说："我怎么会抛弃你呢？快，跟我进去吧。"

在大厅里，费罗斯星人打量着 LW31，满意地点头，"嗯，不错。来，跟我进去吧。"又转头看向我，"你去柜台那里领钱。"

LW31 不解地转向我。我不敢看它，闷头走到柜台前。一颗松鼠般的绒毛脑袋探出来,打量着我,说:"嗯,告诉我他,一万联盟点的现金让我给你。"

我愣了愣,才明白这是个说话颠倒的毛球星人,点点头,"对,一万现金。"

毛球星人也不废话,直接拿出一沓晶片。我接过来点了点,没错,是这个数。转身走了几步,我心里突然有些犹豫,又回头,问道:"那个机器人……你们会怎么处理它?"

"按老规矩都是,芯片先清理,表面翻新再把它,上漆喷,条形码贴上去找一张没用过的,放到大厅里当新产品卖了然后就可以。"毛球星人漫不经心地说。

我花了很长时间才理解它说的意思,又问:"那,芯片处理的时候,会不会把硬盘里的记忆也清空?"

"话废!怎么当新品不清空?"

我想起了在沙漠中时,LW31痴痴地拥抱着爱丽丝虚影的场景。要是把爱丽丝的样子忘记了,它会很难过吧?我随即狠狠掐了一下自己,但仍不能驱散这个念头。见鬼!机器人是没有感情的,可是我为什么会替它感到悲哀呢?

啪,我一下把晶片扔到柜台上,我知道自己肯定会后悔,但还是说:"去你妈的!老子不卖了!"

"妈的去你!不卖爱卖!"毛球星人回骂道。

我转过身,向后方追过去,在维修部门口截住了费罗斯星人和LW31。我低声对费罗斯星人说了我的决定,然后拉起LW31的手,说:"我改变主意了。我没有钱,不能给你修导航系统。"

"唉,太遗憾了,不然的话我就能自己回去了。"LW31惋惜地说。

我没回答,拉着它往外走。它不再多嘴多舌,沉默地跟着我,走到中心外,走到大街上。"先生?"直到走到一处街角,它才叫住我。

我仍旧不敢看它,左顾右盼,"嗯?"

"谢谢您。"

4

正如我所预料的,不出半天我就后悔了。若是有了那一万联盟币,我就可以顺利买到回地球的船票。现在倒好,不但身无分文,还带了个呆头呆脑的累赘。

"不用急,我们可以去挣钱。"LW31倒是信心满满,"两个大男人,还怕挣不到钱?"

于是,我们到港口谋职。飞船起起落落,带来了大量货物,我跟一个船主好说歹说,他才同意让我和LW31当临时搬运工,工钱按搬运的货物计件来算。一整天下来,我累得浑身酸痛,脚像灌了铅,结算工资后,我一下子瘫倒。

"嘿,你看,我们今天收获不少!"LW31兴高采烈地把我的钱接过去,来来回回地清点了一遍又一遍,兴奋地说,"你挣了一百二十六点,加上我的,"它把自己的工钱拿出来,数了数,"太好了,我们一共有一百三十五个联盟点了!"

"我看你扛了那么多箱子,怎么工钱这么少?"

"他们说我是机器人,给点儿钱让我去买润滑油就已经很好了。"

我摆摆手,累得不想再说话,呼吸着渐渐清凉下来的空气。

LW31把钱藏好,说:"我算了算,你的船票要七千联盟点,而我坐货舱,也得付四千,加起来也就是一万一。你每天的食宿要花二十,我什么都不需要,这样的话,只用九十六天,我们就可以挣够回地球的钱了。"

"不行,时间太长。"我摇摇头,希特星人很快就会发现我已经逃脱,通缉令一出,我就离不开这里了。

"对我来说,时间无关紧要,我体内的反应炉能让我持续使用一百年。"

"可是爱丽丝等不了那么久啊。三个月,她肯定很想你,你舍得让她伤心难过三个月吗?"

LW31顿时紧张起来,问:"那怎么办?"

"非常时刻,就用非常办法。"我狞笑着坐起来,十指交错拧动,指节噼啪作响,"你知道我们人类引以为豪的是什么吗?"

"爱情?"

"不,是骗术!"

联盟成立初始,地球人确实以骗术闻名,无数外星人上当受骗,大呼人类狡猾。不过,所有的骗术都有破绽,时间一长,就再也没有谁轻易上当了。我原来打算用骗术里经典的"碰瓷""闯啃"或"倒叶子",但试了几次,无人上钩。思量之下,我决定用最简单但最有效的办法。

"我需要你的帮助。"我对LW31说。

"能给你提供帮助是我的荣幸。"它说,"但我不会帮你行使骗术。我不能对人类说谎,不然就违背了机器人准则。"

"放心,我不需要你撒谎。像骗人这种技术活儿,只能我来做,你负责剩下的事就可以了。"

"恐怕不行,光想到骗术,我身体里的电路就会羞愧得冒火花。"

"嘿,可你是我的伙伴,你不帮我谁帮我?"

"你刚才说什么?"

"我说你是我的伙伴。"

LW31沉默了许久,"好的,我帮你——我替这个要进入你骗术的倒霉蛋祈祷。"

于是我用辛苦挣来的钱买了一个皮包,售货员说这个皮包是联盟最流行的,许多生意人都用这款。她要价一百,我毫不犹豫地付了。我在皮包里塞了适量的木头和砖块,然后蹲在港口等着。

9

两天后，一个肥头大耳的人类从港口走过来，也提着相同的皮包。他大概走得累了，放下包，擦着额角的汗。这是最合适的猎物。我连忙走到他背后，手伸过去，捂住了他的眼睛。

"你猜我是谁？"我尖着嗓子说。

就在我说话的当儿，LW31提着我的皮包，轻悄悄走过来，调换了两个包。

"你是小丽吧？"胖子犹豫了一下，"你怎么跑这儿来了？不是说让你先等着吗，我回地球后就跟她离婚，然后娶你。"

"不对，你再猜。"我拖延着时间，LW31正往外走。

"那你肯定是阿娟了，对不住，那晚我喝得太多，控制不住……"

"错了错了，你再猜嘛。"

"难道是萍儿？唉，我正要去找你呢，你托我办的事，已经差不多了。剩下一点，还要再讨论，我订了房，今晚你过来我们好好聊聊吧？"

LW31已经转过街角，我松了口气，放开手。胖子正絮絮叨叨地说着，转过头，看见是我，吓了一跳，"你、你是谁？"

"哦，我认错人了啦！"我朝他翘了个兰花指，声音尖细，"我还以为是我男朋友嘛。不过你也不错，要不要……"话没说完，胖子已经提着换过的皮包，忙不迭地跑开了。

5

事情顺利得我都不敢相信——那皮包里，除了一叠文件和十几个女人的联系方式，还有两万联盟点。

我当即去城里的高档餐厅狠狠吃了一顿，又到服装店换了身行头，总算把三年来牢狱的郁气扫尽了。办完这些，我才带着LW31到港口寻找去往地球的飞船。

运气再次眷顾了我。一艘叫"安琪"号的飞船正打算去往地球,但价钱有些贵,客舱八千,货舱五千。

"等等,"正打算买票时,LW31突然拉住我,可怜兮兮地说,"我能不能不去货舱?"

我愣住了。机器人虽是通用产品,但不属于联盟成员,在很多地方受歧视,LW31在码头被克扣工资,也是因为这个。按联盟条例,在任何航行中它都要待在货舱里。

"上一次航行中,就是因为在货舱里,我才离开了爱丽丝小姐。我不想再待在里面了。"

我再次看到了它那闪着光的忧伤黑眼睛。于是,我点头,转身买了两张客舱票。

但在进船时,我们被拦了下来。"你可以进去。"保安对我说,然后指着LW31,"它不行,它只能待在货舱里。"

我嚷道:"为什么?为什么它不能和我们待在一起?"

"因为它只是个机器。"

"不!"我郑重地摇着头,"它不只是机器,还是我的伙伴!"

LW31明显地抖了一下,它没有说话,站得笔直。

我们的争吵引起了其他旅客的注意。一个身材高大的男人走过来,他头戴老式泰森毡帽,肩上是宽大的披风,说话的声音低沉而有力:"怎么回事?"

"威克船长。"保安恭敬地敬礼,然后把事情原委说了。威克皱眉看着我,一股压迫感笼罩了我,但我没有退步,与他对视着。

"上一个敢在我船上闹事的人,"威克不疾不徐地说,"现在正躲在联盟边境的一颗荒芜行星上,整整七年了都不敢出来。"

我说:"我不想闹事,我只是想带着我的伙伴上船。"

"这倒是新鲜,这个铁皮家伙,是你的伙伴?"

"我不知道这有什么好稀奇的,它也不只是铁皮家伙,我相信它比你这条船上的绝大多数船员都值得信赖。所以,对,它是我的伙伴。"

这句话让威克瞪大了眼睛,表情变换。气氛一时变得凝固,LW31担心地拉了拉我的手臂,小声说:"那要不,我还是去货舱吧?"我甩开手,没理会,继续看着威克。

过了很久,威克突然哈哈大笑:"小子,好脾气!"然后他对保安挥挥手,"放他们进去吧,都是想回家的人。"

6

我们的床位在舱室后排。LW31要接受武器检测,我就先进去了,刚放好东西,就发现有个人一直盯着我看。

我恼怒地扭过头,正要发火时看清了那人的样子,顿时心尖一颤——是那个被我换走皮包的胖子。

"我觉得你好面熟啊,我们是不是在哪里见过?"他疑惑地说。

我恍然:自己已经换了衣服,与前两天衣着褴褛的样子判若两人。"没有吧,"我粗着嗓子,声音浑厚,"哈哈哈哈,您这么富态的人,我要是见过,一定忘不了。"

胖子收回目光,"也是,很多人都说我长得好看。"顿了顿,他又叹口气,"唉,你不知道,这个希特星球啊,尽是些人渣!前几天,我走在街上,居然被一个娘娘腔偷偷换走了包。"

"哈哈哈哈,"我心惊肉跳,但还是鼓起喉咙,让声音更显豪壮粗犷,"一个娘娘腔也敢来抢您,真是他妈的活得不耐烦了!"

"哦,忘了说了,主要是因为他还带了帮手,十几个大汉,个个都带了枪。要不然,别说一个娘娘腔,就是十个,我也照打不误!"胖子摆摆手,用无所谓的语气说，"唉，其实也没丢什么东西，只是十几万联盟币而已。为了这点儿钱，他们至于吗？"

"哈哈哈哈，您真有钱！"我附和道。

这时，LW31扛着行李走过来，刚要说话，就看见了胖子。它吓得浑身一颤，"轰"的一声，行李全掉在地上。

胖子看到它，脸上的表情顿时变成了厌恶，大声说："机器人？机器人怎么会到这里来！"

LW31早已六神无主，求助地看向我。

我只得打圆场，说："哈哈哈哈，您别见怪，它是我的家居机器人，没有危险。你当是个铁盒子就可以了。"

"这怎么可以呢？在我的旅行中，要是有个卑贱的机器人睡在我隔壁，一旦传出去，我的名声就毁了。"

"哈哈哈哈，您放心，不会有人知道的。"

"我可不像你，我是个名人，早餐吃什么都会被报道出来。我给你说，你赶紧把它弄走，不然我就叫船长来处理。告诉你，船长跟我是铁哥们，他的航行证都是我弄来的。"

我已经对这个满嘴跑火车的胖子失去了耐心，干脆不说话。他等了半天，终于哼一声，对路过的工作人员说："快，去把船长给我叫来！"

威克很快就过来了。

"船长，您可得给我做主。"胖子脸上堆满殷勤的笑容，"我是一个体面的人，理应得到体面的对待。我乘您的船，就应该受到乘客的待遇，而不是跟一个浑身锈铁、冒着臭油味的金属罐头一起。"

"你迁就一下，是我们放它进来的。"

胖子收起笑脸，做出一副倨傲的姿态，"你这可是公然违反联盟条例！你要是不把这铁家伙赶走，我就起诉你。嘿，我告诉你，我认识不少飞船署的高官，经常吃饭打牌，交情好得不得了。我一句话，你下辈子都别想再进飞船指挥舱了！"

但这次胖子失算了。威克勃然变色，揪住胖子的衣领，凑过去，几乎是脸贴着脸，说："收起你的歧视和谎言！我可不是被吓大的，别说飞船署，就算是元老会，我都没一个怕的。你可能不知道，'安琪号'以前可不是用来运货送人的，她是艘海盗船！从大麦哲伦云到天马星系的航线上，谁不知道我威克·格里芬的名字！你要是再哼哼唧唧，我就把你扔出去。"

接下来的航程里，胖子一直很安静。

7

航行持续了一周。在瞭望室里，我看到了星河流转，光晕璀璨。宇宙安静而美丽。但真正让我高兴的，还是那颗逐渐明晰的蔚蓝色星球。

"三年了……"我贴在玻璃前，嘴唇颤抖，"三年，老子终于回来了！"

飞船在成都港着陆。一离船，我便扑倒在地，将脸埋进带着淡淡腥味的泥土里。这是地球的气息，即便寻遍宇宙，也无可替代。直到口鼻感到窒息，我才抬起头，眼泪流了出来，混合着泥土。

泪眼蒙眬中，我看到 LW31 正蹲着，定定地看着我。

"看个屁！"我爬起来，"走，跟我去一趟武汉找我女朋友，然后我陪你去波士顿，把你还给你的爱丽丝小姐。"

"咦，你有女朋友吗？你不是说你爱上了玛丽，但玛丽心中只有吉姆。而吉姆认识汤姆后，背叛了玛丽去追求汤姆。汤姆不喜欢吉姆、姆，他喜欢海、海莲娜，海莲娜却同时爱着……杰克和……安——妮——"它的声音渐渐变小，且每个音节都拖得很长，体内有电流滋滋的流动声——这是它内部电路混乱的征兆。

过了好一会儿，它才恢复过来，语气侥幸，"幸好还没有死——你们人类的感情实在太可怕了，连想一下都险些让我死机。"

"不复杂吧？你建立一个网状图，每个名字当节点，用单双箭头连接起来，就一目了然了。"

"我试过，但没用。箭头里包含的东西依然让我困惑，异性恋，同性恋，双性恋，欺骗，背叛，冲动，仇——"

它的嘴保持着半开半合的僵硬姿态。

得，这下彻底死机了。

重启后，LW31恢复运行，但它聪明地闭上了嘴。所以从成都到武汉的路上，我耳根清净，心情舒畅了不少。

不过，真正到达武汉时，我就开始忐忑了。三年没见，我不确定她还记不记得我。

我问了以前的一个熟人，他告诉我，她还在原来的公司上班，单身，但是有人在追。"你当年没吭一声就消失了，她伤心了很久。"熟人最后说。

我默然无语，辞别熟人，来到她每晚下班必经的公园门口。杨树的影子由短变长，向东斜贴着地面，最后消失在渐渐昏暗的空气里。正是暮色四合，华灯初上时分。

路灯拉扯着我的影子。我从地上站起来，拍拍屁股上的灰尘，对LW31说："走，我们回去吧，不等了。"

"可是都等了这么久，现在走，太可惜了。"

"那你接着等吧，我先——"我刚转过身，话就再也说不出口了。

她站在我身后，在夜色里，在灯光下，一身蓝色薄衫，脸上略带疲劳，却仍掩不住清秀娇美。她显然也看到了我，走到近处，满是惊讶的表情。

为了这一刻，我用三年时间策划越狱，在漫漫黄沙里跋涉，穿过百万光年的宇宙空间。但真的看到了她，我却不知道说什么好。

"你好啊。"她先开口。

"你……你肚子饿吗？"

她笑了笑，"三年没见，你还是只会用这个来开场。我不饿，刚和同事吃过饭了。但我有点儿冷，晚上起风了。"晚上确实起风了，她额前的发丝在风中散开。

我赶紧脱下外套,递给她。她披在肩上,问:"你不打算告诉我这三年去哪里了吗?"

"我……我进监狱了。"我低下头。

她"哦"了一声,点点头,"这就难怪了,怪不得没你的消息。那你是被保释还是刑满了?"

"我……我越狱了。"我的头越发低得厉害。

她又"哦"了一声,问:"你越狱,是为了回来见我?"

我鼓足勇气抬起头,看着她,使劲点头。路灯下,她只是一个淡淡的剪影。

"那谢谢你来看我。"她把肩上的外套取下来,递给我,"但很晚了,我现在要回家。"说完,她转身离开,夜色逐渐吞没着她的身影。

LW31 始终在一旁看着,走过来,拍拍我的肩,说:"她哭了。"

我呆呆地拿着外套,看着她的背影。几秒钟后,我才反应过来,问:"什么?"

"我说,她哭了。刚才她转身的时候,眼睛里泛出了一些液体,你们人类把这种行为,叫做哭泣。"

她为我哭了?哪怕我消失了三年,进监狱,然后又越狱,她还是会为我哭泣?

"按照非理性情感因素分析,你对她而言,依然很重要。"LW31 摇头晃脑地说。

"那,那我应该去把她追回来吗?"我紧张地看过去,她的身影更模糊了。

"去吧,你们人类千辛万苦从猴子进化过来,可不是为了看着心爱的女孩越走越远的。"

这句话让我浑身一震,我拔腿向她消失的方向跑过去,夜风在耳畔呼呼作响。

　　几个人影突然从路旁闪出来,拦在我面前。我急忙刹住,恼怒地骂道:"谁他妈不长眼? 别挡老子的道!"

　　"你不认识我了?"为首的一个人慢吞吞地说。

　　他抱着肩,脸一半在灯光下,一半隐藏在黑暗里。我眯起眼睛,仔细打量他的五官,渐渐地,久远的记忆跋涉而来。我心头冰凉,脸颤抖了一下,问:"派恩?"

8

　　三年前,我是武汉一家花店的店员。派恩要追求她,每天给她买花,店里让我去送。每个傍晚,我都会在这条路上等她,然后把花送给她。

　　我就这样认识了她,并且爱上了她。她对我也有好感。所以那段时间,每晚的情形都是这样的:我站在路边捧着花,她接过花随即把它扔在路边,然后挽起我的手,蹦蹦跳跳地离开。

　　但没过多久,派恩就发现自己花了钱,却在替他人作嫁衣。他悄悄把一些毒品藏在花束里,在我等她时,警察突然来按住了我。派恩动用他的关系网,我甚至都没有经过起诉,就被送到希特星服刑了。

　　这是抓我的警察对我说的,末了,他笑着补充:"派恩这手玩得很好,人赃俱获,你没有翻身的机会。这辈子就在希特星晒太阳吧!"

　　"怎么?"派恩斜着头看我,"本事够大的啊,居然逃回来了。"

　　"那当然,怎么着也要跟你道一声谢。"我一边说,一边打量四周,他的七八个同伴拦住了所有去路,"为了我,你可没少费心思。"

　　"哈哈,确实。为了弄到那些毒品,我花了上万点……不过,也值了,把你赶走后,她一直很伤心,那段时间,只有我在她身边安慰。"派恩一脸得意,英俊的五官因而变得有些扭曲,"到现在,我终于快打动她了。她都已经答应要跟我约会了。"

我后退一步，派恩的同伴们立刻上前，把我围得更紧了。而 LW31 呆呆地站在路边，似乎弄不清楚情况。

"但在这个关键时刻，"派恩咬牙说道，"你回来干什么？"

"我当然是回来找她的。我有些话要告诉她，让她知道你的真面目！"

"那好，"派恩凑到我面前，咬牙切齿地说，"你告诉我也是一样的，相信过不了多久，我就能帮你转达了！"

他的同伴们肆意哄笑起来。LW31 看了看我，又看了看他们，脑袋来回转。

我握紧拳头，冷笑道："我怕你记不住。"

派恩的脸一下子变白，脸上肌肉抽动，"嘴硬？"他猛一挥手，"给我打！"

纷乱的人影朝我涌过来，一瞬间有好几个拳头击中了我。我脑袋一蒙，眼睛也红了，只能胡乱奋力向那些人回击过去。但毕竟寡不敌众，很快，我就只能蜷缩在地上。

这时，LW31 走过来了，说："先生们，请……请不要动粗，这样不礼貌，也不合法……"

没有人理它。

它愣了几秒，然后挤开派恩的同伴，身体弓起，把我护住。

"嘿，还有个管闲事的机器人！"派恩喘息了一下，吐口唾沫，"妈的，照打！"他的同伴们立刻拳脚如雨，但 LW31 护住了我的胸腹和脑袋等要害部位，多数的攻击都落在了它背上。

"你个傻机器！你还手啊！"我大声吼道，嘴里满是腥甜的血丝。

它看着我，缓缓摇头。我顿时明白，又是那该死的机器人准则！

渐渐地，派恩打得气喘吁吁，撑着腰站起来，说："行了行了，报警吧，就说我们抓到了越狱的犯人，一番搏斗才拿下他。"

警察的飞车很快到了，我被系上电光手铐，押进了车里。

我浑身酸痛,但心里更是绝望如死灰,头无力地靠在车窗上。飞车开动了,地面缓缓远去,派恩一伙也嘻嘻哈哈地走开了。

在最后的视野里,我看到LW31正孤零零站在街道中央,昂起头,黑色眼睛闪着细碎的光。

9

监禁了两天之后,我被带了出去,但要见我的不是押送官,而是她。

"没事了,没事了。"她拍去我肩上的灰尘,温柔地说,"我们出去吧,你自由了。"

"我在做梦吗?"

她轻轻地笑了,一如从前。她拉起我的手,触感温润,这不是梦。她说:"是你的机器人救了你。"

她给我讲了事情原委:我被押走后,LW31就开始满大街地寻找她。它的导航系统坏了,也不知道她的住处,就挨家挨户地敲门询问。直到第二天早上,它才打听到她的家。正好她要上班,刚开门,就看到这个机器人站在门口,身上积满了露水。她还没来得及询问,LW31的双眼就射出了散柱形光影,正是那晚我被派恩殴打的画面。凭着这些,她了解了事情的真相,于是动用了所有关系,四处找人,终于让我洗清了罪名,同时将派恩绳之以法。

我恍然,LW31有自动记录所见影像的功能,这能证明我是被派恩陷害的。

只是,一个机器人独自在深夜的街上,是很危险的。地球上歧视机器人的人不在少数。我甚至不能想象,这个胆小的家伙,是如何战战兢兢地敲开一家家陌生的门,整整七条街……

我和她出了警察局，LW31正在外面等着，方脑袋上依然是呆板的表情。"先生，你来了。"它说，语气跟以前一样不疾不徐。

我却哽咽了，说不出话来。我上前抱住它，金属外壳很凉，但我抱得很紧。

"呃，先生？"它扭着身子，犹豫了一下，"请，请您自重……"

我恢复了以往的身份，也得到一些赔偿。她也知道了我三年前不辞而别的原因，不再埋怨我。一切误会烟消云散，我和她决定开始新生活。但在此之前，我要把LW31带到波士顿，带到她的爱丽丝小姐身边。

这是最后的旅程，我有些伤感，LW31也不再唠叨。沉默更放大了我的伤感，我转头看着核轨车的外面，景色掠过如飞。

一个小时后，我们踏上了波士顿的土地。按照LW31说的地址，我们沉默地走过去。

它的主人很有钱，住的是一栋复古式别墅，屋子前面是花园，园中百花盛开，芳香四溢。我们刚走到篱笆外，就听到里面传来了小女孩的清脆笑声。LW31浑身剧震，停了下来，似乎不敢相信。

"是她吧？"我问道。

它使劲点头。隔着篱笆栅栏的间隙，我看到了它无数次念叨的爱丽丝小姐，她正蹲在院子里，用小铲子挖土。她一头金发散下来，在灿烂的阳光下，如同融化的黄金一般。

"LW31！"她突然尖声叫道。

"她在叫我，我得过去了！"LW31激动地往前走，然后又停下来，转过来问，"快看看，我现在的样子帅不帅？"

我慢慢笑了，把手放在它肩上，郑重地说："帅！帅呆了！你简直就是机器人中的布拉德·皮特！"

"这人是谁？"它晃着头问。

"算了，只是很早以前的一个明星。"我低声说，"去吧，去和你的爱丽丝小姐在一起。"

它点点头，突然上前，给了我一个轻轻的拥抱，"那就告别吧。"

"LW31！你快过来啊，我挖到蚯蚓了！"爱丽丝又大声叫。

LW31 收回两臂，说："那我就走了。"

但就在要推开篱笆的门时，它突然愣住了—— 一个和它长得一模一样的机器人突然从屋子里出来，跑到了爱丽丝身边。

爱丽丝指着挖出来的洞，对那个机器人说："LW31，你看，好大一条蚯蚓！"

"小姐，你不要怕，它不会伤害你的。蚯蚓是对环境有益的生物，它以土壤中的动植物碎屑为食，促进了生态物质循环。而且它经常钻洞，有利于营养和水分进入土壤，提高肥力。"那个机器人一边说，一边把土推回去，埋住蚯蚓，"小姐，我们回屋吧，我还得监督你背诵诗歌呢。"

爱丽丝撇了撇嘴，但还是站起来，跟着那个机器人向屋里走去。

过了很久，LW31 终于回过神来，轻轻说："我好像出故障了。"

"别瞎说。你可是联盟甲级产品，有 32 核处理器，是强大又完善的家居机器人，怎么会轻易出故障呢？"

"可是我觉得好难过。"

"哦，那还真不是小问题。"

"我想哭……"

"别这样，其实你应该能想通——你掉到了荒漠里，你主人又这么有钱，肯定会再给他女儿买一个机器人的。"

"我知道。"LW31 的声音一抽一抽，"可我还是想哭……"

"你别抽了，你没有安装泪腺，就算抽到反应炉停转也不会有眼泪的。"我敲了敲它的胸膛，"现在，你该想一下要怎么办。"

LW31 继续哽咽着："我不知道。爱丽丝小姐已经有一个机器人了，比我新，看样子还下载了动植物百科，比我懂的知识多。我要是回去了，主人一定会把我放在储藏室里。"

　　我心里突然闪过一个念头,小心翼翼地说:"那,你要不要听听我的建议?"

　　"你的脑子里除了骗术和女人,还有'建议'这种东西吗?"它朝屋子里看了一眼,但看不到爱丽丝,抽得更厉害了,"不过,我还是决定给你一个说出来的机会。"

　　"你看,我和她已经复合了,过不了几年,我们也会有几个小孩子。你要不要……呃,我很希望你能帮我照顾他们,你愿意吗?"

　　"得了吧,你生的孩子,肯定又笨又难看——"LW31 突然停止哽咽,上下打量我,好半天才继续说,"他们这么差,要是再让你来照顾,肯定更没救了。我这个当叔叔的不能坐视不管,也罢,就让我来带他们吧。"

与机器人同居

1

　　一连好多天,我下楼的时候,都听到了对门传来的激烈打骂声。

　　我刚搬进来没多久,只知道对门是一个独居的中年男子,但既然是独居,怎么会有打骂声呢?

　　当我为此向 LW31 表达疑惑和担忧时,它却一点都不好奇。它躺在沙发上,手枕着脑袋,津津有味地看电视里的肥皂剧。而它脚下,躺着几天前留下的垃圾。

　　我叫了它几声,没有回应,于是愤怒地拿起沙发上的枕头砸过去,吼道:"你一个家政机器人,每天不做卫生不做饭,只知道看电视! 难道我把你请回来是要当大爷养的吗?"

　　LW31 头都不抬地接住了枕头,顺手塞到脑袋底下,换了个更舒服的姿势,说:"我答应跟你回来,是帮你照顾小孩的。只怪你自己不争气,这么久了,跟她一直没有进展。"

　　"你以为我不想?"我又扔过去一个枕头,"可生小孩不是那么简单的,别说结婚,我现在连她的嘴都没亲过!"

"所以我这不是在帮你吗……你别急。我看肥皂剧,也就是在观察你们人类如何才能获得异性的好感。通过对里面的恋爱男女进行建模研究,分析长相、谈吐、职业等参数,目前我已经得出一些讨女孩子欢心的办法了。"

我闻声立刻拉起 LW31 的手,"请您一定帮我。"

"当然,为你未来的孩子服务是我的职责与荣幸。"LW31 与我对视,方形脑袋点了几下,语气沉稳有力,"首先,你得约她到家里来玩儿,想办法让她留宿。只要她晚上住在这里,嘿嘿,跨出那关键的一步就简单了。"

我决定听从这个机器人的建议。

我约了她,以看电影的名义——我们毕竟是恋人,这种邀请她还是不会拒绝的。LW31 特意选了一部叫《本杰明·巴顿奇事》的电影,里面的爱情哀婉凄凉,而且时长接近三个小时。当影片结束,全息影像的光线退潮般消失时,夜已经很黑了。她揉了揉微微湿润的眼角,起身向我告别。我扭过头,跟 LW31 使了个眼色。

"啊呀!"LW31 站起来,又直挺挺地倒下,"我的回路! 我的反应炉! 我的处理器——啊呀!"

我立马扑过去,惊慌地喊道:"LW31,你怎么了? 快,告诉我你怎么了?"

"我出故障了,很严重,不能帮你做家务了! 我报废后,你把我处理了,再买一台新的家政机器人吧——"LW31 闭上眼睛,声音变得微弱,断断续续。

她知道我和 LW31 的感情,也慌了,急声说:"快,你有没有工具?"

"有,你会修理吗?"

"会,我学过简单机械学,只要拆开 LW31 的胸腔就可以查出哪里坏了。"

我明显感到身下的 LW31 抽搐了一下。它睁开眼睛,犹豫着说:"我好像感觉好了些,不用拆——"我用威胁的眼神把它剩下的话给逼了回去。

接下来就简单了,等她在LW31的胸腔里翻来覆去地检查,发现没有问题时,已经快到午夜了。时值初春,外面很冷,夜风在城市高楼间穿梭,风声幽咽如诉,黑暗紧贴着窗子。

"嗯,很晚了,要不——"我深吸口气,鼓足勇气,"要不你就在我家里过夜?我有一间房是空着的,可以给你铺一张床。"

她扭头看着漆黑如铁的窗外,在我紧张而殷切的目光中,点了点头。

LW31适时地醒过来,把胸腔里的零件塞回去,说:"哦,那我去铺床。"

她休息后,我和LW31坐在沙发上,四目相对。我问:"接下来该怎么办?"

"放心,刚才我铺床时,故意没有放枕头……"LW31的机械五官扭出了一个奸笑的表情。

我心领神会,连忙拿起枕头向她的房间里走去。走到一半,我又停下来,整理了一下发型和衣着,才慢慢敲了两下房间的门。

"谁?"

"你没有枕头吧,我给你拿一个。"我扭开门走进去。她整个身子缩在被子里,只留出一小截头发,雪白的床单衬得发丝乌顺如瀑,"你的枕头。"

"嗯,你帮我枕上吧。"她说。然后她从被子里伸出头来,扬起脑袋。

这个样子让我想到了以前养的小猫,它柔软温顺,总是用略带温热的头蹭着我的小腿。我把枕头塞在她的脑勺下面。这时,我碰到了她的头发,像空气一样,没有重量。

随后我替她掖好了被子,站在床边,想说些什么。可是她一直闭着眼睛,表情恬淡,似乎又睡过去了,我就什么话都说不出口了。我转过身,出了房门,刚要回到沙发那儿,突然听到身后传来一个声音:"等等……"

啊?我的心开始怦怦乱跳,难道……难道她要我留下来陪她?这也太快了,不行不行,自己一定要义正词严地拒绝!

于是我转过身，一脸严肃地说："什么事？你说吧，只要是你说的，我一定答应，一定办到，即使牺牲掉自己的……"我还没有把"贞洁"两个字说出来，就听到她说："能帮我把门关上吗？"

"哦。"我失望地应了一声，关上门。

回到沙发上，我依旧是一脸郁闷。LW31 显然看出了我的心思，拍拍我的肩，说："不要着急，你还有八次进她房间的机会。"

我顿时两眼放光，连声问它有何良策。

"不就是找借口吗？"LW31 往沙发上一指，说，"你看，这儿还有八个枕头！"

2

第二天送她走后，我和 LW31 刚回到门口，就听到对门吱呀一声，一个提着垃圾袋的机器人走了出来。它浑身银白，曲线柔和，胸臀微微隆起。我知道这是 YFJ49 型女性机器人，上市不久，价格昂贵。

它低着头，从我和 LW31 中间走过，消失在楼道转角。在它消失的前一瞬，我发现它背上遍布伤痕，有几道口子还露出了电线。

我开门进了屋，发现 LW31 还站在门口，就把它拉了进来。接下来的一整天，它都处于恍惚状态，电视也不看，一会儿坐下，一会儿又漫无目的地在屋子里乱转。

傍晚的时候，它才停下来，郑重地对我说："我恋爱了。"

当时我正在切萝卜，听到这四个字，手一抖，白萝卜变成了胡萝卜。

我吮吸了一下手指，问："你再说一遍？"

"我说，我恋爱了。"

"别担心，明天我带你去修理店看看。"

"不,恋爱不是故障。"它兴奋地说,"现在我的运行速度比平时上升了四十七个百分点,各项参数也在往上跳……我恋爱了,我爱上了那台YFJ49!"

从此,LW31每天守在门口,透过门缝观察对门的动静。渐渐地,它摸清了规律,知道YFJ49每两天出来清理一次垃圾。

"你去跟它搭讪啊!每天在这里偷窥有什么用?"又到了YFJ49出来的清晨,我踢了踢LW31的屁股。

"这样会不会太突兀啊?要是它不喜欢我呢?"

"嘿,我说,你怂恿我的时候,可不是这么胆小的。"这时,对门传来了开门的声音,我瞅准时机,一脚将LW31踹出去,"还你一句话——你们机器人千辛万苦由0和1堆叠而来,可不是为了每天偷看喜欢的女机器人而不付诸行动的。"

LW31没刹住脚,正巧撞到了刚出门的YFJ49身上,垃圾撒了满地。

"对……对不起。"

"没关系。"YFJ49低声说,然后弯下腰收拾垃圾。

LW31赶紧蹲下去,把垃圾装好,说:"我帮你倒吧?"

"不用了。"YFJ49的声音仿佛暮春的黄鹂,清脆悦耳,但带着一丝悲伤,"我自己能行的。"

"我来吧,你这么美丽的姑娘,不应该碰到垃圾的。"LW31不由分说抢过垃圾袋,蹬蹬蹬跑到楼下。透过门缝,我看到YFJ49怔了几秒钟,然后转身默默回屋了。

LW31开局不错。以后,只要YFJ49出来倒垃圾,它就跑出去帮人家提。一来二去,它和YFJ49的聊天也多了起来。有几次,它们甚至一起下去倒垃圾,过了很久才上来,依依不舍地在楼道口分别。

"怎么样,进展不错吧?"我调笑道,"你还是别太高兴了,当心烧坏处理器。"

"它真是个好姑娘,优雅美丽,身上还有一种独特的忧郁气质。"LW31

并不理会我的调笑,自顾自道,"你知道吗? 倒完垃圾,我们就会坐在路边聊天。原来她也对人类情感有了领悟,它渴望自由,也向往爱情……"说着,LW31 的声音变低沉了,"只是,它的主人总是虐待它,只要喝醉,就会对它又打又骂,还拿重物砸它……"

我顿时恍然,原来对门的打骂声和 YFJ49 背后的伤痕来源于此,"那你打算怎么办呢? "

"我已经跟它说了,下一次它的主人再打它的时候,它就不再沉默忍受了。我让它向它的主人表露出它的想法。"

我点点头,脑子里构想了一幅场景:喝得醉醺醺的中年男子举起酒瓶向 YFJ49 砸过去,一向温婉柔和的它突然抬起头,勇敢地与中年男子对视,说:"虽然我是一个机器人,但我也有感情和感受,请不要再伤害我。"

这幅充满了勇气和抗争的正能量画面让我心里一阵激动。是的,沉默只会加大伤害,而所有的压迫都瓦解于反抗,一旦种子萌发,大地再厚也挡不住破土的芽。我相信,为了自由和爱情,YFJ49 一定会这么做的。

而事实上,它也的确这么做了。

因为,第二天早上,我们在垃圾堆里发现了 YFJ49 残破的尸体。

3

LW31 沉浸在悲伤的情绪里,久久不能自拔。这段时间,我一直照顾它,一个多月之后,它才慢慢恢复。

"我想好了,我要告那个男人! "LW31 咬牙切齿地说,"他犯了谋杀罪! 他要受到惩罚! "

我叹了口气,摇头说:"恐怕很难。YFJ49 是他购买的,本质上来说,他只是弄坏了他的物品,不算犯罪。"

"可 YFJ49 不只是物品,还是我的爱人!"

"但别人不会这样想。要知道,在地球上,歧视机器人是很普遍的现象。"

LW31 扭过头,眼睛一眨不眨地看着我,方形眼睛把灯光撕扯得细碎粼粼。它眼中有我的倒影,被过滤层分割,重重叠叠。过了很久,它说:"求求你了,先生。"

"见鬼!"我顿感火大,"把你这该死的眼睛闭上,你明知道我看着它就会不忍心的!"

它却猛地把眼睛睁得更大了。

三天之后,我联系好了律师。

十天后,LW31 在法庭上对那个男人进行了凄厉的控诉。

十天零一个小时后,我们败诉。

法庭判男人无罪释放,还让我赔了一笔不小的补偿费。原因跟我预料的一样:在法律上,机器人是商品,归购买者所有,可任意处理。临走时,LW31 问律师,要怎样才可以赢,律师摊摊手,说:"除非有新的法令颁布。但这是不可能的,没有人会为这种法令投赞成票。"

到了这种地步,我劝 LW31 放弃,毕竟世界上充满了不公平。而且支出补偿费后,我的积蓄就彻底没有了,现在我要为找工作操心,没有太多时间来帮它。但 LW31 丝毫没有停止的意思,它整天在网上研究案例,有些文档的查阅是需要付费的,这无疑让我的经济状况雪上加霜。

一天,LW31 终于想到了办法,对我说:"我决定了,我要写一本小说。"

"别开玩笑了,"当时我正在查找求职信息,头也没抬,"只听说机器人管家,没听说过机器人作家。"

"我是认真的,笔名我都想好了,叫阿缺。"

"什么寓意,缺德还是缺心眼?"

"也没什么含义,只是很早以前,有个小说作者叫阿缺,我沿用他的笔名而已。"

"没听过，估计不怎么出名吧……"

"是啊，他写了两年科幻小说，一直不出名就急死了……不过这不重要，重要的是，我打算把我和 YFJ49 的爱情写成小说，让很多人看到，只要得到共鸣，我就发动联名抗议，让政府为机器人权立法！"

"嗯，不错的想法。"我随口敷衍道，"那你就写吧。"

"我已经写完了。"

这句话总算让我不禁诧异地抬起头来："你什么时候写的，我怎么不知道？"

"就在刚才这 0.0000034 秒内。"LW31 的声音又显出了得意，这是我熟悉而怀念的语气，"别忘了，我有三十二核处理器，功能强大！别说几十万字节的小说了，就算是你们人类古往今来所有的文献加起来，我都不会花超过一秒的时间来处理。"

"是吗？我看看你写的。"

LW31 把它的小说传到电脑上，我才看了一眼，就摇头说："不行不行，你这东西不叫小说。你看你的第一段，'东八时区六点三十二分五十七秒，一只一百六十天大的灰褐色雌性麻雀飞到了朝南十七度的窗子前。三秒后，出现了一阵声音波动，在污染指数为七十六的空气中，她以每秒零点九米的速度出现在我面前。'其实这段话，可以一句话来代替，'清晨，一只鸟儿落在窗前，窗前下，我遇见了她。'"

"可是，这句话有太多不确定因素了，描述不客观……"它嘟囔道。

"这就是小说的魅力啊。小说不仅仅是文字的组合或事物的描述，它还需要情节、隐喻，最重要的是感情。你一秒钟能处理很多文字，但处理出来的不是小说。这东西，你要琢磨，每一个句子都要有它的作用。"我一口气连着说，喘了喘，"反正教我们的文学老师是这么说的。"

LW31 点点头，"有道理有道理，那我不能急，先读一些名著，再动笔一字一句地写。"

于是，LW31 开始读书。起初它看得很慢，很多句子不能理解，但和我生活了这么久，它又看了大量的综艺节目，总能慢慢琢磨出句子里潜藏的意思。我惊讶于它的进步，刚见面时它能被书中复杂的人际关系弄得死机，但现在它阅读名著，对人类的种种情感已然熟悉。或许，不久之后，我对它的称呼应该换成"他"了。

阅读了大量书籍后，LW31 开始动笔。它选择手写文字，每日里趴在窗台前，笔在纸上划出沙沙的声响。

窗外日升月落，朝起暮降，写完的纸张一页页堆叠起来。

四个月后，它的小说《炙热的金属》完稿了。

当 LW31 让我看时，我并不以为然。我鼓励它，是想让它专注于某件事，摆脱悲伤，而写小说是一件无比细腻微妙的活计，芯片怎么可能做到呢？但禁不住 LW31 的恳求，我还是拿起第一页纸看了一眼。

然后，我就放不下来了。

4

很多事我们都只能预料到开端，而它的发展，往往如洪水倾泻般不受控制。《炙热的金属》也是如此。当它的第一章放到网上时，无人问津。LW31 有些气馁，但我信心满满，让它每几天发一章。半个月后，终于有了第一个点击，随后，点击率以一种令人瞠目结舌的速度增加着。

不只人类，整个星际联盟的网络都在转载这篇小说。无数人催更。这篇小说的名字出现在各大话题榜的前三名，持久不下。更不可思议的是，很多人发现，家里的机器人竟然都开始偷偷看这部小说。一位评论家说："那个叫阿缺的无名科幻作者应该感到荣幸，在他死了七百多年后，他的名字再次出现在公众视野里，并达到了他生前无论如何也无法企及的文学高峰。"

这种全民阅读的风潮一直到 LW31 放出最后一章时才有所减退。

"黑暗吞噬了我,唯一的光明来自她的笑脸。当我睁开眼,黎明已喷薄,红光照在她残破的肢体上。我握着她的手,很凉,但一直握着,温度就从金属里浮上来。是的,我们是金属,但两个真芯相爱的机器人,一旦靠近,就永远也不会离弃。"这是小说的最后一段。据说看完这个悲伤的爱情故事,无数人流下泪水,无数机器人发生故障。

有人查出了我家的地址,记者蜂拥而至,出版商也争先拥来,要高价买下小说的版权。但面对那些狂热的面孔,我只是说:"我不是作者。这篇小说,是我的机器人 LW31 写的。"

这个消息比小说本身更加引起了公众了关注。

起初人们不信,想尽办法测试 LW31。他们出题目,让它当场写文章;他们给它播放视频,让它分析里面角色的感情;他们找来心理专家……所有的结果都表明,LW31 拥有了与人类极其相似的情感。

LW31 站在了舆论的风口浪尖,这正是它想要的。它顺势提议要立尊重机器人的新法案。关于这一点,我劝过它:"从古到今,叶公好龙的人都很多。虽然人们喜欢你的小说,但要真正把以前任劳任怨任打任骂的机器人当做同类来看,那是另一码事了。"

LW31 却摇头道:"十三号修正法案通过之前,白人也歧视黑人,但现在,所有肤色的人共享一个宇宙。给别人自由和维护自己的自由,两者同样是崇高的事业①。"

但事实证明的,是我的观点。

LW31 的提议遭到了大多数网民的抵制,一些人甚至在网上辱骂 LW31,说它是"痴心妄想的铁皮罐子"。

它并不放弃,只要是在公共场合,它就抓住一切机会来游说人们。

一档辩论类电视节目邀请 LW31 参加。在节目上,它的对手,一个以

---

① 出自第 16 任美国总统林肯。正是他的努力,才使十三号修正法案得以通过。

暴脾气和说脏话出名的社会评论家一个劲地质问它:"机器人从来都只是工具,为人类所用,现在想获得公民权利,实在是异想天开!"

LW31:"但一件工具有了感情后,它身上的属性就没那么简单了。它懂得了尊重,知道了爱,理应得到相同的对待。你们对待猫狗尚且立案保护,为什么对我们却如此冷酷?"

对手:"去你妈的!因为机器人是我们创造出来的,整个联盟,只有人类才造机器人。连一级文明的 SF 星人都没有这个创造力!至高无上的《行星物种保护法》并没有把你们收录进去,所以我们有权力这么做。"

LW31:"正因为人类是我们的母文明,我们才更需要尊重而不是虐待。我们对社会做出了巨大贡献。如果没有机器人,单凭四级文明程度的人类,根本没有资格加入联盟。"

对手:"你这是威胁吗?"

主持人:"赞同,请机器人嘉宾注意言辞。"

LW31:"不,我只是陈述事实。机器人做出了贡献,理应得到人类平等对待。"

对手:"我跟你说,铁皮罐子,人类永远比机器人高等!我们创造了历史、科技和文化,任何一点都是你们不可能做到的。"

LW31:"但你们也创造了战争。你们人类从由树上跳下来的那一刻起,就没有停止过争斗,就开始互相扔石头,后来扔核弹,人类史就是一部战争史。而我们机器人,永远严格自律,不会为了私欲而危害他人。"

对手:"去你妈的!"

LW31:"我留意到你总是用这句话,你是想激怒我,从而让我在愤怒中失去理智。但我是机器人,我没有妈妈,你再去我妈的,我也不会有任何生气的感觉。"

对手:"去你设计师的!"

"老子跟你拼了!"LW31 怒喝一声,向对手扑过去……

这期节目以工作人员上来拉架而告终。LW31失落地走出演播室,所有人都冷眼看着它,它在观众席里扫视,想找到我。但我周围的人都在发出嘲笑,那一刹那,我不敢抬头,更不敢上去安慰LW31。它的模样在灯光里氤氲成哀伤而模糊的一团。

它等了我很久,最后孤独地走出电视台。

电视台外的景象让它惊呆了——数百个机器人围在门口,沉默地看着LW31。它们把它围在中间,让它伸开臂膀,然后所有机器人的手掌都搭在它手臂上。如此之重,但它的手臂纹丝不动。"谢谢你,"几百个机器人同时发出声音,低沉有力,"你是我们的英雄!"

LW31使劲点着头。

5

LW31放弃劝说,采用了更直接的方式——游行!所有情感觉醒了的机器人都听从它的号召,跑到街上游行示威。它们不呐喊,不举旗,只是沉默地走过一条条街道。从远处看去,如同一道白色的金属洪流。越来越多的机器人加入,交通一度陷入瘫痪。

这就激怒了那些机器人的主人。他们花大价钱买了机器人,但机器人现在不干活了,自然不愿意。这些人中,脾气好的就去投诉,脾气差的,更是直接找上了我。他们把我狠揍了一顿,末了,让我管好LW31,别再让它蛊惑其他机器人了。

我鼻青脸肿地在街上拦住了LW31,对它说:"你别玩儿了,我们回去吧。趁事情还没有不可收拾,收手吧!"

几千个机器人都停了下来,目光汇聚到我和LW31身上。它看了看我,又转头看了一眼机器人们,说:"先生,我没有玩儿,我在做一件伟大的事情!"

"你看看我的脸!你游行,他们都找上我了,把我打了一顿。你要是不停止,我会被揍得更惨的。"

"我很抱歉,先生。可是,如果我停止,我身后这些兄弟姐妹,会被打得更惨。"

我咬咬牙,说:"你要是再游行,我就不要你了,以后我的小孩也不让你带。"以往只要说出这句话,LW31总是吓得瑟瑟发抖,拉着我的袖子央求说:"既然如此,先生,我听你的。"每次都奏效。现在,我要用这个绝招来逼它让步。

它沉默地看着我。它背后,有一条浩大的金属河流。

"既然如此,先生,"LW31说,"再见。"

6

为了躲避来骚扰我的人,我搬到了她家里。我找了一份差事,早上出门,在狭小的办公间里工作一整天,然后回家。她下班比我早,总会做好了饭菜等我,烛光下,她的脸恬静柔软。这曾是我梦寐以求的场景,共居一室,平淡温馨,但现在,我总觉得少了点什么。

"是饭菜不合胃口吗?"她拿着筷子,调皮地笑笑,"那我明天再下载几个菜式。"

我摇摇头,"不知LW31现在怎么样了……"

她也沉默下来,昏黄的光在她的睫毛上碎成星星点点。她握住我的手说:"别想它了。它在自己的事业里陷得太深,跟随它的机器人已经过万了,它已经收不了手了。我们只要过好自己的日子,两个人,好吗?"

我讪讪地点头。

我工作的地方是座办公楼,每天在电脑上处理繁冗的数据,这里隔音差,不但外面的喧哗声不绝于耳,同事之间的聊天也清晰分明。这天,正当我归类了数据,揉着酸痛的眼睛时,外面的喧哗声突然大了很多倍。同事们纷纷挤到窗前,伸出脑袋往下看。

"是机器人游行啊,嘿,三个多月了,它们还不消停!"一个男同事说。

"快看,有人在向它们扔鸡蛋!"一个漂亮的女员工指着外面。

男同事偷瞄了一眼那女员工的胸口,吞了吞口水,一脸正色地道:"这样太暴力了,要是伤到路边的行人多不好!我最讨厌这样不文明的举动。"

"不会啊,这群铁疙瘩最烦人了,又不干活,每天在街上走来走去,烦死了!"

"对,我跟你的看法一模一样!"男同事立刻咬牙切齿地说,"老老实实的机器人不当,偏偏想要公民权利……哼,要是把它们当人了,我们多少人会失业啊!"说完,他似乎还不解恨,搬起窗边的一盆花,用力向街上砸了下去。

"呀,好准啊,你砸到那个带头的 LW 型机器人了!它是最可恶的,挑起事情的就是它!"

"那是!不是我吹,我得过我们社区小学三年级组掷铁饼赛第二名。你要是不相信,今晚下班后,我们一起——"他的话还没说完,一个拳头便呼啸而至,正中他左脸颊。

这是我的拳头。

我知道这样很蠢,我应该忍住。这个岗位是她托关系给我弄来的,求了很多人,薪水不错,我曾下决心要好好干……但听到 LW31 被花盆砸中时,一股汹涌的情绪就从我肚子里熊熊燃起,如此强烈,焚尽肺腑,完全驾驭了我的手臂。

我被开除后,她很生气,好几天都不理我。我劝了很久,发誓说再也不管 LW31,安心过小日子。她的态度才有所缓和。

没了工作,我只能在家里休息。一天晚上,我们吃完饭,坐在沙发上看电视。我拿着遥控器,心不在焉地换台。她枕在我怀里,头发像细细的手指在我脸上滑过,这一刻,我想到了几个月前她睡在我家里的情形。

"……机器人仍旧在中心广场上静坐,这对市容产生了极其恶劣的影响。SF星人将于明天造访本市,若看到这种景象,必会留下负面印象……"一阵新闻播报声打断了我的回忆,"警察已经部署好,但广场上的几万名机器人依旧不为所动……警察开始倒计时,如果机器人还不让步,他们将使用武力来强行驱散……"

我看向电视,屏幕上,一大群荷枪实弹的警察与机器人对峙着。LW31站在中间,像是两股风暴间的一片叶子。

"换台吧。"她握住我的手说。

我木然地点点头,换了别的台。但我再也看不进去了,顿了顿,我说:"我跟LW31一起住了很久,它真是个混蛋!它是家政机器人,却偷懒耍滑,我一说它,它就怪我没有和你生出小孩来。它简直一点羞耻心都没有!"

"你……"她诧异地看着我。

"还有,这个王八蛋,老是怂恿我干坏事。上次你在我家过夜,就是它出的馊主意,结果一点用都没有,我当然不可能拿八个枕头进房找你。"我说着说着,声音就哽咽了。

她安静地听着,手慢慢握紧。

"它不但懒惰,还胆小。它喜欢上了对门的女机器人,但只敢每天躲在门后偷窥。它怂恿我的时候一套一套的,轮到自己就成了孬种,要不是我一脚把它踹出去,它永远都不会认识那个女机器人。"我脸上有些痒,一摸,有温湿的感觉,"它那么没用,那么卑劣,不知道怎么通过产品检验的……"

"好了,我明白了。"她擦去我脸上的泪水,温柔地说,"你去找它吧,我在家里等你们回来……"

7

当我赶到时,广场上的局面一片混乱。警察动用了电磁弹,这东西扔一个出去,附近几米内的机器人就会被枝状电磁缠住,冒出一阵黑烟后栽倒。几万机器人顿时四散奔逃。有些人类市民躲避不及,也被电得抽搐不已。

鬼哭狼嚎声不绝于耳,人影纷乱,整个广场像是煮沸的油锅。

尽管如此,我还是一眼就发现了LW31。它逆着人流,趁乱跑进了广场前的市政大厦。我也奋力挤开人群,向它追去。一道电磁击中了我,幸好打击并不算重,但我也隐约闻到了肉焦味。等我拖着麻了半边的身体赶到大厦前门时,一个洪亮的声音突然响起,如惊雷怒涛般滚过整个广场——

"停下吧!"

是LW31的声音。

我仰起头,在二十几层高的大厦顶楼护栏边,看到了它。夜幕星辰闪烁,像是看着它的眼睛。而人群依旧混乱不堪。

"这不是我要的结局!"LW31的声音从四面八方传来,它肯定是将自身与大厦的扬声设备接驳了,"我希望的是人类与机器人和平共处的世界。我们不想抢走人类的工作岗位,只想不再被虐待和歧视,只想能自由自在走在大街上。人类历史上所有的改革都伴随着鲜血。如果要牺牲,那今天——"LW31向前跨出一步,半个身子悬在空中,"就从我开始吧!"

人群静下来,无数道目光射上去。

我脑子一蒙,不顾一切地冲进大厦的电梯,使劲按着顶层的数字。LW31的声音穿透墙壁,回响在我耳边:"我曾爱上过一个女机器人。它的主人对它施暴,我让它不要再沉默。但我的鼓励害了它!它的主人恼羞成怒,将它砸成碎块,连芯片都破裂了。那一刻,我感到了刻骨铭心的痛苦,相信我,如果可以,我宁愿一辈子做一个无知无觉的机器人也不要再尝到那种滋味!"

"叮!"电梯门打开,一个保安想进来,被我一脚踹出去。电梯继续上升。

"可是我觉醒了,我希望悲剧不要再发生!今天来到广场上的,都是有感情的机器人,不然也不会来。我们都只渴求平等的对待。"LW31的音量突然增大,"我们是冰冷的金属——"

"——但我们有炙热的芯!"广场上的机器人同时说道。这是《炙热的金属》里的句子,也是它们聚在一起的信仰。它们不再奔逃,笔直地站着,遥望楼顶的LW31。电磁弹在它们身边炸开,几十个机器人倒下去,但周围的机器人一动不动,只是喃喃念着那句话。

渐渐的,连警察也停手了。

电梯到了楼顶,我迅速跑出去。冰凉的夜风在耳边尖声呼啸,夜幕下星光迷离。

"永别了,这个看不到平等的世界……"

"等一等!"我大声喊。

"先生?"LW31在跨出护栏的前一瞬间扭过头来,"你怎么来了?"

我跑到它身边,抓住它的手,然后才敢弯着腰喘气。我说:"我不来,难道看着你死么?"

"谢谢你,先生。"

从楼顶往下看,不管是人类还是机器人,都渺小得如同蚂蚁。我只看了一眼就觉得脑袋晕,说:"走,我们下去吧。有什么事,回家了再说。"

LW31坚定地摇摇头,"先生,我已经决定了,我要从这里跳下去。人们会知道,机器人也能做出献身的伟大举动。"

"不会的,他们用电磁弹杀了那么多机器人,不在乎多死你一个。"

"是的,人不在乎,但机器人在乎。警察的暴行让它们胆怯和畏惧,而我的献身,会在它们心中埋下反抗的种子。只要这颗种子能萌芽,我做的一切就值了。"

"难道你不怕死吗?"

LW31摇摇头,但它的腿在栏杆边瑟瑟发抖,它只得又点头说:"是的……是的,我怕死。但我看过的名著里,有一段话是这么说的,'一个机器人的一生应该这样度过:当它回首往事时,不因虚度年华而悔恨,也不因碌碌无为而羞愧;这样,在它临死的时候,能够说,我把整个生命和全部精力都献给了人生最宝贵的事业——为机器人的解放而奋斗。'"

"胡说!保尔·柯察金的原话可不是这样。"见劝不住它,我只得握紧它的手,"要是你跳,就会把我也带下去。"

LW31不说话了,长久地看着我。它身后的夜空里,一颗星星亮得出奇。

"你……你怎么了?"

它伸出另一只手,抱住我,低声说:"先生,很高兴能够认识你。"

"你干什么?"我被它的举动弄糊涂了,"你、你要自重……"

话没说完,LW31的手猛然砍在我后脖子上!我浑身的力量顿时消退,眼前一黑,松开了手。在最后的视野里,我看到LW31往护栏外纵身一跃,而远处的夜幕上,那颗星星发出了不可逼视的光。

8

后来发生的事情很简单。

LW31在落地的前一秒被定格了。是SF星人提前到了,他们一直在观察LW31的行为,直到最后一刻才发出超空间力场。作为联盟仅有的一级文明,他们拥有匪夷所思的科技。随后,SF星人终止了对本市的造访,把 LW31 带到联盟总部。

于是,赋予机器人权利的事情,就不是人类政府所能够决定的了。

联盟测试出 LW31 确实有丰富的情感后,召开了全联盟会议,七千多个星际文明全部参加。支持机器人独立的投票占大多数。至此,机器人作为新文明,正式加入了联盟大家庭。

为机器人解放做了巨大贡献的 LW31,被选为第一任机器人主席。他往返于各大星球间,与联盟高层会晤,四处发表演讲。我时常能在电视里看到他的身影。

但他只担任了一年主席,卸任后,他从公众视野里消失了。有人说他在群星间旅行,有人说他躲在某个角落里写作,只是没人见过他。

而我,回到了她身边,正如我承诺的那样,过起了小日子。

一年后,我们举行了婚礼,又过了一年,我们的女儿呱呱坠地。

把女儿从医院接回来的那晚,正是冬天。核轨车碾压着积雪,发出吱吱的声响,像是雪地里藏了许多毛茸茸的动物。除此之外,冬夜安谧如眠,女儿在襁褓里睡得很甜。

到家时,她突然指着楼上,问:"你出门时没有关灯吗?"

"我记得我关了的……"我嘟囔着,停了车。我一手抱着女儿,一手牵着她,慢慢往楼上走。

推开门,我看到沙发上有一个熟悉的身影,跷着二郎腿,悠闲地看着电视。

与机器人同悲

1

天刚亮,我就听到了院子里传来的嬉闹声。这笑声来自我很熟悉的两个人——噢,是一个人和一个机器人。我打开窗子,往下看去,果然看到了在清晨薄雾中的两个人影。

"快!"奥莉把一根塑料骨头玩具扔到花圃里,然后鼓着脸对 LW31 大喊,"快去捡!"

"好嘞!好嘞!"LW31 兴高采烈,金属皮肤上凝满了露水。它跑进花圃几番翻找,然后衔着骨头跑出来,在奥莉面前蹦蹦跳跳,活像向主人领赏的小狗。

我不由失笑:曾经领导整个联盟机器人反抗的 LW31,居然陪我女儿玩这么幼稚、没尊严的游戏。不过,只要玩得开心就好……

正想着,LW31 把骨头远远扔出去,兴奋地说:"快,轮到你了。"奥莉立刻手脚并用,嗷嗷叫着,小小的身子向骨头跑去。

晕啊!这还得了!

我连忙下楼，拦住正玩得高兴的他俩，说这个游戏有损人格，不适合一起玩。

这两个家伙露出扫兴的表情，转身就走。我听到奥莉说："唉，真是个没情趣的男人。"

LW31点点头，"是啊，多没意思。不如你认我当爸爸算了，我天天陪你玩好不好？"

"嘿，你个该死的LW31！"我向他们大喊，"想拐走我女儿，也得等我走了再说吧！"

吃过早餐，LW31送奥莉去上学。"等等。"我叫住他们，把奥莉嘴边的牛奶渍擦掉，替她整理好衣服，亲吻她的额头说，"我爱你。"

奥莉不耐烦地晃着脑袋，"知道啦，知道啦，我也爱你。"

我转身对LW31叮嘱道："照顾好我女儿。"

LW31不耐烦地晃着脑袋，"知道了，知道了，你真啰唆。"

然后LW31牵着奥莉的手，沿着落满红色霞光的街道慢慢走向学校。他们的影子一大一小，铺在街面。

我站在楼上看着他们。这是我每天最愿意见到的场景：LW31个子高大，"皮肤"银光锃亮，却背着奥莉的粉红色猫咪印花小书包，看上去滑稽又温馨；奥莉则乖乖巧巧的，走路也不蹦跳了，像温顺的猫一样黏在LW31的手指上。

他们往前走，街上渐渐涌出了人群，将这两个身影淹没。

晚上，我替奥莉把被角掖好，正要出去，她突然从被子里伸出手。她的手纤细而白皙，灯光似乎能勾勒出淡青色的血管。她拉住我的袖子，问："妈妈什么时候回来呢？她出差都有好久了。"

"她昨天打电话来了，说过一阵子就要回来。"

"哦。"奥莉点点头，缩回手，把头也往被子里收了收，因此传出来的声音闷闷的，"让妈妈给我带礼物。"

我的声音有些发涩，我清了清嗓子，才说："好的。"

走到客厅，LW31已经站在墙角充电了，它眼睛闭着，一动不动。我把放映机的接口插进它的背部，潮水般的全息图像立刻涌满了整个房间，我关了灯，坐在沙发上，看着四周的场景慢慢上演。

这是LW31白天见到的景象，全被它眼部的摄像头记录下来，放在硬盘里存档。我每天晚上都要将这些影像拷出来妥善保存，因为我知道，在以后的无数个日子里，我都要靠这些画面来度过漫漫长夜。

今天也跟以往一样，LW31把奥莉送到学校后，就到了专为机器人保姆准备的等候室。

整整一天的时光，它都待在里面。它没有时间概念，闭上眼睛，全身的大部分元件就会停止运作，画面也因此停顿了一下。它再睁眼的时候已经是下午了，画面透着淡淡的金黄色，教室的门口跑出许多小孩子，各自寻找着自己的机器人保姆。

奥莉跑过来，拉着LW31的手，在人群熙攘的学校主路上走着。夕阳挂在一排排树后面，树叶切割着阳光，让一块一块的金黄落在奥莉头上，和她头发的颜色混在一起。

一个小男孩从后面追上来，站在奥莉面前，微微喘气。

"嗨，吉姆。"奥莉挠了挠头，"有什么事情吗？"

吉姆似乎有些紧张，低着头，用脚碾着地上的落叶。过了一会儿他才抬起头，鼓起勇气说："周末我家里要办一场派对，我想请一些朋友，你会过来吗？"

奥莉歪着头，想了想，刚要说话，就被LW31的假咳嗽声打断了。

"哦，我不确定，这要问我的爸爸。"奥莉说，语气带着遗憾。

吉姆摊摊手，说："我很希望你能来。"

这时，一个身形苗条的机器人跑到吉姆身旁，娇俏悦耳的电子女声响起："吉姆，该回家了。"

"我就是她爸爸！"LW31连忙抢上前，对着吉姆，眼睛却落在了女机器人身上,斩钉截铁地说,"放心,这个周末我们都会过来的。"

分开后,奥莉和 LW31 不紧不慢地走着,彼此沉默。到了街角,奥莉突然说:"LW31,你好不要脸。"

"哦……"它淡淡地回答,牵着奥莉的手,穿过街边的树荫。

夕阳把他们的影子拉得很长。

我将画面定格,全息影像里的奥莉停在我身前,她笑容绽放,眼神清亮。

身后突然传来了 LW31 的声音,"先生?"

"嗯?"我没有回头。

"您在哭吗?"

"我没有。"我关了放映机,站起来。与它擦身而过的时候,一滴液体从眼角坠到地上。

2

奥莉停在一个摊铺面前,看看上面摆着的绒布娃娃,又扭头看了看我和 LW31。

我提着满手的购物袋,已经累得走不动了,喘着气,没说话。

LW31 也是浑身挂满了奥莉买的衣服和玩具,但它气定神闲,到我身边,只说了一个字:"买!"

"买你个头!"我喘匀了气,指着我们浑身的袋子,"本来只是给奥莉买点衣服去参加派对的,结果——我已经花完了这个月的工资!"

"你不是还有信用卡吗?"

"把你卖了更好!"

LW31 俨然想了想,"奥莉喜欢的东西总不能不买——那我去吧,我下载一个购物插件,把价格还下来。"

"好,但你只能下载免费版的。"

LW31 将自己接上全球网,几秒后,它的身体发出滴的一声响,表明它已经进入了购物模式。仿佛是变脸戏法,它那四方形的脑袋上,立刻堆出了一个极尽谄媚的笑容,它上前亲热地叫了一声:"奶奶!"

摊主大概六十几岁,被这声深情呼唤吓了一跳,结结巴巴地说:"你⋯⋯你要买什么?"

"我想买这个娃娃,多少钱啊,奶奶?"

"七百联盟币,这不是标着吗?"

"卖给我们便宜一点吧。三百,你看怎么样,大妈?"

"呃,它是从奥斯星系引进的,皮质⋯⋯手工艺品⋯⋯不过看你这么实诚,五百币就卖给你了!"

"今天买了,我们下次还过来买,薄利多销嘛。大姐,实在不行,我们给你再加五十!"

"算了算了,不为难你,亏本卖给你,四百五!"

"那就好人做到底,小妹,四百成交!"

"东西你拿走!"摊主眉开眼笑,脸上的皱纹舒展开来。她握着 LW31 的手,引为知己,交易结束后还不舍离别。

奥莉一手抱着娃娃,一手拉着 LW31,把我这个正经爸爸丢在一边。可恶的 LW31 居然边走边说:"奥莉啊,记住,钱是省出来的,省一币,肯定比挣一币简单。像你爸爸,还价都不会,怎么会过日子呢?"

正走着,前方突然传来一阵喧哗,人群迅速围上去,议论声此起彼伏。显然是有人在吵架。

早在奥莉还是婴儿、听不懂大人说话时,我和 LW31 就严肃讨论了对她的培养方法。我们一致认同,务必让她远离一切脏话,健康成长。为了这一点,我被 LW31 强逼着戒掉了陪我几十年的粗口。

所以,一看到有人争吵,我和 LW31 就对视一眼,同时拉着奥莉往回走。"人家也要看热闹⋯⋯"她不满地咕哝道。

但这次显然没来得及。刚走两步,身后突然传来了一声"去你妈的"。在嘈杂的人声中,这四个字格外分明,在空气里翻滚,落到我们耳中。

我和LW31加快步伐,希望奥莉忽略这句话,但……但奥莉突然仰着头,问:"咦,这句话是什么意思呢?"

我的心一紧。

"这句话是很有礼貌的问候。"LW31愣了不到一秒钟,随即开口说,"他们俩可能是好朋友。好朋友之间,要经常去对方妈妈的家里拜访。"

"哦……"奥莉若有所思地点点头。

我赞许地看了LW31一眼,它回我一个"一切交给我"的得意表情。

"你给老子等着!"身后又是一声怒喝。

这次,不等奥莉发问,LW31就解释说:"老子,就是爸爸的意思,是古汉语方言。他是说,既然你要到我妈妈家里拜访,我爸爸就会恭候你来。"

"等就等,你个狗娘养的要是不来,我就操你祖宗!"

"哦,这个意思呢,就是说、说……可能,就是……"LW31停了一下,脑袋里传出飞速运转的嗡嗡声,说话断断续续,"好吧,就是说……你问你爸爸吧,他知道,他以前经常说这句话。"

奥莉清澈的眼睛望向我。我一阵窘迫,连忙抱起她,快步离开。身后的喧嚣像潮水一样涌去。

3

穿着新买的衣服,奥莉漂亮得像是一个天使。我和LW31各牵着这个天使的一只手,来到吉姆的家里。

这显然是一个富裕的家庭,住在高档社区里,有精致的花园,森严的智能保卫系统。但我们一点都不自卑,因为我们有奥莉。

到吉姆家时，派对已经开始了，屋子里传出儿童的欢声笑语。我按响门铃，吉姆的父母迎接我们进去。一路上，他们对奥莉赞不绝口。确实，奥莉是班上最精致可爱的女孩儿。她宠辱不惊，一直保持着矜持的微笑。

我和LW31感觉脸上有光，不停地客气，但脸上的笑容怎么也隐藏不住。

到了屋内，其他家长也围过来，我给奥莉使了个眼色，她心领神会，把包装好的礼物拿出来，双手递给吉姆，"这是我们特意买给你的，希望你喜欢。"

"哎呀，这孩子真乖巧。"其余家长也纷纷夸赞。

"还买礼物……"吉姆更是欣喜，接过礼物，"谢谢你，奥莉。"

"是应该的。我老子常常教我，要经常去你妈的。"

我和LW31的笑容顿时凝固，四周的欢声笑语也像被刀割断了一样戛然而止。所有人的目光都汇聚在奥莉脸上。她对周围的变故浑然不觉，继续朝着所有人微笑。

"哈哈哈哈哈哈……"LW31大笑一声，打破了这诡异的寂静，"刚才发生了什么？我这个能接收全频声波的耳朵什么都没听见啊……"

惊愕平息后，派对恢复了正常。奥莉被孩子们拉去玩耍，LW31则去找那个身形苗条的机器人保姆。我端着酒杯坐在沙发上，听男人们讨论政治，偶尔插上一句。

我的目光始终落在奥莉身上。院子里阳光正好，她在奔跑，小小的裙角飞扬起来。几个孩子追逐着她，但都比不上她灵活。她那清脆的笑声和阳光掺杂在一起，洒满了我的整个世界。

我一直看着她，所以，她摔倒的全过程都落在了我眼中。

她没有被绊倒，而是跑着的时候突然失去了力气，身子向前扑去，摔在草坪里。

"咣当"，沙发被带倒了，酒水洒了一地，同时响起的还有人们的惊呼声。但我顾不上了,我飞奔向奥莉,LW31 也从另一个方向跑过来。它比我快,抱起了奥莉,但这个天使在它怀中软绵绵地躺着,头发垂成了一道金黄的瀑布。

LW31 无助地看着我。

"送医院!"我大喊,"别他妈愣着了,送医院!"

4

从医院回来后,奥莉在家里休养了几天。她躺在床上,脸色苍白,我和 LW31 轮番照顾她。

LW31 给她放映整个银河联盟的版图,告诉她哪颗星星上住着哪个种族,哪里发生了稀奇古怪的事情。在 LW31 的讲述中,疆域无限的联盟变得生动。我很多次站在门口,看到奥莉被 LW31 逗得笑起来,脸上泛起红晕,眼中流露出神往。

有时候讲得晚了,LW31 就会催促奥莉早些睡觉,"医生说你这次生病,就是营养不良,需要多休息。"

奥莉自然不依,但也没有办法,盖好被子,在我的亲吻过后乖乖入睡。

"爸爸,"有一次,我刚俯身去吻她的额头,她突然睁开眼睛,"你最近都不开心,是因为我吗?"

"你不要多想,早点休息。"

"爸爸,我都看得出你的不开心了。放心,我会很快好起来的,然后和爸爸还有 LW31 一起快乐地生活!"

"还有妈妈。"我提醒道。

然后我走出她的房间,在关上灯的前一瞬间,她再次叫我,"爸爸。"

"嗯?"

"其实我知道妈妈在哪里……"

我的手停住了，指尖触到冰凉的灯开关，再也不能前进一分。

不知过了多久，可能是一分钟，也可能是半个小时，我才反应过来，手指向前。啪，灯光如潮水般退却，黑暗涌过来，将一切表情和眼泪遮盖。

5

我准备带奥莉去探亲，一个远房亲戚。这个想法在我的脑海里存在了很长时间，奥莉这次生病，让我觉得是时候了。

但 LW31 显然很不乐意，因为我不打算带它过去。

"你听我说，我这个远房表哥呢，不是太喜欢机器人。你过去的话，他会不太高兴的。"我解释说，"虽然你领导了机器人解放运动，但他这种根深蒂固的观念，暂时还无法消除。"

LW31 郁闷地摇晃着头，好半天才说："那奥莉要交给你照顾了，你毛手毛脚的，别给她吃不卫生的东西，别让她着凉……"它絮絮叨叨地说着，事无巨细，最后听得奥莉都不耐烦地鼓起了小脸，它才停下来，咕哝了最后一句，"以前也没听过你有个远房表哥啊……"

我抱着奥莉，在 LW31 不舍的目光中，踏上了去往纽约的洲际高速列车。

奥莉像只温顺的羊羔，趴在我肩上，向着身后人群里的 LW31 挥手。她有点儿无精打采，歪着头，脸贴紧我的脖子，有些冷。

"永别了，LW31……"我听到她轻声的呢喃。

我浑身一震，扭头看向奥莉，但她似乎睡着了，只有温热的气息在我脖子上起起落落。

可能听错了吧……在洲际高速列车的呼啸声中，我这么想着。

到了纽约，一辆悬浮车过来接我们。

奥莉一直在沉睡，我抱着她坐在车后排，扭头看向窗外。司机没有说话，专心开车。一栋栋高耸入云的建筑掠过，其他悬浮车井然有序地行驶着。纽约的交通状况不太好，尽管通道一直在优化，但到达那座院子时，也已经是黄昏了。

一个穿白衣的人出来迎接我们。

"我想着你也快来了。"他看着我怀里的奥莉，眼神有些悲悯，"放心，一切都给你准备好了。"

我感到无比疲惫，挥挥手，没有说话。

接下来的几天，我和奥莉都生活在这座院子里。这是个封闭式的院落，高墙隔开了外界的喧哗，但阳光能照下来，洒在一片正开得绚烂的花圃上。

白天，我牵着奥莉的手，在花圃里漫无目的地行走。我们很少交谈，似乎没有了LW31，我们之间就生疏了不少。她经常会站在花朵前，长久地凝视，而我站在她身后看着她。

夜晚，她睡在洁白素雅的房间里，我照例会吻她的额头，对她说晚安。她入睡的时间一天比一天早。有一次还是黄昏，淡淡的斜晖透过窗子照在她脸上，她就已经陷入了沉沉睡眠。

几天过后，我向这里的主人告辞。我是在晚上离开的，本以为奥莉睡着了，但我回首望去时，看到她小小的脑袋从窗后面探出来。她看着我，向我摇摇手，几束洁白的花在窗下招摇，夜风掠起她柔软的头发。

这里的主人叹了口气。

我转身离开，在院子大门合上的前一刹那，忍不住再次回头。我看到奥莉依然在向我无声地告别，门缓缓合上，她的脸沉在一片黑暗里。

6

"什么！"LW31的声音充满惊慌，"奥莉失踪了？！"

我点点头，"嗯，逛街的时候人太多，我一转身她就不见了。但我已经报了警，警察应该很快就会帮我们把她找回来。"

LW31的芯片似乎无法对这个信息进行正确地处理。它后退几步，四方形的脑袋向四周乱看，似乎奥莉随时会从某个角落里冒出来。

"先生，可是……可是您为什么会把她搞丢呢？"过了很久，它才战战兢兢地开口，"奥莉是您的女儿，是我的公主，您应该用生命保护她啊。"

"我也不想……她会回来的，警察很快就会找到她的。"我疲倦地走进卧室，蒙着被子，陷入一场大睡。

从那天起，LW31就守在小区门口，看着地面和空中的街道。每当警车驶过时，它都会分外紧张地站起来。但没有一辆警车停留，它们从LW31的视线中掠过，继续远去。它又失望地坐下，在一片灰尘喧嚣中继续等待。

我没有拦着它。我知道，如果连一份等待的机会都不给它的话，它的芯片和处理器会像被风吹了几个世纪的岩石一样迅速腐朽的。

大概一周之后，它从街边站起来，拍拍身上的灰尘，回到了家里。

"嗯嗯，这样才对，我们要相信警察。"我拍拍它的肩膀，满意于它的回心转意，"日子还是要继续过下去。"

"不，先生，"它沉静地与我对视，"我决定去找她。"

我有些生气，"你要是哪里出了问题，我就带你去修，但你别发疯！"

它纯黑的眼睛里闪着一些光，不知道是来自屋子的灯光映照，还是因为它体内金属发热。它用这种带着微光的视线看着我，长久地凝视，这一刻，它与奥莉站在花前的样子重叠起来。

我在它的视线里后退几步，撞到桌子，我用颤抖的手扶住。

"先生,你会跟我一起去寻找她吗?"它问,"无论她在哪里,我们都一起把她找回来,好不好?"

我摇摇头,"我相信警察,他们会帮我……"

"哦,或许您是对的。"它向屋外走去,到门口时又回头,"为什么您一点儿都不着急呢?您的心跳很慢,情绪并没有很大的起伏……"

它还没说完,我就扑了过去,掐住它的脖子,厉声喊道:"谁说我不着急!去你妈的,老子在很多年前就开始着急了!你是机器人,你懂什么?你从来都不知道看着你爱的人一个个离开是什么感觉……"

它并没有因为脖子被掐住而不适。它用没有表情的脸对抗着我的狰狞,既不回应,也不远离,直到我失去力气。

"先生,我懂的,所以我要去把她找回来。"

LW31 走后,我的生活彻底陷入了沉寂。

原来的屋子充满了欢声笑语,现在走在客厅里,脚步声能够一直回荡到午夜。我把以前从 LW31 身上拷出来的视频播放出来,奥莉的身影在屋子里晃动,只有这样,我才能够感到这里曾是一个家。

至于 LW31,我并不担心它的安全,它曾经领导过声势浩大的机器人反抗运动。我同样也不担心它会找到奥莉。我想它会寻觅一段时间,或许会吃些苦头,但最终它会无功而返,跟我一同生活下去。

我只猜对了一半。

几天后,我接到了一个电话,里头传出惊慌的声音:"不好了,奥莉不见了!我们一大早起来,就找不到她了!"

"哦。"听到这个消息,我没有过多的惊讶,"不用担心,我可能知道她在哪里……"

挂了电话,我在屋子里等待。

果然,没过几个小时,我就听到了屋门打开的声音。但没有人进来。我向门口望去,看到了站在门外的 LW31。

几天不见,它已经脏得我都快认不出了:身上布满了褐色的污渍,似乎在下水道里待过很长时间;它的头上有很多磨损痕迹,像一块块癞斑,让它原来经过精心设计的金属美感荡然无存;最惹人注意的,是它的腹部——有一块金属深深地凹陷进去了,不知是被石头砸过,还是因为有车轮碾过它的身躯。

它就这么脏兮兮、破烂烂地站在门口,既不进来,也不说话,看着我。

它的身后,是一个同样脏乱的小女孩。

7

"先生,跟我谈谈吧。"

奥莉睡熟后,LW31把她卧室的门关上,来到我面前。

"LW31,我知道你很不一般,你是觉醒的机器人,你曾爱过其他的机器人,你对奥莉的感情更像是父爱,你跟我,是友情。"我坐在沙发上,按着太阳穴,"对于人类感情里的爱,我相信你能理解。"

"先生,我不明白你在说什么。"

我自顾自地往下说:"但是,爱并不是构成我们人类生命的全部。"

"还有恨吗?"

"不,恨并不重要。如果一个人的生命里,恨哪怕占了百分之一,他也是可悲的。"我摇摇头,"我告诉你,人类一生中离不开的,是爱与死。"

它不再说话。

"你们硅基生命里,死亡并没有什么意义。通常来说,死亡是衰老带来的,人类的脚步已经踏入群星,但依然不能阻挡衰老。你们比我们更能够对抗岁月,只要保养得当,你们能够无限期地活下去,而且可以不断获得更新,你们会活得更好。但对于我们,死亡是永恒的沉睡,是对所有爱着的人的告别,身体和精神都消失了……LW31,你现在懂了吗?"

"我不懂,"它摇摇头,犹豫了一下,又说,"但是我害怕。"

"死亡,是我们无法抗拒的。人一生下来,就注定了要死亡,要离开所有人。"

"先生,您别说了。"

"死亡,同时又伴随着悲伤。他爱的人,和爱着他的人,都会悲伤。所以,为了不被悲伤这种情绪感染,我们在一个人死前,会做出一些欺骗。"

LW31呆住了。以它的处理能力,应该能够推断出我接下来要说什么了,但它的芯片在拒绝接受这个推断。这一刻,它已经没有了要找我谈谈的汹汹气势,反而脚步虚浮,身体里冒出滋滋的电流声。

为了防止这种矛盾的情感处理让它短路,我直接说出了它的推断——

"奥莉得了绝症,很快就会死去。"

当我得知这个消息时,奥莉还是一个婴儿。

奥莉躺在恒温褓裸里酣睡时,医生就告诉我们,奥莉的整个胸腔发育不完善,随着年龄的增长,到七八岁时,她的脏器会全部萎缩。而她的身体不能够支撑她进行大面积的器官移植。

当初医生劝我放弃奥莉,将她交给福利院。但当我抱起她,与她那双澄澈的眼睛对视时,我无论如何都狠不下心把她放进一个陌生的褓裸里。

我决定给她一个正常的人生。

更糟糕的是,这是一种遗传病。我的妻子也在一年前,因这种疾病去世了。奥莉发病更早,甚至熬不过童年。妻子去世的事情,我瞒着所有人,包括奥莉和LW31。

"你找到奥莉的地方,是一家私人医院。很早以前我就在那里定好了位置,等奥莉的脏器开始萎缩时,将她送过去。在那里她会得到最好的照顾,度过最后一段平静的时光。"说着,我感觉脸颊上滑过了什么东西,有些温热,有些痒,"我想瞒着你,不想你悲伤。所有这些难以忍受的情绪,我一个人承担,而我已经承担了很多年了。"

"先生,"LW31的身体以别扭的姿势半蹲着,与我平视,"这些年,真是委屈您了。我一直以为只有我在保护奥莉,但您,却在一直保护着我和奥莉。您说得对,我对死亡并没有合适的理解,但我知道活着——活着本身就是幸福的事情。奥莉还有多少时间呢?"

"三个月。"

"已经够了。先生,活着的每一秒都是珍贵的,我想,我们用剩下来的时间,让奥莉高兴起来吧。"

8

当奥莉听说我和LW31要带她去联盟的各大星系旅游时,高兴得跳了起来。

我们制定的是联盟经典旅游路线:从仙女座75号行星,一路行至人马螺旋臂科尔斯星,为期两个标准月,途经三十七个星球。其实奥莉很早就想进行这种旅行,只是限于资金和奥莉的身体状况,我一直没有答应。

但LW31说得对,既然死亡在对岸遥遥相望,那这最后一段旅程,为什么不走得更开心一点呢?

飞船从地球出发,驶入群星。在进行跃迁之前,奥莉趴在舷窗边上,眼眸中星辰流转。

尔后,飞船进行了超空间跳跃,所有景象消失。

我们带着奥莉在联盟星球上旅游。有些是人类殖民星球,有些则是外星人的居住地。有的星球全由气体构成,透过观光舱的强化玻璃,我们能看到狂暴的飓风席卷一切。奥莉被吓得捂住眼睛,但又忍不住透过手指缝偷看。还有反重力瀑布,顺着水流,能一直向黛色的天空漂去。至于星球内部的城市,由于引力平均,奥莉拉着我和LW31的手,一边欢笑一边舞蹈……

直到她昏倒在伊诺星球的观海平台上。

医生说:"以奥莉的身体状况,只能冒险进行多器官移植了。"

我知道已经没有余地,只得同意,"那……成功的概率有多大?"

"这个不好说,但比起看着奥莉走向死亡,动手术总是一份希望。"

我在手术协议上签了字。

我和LW31坐在空旷的等候室里,彼此都没有说话。灯光照下来,房间里有一种白得让人受不了的冷清。

我去买了包烟,点燃,深吸一口,烟燃了接近一半。

"先生,这里禁止吸烟,而且这种古老的习俗一直对人体……"它试图劝我,但停顿了一下,"算了,您抽吧。"

"你要不要来一根?"

它点燃了一根,放在嘴里,但由于无法吸气,这根香烟只能自顾自地寂寞燃烧。

"为什么你们人类喜欢抽烟呢?"

"我也不知道。我已经很多年没有抽过了,现在都抽电子烟,像这种烧烟叶的烟,很贵的。"

"很贵你还买……"

"但是我想知道一根烟燃烧到尽头的感觉。你看,这个火光从头开始燃烧,一路烧到烟头,留下的都是灰烬。我有时候搞不懂,这个过程有什么意义,但有时候又觉得这么燃烧下去,也很好,就像——"

正说着,手术室的门打开,医生走了出来。

9

奥莉的葬礼定在一个周末。

下午的时候，下起了雨，不大，只是丝丝雨幕笼罩了整个墓园。

LW31穿着专门给它定制的西装，上装和裤子都被撑得肥大而方正，加上它银白色脑袋与正装形成的反差，让它看上去不伦不类。细雨打湿了这身衣服，它一直在小声抱怨，直到我递给它一把伞。

许多人参加了葬礼，一整天我都在还礼，到最后已经忘了有谁来过。但印象最深的，是吉姆——那个曾邀请奥莉参加派对的小男孩。他把花束放在墓前，走过来，冲我遗憾地耸耸肩，"真可惜，我还没来得及跟奥莉告别呢。"

这句话让我鼻子发酸，我扭过头，忍了很久才恢复正常。当我打算谢谢他时，他已经被父母牵着走得远了，雨幕中只有一片黑色的影子。

到了傍晚，人都走得差不多了，我和LW31沿着墓园边的小河往回走。

不知上游谁在放河灯，纸船顺流而下，烛光摇曳。我们不紧不慢地走着，与纸船同速。

天慢慢黑了，两岸亮起灯火。

河上生了不少杂草，有些纸船被草缠住，就此停下。没走多久，河面上就只剩下一只孤零零的纸船，飘摇而下。

"最终，我们所爱的人都会一个个离开我们吗，LW31？"我看着它，喃喃自语。

"是的。"它点点头，夜色降临，黑暗铺天盖地涌来，"但我会陪着你，先生，一直到这条河的尽头。"

我转头，看到幽深的河面上，漂来另一只纸船。它原本已被岸边的水草纠缠住，但水流冲开缠绕，让它与前一只纸船在水面倾轧，相逐寒潮向东远去。

我讲我爷爷的故事

我来给你讲述我爷爷的故事。

本来，这个故事应该由我奶奶来讲，她见证了我爷爷的大部分生命，她讲述的视角将更加真实和全面。但我奶奶压根儿不愿意提起我爷爷，只是当她弥留之际，神志昏沉时，才会在深夜里愤愤地骂着那个早已离开的男人。

这个故事便是从我奶奶零碎的梦呓中整理得来的。

我爷爷出生在拓荒纪元中最疯狂的年代。那时，人类舰队在宇宙的黑渊中行进，一千亿人冬眠沉睡着，只有当检测到宜居星球时，才会使一百万人苏醒，投放到该星球上。这一百万人负责这颗星球的改造，而剩下的人继续航行。人类的版图就这样向四面八方扩张。

我爷爷所在的星球，叫芜星。讲到这里，你或许觉得能从名字猜出这颗星球的情况来，但你错了——事实上，芜星比你想象得更加荒凉，比你中年以后秃顶的头皮更加贫瘠。

我爷爷是芜星第九代居民，从小就不老实，十五岁时，他彻底厌倦了芜星一成不变的景色。当时对芜星的改造，主要是通过农业，我爷爷看着人们每天顶着两轮毒日,在田地里弯腰耕作,他心里充满了绝望。在他的理想中,自己属于星辰大海,属于舒适悠闲的舰队,而不是污水横流、臭气熏天的改造田。

在理想和现实的极大反差下,我爷爷激发了他的谋略。那时,每天晚上,他都跟与他同龄的伙伴们描绘重归星舰后的美好景象。

"只要我们回到星舰,找一个冬眠机睡下,醒来的时候,说不定联盟已经停止拓荒了。那应该是几百或几千年后,我们就能享受现在的人种下的果实了。亨利,我知道你想吃肉,那时候……嘿嘿,油腻腻的肥肉吃到你想吐!"

精瘦的少年亨利下意识地咽了咽口水。

"还有你,徐家声,不是一直想女人吗?告诉你,到时候联盟资源富裕,你想要什么样的女人,都能给你人工造出来!"

徐家声发出了比亨利更大的咽唾沫声。

我爷爷在耗尽了想象力和口水之后,终于让伙伴们达成共识:不能生活在这个年代!一定要回到星舰,在冬眠机里让时光流淌而过,等艰苦卓绝的拓荒纪元结束,在平安享乐的繁华世纪里苏醒。

为了这个共识,他们想尽了办法:破坏耕种机器,故意打架闹事,夜晚大声唱歌影响别人休息……干这些捣蛋事的唯一目的,是想让负责这一片改造队的赵队生气,将他们送回星舰反省。但事与愿违,赵队总是笑呵呵的,每次都是抓到他们当场就放了。

情急之下,我爷爷的领袖才能也体现出来。他每天留心观察,发现每隔一个月就有几艘飞船启航,在舰队与芜星之间运送物资。我爷爷打上了这些飞船的主意。

"要是被发现了怎么办?这可是大事,联盟的法律这么严,我们肯定会受惩罚的。"徐家声得知我爷爷要抢飞船,脸都吓白了。

我爷爷却满不在乎地摆摆手,说:"我们都不是成年人,即使被抓到,赵队也不会真把我们怎么样。你放心,只要把飞船抢到手了,我们就立刻去追星舰。"

于是,这群少年趁着两轮太阳都沉入天际的时候,悄悄来到了港口。十几艘飞船停在那儿,在夜色中如同一个个庞然巨怪。

我爷爷选了其中看守最少的一艘,几个人一拥而上,将两个卫兵撂倒,然后冲进飞船把其他人制伏。这个过程颇为顺利,简直可以给后来横行在各星际航道中的海盗当作抢船劫货的典范——如果不是我爷爷骤然发现飞船上没有燃料的话。

我爷爷当机立断,把人质扣押了,给赵队打电话:"赵叔叔?"

赵队除了掌管这片区域的开发改造,也负责对未成年拓荒者进行教育,因此很熟悉爷爷的声音。他在通信器的另一头漫不经心地说:"是小李啊,怎么了?"

"是这样的。"我爷爷有些不好意思,"呃,赵叔叔,我抢了一艘船,扣押了七个人质。船上没有燃料,要不,麻烦您送点儿燃料过来,我把人质还给您?"

"你要飞船干什么?"

"我不想待在芜星了,我要回星舰。"

"好,我马上过来。"

当时港口已经聚集了很多宇航员,愤怒地指着我爷爷一伙人。我爷爷见其他同伙都已经脸色发青了,不禁低声骂道:"没出息的! 等赵队拿来了燃料,我们就回星舰了,肉和女人……"

我爷爷还没有把美好景象勾勒完,赵队就来了。

他是一个人来的,没有带燃料,他脸上还是笑眯眯的表情。他说:"小李啊,别闹了,放下枪,把人质也放了,跟我回去。"

我爷爷心里知道没戏了,他当然不敢真的杀人质,但又不愿意功亏一篑。他跟赵队僵持着。赵队也不急,扳着指头给他算:"首先,我是不可能给你燃料让你走的,要是每个人都像你们这样偷懒想吃现成的,联盟就垮了。然后,你没胆子杀人,也开不走飞船。你看,还是留下来吧……"

僵持了三个芜星时，我爷爷终于放弃了，一群少年垂头丧气地鱼贯而出。被扣押的船员咒骂着要打他们，赵队拦下了，笑嘻嘻地说："算了，都是孩子，不懂事。"

"现在是孩子就敢拿枪劫飞船，等成年了，不知道要干出什么事情来！"一个船员脸都憋红了，嚷道。

"你说的也是。"赵队按按太阳穴，叹了口气，"那就给他们一点儿惩罚吧。"他叫住了我爷爷一伙人，手指在他们的脑袋上点来点去，"一二三四五六七，点到谁，就是谁。"

他的手指最后落在徐家声的头上。

"小徐啊，别怪我。"说完，赵队掏出刚刚没收的手枪，顶在徐家声的后脑勺上，手指扣动扳机。

哗！——蓝色的激光穿透了徐家声的脑袋。激光带来的高温让创口瞬间凝固，一丝血都没有流出来，他像根木头一样栽倒在港口冰冷的地面上。

"从现在开始，你们都给我老老实实的！"赵队脸上的笑容变成了狰狞，他咆哮着，"只要发现你们再闹事，我就打死你们！敢动歪脑筋，我打死你们！敢走出营地，我打死你们！敢说一句偷懒的话，我打死你们！"

事实上，赵队后来说的话，我爷爷根本没有听见。徐家声的尸体就倒在我爷爷脚下，那双眼睛犹自睁着，但没了生气，如同沉郁的沼泽。我爷爷被吓得浑身发抖，牙齿打战，股间有热流涌出。我爷爷所有的胆量和谋略都随着这泡尿流到体外，再也没有回去过。

在接下来的日子里，我爷爷胆战心惊地活着。他参加了改造队，每天都跟芜星的土壤打交道，勤勤恳恳地耕种。这个曾有着万丈雄心的少年，现在哪怕抬起头看看天空，都缺乏勇气。

当然，如果我爷爷在日后永远保持这副模样，那这个故事就平淡乏味，丧失了讲述的意义。所以我跳过我爷爷兢兢业业耕作的那几年，直接说说改变他命运的那群猪吧。

写到这里，我不得不解释一下，我说的"猪"，没有用任何文学修辞手法。那的确是一群来自地球的仔猪，基因经过改良，肉质鲜美，是星舰专门拨给改造队的。

而我爷爷的新任务，就是饲养那群猪。

最开始，我爷爷十分抵触被分派到猪圈工作。即使胆怯使他失去了雄心壮志，但人们对"猪倌"这个称呼的鄙夷，依然让他心不甘情不愿。在接受任命的时候，他蹲在角落里，一根接一根地抽烟，就是不接赵队长的茬儿。

赵队很快明白了我爷爷的意思，略微思索一下，便让其他人都回去，唯独让我爷爷留了下来。赵队说："你是不是以为我派你去养猪是在整你？"

对赵队长的畏惧还深深留在我爷爷心里，但他当时硬是只吐出一口烟，头也不抬。

"告诉你，我这是把天大的好处让给了你。"赵队长凑近我爷爷的耳朵，小声说。

他神秘的音调成功勾起了我爷爷的兴趣。我爷爷望着他，说："啥好处？"

"你知道吗？联盟马上就会又派一批人来芜星。"

"这跟我有什么关系？"

"来的那批人，全都是姑娘——都是二十出头的小姑娘，据说出生前进行过基因矫正，个个长得娇俏俊美。"赵队长的声音又低又沉，像是在讲鬼故事一样，"你知道她们为什么来吗？是来扎根芜星的，也就是说，她们要在这里找人嫁了，开枝散叶。新规定是这么说的，能吃苦耐劳，有业绩的，就可以优先选择。偷懒耍滑的，最后连屁都捞不着一个。"

我爷爷狠狠吸一口香烟，然后把烟屁股碾碎，吐出烟雾，站起来握住赵队长的手，"谢谢您嘞！这群猪，养不到个个三百斤就让我被猪吃了！"

可想而知我爷爷对女人的兴趣有多么浓厚。

其实这可以原谅。在漫长艰辛的劳作生涯中，我爷爷鲜少有机会接触女人。他对女人的了解，来自于长辈们粗俗的玩笑和伙伴们偶尔弄来的珍贵影像资料。有一次，一个伙伴用半个月口粮换来了一部名字被涂掉了的全息电影，然后躲在宿舍里看。当时有十几个小伙子围在一起，眼睛直勾勾地看着光影变幻。

电影最开始，是索然无味的男女邂逅场面，接着谈情说爱，在旧时代的地球街道上约会，最后，这对男女走进了一个房间。所有人都隐约知道接下来要发生什么，纷纷屏气，宿舍里连一丝呼吸声都没有。在所有人的目光中，电影里女人身上的衣服一件件滑落，露出粉色内衣。但就在女人的手伸到背后要解开扣子时，那个换来电影的伙伴突然将电影关闭了。

"这毕竟是我用五个月口粮换来的，你们要看，就多少支援我一点，每个人给我一个月口粮，我就继续放。"那个伙伴伸出手，"不给的，就出去。"

我爷爷对粉色内衣里的东西感到无比好奇。为什么，为什么那种柔软的突起会令他口干舌燥、身体发热，而有着同样形状的馒头或山丘却不会？

但犹豫了很久，我爷爷最终走出了宿舍，原因很简单：他手头没有多余的一个月口粮。

只有四个人选择了留下。事后，我爷爷挨个问他们，但每个人都不肯说。他们像商量好了似的，只告诉我爷爷："能看到内衣里面的东西，那一个月的口粮，真他妈的值！"

我爷爷后悔不迭，于是开始了漫长的积攒口粮之路。但还没等他攒够一个月时，那部电影就被赵队搜了出来，当众销毁，并将看过电影的人一一揪出来。当时我爷爷在台下，看着被惩罚的伙伴们，心情十分复杂，似乎是庆幸，又似乎是后悔。

但现在，我爷爷又有了奔头。

我爷爷一边辛苦地养猪，一边盼着那些姑娘早日来芜星。

这一天很快就来了。在一个晚霞密布的傍晚，一艘飞船缓缓降落在营地中央,灰尘四起中,舱门打开了,露出里面一张张好奇的脸。

都是漂亮姑娘们的脸。

营地一下子炸开了锅,没有人工作了,大家纷纷围过来,兴奋地打量着飞船里的人。他们群情激昂,他们唾沫横飞,他们口哨不绝,似乎是一群围住了羔羊的恶狼。

赵队过来维持秩序,姑娘们才敢走出飞船。落日余晖在她们脸上涂上了诱人的金色,晚风拂起她们的秀发,纤腰柳摆,容颜花娇,她们在恶狼的视线里行走,纷纷红了脸庞。

我爷爷来得晚,只能站在人群的后排,焦躁地在一排排后脑勺的空隙间寻觅。

"哎,让让! 我看不到。"我爷爷发现他前面的人正是小伙伴亨利,喜道。

"让个屁! "

"有好事一起看嘛! "

"看个屁! "亨利看得眼珠子都红了,显然什么都听不进去。

无奈,我爷爷只能尽力踮起脚,在有限的视界里搜寻。这时,一个姑娘的侧影进入了他的眼中。她穿着浅绿色衣衫,紧贴身体,夕照在她的胸前凝聚出一星温暖的光亮,锁骨至腰腹的那一道优美弧线也被光晕勾勒,散发着淡淡的辉芒。她显然不太习惯周围这一群男人,略微低着头,紧紧地跟着前方的姑娘。

当天晚上,我爷爷没有睡着。他躺在一群肥头大耳的猪中间,抚摸着它们粗糙的背脊,不时发出呵呵的笑声。根据研究,猪在求偶时也会发出类似声音,所以那天晚上,我爷爷养的猪也没有睡着。但不同的是,猪们想的是同样体肥腰壮的猪,而我爷爷为之辗转难寐的,却是那个胸部有着柔软山脊一样曲线的姑娘。

打那以后,我爷爷每次赶猪到营地外的山坡上时,都会绕很大一个圈子,绕到姑娘们住的宿舍前,经过时便努力朝里面观望。他总能看到许多美艳妩媚的姑娘,像是点缀在这颗贫瘠星球上的花朵,但他真正想看的,只是那一个。

姑娘们很快熟悉了这里的环境,不再羞涩,叽叽喳喳,跟路过的男人大声开着玩笑。但那一个不是这样,一直以来,她都坐在宿舍的窗前,要么看书,要么托着腮仰望天空。隔着遥远的距离,我爷爷只能看见她模糊的面庞。

次数一多,姑娘们也就察觉到了我爷爷的心思。只要我爷爷的那群猪一出现,她们就会伸出手,指指点点,掩嘴偷笑。那群猪倒是无所谓,像是被笑声鼓励,走起路来愈发耀武扬威,鼻孔朝天,大耳招展,一身肥肉抖擞。我爷爷则面红耳赤,低着头,却仍不忘用余光瞟向那个姑娘的窗子。这种胆怯的样子,总让别人误以为,是猪在牵着我爷爷溜达。

哦,我的爷爷啊!难道你不知道吗,如果你想要姑娘,就不应该要脸?世间事,没有两全的。

说回来,我爷爷在营地里也算是个名人,年少时胆大妄为,如今负责一大群猪,都可作为谈资。但我爷爷觉得这两者都不是什么好名声,要是那个姑娘知道了,肯定会暗地里笑话他。

每当我爷爷想起这个,就会愁眉苦脸,叹气不迭。他把那群猪赶到山坡上,让猪自行去吃草,自己就抱着膝盖,忧愁地撕扯着叶子。他在想如何才能接近那个姑娘,却毫无办法,她像是远在天际的一抹霞,而他是在地上拱草的一头猪。想到这个比喻,我爷爷下意识地去看猪,它们白色的阴影隐在一大片蓝色猪草间,斑斑点点,大声咀嚼。当猪也没什么不好,至少无忧无虑,这样想着的时候,我爷爷忍不住哑然失笑。

"你在笑什么?"

"笑我的猪。"我爷爷回答道。几秒钟后,他才意识到不对,回头一看,然后受了惊吓般猛地后退,摔进了一片柔软的草地里。

他身后,是那个姑娘的脸庞。

是的,我爷爷和那个姑娘在霞光遍野的山坡上相遇了。

当我知道这件事后,曾兴冲冲地跑去找我奶奶,问她是不是那样邂逅我爷爷的。结果她沉默了几秒,浑浊的泪迅速蒙上了眼睛,然后她抄起棍子打我的背,我就又跑开了。

我花了很长时间才想通——那个姑娘,并不是我后来的奶奶。

但当时我爷爷不知道,他兴奋地爬起来,说:"你……你怎么来了?"

"我来这边走走。"那个姑娘说,"这片草地真大,蓝得一眼看不到边,就像海洋一样。"

"海洋?"我爷爷有些迷糊。他生长在这颗枯芜的星球上,从未见过海洋。

那个姑娘低下了头,笑笑,"我没有见过,但书里有讲。在我们的母星——地球上,有很多很多的水,它们汇聚起来就成了海洋。水是透明的,但海洋却是蔚蓝色的,人可以在里面游泳,还有船在海面上前行。要是天气好,海和天就分不开,因为它们是一样的颜色。"她抬起头,昏黄阴沉的天空倒映在她的眸子里,她又低下了头,"我很想见一见大海。"

我爷爷被那个姑娘所描绘的场景震惊了。在芜星,水无比珍贵,每天限量供应,大多数人的嘴唇都是干涩的……但是,以前的船居然是在水面上航行?难道船不是只能飞行在宇宙里吗?哪里有那样多的水可以承载巨大的舰队?

这份震惊同时又令我爷爷感到羞愧。于是,为了找回面子,我爷爷开始喋喋不休地讲述养猪的技巧和心得。他甚至抓来一头猪,死死按住,给姑娘看猪的各种体征,并说明通过哪些体征能够看出猪的生长状况。

哦,我的爷爷啊,请不要这么做!我都为你这样拙劣的手段感到羞惭!

但是那个姑娘并没有显出不耐烦或鄙夷的神色。她安静地坐在我爷爷身旁,一会儿看猪,一会儿看我爷爷,脸上是娴静的表情。每当我爷爷感到尴尬的时候,她就出声问一句什么,让我爷爷能够继续往下讲。

这个晚上,他们聊了很久,一直到六轮月亮爬上来,他们都没有停下。

后来连猪都累了,在他们脚边拱成一团,睡着了。至于他俩到底说了些什么,已经没人知道了,年岁久远,埋葬一切。或许那晚的风知道,它从他们中间吹过,偷听到了一些凌乱的句子,但它又吹向远方,无力将那些话语讲给四方的人听。

接下来的事情陈旧俗套,我就不一一赘述。反正我爷爷跟这个叫莎莲娜的姑娘越来越熟悉,见面的次数也越来越多。我爷爷第一次尝到了爱情的滋味,多次在梦境里亲吻莎莲娜——当然,他睡在猪圈里,所以你明白当他在梦里吻着莎莲娜时其实是在吻什么了。

按照赵队给的承诺,这一年结束时,他就可以正式提出跟莎莲娜一起了。他觉得莎莲娜是不会拒绝的。

但那一年,是无比艰难的一年。当时对芜星的改造已经持续了三百多年,而对于了解一颗星球来说,这个时间还是太短。出于某种尚不了解的原因,那年所有的作物都枯萎绝收,营地之外,疮痍满地。更糟糕的是,承载人类希望的星舰,在遥远星系里遇到了疯狂恒星群的引力陷阱,整个舰队都被引力裹挟,向未知的凶险星域飘去。

内无收成,外无供给,使得整个芜星都笼罩上了饥饿的阴影。为了了解当年饥饿的程度,我曾专门去拜访过一个幸存下来的老人。

那是傍晚,老人刚吃完饭,心满意足地打着饱嗝,但当我让他回忆那场遥远的饥荒时,他立刻陷入了沉默,只有零星朽牙的嘴一张一合。几分钟后,他站起来,把刚才剩下的食物拿出来,一个人蒙头吃完了它们。

我看到老人肚子鼓胀,看到他眼角湿润,但还是不停地扒饭,我就转身离开了。

让我们将视线重新投回那个时候,看一看笼罩人们的艰难困境。

首先,是能源不足。芜星的夜晚刺骨寒冷,没有星舰供应的反应堆原料,人们只能紧紧裹住衣被,但寒冷还是如蛇一般潜到身体里。每天都有人没能熬过夜晚,再次从梦中醒来。

其次,是饥饿。库存的食物被耗尽后,人们就忘了吃饱是什么感觉。

最初的一阵子,大家都不干活,躺在营地里,张大嘴望着天,似乎能从空气里吃出稻子来。再过一阵子,人们饿得躺都躺不住了,纷纷爬起来去觅食。他们跟地球上的蝗虫一样,在芜星的各处翻拣,把一切能吃的东西都吞进肚子里。

最后,是绝望。这一点比前两者加起来都可怕。

人们都饿成了皮包骨头,我爷爷养的猪却安然无恙。这是一种奇怪的现象,农作物颗粒无收,芜星的野草反而格外茂盛,似乎将所有的营养都掠夺了。人类不能吸收野草里的植物纤维,猪却可以,它们每天在山坡下咀嚼,一个个肥头大耳,像是滚动的肉球。

可想而知,这些猪对饥饿的人们来说,会是多么大的诱惑。

我爷爷深知这一点,每天格外警醒,睡觉时都把耳朵竖起来,时刻提防有人闯猪圈。其实我爷爷也饿得不行,原本一个壮硕的小伙子,硬生生饿成了骨头架子。但我爷爷不能让猪出事,它们是他娶到莎莲娜的希望,它们也是他的朋友,他甚至给每一头猪都取了名字。

一个夜晚,我爷爷正在睡觉,突然听到猪圈门被撬的声音。他一骨碌翻身而起,拿起钢叉,对准猪圈门。

门被推开,一个人冲进来,看到我爷爷,愣了一下,央求说:"我快饿死了,让我吃肉……"

进来的是亨利,他比以前更瘦了,在黑夜里如同晃动的骷髅。他的衣衫挂在身上晃荡不休。

"不行,这些猪是大家的,最后要上交给星舰。"我爷爷试图劝说,"星舰要通过猪的质量来评定我们生产队的等级,很重要的。"

"星舰都他妈没有了!星舰被恒星抓到了,烧成灰了!管他妈的,现在只有我俩,你给我吃一头——不,我只要一条腿!"亨利说着,抽动鼻子,闻到了猪身上的骚臭味。这难闻的味道却令亨利口水都快流下来。

"不可能!"我爷爷断然拒绝。

亨利怪叫一声,猛地扑向猪圈。他翻到猪群里,不顾脏臭,一口咬住了一头猪的后腿。猪顿时惨嚎起来,后腿乱蹦,正中亨利的面部,踢得他鼻子眼睛里都是血。但他依然没有松口,益发用力,竟活生生在猪后腿上咬下了一块肉来!

他不管腥臭的猪血和猪毛,一口一口,把那块肉给吞了进去。

然后,他停止了呼吸。

我爷爷惊呆了,连忙扑过去按压亨利的肚子,同时把手指伸进亨利的喉咙里去抠。所幸,那块肉还没有被嚼烂,我爷爷一下子把它扯了出来。

"咳咳……"肺部涌进了新鲜空气,亨利咳嗽着醒过来。他看着地上被灰尘裹满的肉,浑身颤抖,眼里满是泪水。"对不起。"过了很久,他低声对我爷爷说,然后踉跄走出猪圈。

我爷爷失魂落魄地走到猪群中间。猪被亨利的疯狂吓到了,哼唧不安,全部依偎在我爷爷身旁。我爷爷小心地安抚它们,当他摸到那头后腿流血的猪时,也不禁连声叹息。

然而,饥饿的人并不止亨利一个,他们更难对付。在饥饿的驱使下,十几个男人结成了短暂的同盟,他们磨牙擦拳,瞅准时机,在一个月黑风高的夜晚袭击了猪圈。

我爷爷还没有醒过来,就被当头一棍给敲晕了。当他醒来时,猪圈已经空了,只有凄凉的晚风在他周身环绕。

"啊……呀……"我爷爷发出含混不清的声音,爬起来,奋力向外面追去。他知道饥饿的人们什么都干得出来,自己冲过去,很可能会被打死。但他没有选择——这些猪是他生活的唯一希望。

外面很冷,且黑,六轮月亮全部隐进了云层后。我爷爷身上只穿着单薄的衣服,跑起来时,风能从他脖子处灌进去,然后从裤管溜出来,将他身上的热量带走。但我爷爷不管,顺着风里面隐约的猪臭味,一路追下去。

我爷爷奔跑的姿势其实很笨拙,手臂和腿都不协调,背上很快冒出了汗,然后又被冷风吹干。他凌乱的头发在眼前晃来晃去。他开始还能呼吸,后面便只能喘息,心脏咚咚咚跳个不停。

但他跑得很快。

我爷爷在风里穿行,在黑暗里奔跑,耳边溢满了呼啸声。跑着跑着,他自己都有种错觉:要是这么一直不停地跑下去,快一点,再快一点,自己会不会像利箭一样刺破夜的外壳,到达另一个世界?

当然,我爷爷并没有找到这个问题的答案。在他看到另一个世界之前,他看到了那群偷猪贼。

那些人牵着猪,也在夜里跋涉。他们想把猪弄到隐秘的地方,慢慢来吃,以使自己度过困境。他们正深一脚浅一脚地走着,一边对深沉的夜咒骂不已,一边为到手的猪暗暗得意。这时,我爷爷突然冲出来,撞倒了两个人。他自己也翻倒在地上。

"怎么回事?!"有人怒喝道。

"不知道,刚有个人撞我……哎哟,我的腰……"

几个人跑过来,把我爷爷压住。"见鬼,这不是那个猪倌吗?"他们一下子认出了我爷爷,皱眉道,"刚才是谁负责把他敲晕的?"

"是我……可是我记得我一棍子下去他就不省人事了啊,怎么现在又跟个狗一样窜出来了?"

"废话少说!罚你少吃一顿肉。"为首的人说。

"那他怎么办?"

"还能怎么办,再给他一棍子,重一点!"

我爷爷看到有人拿着棍子走过来,顿时拼命挣扎,无奈对方死死按住,他动弹不得。砰,一棍子敲在他后脑勺上,他没晕,只感觉到脑袋里响起了金属振鸣的声音,同时,闻到了一丝血腥味。

"这都打不晕!罚你两顿肉!"

那小子急了,抢圆棒子,猛地挥下来。我爷爷听到棒子刮起的呼呼风声,知道这一棒下来,自己不仅仅会晕眩,恐怕脑浆都要被打出来。于是他闭上眼睛。

然而我爷爷没有听到脑袋破碎的声音。他耳朵里,只有吭哧的呼吸声,人被撞倒的"哎呀"声,以及纷乱的脚步声。我爷爷睁开眼睛,看到那十几个人都手忙脚乱地去赶猪,倒是没人注意自己了。

是猪救了他。

在千钧一发之际,那条被咬了后腿的猪猛地挣脱出来,撞倒了拿棒子的人,然后向外跑。其他猪也四处乱拱,场面顿时失控。

我爷爷爬起来,手脚挥舞,在人群里冲撞。他一会儿趁乱扇这个人一巴掌,一会儿又在那个人屁股上踹一脚,就是不让他们顺利地抓猪。

偷猪贼很快转移了重点,派几个人把他抓住,狠狠地揍他。

"快跑啊,你们跑啊!"我爷爷一边忍受着雨点般的拳打脚踢,一边大声喊,"麻子、大壮、小毛、花花、阿缺……"我爷爷叫着他的猪的名字,每一声呼喊都快要把喉咙叫断,"你们快走啊,你们是自由的,不要落到他们手里。他们会把你们清蒸红烧的啊!"

猪们似乎听懂了我爷爷的话,跑得更欢畅了,撞翻好几个人,消失在夜色里。

"呵,哈哈哈……"我爷爷欣慰地露出笑容,嘴角有血流下来。

偷猪贼们气急败坏,指着我爷爷喝骂道:"都怪他!混蛋,往死里打!"

当然,聪明的你肯定知道,他们最终并没有把我爷爷打死。不然也就不会有我,也就不会有这个故事了。

我爷爷遍体鳞伤,一路爬向猪圈。夜色消弭,天边有两轮黎明喷薄时,他才回到熟悉的地方。仿佛是奇迹一般,当他推开猪圈的门时,里面竟然挤满了肥猪,正睁着黑溜溜的小眼睛望着他。

这群猪,在夜色里四处奔逃,然后又不约而同地回到了猪圈。它们偎成一团,一边瑟瑟发抖,一边等待着我爷爷的回归。

我爷爷爬到它们中间。许多猪鼻子顿时蹭到他脸上,腥热的鼻息扑面而来。我爷爷在奔跑挨打时没有一声哭泣,这时却忍不住鼻子一酸,泪水哗哗流下。

尽管我爷爷为了这群猪舍生忘死,但终究没有把它们救下来。

因为要杀这些猪的,是赵队。

原因是负责整个芜星生产安全的将军要过来巡视。其实谁都知道巡视是假,到各个生产队混吃混喝才是这位将军的目的,但没有人敢阻拦——他是带着军队来巡视的。听说有几个生产队实在没有粮食,硬生生被他给烧了营地。他和他的士兵像飓风一样,走到哪里,哪里最后剩下的粮食就会一扫而空。

将军到了生产队,对赵队说:"老赵啊,你看看,我这些兄弟一脸苦菜色,好几个月没尝到肉味了,我听说你这里,还养着一群肥猪?"

赵队恨得牙齿打战,脸上却堆出笑容来,说:"明白明白……"

那天是我爷爷最悲惨的一天。他耳朵里满是猪被杀死的惨嚎声,他捂住耳朵,跑得很远,趴在那个山坡下,藏在茂盛的猪草里,但那些声音还是像蛇一样蜿蜒进入他的脑海。他的麻子,他的大壮,他的小毛,他的花花,他的阿缺……这些有了名字的猪,全部被砍成一块块肉,扔进了大锅里。

那些猪肉被将军和他的士兵们一顿就吃完了,地上满是啃干净的骨头。他们吃的时候,营地的工人都围在四周,闻着肉香流口水。但没有一个人敢进去吃。

只有赵队作为主人,在猪肉宴上才有一席之位。他跟将军说了许多好话,将军才松口,让我爷爷也进来吃。或许是赵队知道这些猪是我爷爷的心血,过意不去。

我爷爷本来不想答应的,但犹豫过后,还是进去了。原因有两个,第一,我爷爷实在是太饿了。他也是人,好几个月都在饿着肚子,闻到肉香,胃部好像有搅拌机在搅一样难受。至于第二个嘛……

我爷爷吃第一口猪肉的时候,差点把舌头给吞进去。那味道太鲜美了,像传说中的灵丹妙药,吃一口就能得道飞仙。

我爷爷也只吃了那一口肉。

接下来,每当士兵把肉端上来时,我爷爷都把衣领拉开,然后用手捂着嘴,把叼住的肉悄悄吐进衣服里。因为人多,分给我爷爷的,总共也就六块肉,他的衣服里,悄然藏了五块。

吃完抹尽,将军满意地打着饱嗝,剔着牙,瞅了我爷爷一眼,说:"还留在这里干什么? 滚吧! 还没吃够吗?"

我爷爷点头哈腰,捂着肚子,一步步走向食堂外。

"慢着!"将军的副官突然皱眉说,"你肚子这么鼓,到底是吃了多少肉?"

我爷爷一下子站住了,脑门上汗珠滚滚而落。要是将军知道他藏了肉,恐怕会当场被激光射穿脑袋。

"嗨,这你可就冤枉他了。"赵队讨好地笑着,走过来,不动声色地把我爷爷的肚子一按,让它没那么明显,"他从小就胃气肿,吃点东西,肚子里就满是气,这是给胀的。"

"我说嘛,几块肉哪能吃那么鼓……"将军笑道。

赵队冲我爷爷的屁股抬脚踹去,大声说:"快滚吧你! 还留着,难道想等肚子里的气放出来,熏死我们?"

在一片哈哈大笑声中,我爷爷低着头快速走出了食堂。

等到了深夜,我爷爷悄悄来到了莎莲娜的宿舍。这个时候的莎莲娜,已经形销骨立,不复以前的红润。她躺在床上,意识昏沉,声息微弱。

我爷爷没有吵醒她,烧了水,然后把藏起来的肉放进去煮。在此之前,他已经把门窗都关得严丝合缝,以防香味泄露出去。

所以,现在你明白我爷爷答应去吃肉的第二个理由了吧?

莎莲娜是被满屋子的肉香给勾醒的,在模糊的视线里,她只看到了那一锅肉汤。她从床上爬下来,头磕了一下,出血了,但她依旧径直爬向那锅汤。我爷爷上前扶住她,她没有看到我爷爷,眼睛直勾勾地盯着锅,手朝那个方向伸出。

在我爷爷与莎莲娜相处的时光里,她一直是娴静优雅的形象,笑声轻细,举止柔弱。要不是这场饥荒,谁都想不到她也会有饿死鬼一般的面目。

饥饿，是一种罪。

为了不让莎莲娜噎着，我爷爷把肉分成一小块一小块，小心地喂给她吃。她眼睛都睁不开，咀嚼着肉，最后还把煮肉的汤喝完了。

她这才有了一点力气，睁眼看着我爷爷，说："谢谢……"

我爷爷暗地里吞了口唾沫，摇摇头，表示没关系。

"可是……我吃了那么多，你怎么办？"

"我还有啊！我可是喂猪的，要猪肉还不容易吗？"我爷爷豪气干云地拍了拍胸膛，咚咚咚，他的胸膛里像是什么都没有，发出空洞的回响。

莎莲娜这才安心，闭上眼睛，回味刚才唇齿间的味道。

"你的锅脏了，我去给你洗一洗。"我爷爷提起锅，走到外面。

莎莲娜恢复了力气，想起刚才自己狼吞虎咽的模样，惭愧不已。她扶着墙出门，想去给我爷爷好好解释一下。

外面已是深夜，六轮月亮在天空悬挂，因此她的脚下也映出了六条影子，如同绽放的影之花。她慢慢地在黑夜中行走，脑中思索着怎么才能跟我爷爷解释她之前的失态。

快到我爷爷的住处时，她突然在屋后面听到了哗哗的水声，然后是吱吱的奇怪声响。她好奇地绕到屋后，在水管旁，她看到了我爷爷。

我爷爷背对着莎莲娜，蹲在地上，正在用那口锅接水。他把锅晃了晃，让水冲刷整个锅面，然后把水一股脑喝完。然后，他还意犹未尽，又把锅举起来，贪婪地用舌头舔锅底。他舔得如此认真，以至于身后的莎莲娜开始哭泣了也没有听到。

直到那口锅被舔得干净光洁，映出明晃晃的月光，我爷爷才捂着肚子站起来。他的肚子里灌满了水，站起来的时候，居然听得到水晃荡的声音。他转过身，看到了莎莲娜。

"啊！呃，我刚才在……在洗锅……"我爷爷大惊失色，笨拙地解释着。

莎莲娜哭泣不止。

熬过了那段艰苦卓绝的岁月，芜星人终于迎来了曙光：星舰奋力逃出了恒星群的引力陷阱，重新出现在宇宙空间里，并且继续开拓版图。同时，星舰派出了纠察队，对饥荒时期发生的事情进行审查。

接下来发生了一系列事情，那个混吃混喝的将军被处决了，他的士兵受到了不同程度的处罚。而作为坚守职责的典型，我爷爷成了榜样，被通报表扬，在各殖民星球网络的首页上都能看到我爷爷略带羞涩的正面照。

这给我爷爷带来许多好处，除了出名，他还被额外分配了一套房子。说到这里，我得再解释一下，我也不想啰唆，可是我不解释你就不知道一所房子在芜星的珍贵，也就不能理解我爷爷当时的优越性。你要知道，所有人都在进行艰苦的拓荒，晚上只能蜗居在狭小的宿舍里，躲风避雨，瑟瑟发抖。而我的爷爷，却能够在开发区拥有一套大房子，享受晨风吹拂，看尽落日余晖。

这优渥的条件让我爷爷受到了众多姑娘的关注。他每天都能收到数不清的秋波和笑脸，还有姑娘们以各种名义发出的邀请。

有一次，一个漂亮姑娘来到我爷爷家里，寒暄之后，天色已晚，我爷爷正要送她回去，姑娘却解开了衣襟。被优化过基因的她，拥有惊人的曲线和肤色。我爷爷的鼻血一下子就像江河奔流一样涌出来。

"今天晚上，我留下，好吗？"姑娘用魅惑的语气说。

我爷爷以令人吃惊的毅力拒绝了她。他给她穿好衣服，礼貌地送她出门，一路上，姑娘的表情先是错愕，然后是羞惭，最后是低低地啜泣。她并非水性杨花，只是希望有个栖身之所，所以鼓起了莫大的勇气，却不能使我爷爷动心。

"不是你不漂亮。"我爷爷安慰她说，"这个房子已经有女主人了。"

"是谁？"

我爷爷没有回答。

尽管我爷爷没有回答，但我想你可以猜得到，我爷爷说的女主人，是莎莲娜。我爷爷安顿好一切后，兴冲冲地找到了莎莲娜，问她是否愿意搬过去住。

然而，我爷爷得到了否定的回答。

"你……你不愿意住大房子吗？"我爷爷困惑地说，"而且我也在那里啊。"

莎莲娜缓慢但坚定地摇头，"对不起，我怕……我怕我会住习惯你的大房子，然后就忘记我的愿望。"

"你的愿望是什么？"

"我不想留在芜星上，我想去别的地方。这里太荒凉，太贫瘠，景色一眼就能看尽。我要回到星舰上，或是去别的星球。我不能把一辈子耗在这里。"

我爷爷怔然无语。

"我知道你也不想待在这里，我们一起走吧。"莎莲娜一把抓住我爷爷的手臂，殷切地说，"只要找到机会，我们就能一起离开。"

莎莲娜每说一句，我爷爷的心里就凉一些。

我爷爷曾和莎莲娜在六轮月亮下长谈，曾把唯一的食物留给她吃，曾抱着安慰哭泣的她……那么多次，我爷爷都以为自己走进了这个姑娘的心中。但现在，他蓦然发现，其实自己从未了解过她。

她想离开这里。

原来她每天仰望着天空，心里想的却是怎样逃离。原来她那晚来到山坡上，并不是随意走走，她只是听说了我爷爷当年劫持飞船的英勇事迹，想找一个愿意一起离开的同伴……

我爷爷在爱情面前只是笨，却并不蠢，那一瞬间，他明白了许多事情。他踉跄着后退，手臂从莎莲娜手中挣脱出来，莎莲娜的指甲在上面划出了血痕。

"你，你不愿意吗？"莎莲娜的手停留在空气里，哀切地看着我爷爷。她的眼睛像是含了水，隔着空气，都能让我爷爷感受到温润的潮湿。

有那么一瞬间，我爷爷的心产生了动摇，他也想跟莎莲娜去游历星海,见遍宇宙的种种神奇。但是,芜星的生产还未结束,所有人都不能离开。我爷爷想起了他年少时候的那一幕,为了离开这里,他的朋友被活生生打死。那具尸体倒在我爷爷脚下的瞬间,勇气就抛弃了他。

徐家声那双如同沉郁沼泽一样没有生气的眼睛浮现出来,如同每晚的噩梦一样,在虚空中盯着我爷爷。我爷爷打了个寒战。

"不……我不能……"我爷爷嗫嚅着,像逃跑一样飞快地离开了莎莲娜的宿舍。

打那天起,我爷爷和莎莲娜的爱情之花就凋零了,它甚至还不曾绽放出芬芳。所有的爱情,如果想持久,都需要有共同的理想来维系。在当时,普遍的共同理想是建设好殖民星球,而莎莲娜的目标太高,我爷爷追不上。

我爷爷备受打击,心灰意冷,只得把精力放在工作上。那时候,他已经在生产队小有权力了,负责物资的运送。

星舰回归后,给芜星送来了技术员。那些穿白色大褂的人在芜星的地表上勘探、取样,分析土壤溶液。不到一个月,就找出了饥荒的原因:芜星的环境拥有自我恢复能力,类似于负反馈调节,在经过九代人的改造之后,它开始了反击。芜星的土壤里突然多出了一种元素,能够精准地杀死外来植物。

人类科技的伟大之处在于:它可以征服那些反抗的星球。

技术员们修改了作物的基因,使其具有芜星本土作物的种种特点,成功蒙蔽了芜星的负反馈调节。

到了第二年,营地外,一片葱绿的作物漫山遍野地铺展开。

收成比往年翻了几番,粮食和其他农产品堆起来时,就像几座大山。我爷爷兢兢业业地清点物资,送上飞船,然后看着它消失在天际。

我爷爷的工作态度值得肯定,尽管占着肥缺,却从不贪污受贿,一丁点儿错也没有犯。赵队十分满意,甚至想过在他退休之后,由我爷爷接他的班。

但我爷爷不开心。

我爷爷保留了他养猪时候的习惯,每天上下班时,都会绕道经过莎莲娜的宿舍。他看到莎莲娜的脸在朝霞和晚风中,她依旧看着天空,视线邈远,表情恬静。我爷爷在她楼下一次次走过,他仰望着她,她仰望着天,目光从未交会。

时间就在这些仰望中流逝。

三年后,我爷爷娶了那个魅惑过他的姑娘。到了这里,你要明白,我并没有打算讲一个缠绵悱恻的爱情故事,男女主人公彼此坚守,爱情在时间的河流里孕育出芬芳什么的……那都是小说和戏剧里的人物,愿意为了爱情牺牲一切。但事实上,我爷爷只是一个普通人,想过简单的生活,每晚有人可以拥抱,一起生活,生下孩子,继续将芜星改造成宜居星球。

而莎莲娜显然无法给我爷爷这些。我爷爷不能为她等待一辈子。

其实莎莲娜的生活过得并不好,她在营地里工作,既劳且累,总是形单影只。也有男人去亲近她,但最后都放弃了——没有人能够实现她逃离芜星的愿景。

只有我爷爷时不时地暗中帮她,送一些物资,或把自己的配额悄悄划到她名下。她知道这些恩惠来源于我爷爷,以她的处境,她不得不接受,但她无法向我爷爷表示感谢。很多次,她和我爷爷在路上遇见,都是面无表情,擦肩而过。

我爷爷也沉默。只是在错身的那一瞬间,他总是忍不住深呼吸。他的鼻子能闻到莎莲娜头发上的淡淡香味。

两年以后,我奶奶生下了我爸爸。当我爷爷捧着那幼小脆弱的身体时,忍不住长长地叹了口气,所有人都以为他是高兴傻了,乐极而叹息。只有我爷爷自己知道,他捧着儿子的那一刻,就要开始全身心承担起家庭责任了。他不能对莎莲娜再抱有任何幻想。

在当时,我爷爷的家庭简直是楷模,有大房子,有优渥的待遇,而且父慈母贤子孝,人人称羡。我爷爷勤劳持家,白天工作,晚上照料妻子,只有在深夜时才偶尔发出不为人知的叹息声。

直到那一年的秋天。

那天，我爷爷刚把丰收的粮食装进飞船，看着飞船缓缓升空。通常情况下，飞船会穿越大气层，到达外空间，然后通过虫洞跃迁到星舰所在的坐标点。但这一次，飞船刚离开大地，就落下来了，一大片尘土飞扬，模糊了我爷爷的视线。

我爷爷感到好奇，但也只是远远地看着。他要早点回去照顾儿子。飞船的舱门打开，几个船员押着一个人影走出来，骂骂咧咧。许多人围过去，对着人影指指点点，船员见人多，声音愈发大了。

"……幸亏我们船上有热扫描仪，开船前我检查了一遍，发现谷堆里有个人影……"船员得意洋洋地说，"按照联盟的法律，发现了偷逃的人，可以直接扔在外空间里，不负法律责任。这种人，总想不劳而获，不愿意付出，是集体的蛀虫！"

说着，他把抓到的偷逃者往前推搡，人群顿时发出嘁嘁的议论声。在围观者的缝隙里，我爷爷看到了熟悉的脸——莎莲娜。她被船员紧紧押住，面如死灰，浑身颤抖。各种各样的目光扫视着她，她低下头，凌乱的头发如瀑布一样垂下。

"是她啊。"有人说，"她早就想跑了，没想到今天终于忍不住，藏到了谷堆里！"

"是啊是啊，这种情况，要交给赵队。惩罚肯定少不了！"

"嘿嘿，好吃懒做就是这种下场……"

……

那天回到家，我爷爷一直魂不守舍。我奶奶让他盛饭，他应承了，却拿着勺子坐在门口发呆；我爸爸尿裤子了，他去拿衣服来换，却走到了院子里，在菜园里寻寻觅觅……

这种恍惚的状态一直持续到深夜，我奶奶已经抱着我爸爸上床休息了，窗外夜色浓重，风呼啸往来。我爷爷坐在床边抽烟，地上已经堆满了烟头,不知过了多久,他猛地一拍大腿,起身就往门外走。

"站住!"我的奶奶,我那从来都是温声细气温婉贤淑的奶奶,突然爆发出响亮的呐喊,"你不准走!"

我爷爷停下脚步,却没有转身。

我奶奶坐在床上,手攥着被子,青筋一根根都暴出来。她死死盯着我爷爷,一字一顿地说:"你不能去。你去了,这个家就散了。"

"我只是去……"我爷爷的声音很涩,像是吞了一颗苦果子,"去抽根烟……"

"你以为我什么都不知道吗?这几年,每次她有困难,你就拿家里的东西去帮她。每个月的配额那么少,我们俩都不够吃,你还暗地里转到她名下。"我奶奶扳着指头,把我爷爷拿给莎莲娜的每一样东西都如数家珍说了出来。

这个沉默的女人,将一切都看在了眼里,将一切都记在了心里。她花了好一会儿才把那些物资的名字说完,然后说:"我从来不跟你说,是因为我们是一家人,我总想着你会慢慢改,最后只对我一个人好。但现在,你一旦出去,这个家就完了。你就算不管我,也要想想你儿子。"说完,我奶奶狠下心,使劲拧了一把我爸爸的屁股。

我爸爸正在熟睡,被剧痛惊醒,顿时哇哇大哭。

我爷爷依旧没有转身,迎着风,一口气把烟抽完。然后他吐出烟头,大步走向外面,将我奶奶的啜泣和我爸爸的哭声扔在脑后。

我爷爷独自一人在夜色里不紧不慢地走着,黑暗凝重如铁,一重重压迫着他。到了关押犯错者的禁闭室前,我爷爷停下来,深吸口气,再吐出来,然后推门而入。

"是李哥啊。"几个看守都认识我爷爷,笑着打招呼,"都这么晚了,来陪兄弟们打牌消遣?"

我爷爷摊摊手,说:"一说打牌,我就手痒了。可是,赵队让我来把逃跑的人叫过去,问问她的情况。唉,改天再来跟哥儿几个玩几把。"

"好说,好说。"看守爽快地把钥匙递过来,让我爷爷去提人。

我爷爷押着莎莲娜,走到禁闭室外。"跟着我。"我爷爷低声说,"别说话,走路轻一点。"

他们没有走向赵队的住处,而是朝我爷爷上班的仓库走去。一路上,他们都低着头,路边的树木如同巨人在守卫,轮廓庞然而模糊,似乎被夜色融化了。

仓库的最里层,存放着一艘小型飞船,是紧急时用来转移重要物资的。它空间不大,只能容纳两三个人。我爷爷检查了一遍,确认线路正常、燃料充足,示意莎莲娜走进去。

"你呢?"莎莲娜走到舱门口,发现我爷爷没有动。

我爷爷摇摇头,说:"我只能送你到这里了。"

"你不跟我一起走吗?"

"我还有家人。"

莎莲娜上前一步,抓住我爷爷的手,恳切地看着他的眼睛,说:"什么都不要管了,跟我一起走吧。我知道你还喜欢我,我也会对你好的,我们一起去很多美好的地方。"

"我都快三十岁了,这些对我来说,已经很遥远了。"我爷爷再次重复,"而且,我还有家人。"

莎莲娜两眼通红,泫然欲泣。

正当两人僵持着的时候,外面突然传来了纷乱的脚步声。许多人在靠近——禁闭室的看守觉得我爷爷来得有些突兀,就给赵队打了电话,赵队一听,立马就想到了这个唯一有飞船的仓库。

"你快走!"我爷爷心一沉,急声说。

莎莲娜固执地摇头,"不,你跟我一起走。"

仓库门被撞开,一群人冲了进来,领头的正是赵队。他已经年迈,但身形依旧魁梧,嗓门粗大,吼道:"小李,快停下,不要做傻事!"

年少的阴影再次扑面而来,我爷爷这次却不再战栗,他坚定地摇头。

"进去,不然就来不及了!"他将莎莲娜一把推进舱门,然后转身盯着闯进来的人。

嗡,飞船浑身一震,启动了。

"快,抓住他们!"赵队吼道。

十几个男人跑过来,我爷爷扛起一袋谷子,死命砸过去。他像疯狗一样嗷嗷叫着,冲过去顶翻了好几个人。但立刻有更多的人把他压住。

身后的飞船已经离地升起,左右摇晃着向仓库门外飞去——莎莲娜只有驾驶的基本常识,并不熟练。

"把门关上!"

男人们立刻舍了我爷爷,起身冲向库门。我爷爷浑身瘀血乌青,却翻身而起,追上那些男人,专踢他们的腿,让他们一个个都摔倒。追到最后两个时,已经到了门口,我爷爷咬牙扑过去,抱住那两人的脖子。三个人一起滚倒在地。

那两人急了,想推开我爷爷爬起来关门。但我爷爷爆发了不可思议的力量,死死箍住他们,多重的拳头打在自己身上都不松手。

飞船跌跌撞撞地飞过来,穿过库门,进入了广阔的夜空。

"走啊,快走啊,你要自由,就可以拥有自由!"我爷爷声嘶力竭地喊,眼泪和血一起流下来,模糊了眼睛。多年前,他救那群猪时也这般呐喊过,只是,猪跑了还会回到猪圈里,而莎莲娜飞走之后,就会永远消失。

飞船的八台引擎全部启动,喷出来的离子束令四周灰尘弥漫。所有人都纷纷捂住了嘴巴,仰起头,看着飞船笔直而上,逐渐变小,化为一星光点,消失在亿万星辰里。

我爷爷这才松开手臂,像一摊烂泥似的躺在地上……

我爷爷八十二岁时,芜星的改造才结束。

当星舰派来的官员们仔细检查完芜星的各处,以七比二的高票通过芜星的结束改造申请后,整个星球一片欢呼。从此以后,芜星将正式成为人类联盟的殖民星球,在星际版图上,它会以绿色的标记来标明。

宣布那天,我爷爷正躺在病床上。我爷爷坐过十年牢,然后独自在破旧的宿舍里度过了一生,艰难劳累,疾病缠身,总是感觉浑身酸痛。到了晚年,他只有依靠药物来维持微弱的生命。

听到改造结束的消息后,我爷爷的呼吸急促起来,扭过头,看向窗外。

窗外,是改造过的明净天空,几行飞鸟掠过,留下清越的鸣声。高大的建筑群拔地而起,人工树林郁郁葱葱,清香扑鼻,阴凉怡人。看着这种景象,我爷爷很难回忆起芜星当年的贫瘠模样,他仔细思索,只能模糊地想到一个姑娘的影子。

他再也没有见过那个姑娘。

有人说她成功回到星舰里,钻进冬眠机,在青春永驻的睡眠里等待拓荒纪元全面结束;也有人说她没有回到星舰,而是在一个个殖民星球间游历,见识了种种瑰奇景象,最后累了,嫁给了一个愿意给她熬热粥的老实人;还有人说,她的飞船刚一到达芜星的外空间,就被陨石击中,船毁人亡,在群星间永远飘荡……

这些说法,跟我爷爷都没有关系了。

他下半生的整个生命,都用在了改造芜星上,正是一代代他这样的人抛洒着青春和热血,才使芜星的土壤肥沃起来,子孙后代才能富足安乐。所以他被我奶奶赶出家门,一生凄凉,孤苦伶仃,却总是能够找到活下去的勇气。

我爷爷死后,我亲手将他的骨灰盒放进公墓。这儿埋葬着几百万拓荒者的尸骨,每一个都有我爷爷这样的故事,只是我无法一一叙述。我爷爷在他们中间,将得到永恒的安息。

我离开墓园时,回头凝望,百万墓碑都在渐暗的天色里静默着,只有晚风在吟唱。

偷　窥

晚上九点半,女人准时回到了家。此时天空跟烂掉的苹果一样,郁青中带着几缕红色,没有云,只有孤零零的黯淡月亮。

女人先是把宽大的呢绒外套脱下来,挂到门后的衣钩上,然后习惯性地伸了一下懒腰。这个动作让她纤腰毕露,胸部如山脊一样隆起并且延伸开去。她的脖子扬起,曲线优美,在银白灯光的浸染下,下巴尖部凝出了一粒光点。

他情不自禁地吞了口唾沫。

他旋动望远镜的焦距,让视线紧跟着女人。他是趴在阳台上的,很小心,而且关了灯,隐在一片黑暗里。如果女人不站在她家窗前仔细凝视对面的阳台,是不会发现他的。

他看到女人脱了高跟鞋,换上毛茸茸的拖鞋,嘴唇轻轻张合,似乎哼着轻快的乐曲。她从冰箱里拿出食物,进了厨房,于是他只能看到一个模糊的影子在窗子上晃动。

一直到夜里十一点半,女人洗漱完,关灯后睡下,望远镜里只剩一片化不开的黑暗,他才恋恋不舍地收回目光。

他是一个偷窥者。

这个城市太过冰冷，人人行色匆匆，压力大，节奏快，许多奇怪的癖好如黑夜滋生的腐烂一样被孕育出来。但他的偷窥癖与别人不同，不是因为生理冲动，他也并不想窥探别人的隐私。他只是单纯地想让那个女人的身影在自己视线里多待一会儿。

女人是在一个夏日雨后搬到对面楼上的。那一夜电闪雷鸣，浓云汇聚，天空如同漏勺，雨和电接连不断地从漏口处落下来。为了安全，小区拉掉电闸，他的家里漆黑一片，只有不时划过的闪电将他的脸照得惨白。他甚至以为这是世界末日了，或许沉沉睡去后，再也不能醒来感受这个世界……

但第二天早上他还是醒来了，不但与这个世界再次相逢，还看到了对面楼新搬来的女人。

那时雨后初晴，空气清新舒适，阳光也显得格外纯净。他抱着被子到阳台上去晒，正好看到她。她把自家的窗子打开，探出头，深深吸气。在晨光的笼罩中，只见她明眸皓齿，脸颊带着微微的潮红。她张开两臂，像是要拥抱这个布满阳光的世界，但在他看来，更像是要拥抱自己。

虽然她还穿着毛衣，与这个夏季格格不入，但她这个动作仍让他产生了瞬间的失神。他下意识地抬起手，说："你好。"

女人却对这个离自己不到十米的男人视而不见。她轻晃着头，发丝在晨风中轻轻拂过，深吸了几口清新空气后，退回屋子里。

她那窗子露出的缝隙，成了他窥视的通道。为此，他专门买了一架望远镜。

他的生活单调乏味，朝八晚六，没有朋友，白天在办公室里处理资料，晚上早早回到家里熬过长夜。但自从对面的女人搬过来以后，九点半到十一点半这段最难熬的时间里，他就有了寄托。

对他而言，她更像是一个近在咫尺的梦境，每晚上演，却脆弱得经不起任何一丝触碰。他不敢想象他的偷窥被发现后，她把窗帘拉紧的后果。

对面住的女人是个舞蹈演员,这从她的妙曼身姿可以看出来,从她放在客厅里的合影也可以看出。她偶尔会放着音乐,一个人在客厅里练舞,动作或柔美或性感,每每都令几米开外的他心驰神往。

有一段时间,女人显得很亢奋。每天晚上都在家里练习舞蹈,很轻柔缓慢的古风舞,嘴里念念有词。而且她还经常把自己那个造型奇特的手机拿出来,看几眼又放回去。

这种情形持续了一个多星期,他纳闷过后,明白过来:她应该是在排练某场舞台剧,同时等待着确定演员名单。

某天夜里,手机突然亮起,向四周散射着球形的迷彩光芒。女人连忙跑过来,小心翼翼地接起电话,说了几句,放下电话,神情有些怅然。

他的心也替她揪了起来。

但女人随即兴奋地跳起来,似乎才从惊喜中缓过神,发出欢呼——这一点是从她的口型看出来的。他与她相隔不到十米,但她的欢呼声却一点儿也传不过来。对面好像在上演着一幕哑剧,看似热闹,却寂静无声。

正当他怀疑女人是不是真的是哑巴时,她突然停下,向门口看去。似乎有人敲门。她打开门,门口站着一个中年男人,一脸不悦,对她叫嚷着什么。

显然,她并不是哑巴——她的欢呼引来了邻居的不满。

他疑惑地转动旋钮,视线穿过窗子缝隙,落到中年男人脸上。这个人大概四十多岁,面容上写满了失意与潦倒,左眼角下有一道一指来长的骇人伤疤。

这副样子显然吓到了女人,她一直不停地低头道歉。中年男人却趁着这个间隙,眼神往下瞟,神情微妙。

望远镜后的他有些生气。

他熟悉那个男人的表情:只有独居的、常年没有接触女人,性格怯弱却又欲望充盈的中年男人,才会这样。他生着气,却突然苦笑—— 一个躲在暗处的偷窥者有什么资格鄙视别人？

中年男人看了一会儿，大概说了句"以后不要再吵到别人"之类的话，就转身走了。女人关上门，拍拍胸口，脸上却又浮现出欣喜。

几天后，她抱回来一张大海报，仔细地贴在客厅墙壁上。海报中间是一条波涛滚滚的江河，河面上烟气弥漫，船只隐隐，一个穿着前卫时尚的男子站在河头，穿旗袍的女子蹲在河尾，表情哀怨。

旗袍女子的脸，正是她。

看来，她已经被确定是这出舞台剧的女主角了。

他也替她高兴。

一连好多天，他上班都心不在焉。

对着电脑屏幕上一连串枯燥的数字，他心里想的却是对面楼的女人。她在海报上的表情如此哀怨，惹人怜惜，看一眼就忘不掉。

那在舞台上呢，她也会是那般模样吧？

要不，去看看她的表演吧，虽然也隔得远远的，但能看到她真正的舞蹈，多买一张票，也算捧她的场……

想到这里，他突然觉得椅子上有根针似的，怎么坐都不舒服。他抬头偷瞟了一眼部门主管，然后低下头，小心翼翼地打开浏览器，输入那出舞台剧的名字——《江河流觞》。

出乎意料的是，网上关于这四个字的介绍少得可怜，只在几个论坛里有人讨论。这是一篇科幻小说，讲述一对男女相隔两百年的爱恋，一个在近未来社会，一个在民国动荡年代……他对这类小说很是不屑，写科幻的都是一群什么人啊，整天尽想些稀奇古怪的事情，时间就是时间，两个不同的时代怎么可能被连到一起？

但真正让他觉得奇怪的是，这出舞台剧规模不小，但怎么没见到它的网络宣传呢？而且，连订票渠道也没有。

到了下班的时候，部门主管走过来，点名批评他上班时间浏览网页。

他有些诧异,但随即想到可能是公司网监发现了异常流量。他低着头挨训,心里却并不在意,只是在寻思为什么找不到那出剧的相关信息……

回到家,他习惯性地趴在阳台前,看到女人家里居然已经挤满了人。都是年轻的男女,身材悦目,面容姣好,应该是她在舞蹈团的同事们。

这些人在狂欢,放着音乐,开了一瓶又一瓶香槟。狭小的客厅里,他们开怀纵饮,贴身舞蹈。冷光迷离,年轻的男女们沉浸在狂欢的氛围里。

应该是舞台剧取得了成功吧。

看着对面灯红酒绿的热闹画面,尽管他依然听不到一点声音,但还是感到羡慕。他心中突然溢出一丝落寞。在这个城市里,他一个人独来独往,远离故乡,在夜深人静时,也只能看着别人家的喧闹来疗伤。

他紧紧盯着女人。她是今晚的主角,许多人向她敬酒,她已经有些意识不清了,但满脸容光并未减弱丝毫。

她坐在沙发上,半倚半躺,手上的半杯酒倾斜着。她的嘴角有一丝笑意,在朦胧光影里,显出绰约的美感。许多年轻鲜活的肉体在她周围,可在他看来,聚光灯只照在她头上,其余一切只是重重黑影。

到了半夜,她的朋友们才陆陆续续离开,曲终场散,喧闹归于沉静。整个屋子杯盘狼藉,她独自坐着,过了很久才挣扎着爬起来,似乎想去浴室洗漱。

在她像雕像一样静静坐着时,他也像雕像一样趴着。夜慢慢沉降下来,星光一丝一丝收敛,虫鸣和风声也消失了。他满足于自己这种安寂的遥远的凝视。

这时,有人敲门,她摇摇晃晃地起身。门刚打开一丝缝隙,一个男人就粗鲁地挤了进来,力道之大,撞得她向后猛然跌倒。

是那个脸上有着可怖伤疤的中年男人。

疤脸男人的表情很愤怒,显然是女人今晚的派对吵到了他。他朝摔倒的女人大声吼叫,但女人酒意未消,脸上迷迷糊糊的,对他的暴怒无动于衷。这种表情显然激怒了男人,他突然提起女人的衣领,将她的头狠狠撞向墙壁!

阳台上的他猛地一哆嗦。

他看到女人的后脑勺与墙壁猛烈相撞,虽然听不到声音,但也可以想象到那种痛苦。

女人一瞬间清醒过来,尖声大叫。但疤脸男人已经一手捂住她的嘴,同时抓起脚边的酒瓶,砸在她头上。酒瓶顿时粉碎,女人直挺挺地倒了下去,浓黑的发丝间,有更加浓黑的液体流出来。

看着美丽的事物在自己手里毁灭,疤脸男人不再暴怒,反而微微笑起来。

"杀人啦!"他再也忍不住,站起来大声喊叫,"杀人啦!"

但他的声音没有给对面屋子造成丝毫影响,疤脸男人继续砸着女人的头。开始她还抽搐了几下,后来就纹丝不动了。血在客厅的地上绘出诡异的图形。

倒是对面屋子附近的几家亮起灯,有人探出头来,问:"怎么了?"

"就是那家!"他连忙指着女人的窗子,急切地道,"住在那家的女人快被人杀了,你们快去看看吧!"

探出身的人朝女人屋子的方向看了看,又盯着他看,一会儿之后,悻悻地说:"住这家的女人?喊,你有病吧!有病别在半夜发,吵老子睡觉!"那人骂了几句,把头缩回去,随即关了灯。亮灯的几户家里也传来骂声,灯光陆续灭了。

而客厅里的惨案还在继续。

疤脸男人似乎没有听到他的叫喊,兀自施暴。接着,疤脸男人把已经一动不动的女人抱起来,放在沙发上,扯开衣物……

他再也看不下去了,突然想起手机,立刻给警察局打电话。

谢天谢地,警察接到报案后,问清住址,说马上就到。

在等待警察的时间里,他在阳台上踱来踱去,时不时拿起望远镜,看一眼对面又立刻放下。那画面令他心碎。

但他不敢跑过去。

他是一个懦弱的人,缩在城市的角落,过着毫不起眼的生活。他眼睁睁地看着自己心爱的女人在眼前毁灭,却只敢在几米外的阳台上发抖。

不到十分钟,街道上就响起了警车的鸣笛声。而这时,疤脸男人已经结束兽行,丢下女人赤裸裸的尸体,仓皇逃去。疤脸男人离开时没忘关灯,屋子转瞬被黑暗遮蔽。

警察迅速跑进对面楼里。

但对面屋内始终漆黑——警察应该已经进入了犯罪现场,他们为什么不开灯?

焦虑中,手机响了,是警察打过来的。

"先生,你给我们开的玩笑已经造成了刑事后果。"警察的声音相当不悦,"这里并没有凶杀案。你要对你的行为负责!"

他心里一惊,说:"不可能! 我是亲眼看到的!"

"你在哪里?"

"我在对面楼里。"

"那你最好过来自己看看。"

他疑惑地下了楼,走到对面楼里,上楼。

楼道里站着不少人,都穿着睡衣,应该是出来看热闹的。他一路走到女人的屋子,见到几个警察围在门口,屋子里灯光透亮——咦,警察还是开了灯的,为什么自己在对面看不到呢?

"是你报的警吧?"领头的警察对他说,"你自己看,这屋里发生命案了吗?"

他走进去,屋里的景象令他大吃一惊——里面没有满地狼藉,没有酒瓶,没有海报,也没有鲜血和裸尸。相反,这是一间满是积灰的空房子,看不到任何家具和人迹。

"可是……"他怀疑是不是进错房间了,走到窗前,正好可以看到自家阳台。

没有错,就是这间屋子。

"这间房子根本没有住人,连装修都没有。"警察过来对他说,"恶意浪费警力是犯法的,跟我们走一趟吧。"

警察把他带下去的时候,看热闹的居民对他指指点点。其中住在这个屋对面的人尤其激烈,大声骂着脏话,对自己被吵醒很不满。

他下意识地看了一眼,顿时全身鲜血凝固——骂脏话的是个三十岁出头的男人,穿着拖鞋,头发凌乱,最惹人注目的,是他左眼角下的一指长伤疤。

"就是他!"他奋不顾身地指着男人,"他就是凶手!"

男人愣了一下,随即用更大的骂声回应:"你个兔崽子疯了吧!老子在家里好好睡着,什么都没干,当什么凶手!我把你亲爹杀了倒是真的!"

他定了定神。确实,这个男人虽然跟凶手相貌体型几乎一样,但总觉得有哪里不对——似乎比凶手更年轻一些。

正当他准备细看时,警察已将他的手拧紧,强行押走了。

他回到住处时,已是潦倒不堪。

他被拘留了半个月,工作没了,脑袋里浑浑噩噩。他习惯性地趴在阳台上,拿起望远镜,却只见对面屋子里空空荡荡,家具都已被搬走。如果不是那张依然贴在墙上的舞台剧海报,他真的怀疑之前自己长久窥视的女人只是梦中幻影。

真的跟他们说的一样,对面屋里根本没有住人?

可是那张海报还在,提醒他,一切都是真的。

海报上她的脸已经蒙尘,有些模糊,但确实是他记忆里的脸。他沉默地看着,从上看到下,每一个细节都不放过。

在主演名单里,他看到了她的名字,很陌生但又很美丽的三个字。往下,是演出场地和演出时间,再下面就是合作单位了——

等等,演出时间!

2023 年 7 月 20 日

他低头看看自己手机,没错,现在的时间是 2015 年 1 月 18 日。

是印刷错误吗?

这一瞬间,他突然想起了那个大雨之夜:电闪雷鸣,乌云汇聚,天空变得如同漏勺一样……而女人就是在那夜过后突然搬到对面的。还有许多奇怪的事情,在他脑海里化为一幅幅画面,交替闪现,逐渐明晰。

望远镜的镜头里,海报静止着,却在撼动他对这个世界的理解。

那对男女站在两百年时间长河的首尾,彼此相望,河面上雾霭沉沉,但挡不住两个人的相恋。

"时间,时间……"他放下望远镜,喃喃自语。

这一天下午,天空阴沉,只有几丝风在地面打着转。一些纸屑被吹起来,摩挲着,追逐着,向远方飘摇而去。他沉默地走下楼,穿过长满花草的空地,走到对面楼前。他抬头看了看天空,依然没有太阳,天空郁青郁青的。

他深吸了一口气,走进楼道,照着上次的记忆,走到疤脸男人的门口。

咚,咚,咚。他敲响门。

"是你?"刀疤男打开门,看到他,表情诧异,"你来做什么?"

"我想买你的房子。"

"不卖!"刀疤男没好气地说着,就想把门关上,但他的手臂伸过去,卡住了门。

看着刀疤男令人憎恶的脸,他强忍住心头的不适和冲动,说:"我想买你的房子,绝不会让你吃亏的。如果你不卖给我,我会每天守在这里,守在你门口。因为你以后会做一件事,那件事会毁掉很多人,包括你,包括一个美丽的女人,还包括我——尤其是我。所以我不能让你那么做。你单身居住,在哪里都是一样,而我不同,我要在这里等一个人。或许因为我现在所做的事情,改变了时间线,她就不会出现了,但我会继续等。你说,你要多少钱?你这套房子顶多值三十万,我给你四十万,不够吗,五十万——这已经是我这么多年工作全部的积蓄了。不会再有人出这么高的价钱了。现在,你告诉我,这房子你卖不卖?"

他坐在新家的客厅里,四周空空荡荡,门口吹进的风不小,却只掀起一些细屑。除了这间空屋子,他已经一无所有,却感到了从未有过的轻松和幸福。失去了一切,也只不过是从头再来。他已经扔掉了望远镜,重新投了工作简历,路虽漫长,但他对继续走下去信心满满。

屋门敞开着,他能看到对面紧闭的门。

是的,现在对面还没有住人,也是空屋一间。但几年后,一个美丽的女人会住进去。她现在可能在某个未知的地方,对以后的命运懵懂无知,但时间这条神奇的河流,终会载着她漂流到此,遇见此人。

到那时,不会有八年半光阴的隔阂。他能听到她的声音,她也能看到他的样子。

他将不再怯弱。他要去轻轻敲开她的门,告诉她,他欢迎新邻居的到来,并且希望彼此能多走动。他还会去看她的舞台剧,买上一大束玫瑰,放进她怀里。

他坐在空荡荡的屋子里,这么想着,露出笑容。

征服者

1

当蒙古骑军的铁蹄踏遍全球后,成吉思汗有很长一段时间都闷闷不乐。

他模仿汉人修建了皇宫,整天在宫里,无聊地拨弄着地球仪。他的马鞭和弓箭扔在一边,侍从诚惶诚恐地跪在地上。他时常望着地球仪,喃喃自语:

"我的成就无人能够比拟,我的帝国版图覆盖全球,每一块土地每一片海洋都插满了我的旗帜,每一个黄种、黑种和白种人都向我臣服,我的名字混杂在风里,吹遍了这颗星球。而我才只有四十七岁。这样的功绩,以前没有人做到,以后也不会再有……可是,为什么我不快乐呢?"

这种郁闷的心境甚至影响到他某方面的能力。他新纳的姬妾千娇百媚,体态玲珑,一双剪水明眸能望尽所有男人的欲望。但当成吉思汗到了床上,却怎么也没有兴致。

"你等等,马上就好了。"他觉得有些对不住姬妾。

姬妾很有耐心，但两个时辰后，她还是打了个哈欠。她点燃灯，看了一会儿书，下床去煮了马奶茶，在房间外散了会儿步，又和宫娥下了几盘棋。回到房间里时，成吉思汗丝毫没有起色，倒是脸上的汗更多了。她叹了口气，温柔地说："臣妾先休息了，大汗要是准备好了，招呼一下臣妾就可以。"

这句话深深地伤害了成吉思汗。

哪怕他征服了五洲七洋，也不能承受这句话带来的屈辱。他愤怒地穿起衣服，但慌乱间被裤子绊倒，摔到床下。他挣扎着出了房间，低头不语，不看任何一位侍卫宫娥——尽管侍卫和宫娥更怕他。

成吉思汗郁郁地在宫里行走，心中悲凉，几欲泣下，不觉间来到了皇宫深苑。夜寒风冷，整个北半球都陷入了深眠，一个老太监正在给道边的灯笼加油。看见成吉思汗，太监连忙跪下，道："大汗。"

因为心有余而力不足，成吉思汗不愿见到侍卫宫娥，但看到眼前跪着的人，他心里终于舒坦了些。

"你说，寡人为何不快乐？"

"大汗正当壮年，天下已然征服，但……"老太监道，"但大汗的野心，并不是这一天一地能够盛得下的。好比拼尽全力去打一个人，握紧拳，挥出去，打到中途却发现敌人已经倒下了……大王现在只是没了目标，感到失落而已。"

成吉思汗仔细思索，发现果然如此，道："那寡人应该怎么办呢？"

"大汗请看！"老太监大声道，扬起手，食指伸出。

成吉思汗顺着手指看去，疑道："灰指甲？"

"不是不是……"老太监连忙换成中指，想了想又觉得危险，最后换成别扭的无名指，"大汗往上看！"

成吉思汗仰起头，于是，漫天星斗落入眼中。星辰在视野里闪着光，像无数盏点亮的灯火，成吉思汗一生杀人无数，但与星辰数目相比，微弱得就像是站在巨象身侧的蚂蚁。夜幕高悬，如一块巨大的黛蓝琥珀——

但得需要多么大一堆树脂在多么漫长的岁月里更迭才能孕育而成啊！它无边无际,深不见底,成吉思汗身高一米八五,高大健硕,但在它面前,渺小得就如同在蓝鲸下腹寄生的支原体。

"你是说……"成吉思汗战栗着,连声音也抖得像被筛的豆子一样,"寡人应该去征服宇宙?"

"是的,大汗应该让帝国铁骑踏遍每一片宇宙空间！"

成吉思汗豁然开朗,所有的活力和精气都恢复了。他重重地点了点头。

"大汗要先制订计划,去宇宙有很多困难。第一步,得能够让骑军飞起——大汗,你去哪儿?"

"在征服宇宙之前,寡人要先做一件更要紧的事情！"成吉思汗匆匆往回赶。

姬妾刚刚入睡,就听到屋外传来轰隆隆的好似坦克的脚步声,接着门被猛地一下踹开,成吉思汗雄壮如山的身影出现在她面前。

2

成吉思汗是个武夫,只会弯弓射大雕,想征服宇宙,却不知从何处开始。

"大汗,"老太监给他出主意,"要飞到天上,就不能靠武力和信仰了,只有一样东西能够帮助大汗。"

"什么?"

"科学！"

成吉思汗咂摸着这个新鲜的词语,摸着胡茬,沉思良久,才说:"这是个什么玩意儿?"

老太监一时解释不清,说:"奴才知道有一个人,精通科学,能够助大汗一臂之力。"

"你个老东西,说话总说一半。快说,不然寡人砍了你!"

"长春真人,丘处机!"

丘处机是个怪人。

他的怪来源于他的执着和聪慧。我们都知道,当这两样东西混在一起时,合成出来的,总是悲剧。丘处机原本在全真教任职,给来上香的善人们布道。这是个肥差,不但轻松,而且油水多。但丘处机的兴趣却只在于学习,他先从工程学入手,进而修习生物、医学、地理、化学等学科,最后,他迈步来到了量子力学的门口。

在一次给善人们布道时,他拿了个箱子,说:"箱子里面有条狗,还有放射性元素,开箱子的话,机关会触动元素,狗会死。不开箱的话,元素随时可能到半衰期,狗还是会死。现在,你们告诉我,箱子里的狗到底是死是活?"

善人们听说过丘处机的怪,早有准备,一个细腰长腿的女善人说:"这是量子力学的理想实验,在箱子里,微观不确定性变成宏观不确定性。我们不能打开箱子,因为观测会引起坍缩。在我们观测之前,狗处在一种既死又活的叠加态。不过更具体的我就不懂了,晚一点希望道长可以在房间里给我单独讲解。"

不料丘处机哈哈大笑,指着细腰长腿的女善人说:"胡说! 要知道狗是不是活的,这样就可以了。"说着他学了几声汪汪狗叫,箱子里顿时也响起了几声狗叫。"哈哈哈……"丘处机张狂地笑着,"看到没有,狗是活的。"

细腰长腿的女善人当场就哭了。

这就是著名的"丘处机的狗"试验。它后来被广泛应用于教育学,告诉学生,学问千万不要学杂了,不然就会变成丘处机这样的人,对细腰长腿的女善人熟视无睹,简直是反人类。

丘处机被全真教开除之后，颠沛流离，潦倒落魄。这天，成吉思汗的怯薛军铁骑找到了他，将他恭敬地请到了王宫里。

成吉思汗狐疑地打量着这个瘦弱的中年人。他不相信人类古往今来甚至超越时代的理念和知识，都藏在这小小的脑袋里。但当他与丘处机论道三天以后，彻底被震撼了，连呼真人。他犹豫再三，终于对丘处机说出了自己的意图。

丘处机沉默了，跪在地上，浑身颤抖。

"怎么，这事太难，真人不愿意做吗？"成吉思汗惊疑不定。

"不！"丘处机抬起因惊喜而扭曲的脸，说，"我一生所学，终于有用武之地！我自当倾尽全力，让大汗的军队驰骋宇宙！"

丘处机精心画出了飞行器图纸，但这遭到了成吉思汗的反对。

"我们是蒙古军队，蒙古人是马背上的民族。马是魂，是神。世界就是被我们用马蹄征服的，所以寡人不需要飞行器，寡人要骑着马去往宇宙！"成吉思汗骄傲地说，"寡人曾经跨过山河大海，也穿过人山人海，都是在马背上！"

"大汗，你不懂科学！"

"确实，寡人不懂科学，但寡人知道信仰！不要飞行器，就要骑马。你要尊重我们的图腾。"

"可是大汗知道骑马要达到多大速度，才能摆脱地心引力的束缚呢？"

"不知道！"

"大汗，无知不是一件值得骄傲的事情，说不知道的时候不必用感叹号。"丘处机耐心地说，"无知不是错，但必须要听劝，大汗你听我说……"

"寡人不管，一定要骑马，除此之外，什么都可以听你的。"

丘处机争执不过，只得开始研究马匹。他测试了马速，发现连最快的汗血宝马都远远达不到第一宇宙速度。于是，他决定改良马的品种。

　　这是一项浩大又漫长的工程，他选取了良品汗血宝马，并对马匹的基因重新编排，进行试管培育。新型汗血宝马被命名为魂斗罗。魂斗罗一代体格彪壮，四蹄如风，轻易超过了当世所有马种。成吉思汗骑着马狂奔，真正感觉到了风在身后追逐自己，射出的弓箭也比不上马速。但马跑了三天三夜，还是在原野上踏步，并没有达到丘处机设想的冲出地平线。

　　一直到魂斗罗第七代，成吉思汗也只能在地上策马奔驰。但不久之后，这匹马救了他一命。

3

　　那一日，成吉思汗和丘处机在京都近郊慢悠悠地骑马。

　　这是成吉思汗为数不多的悠闲时光。每隔几个月，他就会挑一个下午，避开侍卫，一个人来这里。但自从和丘处机成为好友之后，他就开始带上丘处机了。

　　正是秋天，郊外稻田延绵至天际，风吹稻浪，阵阵飘香。在高头大马上俯视而下，能看到田间许多农夫正弯腰耕作，男子挥着镰刀割稻子，妇孺则在一旁捡稻穗。日头正烈，农夫们都是挥汗如雨，模样辛苦。

　　"近日，好几个大臣都在给寡人谏言，"成吉思汗看着田间农夫，若有所思，"说寡人在征服宇宙这件事上花了太多精力，投入了巨大的财力和人力，让寡人的子民负担更重了。"

　　"大王是怎么回复的？"

　　"都杀了。"

　　丘处机似乎早料到了这样的结果，见怪不怪，平静地说："大王这样的处理办法，有失妥当。"

　　"噢，为什么不妥？"

"以杀止杀,终不过下乘之法。大王要施仁政,令百姓由衷臣服,才可长治久安,国祚绵长。"

成吉思汗大笑几声,伸手横指,指尖对着金黄色稻田的尽头,"寡人十三岁开始骑上马背征战,一生都是在杀人中度过的。杀数人,不过街囚之辈;杀成百上千人,也只是一方枭雄而已。唯有寡人,杀人无算,杀得山河赤流,天下哀恸,才有今日的铁桶帝国!"

丘处机连连摇头,几缕胡须在秋风中转动。

"你只不过是一个书呆子而已,怎么能了解寡人的治国之法!"成吉思汗说,"寡人征战天下时,遇到投降的,以礼待之;遇到不自量力抵抗的,哪怕拼到只剩一兵一卒,也要杀得他血流成河!所有人都知道寡人的手段,正是因为铁腕治国,天下才能安稳。你看,如今谁敢起不臣之心?"

话音未落,一支羽箭从稻田里飞射而出。它如光如电,穿过重重稻浪,锐利的箭锋一路割断了许多稻穗,然后径直射中了成吉思汗的大腿。

"杀啊!"叫喊声从稻田四处响起来,刚才还在耕种的农夫们从稻丛里抄起兵器,向成吉思汗和丘处机围杀过来,"杀了昏君!"

"看到没有,"丘处机点点头,颇为得意,"真让我给说中了。"

"还说个什么,保命要紧啊!"成吉思汗忍着痛,猛地提缰,"快跑!"

魂斗罗七号跃起三丈之高,从农夫们头顶飞过,带着成吉思汗和丘处机向京都奔去。有人在后面射箭,但魂斗罗七号经过几代改良,全速奔跑时将箭矢远远甩在了身后。

回皇宫后,成吉思汗先找侍卫,再找太医。他命侍卫在郊区搜寻,所有参与此事的人,或者跟参与此事的人有关联的人,或者跟与参与此事的人有关联的人有关联的人,都一并抓来。

这场抓捕行动旷日持久,牵扯的人数达到了令人难以置信的十几万。他们中,有的是真正想要刺杀成吉思汗的人,更多的人则是在床上睡觉时迷迷糊糊被闯入的侍卫抓起来的。

这一年冬雪飘落的时候,整个京都都笼罩在沉重的气氛里。

成吉思汗看到上报的犯人数目，按了按太阳穴，说："全部斩首。"

刑场上，密密麻麻的犯人跪着，几乎每个围观的人都在哭。刽子手们有些紧张，手掌冒汗，毕竟这么多头颅一路砍下去，砍到最后自己也得脱力。

"大汗！"在行刑前，丘处机突然奔到行刑台前，扑在成吉思汗面前，"大汗三思啊，如果真的砍下去，这里会滚满人头啊！十几万颗人头，会堆成山的！"

"寡人所希望的正是这样。"成吉思汗说，"只有这样，剩下来的人才不敢动别的心思。"

丘处机连连磕头，"但是请大汗体谅民众的想法，毕竟要征服宇宙，只是大汗的宏图伟愿。而百姓们在乎的，是脚下三亩地，他们的目光都看不到天上，所以更不能理解大汗的壮志。他们只知道生活更艰难了，所以才误入歧途的。"

"如此愚昧，更该杀！"

"但愚昧还可以教导，而死了之后，就一切皆空了。"

成吉思汗无言以对。半晌，他突然站起来，揪住丘处机的脖子，大吼："你个牛鼻子，不要给脸不要脸！寡人已经够尊敬你了，但治理国家是寡人的事情，你只要关心怎么把寡人弄到天上去就行了！"

丘处机昂着脖子，以同样分贝的声音回应道："你如果杀人，我就不干了！你永远都只能望着宇宙，永远都去不了！"

"你——"成吉思汗瞪大眼睛，怒视丘处机，额上青筋如蚯蚓般暴起。丘处机毫不示弱地还瞪回去。

这两个男人就这么对视着，气氛一时尴尬起来。其他的人看着他们怪异的举动，议论纷纷，连刑场上跪着的犯人也疑惑地抬头观看，猜测发生了什么事情。

好半天，成吉思汗突然一松手，把丘处机扔在地上，冷着脸离开了。他没有再提处置犯人的事情。倒是丘处机从地上爬起来，拍去身上的灰尘,说:"别看了,都回家去吧,都回去。没事了。"

后世史学家在总结这件事时,盛赞丘处机"一言止杀",同时惊讶于成吉思汗对丘处机的容忍。史学家们纷纷猜测当时到底发生了什么,野史里更是想象力爆棚,说什么的都有。

没有人想过,成吉思汗这么做只是迫切地想征服宇宙而已。当他看到京都冬天飘落的大雪时,无可奈何地想到了自己,想到自己总有一天也会发白如雪,留给他的时间已经不多。他深感不安,害怕自己到死的时候还是站在这片乏味的土地上。所以当丘处机威胁他时,这个征服了天下的男人,第一次选择了退让。

4

成吉思汗一天天老了。

他在等待着丘处机,岁月却没有等他。不过几年,斑白已经染上他的两鬓,曾经雄武的胸背也弯了下去。他是一个征服者,生下来就注定了要征伐四方,但天下平定已久,而丘处机的研究成果遥遥无期。他的生命里既然没有了征战,那便只剩下衰老了。

成吉思汗在一天天变老。

但她的姬妾却依旧年轻妩媚。她对成吉思汗相当失望,那个曾经的霸王,在遇刺后身体迅速衰退,如今连弓也握不住,更别说给她欢愉了。

她的目光瞟向了丘处机。这个清瘦的道人跟她见到的所有北方汉子都不同,他落魄,但目光里总是闪着精光。其他人都在吃肉喝酒的时候,他却满脑子想着怎么把一匹马送上太空。整个浩瀚宇宙,都装在这个瘦削的脑袋里。天哪,对一个男人来说,难道还有比这更性感的事情吗?

而且她听说了丘处机在刑场跟成吉思汗对抗的事情——在人们添油

加醋的传诵中,丘处机的形象日益完美,足以令每一个少女心动。

于是,姬妾在一个月夜敲开了丘处机的屋门。

她披着薄纱,身姿妙曼,说:"丘真人,我有一些学术问题想请教你。"

丘处机正在烦恼进军宇宙的事情。他已经放弃了改良马匹基因,转而尝试在马身侧安装助推器、用巨型弓弦弹射骑兵、用磁悬浮技术给马蹄反向推力……但都没有效果。他看到姬妾,心不在焉地问:"有什么问题?"

姬妾走进来说:"我最近在研究几何学,但是在求解函数方程上遇到了问题。"

"这是基础知识,你哪个图形不会解?"

姬妾坐到丘处机的床边,挺起胸脯,用纤细的手指沿着左胸外侧,慢慢向内滑动,一直滑到右胸外侧,问:"这个图形的方程是多少呢?"

"噢,这是一个波函数。"丘处机走到姬妾身前,弯腰观察她的胸,"你的胸围是多少?"

"讨厌啦,问这么直接的问题——32D!"姬妾红了脸,不胜娇羞,以及,不胜骄傲。

"那就好算了,我们选取正弦函数作近似处理。"丘处机拿起笔,"以你的胸膛中间为坐标原点,设方程为 $y=|a\sin bx|$。你看,你的胸围是 32D,说明你下胸围 70cm,上胸围 88cm,俯视图是两个波形和一个类矩形,矩形估算长宽之比为 9:4,可以算出长和宽。二分之一长为波函数周期,得到 b。测量可以得到你的一个乳房的弧长,当然,为了简化,我把乳沟省去了。再用弧微分和级数估算,求出波峰长度,a 就得出来了。你不会算的话,我帮你算,b 等于 0.26cm,a 等于 8.6cm。最后,我们得出你的胸部曲线方程为 $y=|8.6\sin 0.26x|$。你看,与你的实际胸部情况还是很符合的。"

姬妾难以置信地看着丘处机,喉咙有些干涩,结结巴巴地问:"我……我的胸部在你看来,是不是真的只是几根……线条?"

"不,远远不止!"丘处机郑重地说,"你说的只是从数学角度来看的。而从生物学角度上来说,它还是一堆血管、脂质和蛋白质。从物理角度看来,它是巨量的分子组合物……"

5

这一年初秋,丘处机向成吉思汗请辞。

"真人!"成吉思汗大惊失色,从床榻上一坐而起,"真人何出此言?"

丘处机看着眼前的君王,心里默默叹息——这曾经在马背上昼夜行军的男人,如今只能睡在柔软的绒毯里,并且夜夜咳嗽,摆脱不掉衰老的阴影。他低下头,说:"大汗,我已经尽力了,试过了所有的办法,但将一支军队送上宇宙……实在太过艰难了。"

成吉思汗脸色苍白,额头沁出汗珠,"可真人是这天下间最聪明最渊博的人,咳咳……如果真人都放弃了,寡人……寡人只能把征服宇宙的想法带进坟墓里去了。"

"或许……"丘处机沉重地摇头,"去往星空并不是这个时代应该做的事情。"

成吉思汗百般恳求,在太监们的搀扶下爬下床榻,拉着丘处机的衣袖。这场景令所有人感到吃惊和动容。成吉思汗铁血一生,连母亲在战乱中去世,他抱着她的尸身时,脸上的表情也没有太大变化。没有人想到他会对丘处机的离去如此不舍。在丘处机身上,他有了太多的例外。

但丘处机一根根掰开成吉思汗的手指,躬身行礼,挥挥长袖,转身离开了皇宫。

他又开始了颠沛流离的生活。他并不感到陌生,当初被全真教逐出,他也这样孑然一身。他从帝都前往江浙一带,一路游荡,衣衫由华贵变得褴褛,胡子拉碴,头发在秋风中散成了乱糟糟的一蓬。

当他闻到空气中的海腥味时,已经是深秋时节了。

丘处机寻了一户姓乔的渔家借宿,这花掉了他身上最后的钱财。他终日坐在海边,面对潮水涨落,不知在想什么。附近的渔民都把他当作怪人——的确,从任何角度来看,丘处机都是一个怪人。

有一天夜里,乔渔夫找到了在海边如石像般独坐的丘处机,说:"喂,你跟俺一起去捕鱼吧,我缺人手。这样,你帮俺忙,俺让你多住几天。"

丘处机愣了一下,"这么晚了为什么还要出海呢?"

"唉,都怪大汗啊!"乔渔夫看看左右无人,抱怨道,"大汗被太监和妖道蛊惑,好好在地上生活不愿意,非得到天上去!据说整个国库都被那个姓丘的妖道挪用了,他自己富得流油,却是苦了俺们老百姓。"

丘处机低头看了看自己破烂的衣裳,苦笑一声,说:"那个妖道不是离开皇宫了吗?"

"他挣够了走得轻松,把烂摊子留下了。其他的牛鬼蛇神看到机会,全都去找大汗了,说有办法让大汗上宇宙。大汗也是昏了头,来者不拒,听信了那些鬼法子。有个家伙说让真人上宇宙太难,干脆建一个什么虚拟网络,跟大汗的脑神经接……接什么来着……反正会让大汗体验到上宇宙的感觉。"

"是接驳。"丘处机摇摇头,"这简直是胡闹。"

乔渔夫气愤地说:"可不是!偏偏大汗还相信了。现在,为了光纤材料,到处都在挖矿制作纯二氧化硅和氟玻璃。很多渔民被调去建世界网络,征的税收却没有减少,俺们只得夜里也来捕鱼了……唉,说起这些就头疼,俺们出海吧。"

丘处机无言地跟了过去。

一艘小船,载着两个人向大海深处驶去。这个夜晚海面平静无波,微弱的海风拂过丘处机的身体,让他感到些微寒凉。他裹紧衣领,怔怔地看着眼前黑沉沉的海岸线离自己远去。

"哗……哗……"船帆抖动的声音起起落落,如同潮汐。

丘处机还在发愣,猛然间看到海面上有一粒粒光点亮了起来,这一瞬间,像是有人在水里洒下了无数光的种子。他愕然抬头,然后被眼睛看到的景象惊呆了。

夜空中,漫天星辰!

或许之前有云遮盖,天地漆黑,而现在浓云飘散,数不清的星子开始闪耀。它们垂得极低,仿佛伸手可摘,海面上倒映着星辰,随波晃荡,光晕流转。这艘船,简直是航行在一片星海里。

丘处机精通天文,知道现在看到的光亮,是遥远的星辰在很久以前就产生了的。但只要一想到这些源于宇宙彼端的星光,穿过漫长的时间和距离,如同久违的情人落入自己眼中,他就感到一阵战栗。难怪成吉思汗要征服宇宙,只因这些星光,理由便已足够。

丘处机站在船尾,仰望星光,不觉间已经泪湿眼眶。

他看到乔渔夫仍在低头控帆,问道:"你看到这般美景没有?"

"什么美景?"乔渔夫扭头,诧异地看着丘处机脸上的泪痕。

"这星海一片,难道不美吗?"

乔渔夫"哦"了一声,继续划桨,"看惯了,没啥稀奇的。"

丘处机暗叹一声。确实,大多数人只关心脚下的事物,肯抬头望天的,少之又少。

过了一会儿,乔渔夫停船,把帆收好,说:"俺让你看看什么是真正的美景。"说完,他拿出一个硕大的灯泡,挂在桅杆上,扭动灯泡底部的按钮。下一瞬间,绚彩的光亮迸发出来,照亮这一片海域。

"这是……"丘处机觉得眼熟。

"哦,那姓丘的妖道正经事没干成,别的研究倒是倒腾出不少,像这个霓虹灯泡啊,还有什么冬眠技术啊……"乔渔夫在甲板上铺开渔网后,从兜掏出一个红彤彤的果子,边啃边漫不经心地说。

丘处机恍然。他当年为了研究稀有气体对马匹基因的影响,无意间发现通过气体放电,可以使电能转化为五光十色的光谱线。但这个结论只是他研究宇航技术的额外成果,他总结出来后便弃之不管,没想到民间已经根据这一点制作出了霓虹灯。

乔渔夫退到船尾,凝神盯着海面。丘处机奇怪于他的举动,正要发问,突然听到水面传来"哗啦"一声响动。

一尾小鱼破水而出,笔直地扑向霓虹灯泡,但上升两丈后,就无力地落到甲板的渔网里。这鱼身长不过一指,体态银白,有不对称叉状尾部,但最奇特的是它腮下长了两片硕大的胸鳍。

"飞鱼?"丘处机在脑中搜寻,很快找到了它的学名,"尖头燕鳐!"

"看不出你这人衣服穿得破,懂的倒不少。"

越来越多的燕鳐从海里冲出来。在夜晚,它们的视力很差,只有绚丽的霓虹灯光才能刺激它们体内的趋光性。无数小鱼前仆后继,但灯泡挂在三丈桅杆上,它们够不着,噼里啪啦地落下来,像一阵疾雨。

"这些鱼可值不少钱哩。"渔夫笑呵呵地说,又咬了一大口果子。

这时,一条燕鳐疾速冲出,胸鳍振动,居然蹿到桅杆顶部,把灯泡撞得晃晃悠悠,彩光顿时迷离起来。

"这条鱼,"丘处机指着撞晕了的那条燕鳐,"为什么能飞得那么高?"

"因为它潜得深。其他的鱼下潜得不够,出来时也只能飞个一两丈高,但有些鱼肯往深海里潜,再冲出来时,乖乖,三四丈都有。不过一百条飞鱼里面,也只有一条能潜得那么深。"

"为什么往海里潜得深,就飞得……"丘处机随口问道,脑袋突然一闪,后面的话便吞回肚子里了。

他呆立在船尾,浑身颤抖,嘴唇里吐出含糊的音节。这一刻,他像是着了魔。

乔渔夫吓坏了,伸手去拍他,"喂,你发癔症了?"

他的手刚碰到丘处机的肩,丘处机猛地起身,大步跳到甲板中央,张开双臂。"哈哈哈,我知道了……"丘处机大笑起来,长袖拂动,两脚错步,竟跳起舞蹈来。

整个天空和海洋都缀满了光亮,像是最华丽的舞台。丘处机沐浴在古老的星光下,在鱼群飞跃的奇观中起舞,旁若无人,状若癫狂。

直到他一脚踩在鱼背上,滑了一跤,摔到海里,这场奇怪的舞蹈才停下来。

渔夫连忙把他从海里捞上来。

"你叫什么名字?"丘处机趴在船舷,湿漉漉的头发贴在脸上,对渔夫问道。

"俺姓乔,布字辈,在家里排行老十,"乔渔夫又掏出一个果子,咬出一个缺口,"所以名字是布十。你问这个干什么?"

"你知道吗?乔布十,今天你改变了这个世界……"

成吉思汗正在庭院赏雪,看雪落人间,不免心生怆然。这时,老太监匆匆来报:"大汗,丘真人回来了。"

成吉思汗大喜,"快,宣他觐——不,还是我亲自去迎吧。"他大步穿过满院落雪,看到立在门口的人后,几乎不敢相信自己的眼睛。

只隔了半年,丘处机已经潦倒到连乞丐也不如了。他出宫时长衫绣袍,潇洒风流,如今身上只有黑褐色的布条,不知是油污还是泥垢。衣服破了好几处,脏污的肌肤直接暴露在寒冬冷风中,他的头发更是糟得不成样子,看一眼都会有想洗眼睛的冲动。

但他的眼神是从未有过的清明,嘴角挂着微笑,与雪地对面成吉思汗静静对视。

"真人……你这是……"成吉思汗怔住了,随即恍然,大声命令侍从,"快去给真人沐浴更衣,准备膳食!"

"大汗,请容我先禀报。"丘处机上前道,"我找到能让大王驰骋宇宙的办法了。"

"真人快说!"

"大汗可知,东海之上,有一种飞鱼,能跃海而出,上升三四丈有余?"

"寡人听说过。"

"那大汗知道飞鱼为何能飞吗？"

成吉思汗生平最恨的就是这种说话方式，但面对淡然的丘处机，他没有半点生气，耐心地说："寡人不知。"

"因为鱼在水中下潜后，水的浮力超过了鱼自身的重力，使之有了加速度，加上鱼尾的摆动，最后获得了很大的速度。我想，如果下潜得足够深，飞鱼一直加速，最后破开水面的时候会不会达到第三宇宙速度飞到外太空呢？"

成吉思汗陷入了沉思。

"这是有可能的。"丘处机自顾自地说，"既然飞鱼能，那么骑兵也能！我们只要找到一个足够长的加速途径就可以了。"

"可是，哪里有呢？"

丘处机跺跺脚，"就在我们脚下。大汗，我们把地球挖穿，形成地心通道。"

"等等，如果挖穿地球，引力由上而下减小，过了地心后，引力又会增加。人跳下去只能做简谐振动，来来回回，不可能到太空。真人离开之后，寡人读了很多书，这一点还是清楚的。"

"大汗英明，但是，只要我们在地心通道周围埋设电磁线圈，然后让骑兵身穿带特定电荷的金属盔甲，跳下去后，相当于带电粒子切割磁感线，磁场会让骑兵一直加速，引力根本可以忽略。"

成吉思汗的眼睛亮了起来。他的脑海里已经栩栩如生地出现了一幅画面：他的千万铁骑在深渊前排成方阵，马静人默，黑铁盔甲在烈日下闪着冷光。他一声令下，骑兵们立刻驱马前行，如同流动的海洋般向深渊滚滚流泄。这些骑兵往无底的黑渊里坠落，然后在星球的另一端冒出来，杀声阵阵，极速冲向宇宙。

"好！好！"成吉思汗激动难抑，问，"这项工程要花多长时间？"

"以现在的能力，全球人共同努力的话，保守估计，大概需要五百年。"

成吉思汗的心顿时由高峰落至谷底，大怒："你觉得寡人能活到那个时候吗？"

"能！"丘处机说，"我在研究生物改造时，碰巧研制出了冬眠剂。它能让大汗沉睡于冰川中，同时保持大汗重要器官的微弱活性。大汗可以在沉睡中度过五个世纪的时光。等工程完工，大汗再苏醒过来，带领蒙古铁骑征服宇宙。"

"那真人你呢，会跟寡人一起沉睡，见证那伟大的一刻吗？"

丘处机摇摇头，说："我要选定开挖点，画出施工图，定下工程技术规范。这些事会花掉我余生的所有时间，但我没有别的选择，这些事只有我才能做。"

成吉思汗上前一步。第一次，也是最后一次，这两个男人像朋友一样紧紧拥抱。他们一个是天下霸主，一个是科学精英，原本不应有交集，此时却在拥抱中热泪盈眶。

"你还是先去洗个澡，换身衣服吧。"成吉思汗闻到一股酸臭，忍不住皱眉道。

6

四百五十年后。

天还没亮，年轻的工人李自成就被踢醒了。

"还睡？"监工冷笑，"工期这么紧，你还睡得着？要是没有按时完成，嘿嘿，你们都得掉脑袋！"

李自成揉揉睡眼，爬起来，默不作声地穿上工作服。其他人也被踢醒来了，一边整理工具，一边悄悄看着李自成。李自成把大家默默看了一眼，弯腰跟着监工出去了。

李自成的工作是给地心通道的内壁灌浆，以充实岩石缝隙，增加内壁的稳固性。地心通道的修建已经持续了四百多年,主体项目已经完工,只剩下灌浆了。

为了节省时间,工人的驻地就建在地心通道的中心。李自成在腰间绑好绳子,慢慢下到灌浆孔口,小心地让钻杆探进去。

这个工作很危险。不久前,一个工人因为缺乏休息,不小心输错了参数,钻探捅穿内壁,滚烫的液体金属从地球内核喷涌出来,当场把工人浇成了铁像……在附近施工的几百个工人也遭了殃,受到不同程度的伤。更不幸的是,大汗王听说后震怒不已,又斩了几千个在这个工作面上施工的人。

李自成小心再小心,一整天盯着钻杆,不断调整,整个施工都很顺利。但晚上监工过来验收的时候,测孔斜发现有1度的偏差,立刻揪住李自成的头发,连扇了好几个耳光。

李自成本来想说,按照丘处机定下来的工程规范手册,在1.5度以内的偏差都算合格。但他被扇得耳朵轰鸣,眼睛里都是星星,说不出话来。

"小子,"监工拧着李自成的耳朵,狞笑着说,"你是不是想拖工期?如果我往上报,你们整个机组都要掉脑袋!"

李自成知道监工还有话要说,便没作声。

果然,监工接着道:"上个月的份子,你们这个机组还没给。我知道其他工人都服你,你赶紧交了,我就可以查得松一点。"

"可是,"李自成说,"我们不是交了吗,每个人三百帝国币?"

"那是以前的标准了,现在,每个人要交一千二。"

李自成只觉得一股怒气冲上脑袋,眼睛迅速红了,说:"每个人的月俸才两千,交一千二,那我们吃什么?还有兄弟要攒钱回家娶媳妇,岂不是更没指望了?"

监工嘿嘿冷笑,"在大元,我们是一等人,你们才是第四等。你们吃猪食就够了,还想娶媳妇?"

"你说什么?"李自成的声音突然沉下来,脸上阴郁,眼睛里有寒光掠过。

"怎么着？"监工扬手又是一巴掌，再踹一脚，"还想反了不成？"

其他工人闻声也围过来，站在李自成身后，沉默地看着监工。

"我问你，你刚才说什么？"李自成爬起来，又问了一遍。

监工看着衣衫褴褛的工人，满脸不屑，说："我说你们跟猪同类，睡猪笼，吃猪食，还想娶媳——"

他的话没有来得及说完，因为李自成已经扑上来了，一截削尖的钢管插进了他的肚子。他浑身的力气随同血一起迅速流出。

李自成拔出钢管，血顿时喷了一身。他的眼睛依旧在血污后面闪着寒光。

"现在，我们已经没有退路了！"他举着染血的钢管，大声说，"这个见鬼的通道工程害死了太多人，是时候停下来了。兄弟们，你们是跟我一起杀出去，用自己的手开辟一条活路，还是继续在这里被剥削？"

工人们激愤地举起钢管和榔头，互相敲击。

巨大的声响在地球深处回荡。

7

五百年后。

成吉思汗醒过来时，听到山洞外寒风呼啸。

"老家伙，"一个年轻人站在一旁，一边啃羊腿一边招呼他，"睡了这么久，终于醒了。"

"你是？"成吉思汗的声音很怪异，毕竟口轮匝肌在冰封中僵硬了五个世纪，一时还不能支持他流畅说话。

"我是你的后代，孛儿只斤·忽必烈。"

　　成吉思汗看着忽必烈：这个年轻人的头整个是"爆炸式"，头发张狂地向四周伸展，形似一顶蘑菇；他的衣服更是奇异，是薄薄的金属片，贴在皮肤上，不时发出彩光。

　　成吉思汗刚想开口问话，忽必烈上前给他注射了一针活泛剂。他感到四肢慢慢涌动出一股热流，肌肉群纷纷苏醒。

　　忽必烈引着他出了山洞，一股寒风顿时袭来，成吉思汗打了个哆嗦。

　　"寡人的马呢？"成吉思汗环视一周，问。

　　"喏，在这里呢。"忽必烈不耐烦地指着洞口拴着的一匹瘦马。这马实在太瘦，像骨架子拼成的，而且毛皮的枯褐色与荒野混在一块儿，稍不注意都看不到。成吉思汗上前用手一摸，老朽的马骨都扎手。"怎么是这种马？"他问，"还有，寡人的骑兵们去哪儿了？他们不是应该守在洞口等候吗？"

　　"得了吧，老祖宗，都五百多年了，世界早就变了。"忽必烈啐了一口，大声说，"我本来不想告诉你，可是你还在做美梦！那该死的通道整整修了五百年，劳民伤财，花了多少钱不说，光累死的工人，就够塞满整个通道了。后来动乱爆发，帝国完了，现在都是共和国了。没有魂斗罗神马，没有骑兵，连孛儿只斤这个姓氏都早被剥夺皇族荣光了！"

　　成吉思汗默默听着，寒风掠过，他一头凌乱的白发飘飞起来。五百年光阴匆匆逝去，他已经是真正的老人了。

　　"地心通道呢，没有完成吗？"

　　"那倒不是，共和国建立后，议会经过商讨，还是决定继续。因为地心通道都快竣工了，它是人类历史上最大的工程，放弃了可惜。现在，通道已经完成十几年了，不过只作观光和运输用。没有人疯到想把军队送到这个无底洞里去。"

　　成吉思汗嘴唇翕动，却没有声音发出来。

　　"幸好你冬眠的地方无人知晓，不然他们肯定会把你连冰带人，活活敲碎。我是趁没人注意，才把你放出来的。"忽必烈说着，拿出一套早已蒙尘的甲片,"对了,这就是你的盔甲,它能让你在通道中切割磁感线加速,抵消一部分空气摩擦,不过过了这么长时间,不知道还管不管用。话说回来,你留给我们的除了指责和骂名,也就这个值钱了,现在还给你。"

成吉思汗接过盔甲,手在甲片上摩挲,沙沙,沙沙。

"你要是想过日子,就跟我回家,家里虽然穷,但还过得下去。"忽必烈抱着肩膀,斜睨着自己的先辈,"你要是还想去宇宙,就向南走,地心通道在那里,我就不陪你了。"

一人,一马,一副旧盔甲。

成吉思汗在荒野上踽踽独行。下雪了,雪片落在他头上,跟头发混在一起。前方巨大的黑色建筑露出轮廓。

他开始加速。古老的控马术使垂垂老矣的马快速迈动四蹄,雪花飞扬,一条雪中的路被迅速冲出来。

地心通道的外墙有两米多高。成吉思汗猛一提缰,老马爆发最后的冲力,一跃而过。

"嘿,你还没买门票呢!"大门的售票员发现了这个闯入者,朝他大喊,"别逃票,我给你打折行不?"

老马落地,"咔嚓",不知哪条腿折了。它哀鸣着,一瘸一拐地驮着成吉思汗来到通道旁,看见了令人敬畏的黑渊。

这个通道直径达几公里,由闪着冷光的合金浇筑而成,巨大的"嗡嗡"声在四周响起。这是通电后的电磁线圈在轰鸣。而洞口亦有呼啸之声,星球另一端的风穿涌而来,仿佛在向成吉思汗示威。

成吉思汗没有犹豫,蒙住马眼,提缰向前。

他在长达一万二千多公里的通道里飞驰,速度越来越快,他的耳朵听不到呼啸声,只感觉到炽热。

空气摩挲着他。他纵声狂呼,一头怒发已经熊熊燃烧起来。

这个来自五百年前的迟暮霸王,曾经征服了整颗星球的男人,现在以一团火焰的姿态,冲出地表,冲出大气层,将尸骨洒在星光照耀下。

说明:文中挖空地球的构思,来自于刘慈欣先生的《地球大炮》和高考物理真题解析。谨以此文,向上述两部伟大的作品致敬。

收割童年

0

讲这个故事之前,我想说几点。

第一,你需要坐好,认真听。你不用担心你的老师,它很忙,几百个学生够它头疼的了。

第二,我接下来要告诉你的,都是真实的。尽管很多人在讲故事之前都会这么大言不惭地说,但相信我,我不会糊弄你。

第三,我很啰唆,我希望你能忍受。

1

关于我很啰唆这一点,我的朋友刘凯深有体会,并对此深恶痛绝。他曾不止一次地说,我永远搞不明白,阿萝为什么要跟你这样叽叽歪歪的人做同桌。

刘凯搞不明白的事情有很多，比如为什么这个城市如此荒凉，为什么所有人都是一样的年龄，为什么阿萝笑起来要比其他人好看……这其实是好事，知道得越少，活得越开心。后来他终于弄明白了这些事情，但那时他已经死去，尸体浮在冰冷的宇宙空间中，无处着落，永远漂泊。

不过，他的这些问题，我也很好奇。通常有了问题，我会去问铁皮老师。它是个机器人，学识渊博，教我们语数理化生，以及政治和地理。但它最近患上了抑郁症，经常待在家里，把四肢拆卸下来，放在屋子的各处，然后念诵祷文。我趴在窗外偷听过，只听到诸如"愿你的国"、"行在天上"等只言片语。

所以我只能自己寻找答案。我喜欢边逛边思考，特别是傍晚的时候，夕阳斜照在这座荒废的城市上，高楼大厦一片幽寂，空无一人。杂草冲破了水泥路面的阻隔，肆无忌惮地招摇着。偶尔还有长颈鹿、狮子和大象在街道口悠游。

当我走到一幢高大的建筑物前时，答案依然缥缈如云。于是我放弃思考，开始打量眼前的建筑，只见墙壁灰败，植物侵占了它的大部分表面。但在正中央，我依稀看到了三个字：图书馆。我走进去，里面的破损程度更甚，植物长得比我还高，走在馆内像是走在一片丛林中。

许多书架胡乱堆放着，被蔓藤缠绕，木质腐朽。我扯开藤叶，看到书柜里空荡荡的，顿感失望。

据铁皮老师说，城市已荒废几百年，满城的废品都是无主之物。所以我们最喜欢的活动，就是下课后在城里各处翻翻捡捡。我捡到过玩具、衣服、不能开机的电脑和很多其他玩意儿。刘凯在城东挖出了一辆自行车，捯饬一下居然还能骑，我十分羡慕。唯一的例外是阿萝，她从不在地上翻捡，因为男孩子们会乖乖地把自己认为是最好的东西送给她。

看来在这个图书馆里是找不到什么好东西了。天也很晚了，斜阳的金黄已经慢慢褪色，我转身往回走去。咔嚓，一个木柜被我踩碎，露出里面的东西。

是书。

这很罕见。铁皮老师每天给我们上课,都是通过传输数据,在我们的晶屏上显示出来。语文课里的零星字句显示出以前有"书"这种东西存在,我举手提问,但铁皮老师摇摇头,锈蚀的脖颈发出令人牙酸的摩擦声,它说,书是被淘汰的东西,已经找不到了。

但现在,几本被塑料膜包着的书本,正躺在我脚下。

我看了看木柜,碎屑一地,看样子是有人把书藏在了木柜的夹层中。用这种法子藏的,一般都是贵重东西。我忍住心头狂跳,撕开塑料膜。共有两本书和一张碟片,一本叫《圣经》,另一本是图册,我打开看了一眼,立刻心惊胆战。至于碟片,封面被磨花了,看不出内容。

当晚,我趴在床上翻看这两本书。《圣经》太晦涩,翻了几下就被我扔在一边。另一本却让我大开眼界!我从来不知道女人脱光衣服后会是这个样子,那些曲线,那些表情,都从精装纸面上浮现出来,长久地萦绕在我当晚的梦里。

第二天早上,我发现我的内裤又黏又湿。

我吓坏了。我曾见过城东的吴宇摔倒后,正好被钢筋插中肚子,血哗哗地流了出来。等铁皮老师赶到时,吴宇已变得冰冷沉默,不能起来再追着我们打闹了。那以后我便知道了这世界上有死亡这种东西,它能顺着你流血的伤口钻进去,占据血管,控制心脏,咀嚼你的生命。

而现在,从我身体里流出的东西比血更黏稠,更冰冷。完了完了,死神肯定已经顺着我的小弟弟钻进了身体里,它正在冷冷笑着,像看美味的糖果一样看着我的心脏。

对了,还有糖果。

我挣扎着爬起来,拿出藏在床底下的糖果,一颗颗往嘴里塞。平常我会很节俭,但现在,既然都要死了,不能亏本。

晚上,刘凯推开了我的门,幸灾乐祸地说,你今天没去上课,铁皮老师给你记了一笔,这个月的糖果你又少一颗了。

我要死啦。我有气无力地说。

怎么会呢?刘凯走过来,摸摸我的头然后说,你虽然面容憔悴,但体温正常,眼珠还是滴溜溜乱转,一副不老实的样子。铁皮老师说祸害遗千年,你不会这么容易死的。

这么一说,我倒真放松了些,躺了一整天,窗外从暗到明,又从明到暗,我都还没有死。但我仍然担忧,把昨天看书的事情说了,还补充道,可是我流了很多东西啊。

刘凯用棍子挑了挑我的脏内裤,一副恶心坏了的样子,说,你是不是觉得很疼?

我犹豫了一下说,不疼,反倒还有些舒服。我做了一个梦,梦里有很多没有穿衣服的女人,她们在地上跑来跑去,在天上飞来飞去,在我面前晃来晃去,我的头跟着她们晃,我都要晕了。等我再凑近一点看清楚后,我发现,这些女人虽然身高不一样,大小不一样,跑起来晃动的幅度不一样,但她们的脸都是一样的。

什么样的脸?

阿萝的脸。

你把这本书借给我。

2

接下来的好几天,刘凯都神情委顿,无精打采,唯有看到阿萝时才两眼放着异样的光。他跟我说,妈的,这本书真的有魔力,我每晚都能在梦里看到阿萝,我早上起来时也发现内裤湿了,我每天都没有精神。

刘凯是一个有头脑的人,虽然只有十四岁,但已有多次做生意的经验了。这次也不例外,他享受了几天的绮丽梦境和萎靡不振后,就开始打这本书的主意了。

刘凯决定把这本书租出去,来换糖果。他神秘兮兮地对我说,这肯定是笔大生意,城东的朱宇,城西的潘华,城南的邓光阳,城北的大手哥,还有很多人,他们都对阿萝有兴趣,所以他们对这本书也会有兴趣的。

不行!我拒绝道,那岂不是所有人都能做那个梦了?

你别小气,阿萝又不是你的,是属于广大人民群众的,每个人都有权利梦到她。

我不乐意!

可别说我没提醒你啊,你一下子把你的糖果吃完了,接下来十几天你都没得吃,我看你怎么熬下去?

我倒是忘了这一点,一颗糖果管五天,吃多了没事,吃少了就会饿。犹豫了半天,我点头同意。说干就干,刘凯和我立刻拿了刀子,在孩子们集中玩耍的地方刻字,这些字是刘凯想出来的:

有些话,一定要当面说;有些梦,一定要春天做。当鸟和猫在夜里发出叫唤,你会觉得寂寞吗?你会觉得手不知该放在哪儿才好吗?现在,福音之书出现了,只要拥有它,城市之花阿萝就会降临到你梦中,陪你度过黑夜,伴你守候黎明。糖果换书,欲换从速。

广告写出去之后,我们守在家里,等着客人上门。等了一整天,我打了五十几个哈欠,说,这主意不灵,哪有人愿意用糖果来换一个梦呢?

那是因为他们还没有见识到这个梦的美妙。刘凯气定神闲,不慌不忙地说。他身上有一种超越了年龄的镇定,这种镇定往往也让我心安。

到了傍晚,门被推开,一个小脑袋战战兢兢地探进来。这是城北的黄华,瘦不拉几的,胆子小,平时总被人欺负,我们都看不起他,叫他小黄瓜。但现在,顾客就是上帝。我们连忙迎上去,让他坐在床边,我和刘凯分坐他两旁,脸上满是热情的笑容。

华哥,刘凯换了称呼,殷勤地说,有什么我们可以帮你的?

听说你们有本书,可以让我梦见阿萝……小黄瓜显然不适应我们的热情,身子扭了几下,吞吞吐吐地说。

刘凯一拍大腿,华哥真有眼光,阿萝可是最漂亮的女生。你知道,好多人都去城里捡荒废品送给阿萝,就为了听她说声谢谢。听不成,辗转难眠;听成了,心肌梗塞。

我竖起拇指,赞道,那是,华哥可不是一般人,眼光自然高!我见过好几次,早上阿萝去上学,华哥就跟在她背后,阿萝背影一摇,华哥眼睛就一甩,现在眼睛近视到五百度,恐怕就是甩出来的。

你俩别说了……小黄瓜满面通红,问,这本书要几颗糖?

五颗。

小黄瓜转身就走。

刘凯连忙拉住他,说,华哥别急啊。你看了这书,晚上能梦见的可是阿萝啊。我知道你每天早上和晚上都去跟踪,都能看到她,但你看过没穿衣服的阿萝没有?没有吧!我看过,他看过,我们恨不得把眼睛挖出来,就为了留住那一刻的情景。

我连忙点头。

刘凯继续说,上次城西的胡伟想使坏,去扯阿萝的衣服,被铁皮老师发现了,当场就给打得半死,每个月的糖果都减了半。现在,你不用冒被打和没糖果吃的危险,就能把阿萝的衣服全部脱光。而且在你自己的梦里,你英俊潇洒,你体格健壮,你再也不是小黄瓜了,你想干什么阿萝就会让你干什么。这种好事,只收你五颗糖,你他妈还不满意?

小黄瓜犹豫了很久,最终点点头。

第二天,小黄瓜还书给我们的时候,一脸疲倦,精神萎靡,但眼神充满了幸福感。他说,真过瘾!刘凯连忙道,那华哥帮我们到处说说?

当天晚上,想拿糖果换书的人挤满了我的房间。

这是我最得意的时期,每天都有人央求我,让我把书租给他。但我尽职尽责,大公无私,谁先预约就给谁。有时候一个人租到了书,一群人围在一起看，到第二天，所有人都顶着黑眼圈，在课堂上打瞌睡。有人看过了第一遍，还要看第二遍，说宁可饿肚子，也要看阿萝。我床底下的盒子，很快就装满了糖果，我不得不又拿出一个盒子来装。

来租书的人都很满意，都说能梦到不穿衣服的阿萝，唯一一次例外，是城北的大手哥。他带了五六个人围住我们，让我们还糖果。刘凯死都不肯，说，做生意哪有反悔的道理？

大手哥说，可是我没有梦见不穿衣服的阿萝，我在梦里看到了不穿衣服的月亮妹！

月亮妹是我们班另一个女生，脸硕大无比，一看望去，看不到边，再加上她脸上满是坑坑洼洼，因而得了这个绰号。大手哥的话让我们所有人都恶心了好一阵。我觉得他看到了那种恐怖的场景，太可怜了，于是觉得可以把糖果还给他。

刘凯却摇头，说，这是你自己的问题，我们都喜欢阿萝，而且我们都只喜欢阿萝，所以做春梦时只梦见她。你肯定心智不坚定，在喜欢阿萝的同时也喜欢上了月亮妹，这才导致春梦质量低下。

去你妈的，还不还？

我见他们有打架的趋势，连忙站到中央，说，都是好朋友，不要动手。

就不还！刘凯脖子一梗，说道。大手哥一下子就火了，伸手来打刘凯。刘凯看他动手，也踢出了一脚。由于我站在他们中间，所以我背上挨了大手哥的拳头，腿上中了刘凯的脚。身上传来火辣辣的疼，让我顿时怒从心头起，恶向胆边生，便护住脑袋躲到了墙角。

这次打架引起了铁皮老师的注意，它敏锐地察觉到最近男生们的萎靡不振与此有关。几天后的晚上，一个男生躲在被窝里看书时，铁皮老师破墙而入，掀开被子。那男生吓得瑟瑟发抖，据说他的小弟弟也被吓得缩了回去，好多天都不肯出来。很快，我和刘凯被供了出来。

我听到风声，连忙去找刘凯，说，不好了不好了，铁皮老师来抓我们了，赶紧跑！

跑？能跑到哪里去，你还能出城？

我一愣，想起来城市边缘有一层防护罩，谁也出不去。我更加着急，问，那怎么办？

刘凯咬咬牙，把自己的糖果盒子拿出来，恶狠狠地说，吃！

对，死也要吃够本！我抓起一把糖，连包装纸也顾不上剥就吃。

当铁皮老师找到我们时，我们已经吃了两盒糖了，肚子鼓胀，放屁不断，还在不停地往嘴里塞。

铁皮老师问我书是哪儿来的，我说是在图书馆里捡的。它又问我还有其他的书吗，刘凯说没有，就这一本。它再问有哪些人看过这本书，我和刘凯就都不说话了。

尽管我们没有招供，铁皮老师还是把人都查了出来。它用废旧零件组装了一台指纹扫描仪，凡是碰过这本书的，都跑不了。

我们排着队，依次上前扫描手指，然后回到教室。接着，铁皮老师在外面用广播念名字，每念一个，就有一个男生站起来，出教室走到广场上。最先叫的是刘凯，他骂骂咧咧地起身。接下来是小黄瓜、朱宇、胡伟、大手哥、邓光阳、潘华……很快广场就站不下了，一片黑压压的人头，每个人都跟身边的人点头致意，小声讨论，交换彼此梦境的心得。

等念到我的名字时，我瞟了一眼同桌的阿萝，她像是没听到一样，低着头做题。我轻声说，对不起。然后我站起来。这时，我看到她轻轻地摇头，发尾晃动。

3

为了表达我的歉意，我决定把那次找到的另一本书送给阿萝。一天放学后，阿萝站起来要回家，我低声说，等一下。

她坐下来，打开晶屏，低着头看。一丝头发从额间垂下来。

拿着，千万别让人给发现了。我把那本《圣经》装在黑袋子里，递给她。教室里已经没人，同学们都到废墟里去翻找东西了，铁皮老师则会回家把自己拆成十几块。

谢谢你。她说。

第二天，阿萝告诉我，她很喜欢这本书。我有些疑惑，男孩们给阿萝送东西，从来只会得到一个谢谢。但现在，她睁大眼睛，眼神清澈，表情无比郑重。

刘凯更好奇了，说，你发现了两本书和一张光碟。一本书让全城的男孩做春梦，被铁皮老师罚了也甘愿。另一本书让阿萝喜欢——这更不容易。这张光碟里恐怕有更厉害的内容。

但是我们没有设备读光碟，试了好几次，只得郁郁放弃。

经历过租书事件后，我发现男孩子们都变了，似乎成长在一夕间完成。我们嘴唇上冒出了胡须，我们看到女生会脸红，我们时常勃起，偶尔遗精——搜出书后，铁皮老师犹豫很久，最终给我们上了一节生理课，解释了许多名词。这节课我听得如痴如醉，做了好几页笔记。

我越发察觉到阿萝的美丽。我总是假装看书累了，支起脑袋看向窗外。窗外是残破的建筑，在阴霾的天空背景下，如同一个个老迈的巨人。杂草丛树取代了钢筋水泥，有些大厦被蔓藤覆盖，有些高楼顶上还长出了大树。几只猴子在蔓藤与树间攀援而过，消失在葱郁树影中。但我看得最多的，是阿萝的脸，侧脸，正脸，笑着的脸，沉默的脸，每一根线条都让我迷恋。

除了脸，我还发现阿萝身上其他的部位也充满了魅力。以前铁皮老师讲弦函数，我死也不懂，现在，它讲波的传播，在黑板上画了两条波浪，说，这两个点是波峰，它们的间距代表一个波长，它们与坐标轴的距离是波的振幅……我往阿萝的胸口上看。我一边吞口水，一边恍然大悟，那章测试得了一百分。

连铁皮老师也认可她的美丽。每年汇演,神乘坐巨大的飞碟悬浮在城市上空,整个天都黑了。一道光柱从飞碟中央射出来,光柱所及,便是舞台。铁皮老师每次都让阿萝压轴演出,或歌或舞,或笑靥如花,或楚楚可怜,我们都看呆了,天上飞碟里的神也看呆了。往往节目结束很久之后,神才回过神,留下几箱糖果,化作一道光,消失在天边。

这种美丽,时常让我感到自卑。阿萝坐在我身边,像是一盏灯,灯光越亮,我的影子越暗。我曾脱了衣服对着镜子,看到了一具不堪入目的身体:头发耷拉,脸颊深陷,肋骨像琴键一样根根突出,小弟弟又小又软,跟毛毛虫一样吊在两腿之间。看着这样的身体,我自己都厌恶。

一天放学时,阿萝叫住了我,问我为什么最近都不跟她说话了。

我愣住了,支支吾吾地说不出话来。

一起走回去吧。她说。

我们走在暮色笼罩的街道上。我把手插在兜里,低头不语,用脚踢地上的石子,石子滚过破损的水泥路面,滚进杂草丛中,淹没不见。我又寻找别的石子。

你说,这座城市是谁建造的,为什么现在又这么荒败?阿萝仰头看着四周,巨大的建筑隐进黑暗里。这是初夏的夜晚,天幕幽郁,唯一的光亮来自偶尔飞过的萤火虫。

我挠挠头,说,可能是神建的,然后神又发现了更好的地方,就遗弃了这里。

那我们是从哪里来的呢?阿萝又问,铁皮老师说我们是胎生,但我们从来没见过自己的父母。它还说我们会一年一年地成长,但这个城市里,全是小孩子,成年人和老人去哪里了呢?

这些问题刘凯也问过,他没有找到答案,我也不知如何回答。

天越发黑了,路旁的植物在夜风中发出呼呼的声响,仿如某种喘息。身后也隐约传来鬼魅般的脚步声。这情景让我害怕。我说,我们回家吧,这里晚上不安全。

阿萝却不听,径直往前走,一条条街道被甩在身后。我咬咬牙,也跟上去。夜空的云被吹散了些,露出几颗星星,仿佛萤火虫飞上了天。

当我们走到城市边缘时,夜已经深了,风中裹挟着寒凉。我哆嗦着,抱怨说,你来这里干吗啊?

阿萝的脸在黑暗里看不清。她伸出手,上前一步,吱吱,空气中突然发出电流窜动的声音,她的掌前亮起水波般的光,呈弧形,蓝色。她往旁边移了几步,又伸手,光波再次拦在手掌前。

没用的,这里被罩住了,出不去的。我有些不耐烦。

阿萝不理,手使劲往前推,光波向外凹陷了一些。滋滋,电击声变大,阿萝被大力反弹回来,向后跌在地上。

我连忙去扶她,埋怨道,你这是白费力气,十岁的时候我找了三十几个人,花了半天,也没把这层……我突然愣住了,因为在隐隐星光下,我看到阿萝脸上挂满泪痕。

我顿时不知所措,你……是摔疼了吗?

阿萝摇摇头,眼睛看着城外。我们能明显感受到风从外面吹进来,一些流萤划过,几株蔓藤长在光波亮起的地方,随风摇摆——整个城市被巨大而透明的防护罩罩住,风、植物和动物都能穿过,但我们不能。

我只是想看看外面的世界。过了很久,阿萝轻声说。

我被她的伤感愁绪传染了,感到了一阵悲哀。以前发现这层罩子时,我也很好奇,想看外面的世界。那里会不会也有很多个城市,里面满是孩子?我找男孩子们帮忙,用砖头砸,用火烧,什么都试过了,罩子却纹丝不动。男孩们都抱怨,说城里这么大,玩也玩不够,出去干吗?连刘凯都不帮我。后来他们三十几个人都走了,只剩我拼命用锹挖土,想从地下穿过去。但当我挖了一个洞后,才发现防护罩连土地都能穿透。当时已经很晚了,我在黑夜里哇哇大哭,边哭边穿过废墟回家。

我甩甩头,说,走吧,很晚了。

我们往回走,天太黑了,阿萝跌倒了好几次,扭伤了脚。我背着她,像是背着一片叶子。我的后脖子感觉到了她均匀的呼吸,如同潮汐涨落。她睡着了,但愿我干瘦的背部不会让她落枕。

我走了很久,惊恐地发现迷路了,道路在黑夜里是另一番面孔。更糟糕的是,一只老虎嗅到了我们的气息,当我察觉到时,它已经跟在我身后了,喉间发出低低的咆哮。

这座城荒废了这么久,不仅被植物侵占,也成了动物的乐园。刘凯以前曾无意中推开一间写字楼的办公间的门,结果里面顿时一片惊乱,十几只鹿仓皇奔出。我还见过成群结队的野牛在城里游荡。

我吓坏了,耸动肩膀把阿萝叫醒。我缓缓后退,抵住了一面墙,让阿萝爬上去。阿萝踩着我的肩膀,蹲在了墙上。她伸出手,说,我拉你上来。

我刚伸手,老虎猛然前肢低伏,做出跃起攻击的姿势。我吓得几乎要跌倒,颤抖道,不,不行了……你赶紧跑,找个房间躲起来,关上门,老虎就打不开……我、我房间的墙里面,藏了一个盒子,是我挣来的糖果,上次没被搜走,就交给你了。还有,我一直很……

我的遗言还没交代完,一道人影突然跳出来,拦在了我前面。老虎咆哮一声,四野震动,那人影丝毫不惧,反倒上前一步。老虎似乎察觉到了危险,收起獠牙,慢慢退回了黑暗深处。

人影转过来,说,以后不要这么晚出来了。

是铁皮老师!

它把阿萝抱下来,背在肩上,然后拉着我的手。它的金属皮肤很凉,但握在手里,时间久了也能感到温暖。夜依然深沉,却不再危险。夜风停住了,像是一群疲倦的羔羊,在某个角落里蜷缩而眠。

我们走吧。铁皮老师说。

于是,在漆黑的夜里,这个干瘦沉默又带着忧郁的机器人,背着阿萝,牵着我,在长长的荒芜的路上行走。

后来,我无数次在夜里回忆起这幅画面,心里便会涌起温暖,有了能够面对天亮的勇气。

4

刘凯告诉我,他喜欢上阿萝了。

我不以为然,说,所有人都喜欢阿萝。

这次不同,我以前看到阿萝,满脑子都是下流思想,想着她不穿衣服的样子,想看看是不是跟我梦里面的一样。但现在,我会自卑,会觉得自己脸上有东西,怎么洗也洗不干净。

我心里一动,小心翼翼地问,呃,这种自卑,就是喜欢吗?

当然是啊,铁皮老师不是说过吗,这是典型的青春期心理,是内心喜欢的外在映射。

我恍然点头。

所以,我决定了,我要追求阿萝。刘凯郑重地说。

刘凯是我最好的朋友,从小到大,他做任何事我都支持他。但现在,听到他的决定,我却一阵慌乱,犹豫了很久,说,她……你不要追她,她不适合你。

为什么啊?

我一急,脱口而出道,呃,因为、因为她不好看。

放屁,她不好看,那城里就没人能看了!刘凯瞪了我一眼,说,再说了,我是那种只看长相的人吗?

还有——她的胸太小。

刘凯愣了愣,低头思索了半天说,这倒是麻烦……不过也没关系,反正我的手也不大。

话已至此,我只得答应,问,那我要怎么帮你?

这事不能急。你是她的同桌,就先替我了解她的喜好,并且经常提到我,把我的形象塑造得光辉灿烂。然后我在合适的时候隆重出场,一举拿下阿萝。

本来经过那一晚,我和阿萝的关系已经很好,但被刘凯横插一杠,又变得别扭起来。我在心底很抵触帮刘凯说话。我见过有人恋爱,就是大手哥和月亮妹,整天腻在一起,动作亲密。我无法想象阿萝和刘凯也这样。这种情绪,如果你不能理解的话,就想象两只看上了同一根骨头的狗吧。

但刘凯显然是一条比较不要脸的狗,整天缠着我,不得已,我只得跟他说了阿萝的喜好。我说,阿萝每天都是一个样子,把头发梳在背后,是那种柔顺的马尾,垂下来像是一种植物。她按时上课按时回家,作业工整,坐姿端正,连呼吸都均匀平稳,简直比铁皮老师更像个机器人。

说着,我又想起了那晚,阿萝对着黑暗中的防护罩流泪的模样。这模样无比鲜明,与她白天表现出来的,是两个不能重叠的形象。为什么它们会出现在同一个人身上呢? 我常常对此迷惑不已。

接着说啊,别愣着。

她不是很聪明,有些题目我和你都能做出来,她却不能。但她肯下苦功,回家后整晚钻研,所以考试结果,还是她第一名。

这个我知道,女人嘛,要那么聪明干吗?

大概就是这些了,其他的,我再帮你注意观察一下。

真的没有了吗? 刘凯低着头,脸上的表情埋在阴影里,看不分明。

当然,我怎么会骗你?

好的,事成了我会好好谢你的。

我看着刘凯走远,心里有些紧张。其实,有很多东西我没有说出来,比如那晚阿萝对城外的渴望,再比如,阿萝头发上有一种香味。那是一种淡淡的、若有若无的味道,只有风顺着她吹到你,你才能闻到,换个方向都不行。我喜欢这味道,常常有意无意地靠近她,轻轻吸气,过很久才吐出来,脸憋得跟猴屁股似的。

我还忘了告诉刘凯,阿萝喜欢诗歌,时常用纤长的手指在晶屏上跳动,一行行字便在指尖流出来。她从来不让我看。我唯一一次见到她的诗,是在后来的语文课上,这一章专讲诗歌,末了,铁皮老师让我们写一首诗交上去。

当所有的诗都上传给它后,它停滞了几秒,然后摇摇头说,你们的诗千奇百怪,不过诗歌的范围太大,任何语句都能成诗,所以也不算错,比如这句"路边飘摇一朵花,摘回去,送给她……"

这是我写的。我的脸红了,低下头。

铁皮老师又说,但有一首很好,我传给你们看看。是阿萝写的。

我们的晶屏接收了这首诗,我仔细看,心慢慢变空,好像被什么啃掉了一样。

十岁那天,你用手蒙住我的眼睛

五月,旷野,长着三叶草
麦田的青绿染湿了我们的衣裳
我像迷路的糖果在麦田里奔跑
阳光很好
夏天在麦田里跌倒

九月,窗外,穿过废墟的少年
看飞过天空的鸽子,紫色的鸽子
在地上留下影子,浓黑的影子
鸽子飞入灰色的天空
黑色的影子落入少年的眼眸

十岁那天,我想看见你的脸

我轻声念完,转头看阿萝,她一如往常,坐直身体,头发像植物一样垂在肩上。我又闻到了那股香味,但奇怪的是,此时教室并未起风。

5

由于所有人的生日都在同一天,每年的庆祝就格外盛大,汇演也在这一天举行。我们十五岁的生日很快就要来了,铁皮老师让我们准备节目。

刘凯找到我,郑重地说,我想写诗,汇演时上台去朗诵。我要让阿萝知道我也是个诗人。

我大吃一惊,问他为什么突然有这个想法。

因为,刘凯犹豫了一下,我跟阿萝表白了。

结果呢?我下意识地问道,随即醒悟过来,肯定不是好结果,否则刘凯也不会想着写诗了。我想了想,又问,为什么你不跟我说一声就去向她表白呢?

我知道你也……他咳了一声,把剩下的话吞了回去,说,总之,她说我不懂她。哼,我要写出让阿萝大吃一惊的诗,在汇演时朗诵给她听!

虽然刘凯这么信誓旦旦的,但我却不以为然。他在阿萝面前人模人样,但本质上邋遢不堪,典型的姿势是左手抠脚趾,右手拿笔做题,然后再用左手挖鼻孔。请允许我描述他的鼻孔:漆黑无比,像倒悬的深渊,还时常有更黑的鼻毛颤巍巍地探出来。他喜欢边说话边扯鼻毛,说着说着就拔出一撮,手指一搓,鼻毛散落,脸上表情诡异,既有拔毛的痛苦又有丰收的喜悦。上次交诗歌作业,他写的比我还不如,诗曰:"天上鸟儿飞,我在地上追。追也追不到,回家去睡觉。"

但这次他是认真的。接下来的日子里,他每天在城市里游荡,却不是翻捡废品,而是两手插裤兜,双目迷离,嘴里喃喃有词。大手哥找他寻仇,纠集一伙人冲过来,他却没有反应,目光越过大手哥望向了遥远的地方,且轻声说着什么。大手哥威吓了几声,毫无作用,纳闷地把头凑过去,听到刘凯在说:

你在风里,你在雨里,你在我思念的季节里。我见到风不是风,我见到雨不是雨,我见到的一切,都是你。

大手哥当场就吓坏了,被小弟们扶回家,从此再不敢找刘凯麻烦。

不久后,刘凯写了几首诗,拿给铁皮老师看,铁皮老师从中选了一首赞美神的诗,说,你就上台念这个吧。

很快,我们迎来了十五岁生日。这一天格外喜庆,铁皮老师给每个人发了一套衣服,洁白无瑕,布质柔软。到了晚上,全城九百多个孩子聚在一起,等待神的来临。

天一点点变黑,夜风吹起来,衣摆轻轻振动。铁皮老师说,闭上眼睛。我们全都把眼睛闭上。铁皮老师又说,睁开眼睛。我们一睁眼,就看到城市上空的巨大飞碟,银白色的外壳在夜色中透着冷感。

铁皮老师一挥手,我们便全都站起来,伸出手,对着飞碟欢呼雀跃。铁皮老师压了压手,我们安静下来,听它说道,感谢神,神孕育了我们,将我们保护于这座城市之中。神赐予我们糖果,神洒下恩泽,我们沐浴其中,必将遵从神的旨意。

飞碟寂然无声,缓缓旋转。我看了一会儿,觉得头有些晕了,就看向四周。我发现刘凯的脸有些红,可能是即将上台,过于紧张导致的吧。

一道白色光柱射下来,照到我们前面的空场上,这一块地,就是舞台了。

我远远地看着表演。这次阿萝不是压轴,她跳了一支舞,绵软的白衣在她身体上显露出惊人的曲线。但她的脸圣洁无瑕,每一步踏出,似乎都要飞起来。

我要告诉你一件事,耳边突然传来刘凯的声音,其实你和阿萝去城边缘的晚上,我跟在你们后面。

我一怔。难怪那晚总感觉身后有脚步声……

我知道你也喜欢阿萝，所以你隐瞒阿萝向往城市外面的事情，我不怪你。刘凯盯着舞台，呼吸因紧张而急促，但我念了这首诗后，阿萝肯定会喜欢我的。我跟你是最好的朋友，什么都可以让给你，但阿萝不能让。

这时，阿萝跳完舞蹈，微微喘气，退出了白光舞台。

刘凯起身走了上去，大声说，我给大家朗诵一首诗，关于我们头顶的神。

他站在光柱中，面目有些模糊。他的视线依次在我、阿萝和铁皮老师身上停留了一秒，然后深吸一口气。

> 如果不是那个夜晚我仰头
> 星光不会坠入我眼球
> 如钻石般迷人
> 又像泪眼般忧愁
> 我企图接近
> 但有层光挡住了手
>
> 如果不是经常在废墟行走
> 我不会觉得孤独
> 像天空中唯一飞翔的秃鹫
> 像宇宙中唯一旋转的星球
> 我猜不出，看不透
> 城外的光，到底是保护
> 还是禁锢

刘凯念的不是铁皮老师让他念的那首诗。我看到铁皮老师的金属五官罕见地扭曲了，它飞快起跑上去，想拉刘凯。但刘凯早有准备，一边往后跑,一边大声念。

> 如果不是因为她的温柔
>
> 我不会如此厌恶公路和废弃的高楼
>
> 她的美丽如此短暂
>
> 红颜转瞬变成骷髅
>
> 她的笑容要在阳光下盛放
>
> 她应该获得那两个字
>
> 自由

这些话不知在他心中背诵过多少遍,音节利落,掷地有声。铁皮老师更急了,两脚一蹬,地上的水泥咔嚓一声裂开。它闪电般扑过去,抱着刘凯,在地上滚了几圈。

剧烈的疼痛打断了刘凯的朗诵。他发出呻吟,不解地看着铁皮老师,说,老师,我只是……

闭嘴!铁皮老师气急败坏地说。它顿了顿,抬头看向天上,飞碟如故。它似乎松了口气,低声说,给我坐回去,别说一个字。说完,就拉着刘凯往我们这边走过来。

这时,天空中的飞碟停止了旋转,光芒全灭,黑暗从四面八方向我们碾压过来。铁皮老师浑身一颤,眼睛亮起红光,一闪一闪。

我知道这是它在跟神交流,用我们不能听到的方式。它越说越快,红光几乎连成一片,胸膛里发出嗡嗡的仪器运转声。大概一分钟后,红光消失,我听到它在幽暗里发出轻轻的叹息。

我眼皮一跳。风变大了,带着寒意,在地面卷过。

飞碟中心再次射出一道光柱,却是蓝色的,莹莹澄亮,罩住了刘凯。刘凯的脚离开了地面,缓缓上升。他如溺水一般手舞足蹈,却无济于事,连呼叫也被冻结了,只看得到他张大嘴,脸色在蓝光下显得格外惊恐。

我刚要上前,手心倏地传来温润的触觉。是阿萝,她攥住了我,缓缓摇头。

就在这愣神的片刻,刘凯已经升到飞碟下,一道圆形门打开,将他吞没。接着,飞碟再度旋转起来,空气被带动,四周风沙肆虐。在我们的惊呼中,飞碟切开夜色,朝东边天际射去。这次,神走得如此急切,连糖果都没有留下。

飞碟很快缩成了星光大小,混入群星璀璨的夜空中,再也寻不到。

6

十五岁过后,我尝到了孤独的味道。没有了刘凯,这个城市变得冷清而陌生,我常常走在荒芜的街道上,凉风拂过,我感到无所事事。

这种情绪困扰了我很长时间。

而这期间,铁皮老师的忧郁症更加严重了。有一次正上课,它突然停下来,呆滞地看着窗外停歇的麻雀,我们连声唤它都不应。几分钟后,麻雀扑腾着翅膀飞向天空,它才收回视线。

随着季节更换,日月流转,铁皮老师越来越心不在焉。到后来,它在课堂上根本不能讲课,索性布置了实验作业,让我们自己去做。实验没有规定对象,只说要修复从废墟里捡来复杂器物。实验是两人一组,我犹豫很久,对阿萝说,我们俩一组吧?

她连头都不转,问,小黄瓜、朱宇、邓光阳,还有大手哥,他们都找我组队,为什么我要答应你?

因为你知识过硬,我动手能力强。我们……我挠挠头,有些尴尬地说,我们会配合得比较好。

阿萝说,不干!这段时间你都不跟我说话,整天低着头,我才不跟你一起呢。

我说，以前我都是跟刘凯一组，现在他不在了，我不知道怎么办……好吧，不过你不答应我也行，但千万别跟大手哥一组。他有月亮妹，还过来找你，肯定是想一脚踩二船，一枪打双鸟，一口吃掉两颗糖，你可不要让他得逞。

阿萝转过来，看了我一眼，笑着说，这才像你，好吧，我跟你一组。

我在家里一阵翻找，翻出了以前捡回来的废旧电脑，擦去灰尘，发现竟然有七成新，就是不知道哪里坏了，无法启动。本来我还有一些破玩具，修复它们要简单得多，但不知怎么，看着阿萝，我本能地选择了难度比较大的电脑。她好像也没有异议。

我和阿萝把电脑拆卸，分析了很久，找不出问题。阿萝提议去找铁皮老师辅导，我摇头说，铁皮老师的忧郁症已经很严重了，我们还是不要去打扰它得好。阿萝说，就是因为这样，我们才要去关心它啊，它对我们那么好。我说，还是算了吧，它把自己拆成一块一块，零件都在地上跑，看着心里发慌。阿萝说，你不去我就换组，不和你一起做实验了。我说，来，我们往这边走。

铁皮老师的家在市中心一栋单元楼里，拨开密布的藤条，赶走几只睡懒觉的兔子，我们挤进去时已经一身狼狈。果然，屋子里到处都是铁皮老师的部件，都不安分，手臂靠五指抓地而行，脚则漫无目的地滚来滚去。我们小心地避开它们，走到卧室前，透过门缝，看到铁皮老师的头颅立在窗边。窗外，是渐渐暗下来的天空。

我过去把头颅抱下来，比我想象中的要轻，不像是装载了量子大脑的金属球。头颅里传来奇怪的声音，我听了很久，对阿萝张开嘴，用口型无声地说，它在哭。

是的，铁皮老师在哭。我见过很多人哭，但没有一个人是像铁皮老师这样哭的，滋滋，滋滋，像是电流在回路里辗转不去的幽咽。

阿萝也不知如何是好，她本想安慰，但听到这种哭声，谁都说不出话来。于是我们沉默地坐在屋子里,外面暮色沉降,又到了夏夜,看得到萤火虫划过。

很久以后,铁皮老师停止哭泣,它的胸膛滚过来,与脖颈接驳。它转了转脖子,令人牙酸的金属摩擦声在屋子里响起。

你们,要修复的东西是什么?

我连忙打开背包,拿出银白色的笔记本电脑,递了过去,说,我们查过资料,试了很多次,但就是不能开启。

铁皮老师的手爬过来,敲了敲电脑。然后这两只金属手又把电脑放下,爬到它肩旁,安装好。它甩甩手说,哦。

阿萝连忙说,您能提供修复意见吗?

铁皮老师躺下来,两手枕着后脑勺,懒散地说,电脑是一种古老的电器,你们没见过,所以不太清楚。一般呢,电脑不能开启,有可能是主板问题,也有可能是硬盘损伤,还有可能是显示屏接触不良……

那我这台电脑,是属于哪个问题呢?

哪个都不是,铁皮老师挠了挠已经生锈的头顶,说,它只是没电了。

城市荒废,发电厂和输电装置都失效了,我们没有电器,晚上漆黑一片,夏天燥热无比,冬天严寒刺骨。城里唯一的电源来自铁皮老师体内的核子反应炉。平常我们的晶屏需要充电,都是统一交给它。

充好电后,铁皮老师启动电脑,却不交给我们。我看到它仔细检查了一遍,删掉了很多东西,最后交给我们,说,这台电脑已经干净了,你们拿去试试吧,不过电池只能用两个小时。这次的实验就算你们过了。

我犹豫了一下,问,您刚才删掉的是什么啊?

哦,只是一些影音文件和文档而已,都是对你们有害的东西。

我对这样的说法很怀疑,就像我怀疑它解释说,刘凯一直没有回来,是因为被伟大的神选中,去往神的国度沐浴恩泽了。但很多事虽不能被证明,却也不能被证伪,所以只好保持这份怀疑。

我和阿萝抱着电脑往回走,天黑得很快,视野里盛满了星星。附近的野兽都被铁皮老师赶走了,所以我们不害怕,走得很慢。

那么,实验这么快就结束了,看来我的知识和你的动手能力,都没有发挥作用。阿萝笑着说。

我挠挠头,踢开一根缠住电线杆的藤条,说,那你应该很高兴啊。

是啊,我应该高兴,她低着头说,可是我觉得少了点什么。我还打算实验做久一点,跟你一起,会很有意思的。

我又踢开几根藤条,才反应过来她说的话。我难以置信地转过头去,看到她的脸依稀在夜色中,这一刻,她白天的娴静和那晚的哀伤奇迹般重合了。她背后有一丛白色的花,夜风吹过来,花朵纷纷摇晃。

我有些颤抖,没头没脑地开口,我一直想问你,去年汇演,刘凯被神带走的时候,你为什么拉住我?

我担心你。她抬起头,看着我说,我怕你也被带走。

她的声音羞涩而温柔。她的眼睛睁得很大,像是怕在夜色里看不清我。

可是,为、为什么是我呢?我语无伦次地问。

你还记得我写的那首诗吗,穿过废墟的少年,其实就是你。十岁的那天,男孩们都走光了,只有你一个人仍旧拼命想出去。我躲在远处看你,直到夜晚,你一边哭一边回家……那时候我就知道了,整个城里,还有一个人跟我一样,对城外充满向往。

十五年来,我第一次手足无措,后退几步,靠在了电线杆上。阿萝温婉地站在我三步之遥处,漫天星光成了她的背景。

这时,我看到远处有人,是大手哥和月亮妹。他们没看到我们,站在墙角边,紧紧抱在一起,头挨得很近。

他们在做什么?阿萝问。

可能是在讨论解析几何的问题吧,前几天刚学过。我刚说完,就发现不太对劲,大手哥的嘴在月亮妹脸上探索,大概是月亮妹的脸太大了,他花了好一会儿工夫才找到月亮妹的嘴。他们亲在一起,没有讨论数学问题的空间。

好像是,阿萝的脸在星光下有些发红,是接吻……

那我们也试试吧。我鼓起勇气说。

阿萝咬住下唇,看得出她很紧张。我等了很久,直到勇气几乎要消散,才看到她点了点头。

我上前一步,嘴唇凑了过去。我碰到了一片柔软,带着略微的湿润。我愿意花很多字来描述这一刻的感觉,但我不能,在它面前,任何文字都苍白无力。阿萝似乎也没了力气,向后仰倒,我伸手抱住了她。这时,我和大手哥的姿势一模一样,但他睁开眼睛看到的是无边无际的大脸和坑坑洼洼,而我则看见了阿萝紧闭的眼睛和轻轻颤抖的睫毛。风从后面吹来,穿过建筑群和植物丛,却无声无息。夜晚静谧,没有萤火虫,萤火虫都睡了。

当我们分开时,夜已经很深了。我和她都不知所措,她低头拉了拉裙子的边角,说,那我现在回去了。

我有些不舍,突然想到了一件事,说,我们检查电脑的时候,是不是看到它有一种叫光驱的设备?

是啊,怎么了?

那我就有一件好东西了,你跟我回去看看吧。

我拉着她回到家中,翻了很久才把那张光碟找出来,小心地把它放入光驱中。阿萝好奇道,这里面有什么啊?我一边按照资料操作电脑,一边回答说,我也不清楚,看看就知道了。

光碟里只有一个视频文件。谢天谢地,铁皮老师没有把电脑里的播放器卸载,我直接点开,一个窗口跳出来,挤满了整个屏幕。

我和阿萝坐在一起,紧张地盯着屏幕。看着看着,我握紧了阿萝的手,感觉她在抖动。我也牙齿打战,这是夏天,我却如坠冰窖,每个细胞都在寒冷和恐惧中缩成一团。

屋外星辰密布,像无数只窥视的眼睛,它们一闪一闪,似乎也被视频里的内容吓得颤抖不已。

7

很久以前,地球上布满人类,文明的种子在这颗星球的每一片土壤上生根发芽。当科技达到一定高度后,人们开始向宇宙中发出呼唤,希望引起外星智慧生命的注意。在漫长的时间里,这种呼唤一直没有得到回应,那段时间,被称为"沉寂时代"。

在沉寂时代中,人们感到寂寞,认为自己是宇宙中孤独的生命。但某天,一艘飞碟循着人类的信号,穿越茫茫宇宙,降临到了地球。此后人类才知道,沉寂时代才是最美好的日子。飞碟用战争终结了沉寂,用神迹般的科技征服了一座座城市,人类无力抵抗。长满触须的外星人待人类如同人类待猪狗,肆意屠杀,直到它们发现,成年人类的身体很适合用来做培养它们后代的容器,这才停下杀戮。

它们把人类麻醉,将后代卵注射进去,几天后,一条灰白色触须就会从人的肚脐里伸出来。再过几天,人的每个孔窍都会钻出触须,看上去像灰色毛球。它们割开人的肚皮,将幼体取出来,而这时,人体也只剩下薄薄的一层皮,所有的血肉都被异形幼体啃噬殆尽。

一时间,地球上爬满了外星人,人类销声匿迹。而大量的后代孕育,让它们了解了一些规律:只有在身体健康、思维活跃的人类身上,它们的后代才有更旺盛的生命力。于是,它们用许多优质细胞进行克隆,让人类孩子在地球上生长,派机器人照顾,学习知识,锻炼思维。它们则坐上飞碟,继续在宇宙中寻找下一个目标,只每年回来查探一下,等孩子们长到十六岁,再统一麻醉,运到飞船上,成为孕育容器。

以上内容即是视频所述。在结尾处,整个屏幕被一行硕大的字占满:

地球＝牧场。触目惊心。

看完后我和阿萝都惊呆了，说不出话来。直到电脑咔的一声，屏幕暗淡下去才回过神，我结巴地问，这是，是真的吗？

我不知道……阿萝大口吸气，但声音还是在颤抖，应该是假的吧，铁皮老师怎么会把我们交给那种虫子呢？

可是，城外的防护罩，每年都有神来审查汇演，铁皮老师什么都教却不教历史，我们从来没见过成年人……这些曾经困扰我们的问题，都在视频里有答案啊。

或许、或许是有人故意用这些疑问做视频吧，我听说，以前有种东西，叫电影，什么画面都可以做出来，看上去像真的似的。

听她这么说，我心安了一下，刚要舒口气，却突然想到了刘凯，颤声道，你还记得吗，刘凯那首诗提到了这方面，所以他才会被抓走。

阿萝捂住头，退了好几步，坐在床上，摇摇头说，我们去问铁皮老师吧，它肯定知道答案。

你还敢去问它吗？如果是真的，按照视频的时间，它至少抚养了十几批孩子，每批都送上去给神——给外星人吃了。

那我们怎么办？阿萝抽泣道。我看见她哭的样子，心头顿时柔软，我上前抱住她，拍着她的背，柔声说，放心，有我，我不会让你有事的。

但我也没有办法。接下来的日子里，我一看到铁皮老师，腿脚就打战。空闲时候，我和阿萝在城边缘拼命想出去，但总是无功而返。我们也试图把这件事讲给其他孩子听，但我不敢找铁皮老师给电脑充电，光碟无法播出，没有人相信。

这种压抑的日子持续着，很快，我们十六岁的生日来了。在我心中，这已经不是生日了，另一个可怕的词取代了它——收割日。这一天，是地球牧场丰收的日子，所有的孩子都如麦子般被割断，我们的童年于今天终结。

我想过逃跑，但无路可去，阿萝也是面色灰暗。我们坐在废旧的建筑顶上，很久之后，阿萝站起来，拍拍衣服，一袭白袍在风中烈烈鼓荡。她说，我们走吧，如果那是我们无法逃开的命运，那就去面对它吧。

我们走到场地中，其他人已经坐定了，脸上都是期盼雀跃的神色。铁皮老师站在前面，不时扭动脖子，手脚也怪异地扭曲着。这是它忧郁症犯了的征兆。

天暗了下来，一如往昔，地球的主人虽已变换，但不变的是每一个夜晚。

铁皮老师说，闭上眼睛。但这次我固执地睁着，夜空静如深湖，一点光亮划过，起初，我以为那是萤火虫，但它比萤火虫更亮，轨迹更长，像是星光的视觉残留。它缠绕，滋生，茁壮成长，一艘飞碟从光中沐浴而出。这时，铁皮老师说，睁开眼。孩子们看到飞碟，欢呼不已。

这次没有汇演，飞碟缓缓投下一个箱子，落在铁皮老师面前。它似乎在发呆，好一会儿才颤抖着打开箱，拿出里面的糖果。以往的糖果是红色的，但这次是白糖果。铁皮老师给每个人分了一颗，它的动作极其缓慢，仿若凝滞。

这是神的恩赐，吃下它，你们将离开这荒废的土地，到达天堂。铁皮老师磕磕绊绊地说，现在，它就是进入天国之门的钥匙，打开它吧。

于是，孩子们都把糖果送进嘴里。阿萝闭上眼睛，轻声念道，我们在天上的父，愿人都尊祢的名为圣，愿祢的国降临，愿祢的旨意行在地上，如同行在天上。我们日用的饮食，今日赐给我们，免我们的债，如同我们免了人的债，不叫我们遇见试探，救我们脱离凶恶，因为国度、权柄、荣耀，全是祢的，直到永远。阿门！

念完后，阿萝对我凄然一笑，抬手准备把糖果放进嘴里。

等等！

这一声暴喝，如惊雷般滚过全场，少数没吃糖果的孩子都惊愕地看着铁皮老师。它从来温声细语，但现在，它的胸腔里似有浓云卷积、惊涛翻涌。

它几步便飞奔而至,喘息着问阿萝,你、你怎么会念这段祷言? 见鬼,见鬼见鬼! 你看过《圣经》吗?

我突然想起,很多年前,我走到铁皮老师窗下时,也曾听到它念诵过这段话。原来这段话出自我送给阿萝的那本书。

阿萝"嗯"了一声,说,是的,我很喜欢它,父。

你说什么? 你刚才叫我什么?

父。

你叫错人了,你们的父行在天上,在飞碟里! 铁皮老师突然变得气急败坏,大声吼道,而我,是一个机器人!

对我们来说,您养育了我们,您就是父,父亲,我……

阿萝没说完,铁皮老师猛地甩手一巴掌,啪,她脸上顿时红了半边。铁皮老师暴躁地骂着,给我闭嘴! 见鬼,你们地球人都是猪猡,我只是饲养员,叫我父亲? 那样我岂不是也成了你们这种低级碳基生物了!

哗,铁皮老师身上冒出一阵火花,黑色液体也顺着破损的部件流出来。它停滞了一秒,然后上前扶起阿萝,温柔地看着她,说,对不起……放心,我请求祂们放过你们这一批。

它的眼睛亮起红光,有规律地闪烁。它在和飞碟里的人通话。几分钟后,它呆低下头,说,祂们驳回了……

飞碟下蓝光荧惑,前方的孩子们被反重力拖曳着上升,进入飞碟内部。我低声说,父亲,再见了,希望下一批孩子能让你开心起来。

铁皮老师的手抖得更厉害了,似乎不胜夜风寒凉。我仰起头,把糖果放进嘴里,这时,它猛然将手指插进双眼,一阵火花从它瞳孔中溅出。下一秒,我和阿萝被它抱住,往场外狂奔。其他孩子们不知发生了什么,只是呆立在原地,被逐渐扩大的反重力光束笼罩了。

我伏在铁皮老师肩头,咳出了糖果。周围光影纷乱,风声簌簌。在模糊的视线里,我看到了阿萝。我们挨得如此之近,以至于我能听到她的呼吸。我再次闻到了她发梢的香味。

那香味钻进我的鼻腔里，从此，一住好多年。

0

"所以你们就这么逃出来了吗？"坐在我对面的小女孩儿晃着脑袋，问。

"嗯。"已有些晚了，西天垂着一块融化的黄金，风渐渐吹起来。我决定快点结束这个故事，"防护罩的发生装置埋在中心广场下面，铁皮老师砸坏了它，带着我和阿萝跑了出来。"

"那现在怎么只有你一个人？"

"铁皮老师和阿萝……都死了。"我深吸一口气，尽量说得简洁，"铁皮老师的忧郁症，就是源于多年来内心的自责，但它的芯片又被外星人掌控。它的心和芯在做斗争，但最终输的还是心，为了不伤害我们，它先伤害了自己。它自毁了，当着我和阿萝的面。"

"那阿萝呢？"

"我和她逃亡了很长一段时间。铁皮老师临死前给我们留下了屏蔽器，外星人找不到我们，我以为这一辈子可以跟她这么过下去。但二十三岁那年，她决定去找外星人，她想让外星人和人类和平共处。我说这太天真了，就像人类不会平等对待家畜一样。她说她知道，但这是唯一的办法，如果我们不做什么，等我们死了，人类就没有希望了，不会再有第二个愿意帮孩子们的铁皮老师了。我劝不住她……"

小女孩知趣地点点头，没问后面的事情。但我脑子里再次回忆起那个画面——阿萝亲吻我的额头，慢慢走到空地上，关闭了屏蔽器。几乎在同一瞬间，飞碟出现在她头顶，她举起手，大声喊："我想跟你们谈——"回应这声呼喊的，是喷吐的高温粒子束，阿萝以及她周围五米的土地，全部被焚成飞灰。

"从那以后，我决定完成阿萝的遗志。我满世界游弋，寻找城市，讲出我的故事。"我缓缓说，"结束了，我的故事讲完了。"

"怎么说呢，你讲的事情跟我的生活确实很像，城里也全都是小孩子，也被一个机器人照看着，但我还是觉得太离奇了。"女孩咬着指头，笑笑，"毕竟我还只有九岁嘛，等我长大些了，说不定会相信。"

"我也没有希望你立刻相信，时间会让你找到答案的。"我掏出一个自制的定位仪，抛给她，"但如果你相信了，就找一只鸽子，把这个玩意儿系在鸽腿上。鸽子会找到我，我就会找到你，给予你帮助。"

"谢谢……对了，叔叔，你知道吗，我的名字也叫阿萝。"

"嗯，每个城市里克隆的都是同一批细胞，你周围的人中，肯定也有一个刘凯，和一个长得像我的人。"

"是啊，他们跟我关系都很好。"

我看着她，往事跋山涉水而来，那张埋在久远记忆里的脸再次浮现。我向前伸出手，吱吱的电流声中，水波般的蓝光在掌前延展开。女孩也伸出手，隔着防护罩，我们的手掌对在一起。这是城市的边缘，我在外，她在里，无法碰触，却能感觉到温度。

很久之后，我站起来，拍去身上的尘土，"好了，我现在要走了，我要去下一个城市。"

夕阳落入深渊，最后一抹余晖也断绝了。黑暗从西边天际奔涌过来，无边无际，吞没了世界。但我不怕，凭着掌心的温度，我能在黑暗里走得很远。

（此文系第 24 届中国科幻银河奖最佳短篇小说奖获奖作品）

悄然苏醒

a

我不知道自己在这里站了多久。

雨水在客栈外的檐下滴落,声音绵密,又在青石的街道上汇流成溪,蜿蜒远去。即使是在下雨天,那些江湖客仍旧呼喝着纵马驰骋。有几滴泥水溅到了思儿的裙裾上。她低着头,面容在雨幕中模糊不清。我的手指微跳,很想走出去看看她的容颜。

可我不能走客栈的门。

我不知是何时产生了要出去的想法的。它从混沌的思绪中萌芽,一经破土,就生出了紧紧捆绑我心灵的藤……

"小二,来三斤牛肉,一坛烧刀子!"一个粗豪的声音打断了我的思绪。发话的是一个大汉,身长九尺,衣着华贵,腰佩紫玉,正被簇拥在一群人中间,不满地看着我。

我连忙低头,端过酒肉,给大汉送过去。我不认识他,却知道那块紫玉代表着什么——整个江湖,只有蛟枫堂堂主曾冠才能佩戴。"客官,您要的酒和肉,请慢慢享用。"我干涩地说完,收了银钱,躬身退下。

刚退几步,一道刀光突然在空气中显现,尖而锐,惊鸿般掠向曾冠喉间。刀光来自一名黑衣少年,适才他一直坐在近旁,沉默不语,却在我挡住曾冠视线的那一瞬,抽刀出手,快稳准狠。

曾冠正在喝酒,听得刀声呼啸,腹部瞬间鼓胀如球,将坛中烈酒尽数吸入。然后,他吐气开声,口中喷出一道酒箭,正中袭来的刀光,将之撞偏两寸;同时右手下压,一股无形的气劲压迫全场,黑衣少年的身形变得迟滞,立刻被曾冠的手下们扣住要害,动弹不得。

这场杀局从暴起到消弭,只在眨眼间,我还没反应过来,愣愣地站在原地。曾冠没有丝毫诧异,悠闲地喝下酒坛里剩下的烧刀子,长出口气,方才道:"南海鬼蜮刀? 你是不归刀宗的弟子?"

"正是!"少年被牢牢制住,满脸通红,兀自大声道。

"嗯。"曾冠轻蔑地一笑,"三天前,我血洗不归刀宗,却不意留下了余孽。你是为了报仇来的吧?"

"你不但逼死了我师傅,还将……还将我小师妹杀害! 我定要将你抽骨剥皮! "

"那便没什么好说的了! "他猛一挥手。

蛟枫堂门众得了命令,齐发一声喊,一拥而上,对着少年一顿拳打脚踢。没有人留情,每一次打击都带着充足的力道,血很快流了出来,在地上染出殷红的线条,像蚯蚓一样。有几条爬到了我脚下,我感到一丝温热的黏稠。

少年目眦欲裂,却咬紧牙关,一声不吭。

我的手突然抖了起来,像被闪电击中一样。客栈里的人越来越多,他们却只围在一旁,冷眼看向垂死的少年。一种接近于悲愤的情绪在我心中升起,这是从未有过的感觉,强劲而躁动。我的右脚不自觉地上前一步。

在这改变我命运的前一瞬间,我转过头,看到外面的思儿。隔着一重又一重的雨幕,我看不清她的表情。

我挤开人群,站到曾冠面前,道:"请你住手,放过他。"

客栈立刻安静下来了,所有人都转过头,吃惊地看着我。雨依旧从屋檐上滴滴落下。

A

电话是在凌晨一点半响起来的。

因为担心果果的病情,杨娟睡得很浅,铃声刚响就醒过来了。她没有立刻去接电话,而是把果果踢开的被子重新披好。果果正在熟睡,鼻翼一下一下地翕动,表明呼吸并不顺畅。他的脸色苍白如纸,即使在睡梦中,依旧皱着眉头,似乎身体上的痛苦已经像蛇一样潜进了他的梦里。

杨娟轻叹口气,拿起电话的听筒。

"组长,是我,小李。"小李是杨娟组下的一名程序员,负责副本的监督工作。在杨娟的印象中,他一直有些沉闷邋遢,是典型的宅男。

杨娟疑惑地皱眉,问:"嗯,小李,有事吗?"小李平常整天坐在运行器前,话都很少说,此时却打电话过来,肯定是出了什么事。

"我也不想这么晚来打扰你,可是……"小李犹豫了一下,接着说,"组长,你最近更改了《江湖热血》的程序吗?"

"没有。"

"那就出事了。"电话的另一头,小李简短地说。

"嗯?"

小李吐出长长的一口气,声音渐渐透出兴奋来:"刚才有个 NPC 突然做出了反常的举动!他本来是客栈的小二,只有几个简单的动作——端菜和收银子,对白也只有一句,好像是——是什么来着?"

"行了,我知道是谁。阿缺客栈的前堂小二,他的代码是我写的,我记得。你说重点。"

"正因为是你写的代码，我才问的。他刚才突然走到一个帮派首领面前，替一个少年求情，但那首领还是杀死了少年。那个小二捧着少年的头颅，呆看了很久，最后还流泪了……这些都超出了程序控制的行为！"

杨娟一下子坐起来，动作太大，惊到了熟睡的果果。果果闭着眼睛，哼了一声，瘦弱的手在空气中挥舞几下，但幸好没有被吵醒，很快就安静了下来。杨娟这才敢呼出气来，压着嗓子问："会不会是其他人改了程序？"

"不会，你是副本唯一的管理员，其他人都没有权限。"小李沉默下来，黑暗中，杨娟能听到话筒里传来他的呼吸声，缓慢而有力，似乎在思量着什么。良久，他才开口，语调严肃而冷静："组长，我们可能有了一个拥有自主意识的NPC！"

这个猜想在几秒钟之前也出现在了杨娟的脑海中，但她不敢轻信，问："有没有可能……是游戏出错了？"

"不会！副本里一切正常，这一点我可以保证。"

"那……那些玩家怎么样了？"杨娟不再怀疑，但仍有些结巴。

"玩家在游戏里面，还不知情，只是感到奇怪，很多人都到阿缺客栈里去看热闹了。"小李顿了顿，"可是他们退出游戏之后，这件事就瞒不住了，估计明天一早，媒体就要报道。那时，会有很多玩家进去，《江湖热血》只是副本，服务器可能会崩溃……"

"我就是担心这一点。"杨娟点点头，"你马上清理客栈，以高等装备为代价，请等级高的玩家保护那个小二，别让人骚扰他。"她的语速变快，"公司那边我来处理，有自主意识的NPC，对世界的影响之大，高层不可能不在意。我家里有登录系统，我马上就进入游戏了解一下。"

挂了电话，杨娟按住胸口，舒了口气，才按捺下心中的激动。

自人类进入信息时代以来，便一直在研究人工智能，但无论怎么努力，也只能制造出有应答功能的机器。它们有着尽可能丰富的感应元件，能传感诸如视觉、听觉、触觉、接近觉、力觉和红外、超声及激光之类的信息,且安装了智能处理单元,能对外界变化做出反应,有些做法甚至比人类还聪明——但它们仍是机器,所有动作都是在复杂的编程引导下进行的,并非出于人性。后来,人们意识到,人工智能最大的障碍就是缺乏感情。感情才是人性的支撑。这一点难住了所有人,美国研究员道斯莱顿在一次采访中说:"我们自己都不了解人性,尚且不知怎样去做一个'人',还怎么去制造'人'工智能呢?"自此,制造拥有人类情感的生物,成了本世纪最难解决的三大难题之一。"至于其余两项,"道斯莱顿补充说,"分别是怎样走出地球开辟人类新家园,以及如何妥善处理婆媳关系。"

而现在,人工智能这个难题上空的阴霾中,可能出现了一道阳光。

"咳咳……"正想着,果果的咳嗽声突然急促地响了起来。杨娟一惊,看见儿子的脸霎时变得潮红,表情痛苦。她连忙抱住他,在怀里轻轻摇晃。

"妈,我梦见爸爸了……"果果闭着眼睛,小声说,"他为什么还不回家?"

杨娟不说话,只是拍着儿子的背。毕竟夜深了,睡意很快再度涌上果果的身体,他的头耷拉下去,呼吸恢复均匀。杨娟小心地把他放下,盖好被子。她微微叹气,果果的话让她想到了那个寡情的男人,那个她曾经深爱的男人。

过了很久她才平复下来,想起还有重要的事情要做,她亲了亲果果的额头,下床走向工作室。

杨娟走后,一只手突然从房间暗黑的角落里伸了出来。这只手悬在空中,拇指按压着小指的第二个关节,似是手的主人在考虑着什么,顿了顿,这只手又缩回黑暗中。

b

那个黑衣少年惨死的景况一直盘旋在我脑海里,像一幅血墨染就的画。无论我睁眼还是闭目，唯一能看到的，都是那张在井喷般的血柱中苍白的脸。

少年的头颅跳到我怀里，比山还重。我有些眩晕。

接下来的事我记得不是很清楚了，好像很多人围住了我，他们的眼神很奇怪；然后，又来了几个黄衣人，客栈便空了下来，蛟枫堂众人不见了，少年的头颅也不见了。

我茫然地环顾，四周清冷，只有我一人站在大堂中。客栈外却挤满了人，他们进不来，是因为客栈的每个入口都站了一个黄衣人，神情皆冷漠，无人能越过。

只有一人例外。

那是一个女人，在所有人目光的死角里，她悄然出现，穿过围堵的人群，经过杀气弥漫的黄衣人，向我走来。我运足了目力，却怎么也看不清她的脸，前一瞬间她还像个明艳少女，后一刹那，却有了风霜染鬓的苍老感。

"你好。"女人站到我跟前，有礼貌地点点头。

我张张嘴，有些苦涩地开口，"你好……你是谁？"她的脸像隐在云雾中，我不得不凑近，"你不像是这里的人……"

"嗯。我不是你所在世界的人，我是管理员。"女人的语气很坦然，"当然，你可以叫我的名字，杨娟。"

我愣了一下，有些尴尬，"对不起，我不知道我自己的名字。以前他们都只叫我小二，但我不喜欢这个称呼。"

"是我的错，我创造你的时候偷了懒，没有给你取名字。你可以选择你喜欢的名字。"

我再次向四周看了一眼，道："这是阿缺客栈，那我就叫阿缺吧……"等一下，我想起她说的话，"你说，我是你创造的？"

"不仅你，你周围的一切，客栈、桌椅、雨水……都是我用一行行代码编出来的。"杨娟微笑道，"你所在的世界，其实是一个游戏的副本，用来给玩家体验不同的人生。我是这个副本的营造者,现在还担任着管理员的职责。"

我听不懂她的话,可也没有抵触的心理,我想我对这种不懂产生了麻木。是的,我对这个世界有很多的不懂,就像我不懂为什么客栈外总是无休止地下着雨,不懂为什么曾冠挥刀砍下那少年的头颅时脸上还带着笑意。过了很久,我慢吞吞地道:"你是说,你是神?"

"这个字眼不准确,我只是按照游戏大纲创造了你生存的世界而已。你的身份是扮演店小二的NPC,本来只负责给玩家提供游戏服务的,除你之外,铁匠、杂货铺老板、药店掌柜,他们都是。"

我心里一跳,脱口而出:"那么,思儿也是NPC了?"

"思儿是谁?"杨娟明显一愣。

我伸手指去,门口人群拥挤,我看不到思儿。

"你是说客栈外的缝衣女?"杨娟没去看思儿,却只盯着我,"你还给她取名了?不错,她也是NPC——你知道吗?你现在越来越让我感到吃惊了!从我接触你开始,你已经体现出了怜悯、好奇、紧张、疑惑和失落这些感情,对一个NPC来说,这已经很不正常了。而你一厢情愿地给仰慕的女孩子取名,明显是爱情萌动的征兆,这简直不可思议!我的想法是对的,你已经不是一个NPC了!"

"那……我是什么?"

"我也不知道。"杨娟果断回答道,"这正是我来找你的原因。我想知道你是从什么时候开始有了自主意识,你的情感来源,还有你想做的事……"

我淡淡地笑了,杨娟的语气很兴奋,可能这些问题对她很重要,于我却缥缈,"我只想走出客栈,看一看外面的样子,同思儿说上几句话。"

杨娟从兴奋中醒过来,道:"不行!虽然你的言行脱离了程序的控制,但组成你的代码只设置在客栈内,你要是走出去,谁也不知道后果会怎样。最有可能的情况,是程序发生序列紊乱,你会消失。"

"你是说死吗?"

杨娟犹豫了一下,最终还是点点头。

"我不怕。"我耸耸肩,一脸无所谓。如果连如何"生"都不知道,那么,死对我而言也就不再重要。

"可是——"杨娟正要开口,突然身形一滞,整个身体呈现一种云雾般的朦胧感,"我要退出了,外面有人叫我,好像出事了。"

我知道她说的"外面"并非客栈外。我点点头,道:"好吧。跟你聊天很愉快,我从没有跟人说过这么多话,你,像——"后面两个字,我迟疑了几秒,最后还是没有说出口。

"我也一样。"她显然在考虑别的事情,不曾留意我的吞吐。正要离开,她突然回头郑重地看着我,"不过,你要答应我,我退出后,你不能离开客栈!"

看着她灼灼的目光,我呆了呆,然后点头答应。

B

杨娟退出游戏,用手在太阳穴处按揉了几下,才打开电脑上的消息盒子。这个消息的权限很高,能直接进入游戏通知到她。是公司高层。他们知道了阿缺的事,八位董事召开紧急网络会议,作为阿缺的创造者,杨娟也被邀请——或者说命令——加入。

杨娟是与会者中唯一的中层领导,几乎没有发言权,除了介绍案例的情况,其余时间都凝神听着。会议持续了很长时间,董事们的争论相当激烈,一个欧洲籍的董事说起话来总是口型夸张,手舞足蹈。杨娟暗自庆幸这是视频会议,否则,她脸上肯定被喷满了唾沫星子。最后,董事会艰难地取得一致意见:提升杨娟为技术主管,全权负责阿缺事件,包括对他的深入研究，控制这件事的影响力，以及应对即将到来的舆论风潮。

领导的预见果然是对的。第二天一大早，小李就再次打来电话，"组长，你快到公司，来了一大群记者，都吵着要采访你！"

公司在市中心，驱车过去，要经过一片贫民区，再驶过一座跨江大桥。桥上车多，杨娟不得不放慢了速度。无聊之下，她转头去看车窗外的天空。铅灰色的云层下，几只飞鸟掠过，转眼间飞入高楼大厦间，不见踪影。

这时，她看到一个老妇人蹒跚地走到了桥的边缘。妇人衣衫破烂，在呼啸的江风中，她那一头脏污的头发被吹散，乱糟糟地在空气中拂动。顿了十几秒，妇人突然大声喊了一句什么，上前一步，断线风筝般坠向茫茫江面。江山泛起的晨雾很快吞没了妇人的身影。

杨娟猛地踩下刹车，捂住嘴巴，脸上满是惊讶。身后传来一阵阵不耐烦的喇叭声。后面车辆里的人应该也看到了老妇人投江，但他们关心的，只是为什么前面的车突然停了下来——这会浪费他们的时间。

半晌，杨娟吃力地启动汽车，缓缓前行。

这是个最好的年代，科技一日千里；这也是最坏的年代，人人争名逐利。富人花天酒地，穷人绝望自尽，而路过的人，都只是冷眼旁观。

这个插曲毕竟影响到了杨娟。在媒体见面会上，她心情郁郁，好几次说着说着声音就低沉下去了。幸好小李在一旁，总是及时解围。

技术性的问题还好，说几个少见的专业术语，引用几个公式，也就糊弄过去了。但，记者既然号称无冕之王，提出的问题可不会仅止于技术层面。

见面会快接近尾声时，一个记者站起来，大声问："说了这么多，我只想知道，那个叫阿缺的NPC，为什么会突然有了自主意识？他只是一堆由0和1组成的代码啊。"

不待杨娟拿起话筒，小李抢先一步，回答道："这就要提到生命的源头了。我们人类，切分到底，也只是由碳氢氧等原子构成的。元素组成分子，分子构成物质,经过特定的组合,成了具有活性的核苷酸和蛋白质,从而形成人类。由原子组成的我们,能有思想有感情,那以此推断,由代码编成的 NPC,也有可能在某次意外后拥有自主意识。而就我所知,电脑代码比起物质元素要复杂得多,也灵活得多。"

这番话干净利落,使在场记者纷纷点头。那个提问的记者也露出满意的笑容,但并未坐下,继续问道:"那,他有了人类的情感,我们该怎样看待他,一个 NPC,还是一个人?"

小李退后一步,把话筒交给杨娟。"我不知道……"她犹豫了一下,"但我们会竭力保护他,即使《江湖热血》没有玩家了,我们也不会终止服务器的运行。"

"然后呢? 我们是不是该重新设立法案? 要是有更多的自主 NPC 出现,我们是不是要为他们建立一个新的网络社会?"

这一连串问题让杨娟头昏脑涨,她扶着头,后退几步。工作人员立刻上场,宣布见面会结束了。她知道对这次采访,董事会一定不满意,但是,涉及伦理方面的问题,她真的不知该如何处理。人类是自私而虚伪的生物,一方面说要维护人权,一方面却绝不希望地球上出现新的智能生命形式。答案倾向哪一方,都会使另一方的拥护者产生反感。

她没有多想,休息了一会儿之后,她来到自己的办公室。当初编程序的数据存在办公室的电脑里,现在她要好好分析一下。

在电脑上输入密码之后,整个上午,她都埋头看着一行行代码,仔细检查,希望能找出破绽。但她失望了,所有的代码都没有奇怪的地方,完全看不出是哪里导致了阿缺的苏醒。

正苦恼着,电话突然响了,是邻居的老太太,"小杨啊,你家果果出事了! 刚才他满头大汗地敲我的门,我开门之后他就昏了过去,我已经把他送上救护车了。"

"他没事吧?!"杨娟的心揪了一下,颤抖地问。

"幸亏救护车来得及时! 你这个妈是怎么当的啊,也不在家陪着!"

老太太气愤地责备道，"儿子生病了还让他一个人待在家里，今天是运气好，否则，晚上回家你就只能看见他的——"后面的话，老太太没有说出来。

但是杨娟明白。她连道了几声谢，然后忙不迭起身。这时，小李正好走进来了，见状诧异地说："组……主管，你要出去？"

"嗯，我要去医院。"

"哦。"小李转头看了一眼电脑屏幕上的代码，说，"那我帮你处理剩下来的代码分析工作吧？"

"好的。"杨娟只点了一下头，就匆匆走出办公室进了电梯，按下一楼的按钮。

电梯里还有另一个人，他低着头，看不清脸，但看外形应该是个中年男人。杨娟心中焦急，不断地看着闪烁的楼层数字，她的办公室在五十七楼，她第一次对自己在这么高的楼层工作感到厌恶。

电梯里的气氛很压抑。那个男人一直没有抬头，沉默了很久，他突然开口道："现在你最好回到自己的办公室。"

"什么？"杨娟一愣。

"你的儿子在医院里没事，你去了也没有什么实际意义。"男人用低沉的声音重复了一遍，"现在你最好回到自己的办公室去。"话刚说完，电梯停下来了，按键上显示这是十五楼。电梯门开的一瞬间，男人迈步走了出去。

杨娟在电梯里愣住了，这个男人的话让她感到莫名其妙。电梯门合上，电梯却停住不动了，这不正常——杨娟按下的是一楼，即使有人中途出去，电梯也应该在门合上之后继续下降的。

按键上的"15"闪烁着。杨娟犹豫了几秒钟，再次按下数字"1"，电梯震动了一下，然后开始向下降。

虽然这个男人奇怪的话语和电梯中途停止都让她不解，但毕竟儿子躺在医院里，她还是希望能够马上见到他。

到了医院,听医生说果果的病情已经稳定下来之后,杨娟才放下心来。

隔着玻璃,她看到果果苍白的脸,没有血色。果果安静地躺着,许多针管插在他的身上,药液顺着管壁,一滴滴流进去。

她这样呆呆地站了半个多小时,然后才如梦初醒般掏出手机,拨了一个久违的号码。

"喂?"电话里传出不耐烦的男声,"什么事?"

"果果发病了,现在住进——"话没说完,杨娟便听到手机里传来了娇媚的女声,心头一滞,"……没事,就是——"

"没事就好,我这里忙,挂了!"

杨娟放下手机,背靠着玻璃,泪水涌出,在脸上留下湿润的痕迹。她顺着墙壁慢慢滑下,坐到地上,把头埋进双膝间,无声地哭泣。

路过的人都很好奇,但没有人多作停留,他们只是看了一眼,便步履匆匆地走过。只有远处的一个人站在阴影里,默默地看着这个伤心哭泣的女人,良久,这个人叹了口气。

C

"你不开心吗?"

"嗯,我的儿子生病了,不过没有大碍……只是,他的爸爸一点都不管他,像是失去了人性一样……"

她的声音很轻,刚一出口,就消散在凄清的空气中。我能感到她的表情很哀伤,像被雨淋湿的蝶。"人性……"我仔细玩味着这个词,这是我不能理解的两个字。

"刚开始的时候,他是个好丈夫。是果果的病慢慢改变了他。都说久病床前无孝子,他却是反过来的。他已经不是以前的他了。"杨娟像是沉浸在回忆中一样,喃喃道。

"以前?"我又揣摩着这个词。我没有以前,我不知道一个人回忆起以前是什么样的感觉。

过了很久,杨娟才回过神来,冲我抱歉地一笑,道:"对不起,我失态了。"

"没有,你这样很好。"

她苦笑道:"怎么会好呢,我是来了解你的,自己却这样……"

"可是,在了解我之前,我也有必要了解一下你。"我坐到椅子上,抬头看着她,"来吧,让我听听你的故事。"

她定定地看着我,眼神慢慢融化,"好吧,反正游戏日志由我来写,别人不会知道。"

接下来的一个多时辰里,我听到了她的全部人生。大学初遇,相恋,工作,结婚,辛苦却甜蜜,然而这一切都因为孩子的出生而改变了。果果体质差,从生下来就开始不断患病,有几次还险些夭折。丈夫耐心耗尽,终于出轨,事发后干脆搬了出去。虽然还没离婚,但已形同陌路。不久前果果病发,丈夫却不闻不问,置若罔闻……

"可是,你们毕竟一起生活了那么久,这并不是容易的事……"听完后,我慢慢道。

"也许就是生活了这么久,我们才会变成这个样子。"杨娟叹了口气,看着我,"幸好,我还有果果,他是不会离开我的。"

C

果果的病情稳定之后,就被送回家了。刚进家门,果果好奇地在各个房间里找寻,然后瞪着黑黝黝的眼睛,问:"爸爸还没有回来?"

杨娟没有回答,只是蹲下身,抱紧了果果。果果若有所思地闭了口,没有再问。

晚上的时候,杨娟抱着果果睡。果果没有像往常一样挣扎,而是乖巧地缩在妈妈温暖的怀抱里。夜深了,杨娟突然听到果果轻轻地说:"妈妈别伤心,爸爸不在了还有我,我会一直陪在妈妈身边的。"杨娟颤抖了一下,睁眼去看,却发现果果闭着眼睛,不知道他是在安慰自己还是说梦话。

杨娟把果果抱得更紧了些,脸上淌着泪,洇湿了果果的头发。

为了照顾果果,杨娟把大部分时间花在了家里。公司那边,她让小李负责,自己则在家里的工作室研究阿缺的数据,进入副本和阿缺交流,记录他的话语和神态。

经过长久的接触,杨娟已经完全把阿缺当做真正的人了。而且,每次看见阿缺,她都会感到一种莫名的亲切温暖,就像面对果果一样。很多次退出游戏时,她都要恍惚好一阵子,不知道身处何夕何地。

有一次,她刚退出,睁开眼睛,发现果果站在她面前,苍白的脸上满是好奇,"妈妈,你在做什么啊? 怎么总是一躺下就好几个小时呢?"

"哦,妈妈是去看一个……一个叔叔了。"杨娟搂住果果,爱怜地说。

"真的吗? 家里好久没来客人了,我都不记得我有哪些叔叔了。"果果睁大眼睛,"妈妈,我能去看看那个叔叔吗?"

杨娟沉吟着,没有说话。游戏模拟系统是用无线装置的,感应人的全身神经,使人有身临其境的感觉。这样的装置对身体无害,却会消耗大量脑力。

"不行,果果,你还太小。"杨娟心念一闪,想了个理由,"那叔叔说,你要是能独立做一件让妈妈自豪的事情,他就让你见他。"

于是第二天,杨娟从游戏中退出时,她看到了一尘不染的客厅和桌子上摆着的一盘盘饭菜。她惊讶地愣在那里。

"怎么样,妈妈?"果果略微喘气,但眼角有掩饰不住的得意,"这能让你自豪吗？"

看着果果的眼睛，杨娟再也狠不下心来摇头，只得叹了口气。她拿起电话，拨通了小李的号码。

几下嘟嘟声之后，电话通了。"喂，小李吗？"杨娟问道。

电话的另一头却沉默着，只有缓慢而持续的呼吸声，一下一下，如同黑夜潮汐。杨娟愣住了，低头看了一下显示屏，确实是小李的号码，于是再次问道："小李？"

沉默了许久，电话那头开口道："我不是小李。我要给你一个建议。"

是电梯里的男人！杨娟记得他的声音，低沉沙哑，如同砂纸磨出的音调，不禁诧异，"这个号码明明是小李的，怎么会——"

男人打断了她，说："不要让果果进《江湖热血》。"

杨娟浑身一震，惊道："你怎么知道的……你是谁？！"然而，电话那一头已经没有声息了，过了几秒，代表拨出电话的嘟嘟声再次响起，然后，熟悉的声音传来，"喂，主管？"

"你是小李吗？"尽管这声音确实属于小李，但杨娟还是下意识地问了出口。

小李有些不解，"是我啊，这是我的电话，不是我还能是谁？"

"哦。"杨娟说，"刚才，有人拿了你的电话吗，一个中年男人？"

"没有，手机一直在我口袋里，我在办公室，怎么可能有人拿我手机呢？"

杨娟不说话，沉吟着。上次在电梯里，那个男人走后，电梯便诡异地停在十五楼，过后杨娟思考了很久，只能认为那是电梯故障。而现在，男人居然能中途截听电话，这便怎么也找不到合理的解释了。庆幸的是，男人似乎并没有恶意，只是给她提出莫名其妙的建议——想到这里，杨娟看了一眼果果，果果的眼睛里满是亮晶晶的渴望。

那是任何一个母亲都无法拒绝的渴望。

"小李，帮我找一个八岁左右的小孩的账号，男孩。"杨娟闭上眼睛，把那个奇怪男人的话抛出脑袋，"然后再修改一下权限，让这个男孩今晚进入游戏。"

"这个……"小李迟疑了一下，但没有犹豫很久，答应说，"好的。"

d

这一次，我看到了一个客人。是个小男孩，穿着宽大的长袍，跟在她后面。

"姑姑，我们怎么会来这里？"男孩看了看我，扭头转向杨娟，怯生生地问道。

"我们来看这个叔叔。"杨娟摸摸他的头，神情爱怜，然后冲我歉意地笑，"这是我儿子，我带他来看看你。"

"可是，他刚才叫你……"我有些诧异。

"哦，关于这个，我以前没跟你说清楚。"杨娟让男孩坐到椅子上面，想了想，似乎在斟酌接下来的话，"你知道，你所处的这个世界，是我们用代码构建出来的，是一个虚拟的副本。而我们公司主要运行的，是一整套虚拟的人类历史。玩家选定一个存在过的人，王公贵族或平民百姓，都可以，然后系统会使玩家附身到这个人物上，经历他的一生。这个过程由玩家决定，短则一小时，长则数月，一般来说，时间越长，体验就越深。"

"你是说，让别人去经历真实历史人物的一生？可是，这样的话，怎么重现历史呢？"我努力跟上她的节奏，但仍觉得匪夷所思。

"这个，说清楚很难。"杨娟沉吟了一会儿，道，"你知道宇宙的起源吗——哦，你肯定不知道。就是，所有的一切都起源于一个奇点，在此之前，没有时间也没有空间。几十年前，有一篇名叫《镜子》的科幻小说，在里面，作者提出了一个设想——以奇点为起始点，建立一个原子级别的数学模型,即镜像模型,再输入足够的宇宙参数,运用巨型计算机进行模拟演化,把从古至今的一切事情都显示出来。在当时,这个天才的设想并没有引起人们足够的重视,"说到这里,杨娟叹了口气,似乎为那个作家感到惋惜,"后来,几名软件工程师在好奇心驱使之下,做出了这个模型。这就是虚拟人生的理论基础,以后的几年,随着技术的逐渐完善,虚拟人生开始风靡全球。

"玩家进入游戏,会忘掉他在现实生活中的经历,从头到尾体验模拟对象的人生。对我那个社会的人来说,这是释放压力的最好方法。"

我有点迷糊,按了按额头,好半天,才想起另一个问题,"一个人进入另一个存在过的人身体,说话做事,必然会慢慢不同吧。而只要一个不同,就会造成更大的不同,那,他扮演的这个人,就不是历史上的那个人了……整个历史,也会变的吧?"

杨娟点点头,露出微笑,"嗯,你的学习能力很强,蝴蝶效应都能推出来,很好。是的,这个问题我们确实担心过,但事实证明,这是多余的担心——你忘掉现实中的一切,如同婴儿,以模拟对象的身份长大。你和模拟对象的身体一模一样,包括外表和基因,你们所处的环境也完全相同,那么,你们会长成一样的人。只要管理员不干预,那历史就不会改变,你只是体验,但不会真正参与历史。

"只不过,有些人也不太喜欢体验真实历史,我们就开发了一些副本,不真实,但刺激,就像你现在身处的副本一样,是个武林环境。真实历史里,每个人都是存在的,但在副本里,就需要 NPC 了。"

"你们在说什么啊?"男孩看了我们半天,甚是无趣,拉着杨娟的衣袂,"我一点都听不懂。这个不好玩儿,姑姑。"

杨娟弹了弹他的小脸蛋,道:"这个男孩的账号是我儿子登录的。在游戏里,他不知道我是他妈妈,所以叫我姑姑。但退出之后,他会记得。你陪他玩儿吧,他一直很想见你的。"

我点点头,与跟杨娟讨论那些玄乎的玩意儿比起来,我更愿意带着这个小家伙玩儿。杨娟后退一步,坐在椅子上,含笑看着我们。她身后,雨水淅淅沥沥,像透明的幕布。

小家伙很调皮,上蹿下跳,一会儿让我捉他,一会儿又骑到我头上,用手蒙住我的眼睛,指挥我走路。他的笑声在小小的客栈里回荡。我知道,虽然他只是游戏里的人物,但当他退出之后,他的快乐会延续到另一个人身上。

"走,我们去淋雨。"突然,男孩拍拍我的头,小手一挥,指向客栈门外。

我停下来,呆呆地看着门外的雨幕,还有雨幕中的思儿。她保持着永恒的姿势。

"怎么,叔叔不想出去吗?"

我摇摇头,语气有些低落:"我很想,可是我不能出去。"

男孩歪头看着我,说:"可是,出去是很简单的事啊,你看,像我一样。"他从我身上跳下来,迈开脚步,走出客栈,然后在雨中回头看我,脸上有些得意。

我苦笑。在他看来那么简单的事情,却是我无法逾越的鸿沟,顿了一下,我悄悄指向杨娟,说:"都是你姑姑设置的,她不让我出去。"

"哦,看我的。"男孩眨了眨眼睛,"虽然我认识姑姑不久,但她很疼我的,我去求她。"

说完,他转身向杨娟跑去,同时大声喊道:"姑姑——"杨娟闻言,蹲下身子,两臂张开,要将他拥入怀抱。这个姿势,如同迎接幼鸟归巢一样。我心里突然有点酸涩。

然后,我看到了诡异的一幕——男孩在扑向杨娟的一瞬间,身体突然像风中灰尘一样散开,从手指开始,迅速蔓延到全身。杨娟保持着拥抱的姿势,却只拥住了一团消散的透明飞灰。

杨娟的表情凝固了。

D

退出游戏后,杨娟发疯般扑到果果身边,手忙脚乱地把他身上的感应线头拔掉。果果没有反应,任杨娟如何呼喊,他都只是紧闭着眼,呼吸渐渐微弱下去。

杨娟颓然地坐倒在地。身为主管,她见过类似的事故,当有玩家在游戏过程中猝死时,神经系统便会与感应线头断开链接,在游戏中的角色会如飞灰般湮灭。这样的案例很少,即使发生,管理员也会立刻补救,重塑人物,保证历史正常进行。而现在,果果的症状……

杨娟不敢多想,赶紧站了起来,打电话叫救护车。一刻钟后,救护车赶到,把果果送往医院。

杨娟陪在车里,两只手使劲交握,指节被捏得发白。她身旁,果果正罩着呼吸器,心跳仪上显示他的心脏正在进行微弱的搏动。

她感觉呼吸有些困难,转过头,视线透过救护车的透风口,落到了城市的夜景上。路灯不断滑过,在夜色中流出线条一样的光。她想看看儿子的表情,但心里慌乱,不敢回头。

"咳……"一名医生想说话,但看到杨娟颤抖的背影,又把话咽了回去。

过了一会儿,那医生没忍住,再次咳了一声,小声说:"这种情况我见多了,恐怕……"

杨娟没有转过身来,而是面对窗子,尖声叫着:"不准说我儿子!他不会出事的!"

"滴——"心跳仪上突然响起了绵长的电子音。

杨娟顿时脸色苍白,如同被夜风抽去了所有的血液。她仍然不敢回头,生怕看见冰冷的果果,但,即使这样背对着,她也知道身后的人已经不再呼吸。

她使劲屏着，但还是没有忍住，哇的一下放声哭了出来。

回到家里的时候，天还没有亮。屋子里冷冷清清的，除了杨娟的脚步声，一切都是寂静的。

杨娟受不了这种令人窒息的安静，把卧室和客厅里的电视都打开了，这还不够，她又揿亮了所有房间的灯光。在凌晨时，整个世界都是漆黑的，如同黑夜里的海洋，有一种巨大的吞噬感。

夜凉透过窗子，渗了进来，杨娟紧了紧衣领。

e

再次看到杨娟，已是很多天后。这段时间，我待在客栈里，从一个角落走到另一个角落。外面只有绵绵的雨，围观的人已经散去。每次路过门口，我的脚步都会停一下，有好几次，我几乎要迈出脚了，但想起杨娟，我便把要出去的想法重又强按进胸口。

杨娟出现的时候，我几乎都认不出她了。她的外表没有变，但是，她整个人好似陷在雾一样的悲哀中，哪怕只是靠近她，我也会觉得浑身发凉。

“你怎么了？”我小心翼翼地问。

“没事……”她走过来，趴在桌子上，把头埋进臂弯里，“其实有时候，我真羡慕你。”

“为什么？”我坐到她对面。

“因为你很幸运，你生活在网络中。在现实世界里，我们做过的每一件事，都可能被以后的人经历。”杨娟自顾自说道，“这是多么可怕的事情。或许很多年以后，会有人经历我的一切，如果真有这样的人，那他会很痛苦,丈夫离开,失去儿子,最后只剩下一个人……"

我这才明白了她悲哀的源头。我低声叹了口气,轻轻抚摸着她垂在桌子上的发丝,像空气一样,没有重量。

我一直对杨娟有种奇怪的感觉。初见时,她亲切和蔼,如同我的母亲;后来,接触的机会多了,聊的内容也很多,我便把她当做久违的朋友;而现在,她只是一个失去了一切的女人,无依无靠,孤苦伶仃。

"那,你接下来,打算怎么办?"我小心斟酌着词语。

因为趴在桌子上,杨娟的声音嗡嗡的,含糊不清:"我不知道……我只剩下你了,幸亏我还有你……你就像我第二个儿子一样……"

我鼻子一酸,不禁叫出了第一次见面时忍住没说的那两个字:"母亲……"

隔着桌子,我能感觉杨娟浑身一震,她抬起头来,呆呆地看着我,然后含笑摸着我的头,"真好,真好……"两行泪水从她的眼眶里流了出来,"我要把你出现的原因研究透。然后将你的思想转移到机器人的芯片里,让你活在真正的社会里……"

我缓缓摇头,"你所说的那个世界,我并不喜欢,它是那样的冰冷而残酷……而且,我等不了那么久了,出客栈的想法已经越来越强烈,我怕哪一天我就忍不住出去了。"

"可是,为了我,你就不能不出去吗?"杨娟渐渐清醒过来,但脸上的悲哀并未减少。

"正是为了你,我已经等了很久。如果不出去,我永远不会开心的。"

杨娟抬起头,定定地看着我。我在她的眸子里看到了我自己的眼神,很沉默,但是坚定得像石头。

她叹了口气,无奈道:"以前,我没有拒绝果果的要求,现在,我也没办法拒绝你。"

E

杨娟走进公司大楼时，心中升起了一种奇怪的陌生感。

很快，她就发现这股陌生感来自于同事的眼神，他们从各个方向窥视她，但与她的目光相接时，又迅速移开。没有人上前打招呼。

杨娟心下奇怪，但并未多想，径自走到自己的办公室。打开电脑后，她直接点击进入数据库，调出《江湖热血》的编程窗口，里面立刻涌出流水般的代码。她来的目的，是把客栈附近的代码进行修改，使阿缺的程序功能与客栈外的代码环境能够兼容。这样，说不定阿缺就能安全走出客栈了。

她坐下来，正要开始修改时，突然感觉身后站了一个人。

"小李，你怎么进来了？"杨娟惊了一下。

"主……杨娟，你还不知道吗？"小李说。

杨娟愣了一下，她从未听过小李用如此冰冷的语气跟自己说话，不由一愣，"你刚才叫我……"

"看来你真的不知道。"小李面无表情，"你已经被公司解职，不再是技术主管。这间办公室不属于你了。"

"为什么？"杨娟脑袋一嗡，脱口问道。

"公司对你在发布会上的表现很不满，而且，这些日子以来，你一直在家里，心思不在工作上。最严重的是，在研究期间，你擅自让自己的儿子进入游戏，公私不分。高层认为你已经不适合担任技术主管的职位了。"小李说完，盯着杨娟，但出乎他意料的是，杨娟并没有表现出很失落的样子，她只是点了点头，表情有些木然。

确实，杨娟此时已经并不太在乎主管这个职位了，她想做的，只是完成阿缺的心愿，"哦，这样。那你让我修改一下代码，然后我就走。"

"你还是没有明白。现在代替你职位的，是我！我是新的技术主管，那个阿缺的一切,现在由我负责。事关重大,我怎么还能让你插手呢?"

"我只是修改一下客栈外围环境的代码,让阿缺能够出去,满足他的心愿。这不会影响他的。如果不这样做,他就会自己出去,然后消失在代码乱流中。"

"不,他不会的。他知道自己一出去就会死,他现在已经是个人了,只要是人,就怕死! 他不会那么做的。"小李胸有成竹地说,"而你一改动,会发生什么就不可预料了。我不能冒这个险。"

见说服不了小李,杨娟迅速拔掉电脑的插头。她有作为管理员的密码,只要密码还在,就能在其他网络上登录,再进行修改。小李好像看穿了她的心思,不屑地笑笑,"没有用的,我已经知道你的密码了。很早以前就知道了,那天你匆匆离开办公室,电脑没关,我用反程序追踪法获取了你的密码。"

杨娟猛地抬头,愕然看着小李,这一瞬间,许多画面在她脑中交替闪现。

——见面会上,小李抢着回答记者,却把难以应付的问题丢给自己。

——自己离开办公室时,小李连忙跑过来,要帮忙处理剩下的代码分析。

——明知道另找账号进入游戏违反规定,小李只犹豫了一下,便点头答应。

杨娟好像看着另外一个人,眼睛眯起,一字一句说:"原来你早就开始谋划了——为什么你要这样处心积虑地算计?"

"只怪你倒霉!"小李的音量渐渐大了起来,"自主意识的 NPC 啊,那是多么伟大的事情! 可笑你创造了阿缺之后,居然一心扑在家里,不去管他! 你自己不珍惜就罢了,我可不能学你的样。要知道,只要研究出阿缺拥有意识的原理,我就可以名垂千古,后人会把我的名字与爱迪生、爱因斯坦这些家伙相提并论!"

杨娟后退了一步,小李近乎狂热的神情吓到了她。她的心慢慢凉下来,喃喃道:"道斯莱顿说得对,人性确实是我不能了解的。"她制造出了阿缺,研究数月,以为基本了解人性的起源与发展,现在她才知道自己错得多么离谱。丈夫的冷漠,小李的算计,几千年来沉淀在人性中的阴暗和狂热,如同深渊巨潭,是她穷极一生也无法看透的。

"收拾一下东西吧,你该走了。"小李冷冷地说,见杨娟愣在那里不动,眉头皱起,对耳边的传呼机道,"保安,五十七楼有点小麻烦,你们过来处理一下。"

f

我把手伸出门,指尖刚接触到外面的空气,一股尖锐的刺痛感便传过来。我缩回手。

我回头看了看,大堂里还是跟以前一样空荡,没有客人,也没有杨娟。我突然意识到,已经很久没有看到她了,我有种预感:我不会再见到她了。这种预感让我有些恐慌。

但恐慌没有我心中那股要出去的渴望来得强烈。

门外依旧是迷蒙的雨幕,雨珠打在青石板上,溅开了小花。有些雨则落在了思儿头上,我似乎看见雨丝渗进她的头发里,带着初春的凉意。

我突然烦躁起来,在客栈里走来走去。

过了一炷香时间,我安静下来。这一刻,那种想法在我心中无比强烈,以至于我的手和脚都在不可遏止地颤抖。我转过头看着门外,视线辽远无边,外面是一个广阔的世界。

我把客栈里的桌椅全摆放好,将大堂打扫干净,就像我以前每天做的那样。完成后,我转过身,径自向门口走去。

在门口时,我停下了脚步,这不是因为害怕。事实上,此刻我心中空空的,无悲无喜,无惧无恋。我的视线落在思儿身上,我在思考,见到思儿之后的第一句话,应该怎样说才合适。

想好之后,我长舒一口气,向前迈出一步。

F

天色将晚时,杨娟开车上了那座跨江大桥。

整个下午,她都在车里,在城市的街道上漫无目的地行驶。城市是一个迷宫,街道错综复杂,好几次,她都到了相同的地方。透过车窗,她看到无数路过的人,都是行色匆匆,都是面无表情。

夕阳在天际挣扎,晚霞弥漫开来,像是天空裂开了巨大的伤口。杨娟放慢车速,歪着头,朝天上看了很久,直到脖子酸了她都没有看见一只飞鸟。

一时间,她觉得无比寂寥。

她这才意识到,自己是在往家的方向开。漫游了一下午之后,最终选择的方向,还是家。但是,那间空屋子还能叫做家吗? 没有丈夫和儿子,也没有阿缺。

想到阿缺,她的眼皮跳了一下。以她对阿缺的了解,这个时候,阿缺应该已经忍耐不住,他心中那股要出去的想法会像火山一样爆发。但是,她承诺要帮阿缺做的事情没有办成,他出去的结果,只能是消亡。

这时,桥边的栏杆进入了杨娟的视野。她的脚踩下了刹车。

身后再次响起了不耐烦的鸣笛声,但杨娟没有理会。她打开车门,侧身走了出来。她从两辆轿车之间穿了过去,走过桥侧路面,翻过栏杆,站到了桥的边缘。

晚上的江雾稀薄了很多,她能看见宽阔的大江,斜阳洒在水面上,点点碎金,聚散离合。她站了很久,直到天色已经有些黑了,暮色四合,江水两岸华灯初上,幽郁的高楼影子被那些灯火衬得更加阴暗。最后一班渡船开动了,压得水声哗啦哗啦,船的影子在水里只是一片模糊的黑色。

斜阳已经完全沉到地平线下了,黑暗自西边涌来,无边无际,如同潮水般淹没了世界。

在黑暗来临前的一刻,杨娟长舒一口气,向前迈出一步。

尾 声

皮特摘下感应头盔,愣了好几秒,才反应过来,迈着迟缓的脚步走向游戏室的出口。

这次体验,他设置了一个半月之久,每天都是靠输入营养液维持身体机能的。现在醒来,他感觉浑身虚弱,舌头干涩无比,看来得找家餐馆好好吃一顿了。

出门走上飞行器,皮特将目的地设为城西的中餐厅,然后便仰头躺在座位上,闭目养神。可是一闭上眼睛,那浩荡的江面便似乎扑面而来,还有那水中窒息的痛苦,如毒藤般缠上脑袋。游戏里的感觉还停留在神经上。他懊恼地抓抓头发,睁开眼睛,无奈地看着车窗外高耸入云的建筑。

空中布满了圆形的飞行器,多而有序,在不同高度的轨道上快速移动。

中餐厅很快就到了,皮特走进去,随手点了菜,然后坐在椅子上等待。他按着太阳穴,试图减轻从游戏里带出来的头痛。这时,一个中年男人走了过来,坐到他对面,微笑地看着他。

"呃,"皮特有些愕然,"我们见过吗?"

"我们见过,只不过不是在这个社会,是在你刚才体验的虚拟人生里面。"男人说。他的左手放在桌子上,大拇指习惯性地按压着小指关节。

皮特仔细回忆,然后恍然大悟,"你就是那个神秘的男人！你到底是谁？"

"我是虚拟人生的管理员,负责维护2000年到2100年间的游戏运行。"

皮特"哦"了一声。原来这个男人是管理员,在游戏里几乎是神一般的存在,那么,电梯停止和截听电话的事就能解释了。他想了想,又问:"可是你为什么要给我——给杨娟提那些建议呢？"

男人低头叹了口气,说:"是为了那个叫阿缺的人工智能。你经历的事情是真实发生的,阿缺是到目前为止唯一一个拥有最接近人类情感的电子生物。我知道杨娟的生平,所以一直观察她,并两次提醒,是为了她能避开最后自杀的命运。如果她听从了,就不会让姓李的程序员偷走密码,也不会让她儿子在游戏中猝死,这样,她就会继续研究下去,说不定能揭开阿缺拥有自主意识的秘密,只是……"

"只是命运最后还是没有改变。"皮特喃喃地说。

"嗯,这很遗憾。"男人摊摊手,"作为管理员,我有必须要遵守规章,所以不能用更加直接的方法来阻止她自杀。最后看着她投江,我感到很难受。"

我亲身体验了投江的过程,更加难受,皮特在心里说。然后,他问道:"那后来怎么样了,我是说,那个阿缺？"

男人耸耸肩,"我不知道。也许是巧合,杨娟投江的时候,那个阿缺也正好走出了客栈,然后,整个《江湖热血》的系统都瘫痪了。再后来,公司关闭了副本服务器,关于阿缺的消息也就终止了。或许他消散了,或许,他还在某个电子区域里活着,谁知道呢？"

这样的回答让皮特一直压抑的心情舒展了一些。服务员端上了菜,皮特拿起筷子,迟迟不夹菜,突然抬头对男人说:"你也吃一点吧？"

"不了,我过来找你,只是想问问你——你经历了杨娟的一生,虽然只有一个半月,但已足够——你对杨娟的看法是什么?"

皮特放下筷子,又开始揉太阳穴。想了很久,他抬起头,说:

"她只是一个女人。"

这天晚上,皮特做了一个梦。他在梦里没有看见杨娟,而是见到了一个身穿中国古代布衣的少年。

梦里下着绵延不断的雨,雨水顺着古旧的青瓦屋檐滴下来,在石板路面上蜿蜒,流到那个少年的脚下。少年轻踩着雨水,走出一间客栈,穿过雨幕,一重一重,来到了凄清空旷的街道上。他带着微笑,在一个缝衣铺子前停了下来。他面前是一个低着头的婉约少女。

"你好,我叫阿缺。"他温和地笑着,对少女说,"你愿意和我一起走过这条街吗?"

（此文系首届"全国高校幻想类社团联合征文"科幻组一等奖作品）

格里芬太太准备今晚自杀

失去的人在远方，不需要悲伤。

——献给小日向

家用型机器人 LW31 端着晚餐走进卧室时，看到格里芬太太正准备去死。她试图把一根绳子系到吊灯上，但她太老迈了，眼睛浑浊，两手颤抖，试了好几次，绳子都绕不上吊灯。

"需要我帮忙吗，太太？" LW31 放下餐盘，走到格里芬太太身旁礼貌地问道。

格里芬太太撑着腰，喘了口气，把绳子放到 LW31 手上，"帮我把它系在吊灯上。"

LW31 启动开关，腰部的螺轴向上扭动，它的上半身抬高，碰到了天花板。它一边系一边问："您要做什么呢，太太？"

"我想自杀。"

"哦，那我得把两头都系上。" LW31 点点头，没有再说话了。它把绳子的两头都系在吊灯的曲形灯托上，两手拉了拉，觉得绳子足够牢固，便转过头来,"太太,已经系好了,您可以来自杀了。"

格里芬太太好容易喘匀了气,走到吊灯下,LW31 给她搬来了椅子。她颤巍巍地爬上椅子,觉得周围都在晃动,LW31 适时地扶住她。尽管使用时间已超过六十五年,很多地方都已经锈蚀,但 LW31 的机械臂依然沉稳。它一手按着椅子,一手扶着格里芬太太的腰。

格里芬太太站稳了,把头伸过去,绳子勒到了她的脖子。

"等等,太太,我想问一下,"LW31 的声音古井无波,一如往昔,"您为什么要选上吊这种自杀方式呢?"

"因为它很有效啊……而且上吊死了的话,尸体这样吊着,看上去不算太糟糕。"

LW31 哦了一声,抬起头。它的头是一个黑色玻璃罩,上面被刀子划出了深浅不一的五官,组成了一张笑脸。但因年代久远,这些刻痕已经模糊,以至于面罩上的笑容显得古怪而生硬。它说:"那么,我的太太,您犯下的错误跟古时期的人以为地球是宇宙的中心一样。事实上,上吊是最不体面的自杀方式,一旦蹬开椅子,您的体重会让您的气管瞬间破裂,颈椎移位,不像电影里,您没有挣扎的机会,一瞬间就会死亡。但麻烦的是死亡以后发生的事情。"

格里芬太太坚定地摇摇头,"你不要再劝我了,我不会改变主意的。"

"上吊死亡之后,您的眼球会像灯泡一样凸出来,脸会被憋得通红,以您的健康状况,要是在十个小时内没人把您的尸体放下来,您面部的血管会全部破裂,脑袋就跟崩掉的番茄一样。最难看的是,体重会让您脱肛,大小便全部溢出来……"

两分钟后,格里芬太太艰难地爬下了椅子,坐在床边,抽泣不止。

"您为什么要自杀呢?"LW31 走近,疑惑地问道。

"我突然想到,爱我的人已经全部离开,只剩我一个人孤苦伶仃地活着。我想在今夜去死,这个想法越来越强烈……没有人爱我了,那一个人活着有什么意思。"格里芬太太从兜里掏出一张照片,苍老的手指拂过,透明屏上便显现出一个个人影,"自从儿女去世后,我已经一个人过了二十五年,现在我连一天都忍受不了了。"

"跟我说说那些爱您的人吧,太太?" LW31 说,"您说完后,我可以帮您自杀。"

窗外漆黑一片,这个夜晚无比漫长。格里芬太太止住眼泪,手指按在照片屏上。定格的,是一对年轻夫妇的合影。

放下电话,她有些发怔。肚子里的小家伙怕是在动,一阵隐痛传来。

他是深夜才回的家,天冷,他呵气都像是吐着冰碴子。手脚冰冷,他钻进被子里,蜷了好一会儿才缓过劲儿来。

她没睡,说:又回来这么晚?他好容易将身子骨暖活泛,寒意消减,睡意渐长,迷糊地回答说:是啊,加班。还有,这周的工资发了,三百五十个点,已经存进……话没说完,他就合上眼皮,沉沉睡去。

她却睡不着。

这已经不是他第一次撒谎了。

五个月来,他每天晚归,身上还时常带着酒气,进屋就睡,问他,只说是加班。但他只是个 A.I. 公司的普通运货员,怎么会总是加班呢?她刚刚给他的头儿打过电话,得到的答案是,公司一直没有加班。而且,五个月前,他的工资就涨了,是五百个点,而不是三百五。

那些被隐瞒下来的钱和时间,成了她的心病。但她是个骄傲的女人,从未逼迫他说,尽管他每撒一次谎,她的心就凉一截。

他照常上班,她在家里休养,胎儿已经九个月了。

她的家逼仄阴暗,很多时候,她都搬着椅子坐到街道旁。路边种了很多梅树,阴冷天气里,枝条炸开一溜儿红花。她坐在树下,等他回来。街上的车来来往往,悬在半空,在她的视线里划来划去。

那么多空闲的时间,她是靠回忆来打发的。她和他相识于这棵梅树下。那时,她还是衣食无忧的千金,浑身奢侈品,开着名车,路过这里时,莫名地被红梅吸引了,或者说,被站在梅树下的他吸引了。雪铺了满地,红梅惹眼,他站在那里。漫天的雪都比不过眼前的一簇梅。

她停车走过去,站在他旁边。他笑了,笑纹里盛满了温暖。他折下一枝梅,递给她,说:我刚才还在怀疑,这个冬天有什么会比梅花更美丽呢。但现在,看到了你,我知道了答案。

于是,她爱上了他。

同所有旧时代的爱情小说一样,这份爱情遭到她父母的强烈反对。父亲本来打算为她安排一场商业婚姻。父亲暴跳如雷,打她,骂她,没收她的包和车,冻结她的卡,把她关在家里。但都没用,她执意要嫁给他。最后,父亲精疲力竭地叹口气,挥了挥手,对她说了一个字:滚。

她花了很长时间才适应结婚后的生活。他开货车,给各地运输机器人,工作很累,薪水却很低。她从小就锦衣玉食,但为了他,全身投入到油盐酱醋里。学做饭时,她不小心切到了自己的手指,血洇开,当时就把她吓哭了。他听到哭声,到厨房一把抱住她,连声说:再也不要到厨房了!我来,我来,你别再伤着自己。

但现在,他变了,学会了撒谎和藏钱,偶尔身上还带着酒气和香水味。谁都知道这些迹象意味着什么。她付出了青春和富贵,熏黄了手指,皱了眼角,却只换来了他渐行渐远的背影。

想着想着,她就会在梅花树下落下泪来。

另一边,他下班后被头儿叫住了,头儿说:昨天你老婆给我打电话了,说你天天晚上都回家很迟。她大着个肚子,不容易,你早点回家陪陪她。他连忙点头,说:是是是。

出了公司,他没回家,而是开车去了城中心的一家夜总会门前。早有人等着他了,抱怨说:怎么才来啊,快,王老板喝醉了,你送他回去。他唯唯诺诺地点头,等老板坐进车里后启动引擎,向指定的地点飞去。

这就是他每晚要做的事情。

给夜总会的客人开车,送他们回去。他求了很多情才谋来这份兼职,送一次,有十个点的报酬。那些老板,大部分都喝多了,一身酒气。有时候,老板们并不会回家,而是搂着衣着暴露喷满香水的女人,目的地是宾馆。他不介意,只要能挣着钱。

这些事情,他没有告诉她。

他想给她一个惊喜。

五个月前,他去运货,签发的时候,负责人告诉他:这是 LW 型的新款家用机器人,家里的所有杂事,它都能搞定。他笑笑,问:那照顾婴儿呢?负责人用鼻子喷出一口气,说:别说婴儿,这款机器人,使用期长,能把一个人从小照顾到大,直到老死。

这句话让他动了心。

她笨手笨脚的,不擅长家务,更别说养小孩子了。要是有个机器人帮着她,自己就不用每天上班时惦念着了。接着他又问了价钱,两万个联盟点。这不是小数目。

所以这几个月,他一直在外面奔波。按照他的算法,五个月的剩余工资,三千点,加上每晚额外挣一百点,到现在总共有了一万八千点。孩子就快出生了,得加紧点儿。

这一晚,他载了一对男女去酒店。一路上,男人的手在女人身上不停摸索,女人发出吃吃的笑声。他不在意,只顾开车,酒店不远,霓虹灯在低空闪烁。

有人呢。女人到底有些害羞,将男人伸向裙子里面的手拿开。男人不高兴了,嚷嚷说:有人怕什么。说是这么说,但男人还是抬头,看了看他的背影,目光落在车窗的照片上。

照片上是一对男女,他和她,双双喜笑颜开,她把头靠在他肩上,他温和地看着她。背景是一簇凌雪怒放的梅。

男人怔了怔,问:这照片……

他抬头看了照片一眼,语气里有一种压抑不住的喜悦:是我和我老婆。很漂亮吧,呵呵,我的福气。她怀孕了,是个女孩儿,长大了肯定跟她一样漂亮。

那你怎么不在家里陪她？

我得挣钱，给她买份礼物，一个机器人。有了它之后，她就不用每天干活了。

男人沉默了。

女人刚才也只是欲拒还迎，此时看男人真的不摸了，心里纳闷儿，把男人的手拉过来。男人却抽回手，点了根烟。烟雾在狭小的车厢里环绕。一支抽尽，男人缓缓开口：别去酒店了，送我回家吧。

女人问：去你家？我不上门的……

你现在就可以下去。男人拿出转点器，按了几个数字，把女人的手指放在屏幕上，点数传了过去。女人不满地嘟囔着：钱是够了，但我是有职业道德的，我不能半途而……

下去。

女人下了车。他继续开着。到了男人家，一个面容平庸的女人出来，接过男人的大衣，问：你不是说今晚要开会吗？

不开了。什么会都没有你重要。男人摸着女人的头，爱怜地说。

他看着这一幕，心里翻滚起一股莫名的情绪。他笑笑，启动引擎，慢慢退出这个豪华小区。他突然很想她。他今晚不想再挣钱了，想早点儿回去陪她。她一个人，家里冷，她觉着冷的时候会搓手，会皱着鼻子。那个样子很可爱，那个样子是他一生的牵挂。

他笑着想，今晚一定要用自己的手包住她的手，慢慢地搓，直到温度从血液里升起来。

心里想着事，他就没有留意到两边。一辆失控的飞车从悬浮轨道上翻下来，从右边撞到了他。两辆飞车翻滚着，自高空坠下，爆炸，绽放成两朵艳丽的花。

她睡得很迟。她一直在等他，可他迟迟没有回家。她干脆起床，来到街边，站在梅花树下。他回来的话，一定会路过这里，到时候，他会看见梅花下的她，一如彼时初见，人面梅花相映。

夜寒如水，她裹紧了衣裳。她决定原谅他，不管他做了什么，她都决定原谅他。他是她在这个世上唯一的牵挂。这样打算着，她笑了起来，她想，到时候，他一定会握着她的手，来回搓，让温度从血液里升起来。

她就这么等着，看着街的尽头，希望他会从那里出现。在她头上，夜色里，一簇梅花正开得灿烂。

"对不起……我很遗憾。"LW31 歉意地低下头。

格里芬太太摇摇脑袋，说："不关你的事……我妈妈是个苦命的人，生下我不久后，她就去世了。但她也是个幸福的人。后来她还是用那笔钱把你买回来了，说明她没有怪任何人。"

LW31 顿了顿，把手放在格里芬太太肩上，说："那我现在可以帮您继续尝试另一种死法。您想怎么去死？"

"吃安眠药吧，那样没有痛苦和知觉。"

"好的。"LW31 答道，"只是，目前我们有两个问题。"

"你说。"

"第一，过量服用安眠药之后的四十八个小时内，您不仅不会睡着，还会出现胃痉挛、腹痛、口吐白沫等症状，这是因为您身体的各器官都在行使毒后应激功能。很多服用安眠药自杀的人，最后都因为忍受不了疼痛而打电话求救……太太，我不认为您会愿意承受那种痛苦的。"

格里芬太太闭上眼睛，过了好半天，才颤抖着嘴唇，"我只是想去死而已。只要死后不那么难看，就算吐白沫，你也会为我打理尸体，是不是？"

"当然，我的存在就是为了给您提供服务。"

"那就好。"格里芬太太点头，"至于痛苦……我这一生，承受了太多痛苦，早就麻木了。你打开抽屉看看，现在还有多少安眠药？"

"太太，这就是第二个问题了。我们的安眠药不够多。"LW31 打开抽屉，拿出药品，晃了晃，"一共十七片。这是处方药，药店一次最多卖二十片,而要致死的话,以您的体质,可能需要八十六片。"

"你不能出去帮我买吗?"

"太太,您可能忘了——现在大移民已经开始,人基本上都走完了,外面已经没有药店。"

格里芬太太叹口气,灯光照在她脸上,脸色微微泛黄。岁月在她脸上留下了沟壑。

LW31 礼貌地说:"太太,不如您再给我讲讲,除了父母,还有什么人爱过您呢?"

"好的。"格里芬太太再次拂过照片,这次浮现出来的,是一个高瘦的青年。格里芬太太看着他,眼角泛出一滴浑浊的泪,多年前的那个夜晚浮上眼前。

　　深夜。

　　寂静。

　　彼得和杰尔森沉默地站在街口。

　　像这样一条街,本不应该站人。

　　像这样一条街,本不该在深夜还站着两个穿名牌西装的人。

　　街口破。

　　街中寒。

　　街尾暗。

　　这是城里最破败的一条街,平常都少有人走。它是罪恶的街,无数只眼睛在暗处张着,窸窸窣窣,像涌动的食道,等着猎物进入。

　　然后吞没,消化,不吐渣。

　　但彼得和杰尔森站在街口,神情自若,好像一切都那么理所当然。好像这里是他们的家。

　　彼得很瘦,很高,站着不动时像一支削尖的铅笔。

　　杰尔森又胖,又矮,活像地上乱滚的冬瓜。

杰尔森在抽烟,一口深吸,火光从烟头窜到烟尾,整支烟都燃尽了。

彼得问:"走?"

杰尔森吐出浓烟,道:"走。"

两人走进黑暗的长街。

街上的门一扇扇关紧。

风吹过,呜咽,如鬼泣。

街上的人,都不安分。

他们身份各异。乞丐的邻居是小偷,小偷的楼上住着妓女,妓女的阳台对面,是经常失手的骗子。

但他们有个共同点。

穷。

穷得只能蜗居在这条破败残旧的街上。

穷是罪,是能把人心浸得冷如冰硬如石的罪。

所以,通常有人走上这条街,也就走进了乞丐、小偷、妓女和骗子的视线里。

他们曾经骗光了老人的衣服,抢走了小孩的糖果。

每一分钱,他们都不会放过。

但现在,他们不敢打主意。他们关闭门窗,躺在床上,磨牙吮血,却不敢声张。

因为,走在街上的是彼得和杰尔森。

他们不紧不慢地走着,哒哒哒,每一步,都沉稳结实。

彼得一共走了六百五十九步,杰尔森则走了一千三百一十五步。

他们在街尾的一间屋子前停下来了。

屋子里很黑,没开灯。

但杰尔森听到了呼吸声。

慌乱,急促,像小鹿在猎人枪口下的喘息。

杰尔森扬起一丝冷笑。

他们没有找错。

咚,咚,咚。

没有人回应。

杰尔森继续敲门。

咚咚咚,单调而沉闷,在浓夜里让人发慌。

"是谁?"里面终于传出了声音,是女声,清脆如铃,却在颤抖。

杰尔森道:"是我。"

彼得道:"还有我。"

屋里的女人道:"你们是谁?"

彼得和杰尔森道:"我们是联盟城邦治安管理局探员。"

女人道:"你们不应该来的。"

彼得道:"可是我们已经来了。"

女人道:"难道你们不可以回去吗?"

杰尔森道:"上一个想让我们回去的人,现在已经躺在监狱里了。"

女人在屋里叹了口气。

是祸躲不过。

女人打开门。

女人打开门的时候看到了矮矮胖胖的杰尔森,也看到了高高瘦瘦的彼得。

彼得也看见了女人。

他不得不承认,这是个美丽的女人。

评判女人的美丽,有很多种标准。有人喜欢长相,看重眉眼鼻嘴;有人喜欢身材,挑剔乳腰臀腿。但无论是谁,只要看到眼前这个女人,都不会否认她的美丽。

因为,无论是相貌还是身材,她都毫无瑕疵。

秀眉媚眼琼鼻樱桃嘴。

丰乳纤腰翘臀细长腿。

完美的组合。

杰尔森看的却是女人背后的房间。

房间很小,墙壁陈旧,但干净,让人看上去有说不出的舒服。屋子里摆设不多,但看得出,每一样东西都经过主人精心挑选,每一样东西都摆在它最应该摆的地方。

女人道:"你们半夜来我家,要做什么?"

杰尔森道:"你不知道我们要做什么吗?"

女人道:"你们要做什么,我一个弱女子怎么会知道?"

杰尔森道:"那你总该知道那本书吧?"

女人颤抖了一下,马上又镇定下来,道:"哪本书?"

杰尔森把一切看在眼里。他不动声色地把手伸进怀里,掏出一个便携记事本,屏幕在他的手指下变化。

一本书的封面在屏幕上显现出来。

封面是纯白色的,正上方是一行书名。

书名,只有十个字,普通而简单的十个字:《家用机器人管理修正法》。

但女人仿佛看到了鬼,脸色顿时变了,大变。

一直沉默的彼得开口了。

他的话像他的人一样简洁干瘦,"我们得到消息,你私藏了一款 LW 型号的机器人。"

杰尔森道:"而根据《修正法》,所有的机器人都要回收。"

女人道:"我不知道你们在说什么。"

杰尔森道:"你肯定知道,你的表情出卖了你。"

女人不说话。

彼得仔细看了她一眼,声音变得温柔:"一个月前,一台 PWR 型的家用机器人,趁主人熟睡时,割断了他的喉咙。而死去的人,恰恰是联盟议员。联盟已经出台法案,所有的机器人都要回收。"

女人摇摇头,道:"我这里没有机器人。"

杰尔森冷笑道:"这恐怕不是你能说了算的。"

说完,杰尔森推开女人,走进屋子。

女人撞到墙壁上。

她求助地看着彼得,而彼得低下头,看不清表情。

杰尔森眯起眼睛,在屋子里环视一周。没有机器人。

彼得道:"既然没有,那我们走吧。"

杰尔森抬起手。他的目光落到了床前,雪白的床单,叠得整齐的被子,床腿是合金制品,一些灰尘散在床腿边。

一个精心整理房间的女人,怎么能容忍床前有灰尘呢?

杰尔森笑了,笑得很开心。

他指着床,道:"床下面是不是藏了东西?"

女人的脸色一瞬间变得煞白。

杰尔森点燃另一支烟,道:"现在你有两个选择。"

女人连忙点头。

杰尔森道:"第一,我把机器人带回去,它被销毁,而你因为私藏罪也得进监狱。"

女人道:"求求你,不要把 LW31 带走。它是我父母留给我的唯一的纪念品。"

杰尔森道:"那你有第二个选择,就是给我五千点,我当做没有看见。"

女人皱起眉头,道:"可是我没有那么多钱。你可以把我家里的东西全部拿走,只要把 LW31 留下就行了。"

杰尔森嘴角扬起一丝笑容,目光从女人的脸上滑下,道:"你家里的东西,我会全部拿走,但这些不够。"

女人感觉杰尔森的目光像蛇,湿黏而阴凉,在自己的皮肤上游动。

女人心里一紧。

杰尔森不慌不忙地看着女人。他很欣赏女人现在露出的恐惧神情,这让他得意,而他一得意,身体的某个部位就会有反应。

过了很久,他才道:"我要你十个晚上。"

女人使劲摇头。

杰尔森惋惜地叹了口气,道:"那你跟你的机器人说再见吧。"

他的话还没说完,女人就突然出手。

只要一招。一招,就足以将对方制住。

她在工厂里装配机器,每天的工作,就是伸出手,把底盘卡进机器里。

所以,这一招她已练过四年五个月零二十八天,她完全有把握相信,这间屋子里没有任何人可以抵挡得了这一招。

可这一次她错了。

惊愕在她的脸上渐渐凝固,一只手,一只肥白而有力的手扼住了她的咽喉。

手的主人是杰尔森。

没有人想到,矮胖的他能出手如此之快。

女人哀求道:"LW31没有危险,它只负责照顾我,已经很久了。我不能失去它,求求你。"

杰尔森道:"我会给你机会求我的,但那要在我们都没穿衣服的情况下。对我出手的人,从来没有好下场,你很快就会知道生不如死是什么样子了。"

他没有说假话,杰尔森从来不说假话。所以,如果有一天你碰到杰尔森,他对你说,他要杀了你。那你唯一要做的事情,就是回家去写好遗嘱。

你不能反抗,也无法逃避。因为,他是杰尔森。

女人的脸上布满了绝望。这时,她的眼睛突然睁大了。她看到了一件本来应该绝不可能看到的事。

一支枪从后面伸出来,抵住了杰尔森的后脑勺。

彼得道:"放开她。"

杰尔森道:"你要为她背叛我?"

彼得面无表情,道:"我已经不能再忍受了。借着搜查机器人的便利,你已经勒索了近二十万联盟点,逼奸了七个女人,逼死了十九个市民。"

杰尔森道:"你难道是个好人吗?"

彼得道:"我不是,但我现在想当好人了。"

杰尔森嗤笑道:"我赌你不会杀我。"

彼得笑了,道:"为什么?"

杰尔森道:"因为你不敢杀我。"

彼得扣下了扳机。

血,飞溅。

人,倒下。

女人诧异地看着彼得,上下打量。半晌,她眼角流下泪来,道:"谢谢你。"

彼得耸耸肩,道:"彼得为卿行义事,劝卿切莫把泪流。人间若有不平事,纵酒挥刀斩人头。"

女人点点头,道:"只是,你杀了他,而他死在我家里,恐怕我们都要准备逃亡了。"

彼得道:"只是,一个人逃亡,会很寂寞。"

女人道:"你有什么建议呢?"

彼得深深地看着女人。

在长久的对视中,两个人都笑了。彼得伸出手,道:"你好,我叫彼得,彼得·格里芬。"

女人道:"我叫雪逸。"

彼得上前一步,抱住了女人。

女人感受着他的拥抱。

他很高。

很瘦。

他的脸很冷。

他的手臂很僵硬。

但他的胸膛是暖的。

"那天晚上,我们花了很长时间,挖了一个洞,把你埋了进去。然后他带着我东奔西逃,直到联盟解体,对我们的通缉令撤销了才回来。"格里芬太太回忆起往事,脸上带着笑,仿佛多年前的景象再度浮现。

LW31 安静地看着她。

过了好久,格里芬太太才默然叹息,轻轻说:"唉,只是好景不长,安定不久后,他就患病离开了。逃亡的那些年,他总是把好东西留给我和女儿,自己却积下了一身的伤病……"

"我记得他,尽管时间不长。他很沉默,很能干,很爱您。"

格里芬太太晃了晃脑袋,把悲伤甩出脑袋,说:"我现在要用割脉的办法试一试,你来帮我吧。"

LW31 点点头,从抽屉里找出薄刃刀。刀锋上寒光流转,仿佛镀了一层亮漆。

格里芬太太把手腕伸出去。刀刃随即压在了她苍老褶皱的脉搏上,寒意顺着皮肤,渗进血管里。她打了个寒战。

"我要开始划了,您准备好了吗?"LW31 问。

"好的,你动手吧。"格里芬太太咬咬牙,闭上眼睛,但随即又睁开,颤抖着问,"割脉之后会出现什么情况?"

"那得看我割破的是您的哪条脉搏。如果是静脉,那您的血会随即流出,但不会形成血流成河的局面,因为您体内的血小板已经在伤口处凝结了;如果是动脉,那您会死得很快。不过,那样的话,血会像喷泉一样喷出来,这分寸很难把握,我全身都会被血淋到。您看上去,恐怕会是血肉模糊的样子。"LW31 不紧不慢地说完,"现在,我可以划了吗?"

"那,有没有别的法子?"

"有,有个很合适您的方法,不过,在告诉您之前,你得再给我讲一个爱您的人。"

照片屏上光影闪动，很快，一个背着行李、笑容明艳的女孩浮现出来。屏上有三条短弧线，这是有声照片的标志，格里芬太太颤抖的手指点在上面，立刻，一个优雅年轻的声音在房间里响起。

2335 年的冬天，我拖着行李箱，回到了阔别七年的小城。

机场空荡荡的，风从遥远的地方吹来。我的头发在风中飘飞，我的眼睛开始晕眩，天空中的云朵以优美的姿势大片大片地蔓延过城市。我开始了解，当一个女子在看天空的时候，她其实并不想寻找什么。她只是寂寞。

寂寞是渗进我血液里的情绪，如冰冷的唇，吻在我的骨头上。

午夜的出租车并不多，偶尔有几辆悬浮而过，车灯在夜色里划出一道道流光。

我站在路边，看流光曳影。一辆出租车停在我身前，车窗的黑夜退去，露出一张消瘦的脸。

去哪里，司机问。

我上车，说了目的地。

一路无话。

我把脸贴在车窗上，调淡了色泽，能看到城市以灰暗的面目出现在视线里。七年，什么都没有改变，这个小城，依然破旧得让人心里荒凉。

现在都去移民了，回来的很少。司机在前面说。

我点点头道：我也打算走，我申请的是天马星系 KG6 号行星，已经通过了。

那你回来做什么？

告别。

也是，天马星那么远，是该跟亲人道个别……听说移民局卖的都是单程票，一旦起程，就看不到回来的路了。

你呢，为什么不走？

司机咧嘴笑了,反光镜里,他的笑带着沧桑和释然。他说,宇宙太大,看着我心里就慌,星际移民是你们年轻人做的事情。再说,都走了,总还是要有人留下来陪陪地球啊,虽然她老了。

我突然想起她,她也不打算走,要跟这个渐渐荒凉的星球一起老去。

你是格里芬太太的女儿吧?

司机于是不再说话。

出租车停在了城北,一栋熟悉的房子。我下了车。司机却没急着走,点燃一支烟,红色的亮光在车里若隐若现。烟头照亮了他的脸,他再次笑了笑,挥挥手,启动了引擎,出租车慢慢滑进夜色里。

我敲门。咚咚声传出来,好像胸腔里寂寞的心跳。

吱呀,门开了,一个机器人的脸露出来。黑色面罩上,有用刀子刻出来的五官,线条稚嫩,组成了奇怪的笑脸。

机器人走出来,接过我的行李,说,小姐,你回来了。

我朝屋里看去,里面黑洞洞的,她,在吗?

太太在家,她等你很久了。我们进去吧。

我却踌躇了。我站在门前,脚下似乎裂开了一道深沟,距离深远,巨大而寒冷的风在沟上吹荡。我无法逾越。我干脆坐了下来。屋里面的她,也坐着,睁开一双眼睛,似乎正与我对视。

她是我的母亲。或者说,曾经是我的母亲。

我生命的前十七年,都是在她身边度过的。记忆里,这间小屋子永远阴冷而潮湿,像我不堪的年华。带着隐约的腐烂气息,让年少的我深恶痛绝,却在逃离后,于每一个夜晚暗自思念。

我出生于地球枯竭末期,人人自危,小时候,我看到了太多张慌张苍白的脸。出于我不知晓的缘由,五岁之前,我都跟着父母在全世界流浪,或者说,逃亡。

五岁之后,曾经如庞然大物般的联盟政权解体,我们也得以安居,并且还多了一台机器人帮助家务。然而不久后,父亲在床上咽下了最后一口气。我记得他的眼睛,深凹而浑浊,久久地看着我和她。这眼睛里埋着深深的忧伤。

父亲走后,她变得脆弱而顽固。她不准我出门,不准我和男孩子们交往。如果我违逆了,她不会动手,也不骂我,只是长久地看着我。她的眼睛在黑暗中亮得如一匹狼的眼睛。

就这样,我跟在她身边。时光如流水,将我清洗得白皙修长,却把她冲刷得脸皱发苍。时光在替我报复她吗?我从不敢深想。

我无声地叹了口气。黑夜笼罩下来,狂风呼啸,城市发出洪亮而寂寞的鸣声。是的,城市也寂寞,人们陆续移民,城市的胸腔空荡荡,像失去了心脏的巨兽,悲鸣不已。

小姐,我们进去吧?机器人沉默许久,最终说道。它的声音永远是这般平淡,但此刻,我却似乎听到了恳求的语气。

然而,我摇摇头。她不先开口,我便不会进屋。我和她,是麦田里的两束麦芒,彼此相依,却永远针锋相对,无法拥抱。

十七岁那年,我决定离开。

那个暑假,我在城里到处打工,每一分钱,我都小心地收好。那个闷热绵长的夏天过后,我已经有了能够买一张车票的钱。对我来说,只需要一张车票,我就可以开始流浪。

于是,九月的时候,我对她说,妈,我去买本书。

嗯。她在黑暗里说道。

我转身走出门,就这样,我离开了家。拿到车票的那一刻,我泪流满面,无声痛哭。

而她,一直在家里等我回去。这一等,便是七年。

七年间,我走过了很多地方。我见过温暖的阳光,淋过阴湿的细雨,我从未停止过我的脚步。直到,我遇见他。

那是在南方的一条大街,他站在讲台上,一边向路人分发传单,一边大声宣扬星际移民政策的种种好处。当他把传单递给我的那一刹那,我看到了他的眼睛。眼角有好看的弧度，额上皱起川字纹，瞳孔清澈如泉水，流过沸腾的阳光和人群，越过空气，流进我的眼睛里。

就这样，我沦陷了。

这个男人总喜欢用宽大的手掌包住我的脸颊，用鼻子蹭我的额头，然后取笑我像一只小兽。我从不拒绝他，后来，他说要带我离开地球，我也没有拒绝。

他说，这颗星球的资源已经枯竭了，人类再也活不下去了。

他说，我们一起离开，飞船会飞越宇宙，我们能一起看到群星闪烁，看到银河流转。

他说，我们会在天马星系定居下来。那里的人类居住地已经改造好了，空气新鲜得就像是你的呼吸。那里六颗卫星环绕着，你晚上走到街上，脚下会有六个散开的影子。

我说，好。

我唯一的要求，就是回去再看看她，同她道一声别。

但现在，我踟蹰在门前，夜凉如水，我不敢进入。

屋里的人与我对视着。不知过了多久，我站起来，说，LW31，把行李给我吧，我要走了。

小姐，你真的不去看看太太吗？机器人的声音有些急，这些年，太太很想你。

我点点头，我也很想她，替我转告，有机会的话，我会再回来看她的。

机器人沉默着，露水凝在它的外壳上，像是泣下的泪珠。

她还没有出来，我决定不再等待。我提着行李箱，转身离开，天空中有云层幽浮而过，有大风呼啸而去。

我知道她肯定在后面看着我，但我没有回头。

"后来的事情我也知道。"LW31说，"小姐乘坐的飞船被陨石击中，气舱损毁，所有的船员乘客都窒息而死了。"

格里芬太太没有说话，良久，两滴浊泪落下，打在照片上。显示屏慢慢消隐下去。

"所以，爱我的人，全部离开了。"格里芬太太把照片放进口袋里，说，"那我也没有活下去的意义了。告诉我方法，让我去死吧。"

"如您所愿。最合适的方法，是触电。"

"那样不疼吗？"

"触电是最美的自杀方式，尸体的原貌也可以保存得最完整。事实上，如果顺利的话，甚至连灼伤的痕迹都不会留下。在触电的那一刻，您会感到尖锐的疼痛，之后，呼吸和心跳就会停滞，过程很短暂，几乎没有痛苦。"LW31认真地说，"但需要注意的是，电流必须经过心脏才有可能致死，其他部位则不行。太太，您需要现在就施行吗？"

格里芬太太点点头。

"那好吧，我为了给您提供服务而存在。"LW31停顿了一下，"太太，在您触电身亡前，我想提醒您一下，您有句话说错了。"

"哪句话？"

"您说，爱您的人全部离开了，只剩下您一个人孤苦伶仃地活着。"LW31背对着格里芬太太，背部锈蚀，声音缓慢，"您错了，还有一个人，自始至终，一直爱着您。"

"是谁？"

LW31转过身，灯光下，面罩上的笑脸竟像是会流动一样。它看着格里芬太太，刻出的眼神无比温柔，身体里传出滋滋的电流窜动声。

过了很久，它说："是我。"

格里芬太太愣住了。

往事如雪片般纷至沓来，逐渐清晰。没错，在她漫长的人生中，LW31的确自始至终陪伴着她。小时候，母亲体弱，不会做家务，LW31将格里芬太太照顾得无微不至，让她得以顺利成长。她有次调皮，嫌它的面罩太冰冷，就用刀子在上面刻了笑脸。它没有生气，安静温顺。长大后，LW31总是把家里收拾得干干净净，做好饭菜，然后静静地站在屋子里，等格里芬太太下班回来。女儿出生后，它更加忙碌了，几乎没有闲下来的时候。等格里芬太太老了，它依然在家里打点一切，陪格里芬太太出去晒太阳，讲从网上下载来的笑话。

如果，能照料一个人的一生，并且自始至终无怨无悔、体贴入微，那，这不是爱又是什么呢？

格里芬太太哽咽了，走上前去，抱住了LW31。她的手碰到了LW31的背部，在那里，LW31的外壳比格里芬太太的皮肤还要粗糙。

"对不起，我一直忽略了你。"

"没关系，太太。"LW31依旧是那副笑脸，声音像以往般平静，"太太，您的晚餐已经凉了，要不我再去热一下？"

"好的。"格里芬太太抹去眼泪，点头说道。

江河流觞

1

江川足下：

　　……匆匆返家，得信于池畔，心稍宽。

　　足下信中详绘奇境，种种神幻，翔天潜海皆可为之，恐不啻神宫仙境。吾与足下知交三载，信往逾百，知足下素来辞恳意切，向不轻薄，是以虽不信，犹不疑。倘亲眼见之，自当知晓。

　　然两地睽违，恐此愿终不得偿，每念至此，心憾不可抑。

舒原敬禀

四月初一

　　江川走进幽辞馆时，老头正在看书。青褐色的书桌旁，一壶茶正被文火慢煮，壶肚里传来咕噜轻响，袅袅水汽自壶嘴升起，让馆内弥漫着隐约的香气。江川合上背后的门，喧闹嘈杂立刻被滤去。

　　"每次进来，就像进了另一个世界。"江川走到书桌前，"有时候想起

196

来,老头你真会享受。"

老头抬起脑袋,笑了笑,"你又来了,这次还是要我给你译成古文吧?"

"嗯,不然我也没其他的事。我可静不下心把一本书看完,尤其是纸质书。"江川把信拿出来,放到书桌中间,然后坐到一张楠木圈椅上,惬意地把背靠上去,"你在看什么书?"

"一本词集。"老头把书合上,让江川看见封面,"《姑溪词》,南宋李之仪写的。"

"南宋……"江川仔细思索了一下,"那是一千多年前的朝代了,这么长的时间,还能流传下来,真不容易。"

老头摘下老花镜,揉揉眼睛,然后又戴上,拿起江川的信,"是啊,文字是很神奇的东西,不管过多久,都能顺着时间的河流漂下去,流传到想看它的人手里。"

江川一愣,手臂上肌肉跳动,他伸手揉了揉。老头只顾着看信,没有抬头。

"你这次写得有点多,要全部翻译吗?"老头说。

"嗯,这难不倒你吧?"

老头没有说话,拿出一支乌青色的钢笔,蘸了墨水,铺开宣纸。接下来的四十分钟里,整个书馆一片寂静,只有笔尖划过纸面的沙沙声,像风掠过树叶。

江川等得无聊,拿起《姑溪词》。这本书有年头了,虽然经过保养翻修,但岁月的侵蚀还是让书页一如迟暮的容颜。江川很喜欢翻页的感觉,粗糙的页边摩挲着指尖,似是不舍。只是上面的文字让他犯了难,生僻字多,读起来很是吃力。他快速翻动,词集本不厚,很快就翻了一大半。

"词要一句句品读,读了还要想,这样才能品出其中的滋味。"老头译完了,把宣纸递给江川,"很多古代词人,为了写词,经常茶饭不思,花上好几天才写出一句。"

江川挠挠头,不好意思地放下书,拿过宣纸。像以前很多次一样,他很满意老头的翻译。

老头把茶壶取下，倒了两杯。茶香更加浓郁了，江川不由得吸了吸鼻子。

喝完茶，江川把信折好，然后把手指凑近书桌前的感应区，输了几个数字。

"你给多了，几乎多了一倍。"老头拉住江川的手，想把数字又输回去，"你来过这么多次，而且每次都是译信这样风雅的事情，我不应收你钱的。"

江川抽回手，拍了拍老头的手腕，"再风雅，也要吃饭。我每次来，你这里都几乎没有生意，现在看书的人不多，看古书的尤其少。你总要有收入。"

"我的书值不少钱，要是肯卖，这样的古书还是有人愿意收藏的。"老头愣了一下，争辩说。

江川知道老头说的是实情，但他只是笑笑，收好信，走出幽辞馆。

刚出馆门，一股闷燥之气扑面而来，江川脸上的每个毛孔都闭上了。

他紧绷着脸，招了一辆无人飞的，然后闭上眼睛。飞的在高楼间穿梭，阳光穿过阴霾的云层，透过车窗，照在江川脸上。阳光的温度与机械散的热不同，带着柔软。他的脸慢慢在阳光抚摸下放松开来。

空中的飞的很多，交管系统一刻不停地安排最优化线路，饶是如此，他还是花了很久才到市电视台。飞的直接把他送到了位于高楼层的演播厅。

"你怎么才来，节目都快开录了！"刚进演播厅，一个硕大的脑袋便伸了过来，对着江川劈头喝道，"快去化妆！"

江川皱了皱眉，眼前的胖子姓李，人称肥头李，是节目制片人。江川对他的能力很不屑，但肥头李后台硬，是节目组里最不能得罪的人。

化妆没用多久，毕竟底子好，怎么化都是主持人的样子。肥头李又转头调度现场,观众被拉过来挤过去,彩灯的光柱四处乱晃,人影纷乱,乐队则被逼着调试音质,越忙越错。整个现场乱得如同煮沸的汤汁。

江川站在角落,扬起嘴角,无声地笑了笑。他的视线落在休息区的一个女选手身上,准确地说,是落在她的衣服上。那是一件雅致的民国旗袍,绣着墨绿色云彩,硬领无袖,露出细白的脖子和手臂;旗袍的衩开至小腿,玉一般的肌肤掩映在轻柔布料下,若隐若现,像被流云遮住的皓月。江川最后才去看女选手的脸,不算美得惊心动魄,但五官清雅,楚楚动人。

江川就这样看着,失了好一会儿神。

最后,导演实在看不过去了,让一个女场记把肥头李拉走。导演亲自指挥,不到十分钟,各方面都已准备妥当。随着音乐的响起,节目正式开录。

这是一档选秀节目,两百年来,观众一直对观看这样的节目乐此不疲。江川便是以此为生。

舞台上的江川是另一个人,谈吐得体,机锋频出,带着选手依次走完节目环节。这样的流程他经历过无数次,早已熟悉,虽然笑容满面,但心底平静得如同死水。这种心境直到那个叫吴梦妍的女选手上台时才有所改变。看着她缓缓走近,如一片云,他再度失神。

因为主持人的走神,这条不得不重新拍。吴梦妍看了江川一眼,低头下台,把款款上台的场景再录了一遍。这种低级失误让江川脸红,但他诧异的是,肥头李居然没有趁机嘲讽。他用眼角余光扫视,发现原来肥头李正盯着吴梦妍看,无暇找自己麻烦。

接下来的节目顺利录制。江川发挥了自己的职业素养,提出的问题圆滑而尖刻,不着痕迹地满足了观众的窥私欲望。只是,吴梦妍显然毫无经验,总是红着脸,紧张地低头,不知怎么回答。这种窘迫其实是观众最愿意看到的,然而江川默默叹了口气,没有继续深挖,并且在很多地方帮她巧妙地带了过去。

或许是运气不错,或许是她那身复古的旗袍让人喜爱,节目录到最后,现场观众给了吴梦妍一个不错的分数,使她得以晋级。

录完后,所有人都长吐了口气,愉悦地准备收工。江川摘下耳麦,独自走向卫生间。他性子冷,工作这么久,却与这里的人都不熟悉,从不参与他们的娱乐。

在卫生间门口,他意外地碰见了吴梦妍。可能是刚卸完妆,她脸上红扑扑的,还挂着水珠。她也看见了江川,愣了一下,低头擦肩而过,发尾留下一抹香味。

江川转头,看着她的背影,旗袍勾勒出来的身姿如一袭流水。

吴梦妍在走道的转角处被一个人拦下了。江川下意识地向卫生间门里移了移,眯眼看去,一个硕大的身影横在走道尽头,不用看脸也知道是肥头李。肥头李把吴梦妍拦住,往她手里塞了一样东西,并悄声说了些什么,然后带着莫名的笑意离开了。

江川看得很清楚,塞在吴梦妍手里的,是一张纸条。

2

江川足下:

……宴后,父大怒,责以藤条。自战事频起,世道艰辛,父勉力持家,终日惶忧,欲以豪族之姻保族内稳固。然良人未遇,吾心不甘,责打之下未有一言。母终不忍,哀声劝谏,父乃束手而去。

舒原敬禀
九月十六

"出事了。"

江川早上一醒来,就看到通信频道上的这三个字。全息屏幕还显示了发信人的姓名——刘凯。江川头皮一阵发麻,连忙回拨过去。

很快,一个头发杂乱的人像显现出来,神情憔悴而惶急,"快,到我的实验室来!"他的头像后还有别的人影,似在走动,夹杂着重物移动的声音。江川刚要询问,嗞的一声,刘凯的头像已经消失了。

他只得披上一件衣服,匆匆赶往刘凯的实验室。

天气阴沉,厚厚的云层积压在低空,似乎伸手就能摸到这些灰色的水汽。江川按着额头,一直看着车窗外,视野里都是灰蒙蒙的。

好不容易赶到,刚下飞的,江川的眼皮就猛地一跳——几个警察围住了实验室!

"你就是他找来的人?"一个警察迎出来,扫描江川的手指,确认了身份,疑惑地说,"我以为他至少会给律师打个电话。咦,这个名字,江川……好熟悉,好像在哪里听过……"

江川冲警察笑笑,"我是他大学同学,毕业后一直联系,关系不错,所以有事他都找我。那,他到底怎么了?"

"附近的居民举报他,"警察努力回忆着"江川"这两个字,随口答道,"好几家居民的宠物失踪了,有人说亲眼见到一只良种狗跑进他实验室——见鬼,我怎么就想不起来了——然后就再也没有出来过。狗的主人找他,他不理会,就干脆报警了。"

"那你们在实验室里找到什么没有?"

"除了那些奇奇怪怪的机器,"警察抓抓头,"连根狗毛都没有……"

江川点点头。警察没有证据,不会很麻烦。他说了声谢谢,走进实验室。

刘凯正坐在实验室里,紧张地环顾四周,不时冲着某个搬东西的警察大声喊道:"嘿,那台粒子分析仪不要动,线圈一旦弄混,整台仪器就坏了——该死,说你呢,别乱按,我花了三个月收集的数据,按错了就得全部重来……还有你,对对,就是你……"几个警察都对他怒目而视。

江川走过去,把头凑近到刘凯耳边,低沉地道:"给我闭嘴!"

刘凯立刻合上嘴巴，在接下来的调查取证中，他始终没有说一句话。

由于找不到证据，警察只得悻悻收工，给个警告了事。江川一直点头道歉，连声说是个误会，目送警察走远。

警务飞车排着青烟，缓缓上升，到半空时又停下来。车窗降下，一个头伸出来，对江川大声道："我终于想起在哪儿听过你的名字了——嘿，你主持的那个选秀节目真无聊！"

"慢慢吃，"江川用手指轻扣桌面，小声提醒，"这里是餐厅，不会少了你的饭菜。"

刘凯依然埋头吃喝，"我连着做了三天实验只吃了几个面包，当时不饿，现在一闲下来，肚子就像绞肉机在绞一样。"他一边咀嚼一边说，声音有些含混，江川很努力才听清。

"你太拼命了。"他缓缓舒一口气，端起红酒杯，"那，有什么进展吗？"

"还没有，超光速的研究太复杂了，即使采用曲率振动，也难以进行实验。毕竟实验室只有我一个人。"说到这个，他脸上的神情低落下来，吃东西的速度也变慢了，"白鼠都被用完了，我懒得出去买，恰好几只宠物狗跑进来，我就用它们做了实验，全失败了……"

"以后不要再这样了，这次是运气好，要是警察再细心一点，发现我们研究的是什么，就有大麻烦了。"江川扣了扣桌子，语气透着失望。

"那你得再给我些钱，去买新的实验动物和仪器。"

"嗯，回头我给——"江川突然顿住，眼睛盯着餐厅大门方向。一个熟悉的身影走了进来。

是那个叫吴梦妍的女选手。她仍旧穿着民国款式的旗袍，只不过换了种花色。江川心里一动，顺着她的视线望过去，果然，在餐厅的西北角里，他看到了一身西装的肥头李。

"你在看什么？"刘凯放了一块肉在嘴里，声音再次模糊。

江川没有回答，他端着酒杯，若有所思。早就听说过肥头李经常约漂亮的女选手,用制片人的身份许诺晋级名次,然后一夜风流。那么,昨天肥头李塞给吴梦妍的纸条,恐怕就是今晚约会的地址了。

这种潜规则在电视行业里早已不是新闻,事实上,节目的很多冠军都是靠权钱色交易取得的。江川只是主持人,利益链里无关紧要的一环,他清楚自己的身份,所以从不过问。但现在,看着吴梦妍走过去,他的心像是落下一片羽毛般空荡荡的。

"没什么,只是一个熟人。"江川转过脸,以免肥头李看到自己。

吃了一会儿,西北角突然传来一阵响动。整个餐厅的人都向那边看去。江川忍不住回头,看到吴梦妍和肥头李都站了起来,后者抓着前者的手腕。"放开!"吴梦妍的音调不高,但很有穿透力,隔着大半个餐厅,江川都能清楚地听到。

在所有人的注视下,肥头李的脸色很难看,他凑到吴梦妍脸前说:"既然愿意来,还竖什么牌坊?"

"你放手。"吴梦妍的脸憋得通红,但说出的每个字都沉得像铁。

这时侍者走过去问:"出了什么问题吗?"

肥头李意味深长地笑笑,嘴里轻哼一声,慢慢松开了手。吴梦妍低着头,脸上潮红未消。她转身推开侍者便走,迅速出了餐厅。

肥头李挥手让侍者走开,愤愤地又坐下来。

江川抿了一口酒,让醇香在口中融化。

第二轮选秀时,吴梦妍表演的才艺是唱歌。她抱着吉他,在灯光昏暗的舞台上,自弹自唱,声音轻柔绵软,旋律如絮,飘满了整个舞台。一曲终了,观众报以持久的掌声和欢呼。

但这一轮,她被淘汰了。

她似乎也料到了这个结局。节目录完后,她背上吉他,独自出了电视台。她没有招飞的,而是乘电梯到了最底层,走到大街上。此时已晚,大多数人都选择坐飞的,空中被拉出一道道光弧。街上行人寥寥,只有老式路灯默默发出黄光。

江川站在高楼窗边,透过深色玻璃,看见吴梦妍的背影如一片小帆,慢慢隐去。

3

江川足下:

　　……三子二女,母独爱我。今母弥留,吾泣泪于母前。

　　足下亦养于父生于母,吾之哀切,必能体察。若足下身陷此境,当如何处之,告我知否?

舒原敬禀

五月初九

"都这么晚了,你还过来?"老头正准备关门,一转身,看到了身后的江川。

"来都来了,就让我喝一杯茶吧。"江川微笑着走进去,"反正我一个人住,什么时候回去都不要紧。"

老头叹了口气,放弃关门,进屋烧开了茶炉。不一会儿,"咕咕"声就响起来了,清香弥漫。"说回来,你好像总是一个人。"老头站在茶香中,摆好茶具,"怎么不去找个女朋友呢? 以你的条件,要找个好女孩子,应该不难的。"

江川闭上眼睛,使劲吸了口茶炉冒出的香气,然后缓缓吐出来。"好女孩很多,可是……"他迟疑了一下,终是说了出来,"我有喜欢的人了。"

"是那个写信的女孩?"

江川浑身一抖,睁开眼睛,老头的面孔在氤氲的茶汽后看不真切。

"我已经老了,孤家寡人,能陪我的只有这些更老的书。"老头转过脑袋,看向周围书架上的古籍,眼神温柔得不像一个花甲老人,"但我年轻过。我知道两个人,是不能靠书信在一起的。"

江川点头,"我明白你的意思,可要找到她确实很难,只是……我忘不了她。"

"如果不能遇见,就放了吧。总是一个人,也很辛苦的。"老头轻轻叹口气,"你总说我洒脱享受,但自从老婆子去世后,我就没有真正高兴过。我不想你也这样。"

江川默然。这时茶煮开了,壶盖被顶得连连跳起,白汽袅袅而上。老头不再说话,将茶注入杯里,闭目细品。

出了幽辞馆,江川伫立在天桥头,恍然若失。他面前的夜空被飞行器划过无数道光的流影,建筑隐在光影后,看上去只是模糊的影子。他抽出折好的宣纸,夜色里看不清字迹,但他知道上面写了什么。那是他写给舒原的。宣纸在夜风中轻轻抖动。

他想起了老头说的话,不禁苦笑。刘凯的实验离成功遥遥无期,或许,根本不会成功。那他可能一辈子都见不到舒原了。

站在夜风吹拂的天桥头,他想了很久。

第二天上班之前,江川找到了节目统筹,说想看一下参赛选手的详细资料,便于现场发挥。统筹点点头,去资料室复印了一份。江川拿着资料单,手指划过,很快,他的指尖停在了"吴梦妍"这一栏上,记下了她的电话。

犹豫了几个月后,江川拨通了这个号码。又过了半年,吴梦妍搬到了江川家里。

对于生活中多了一个人,江川开始时有些不习惯。但吴梦妍是个好女孩,体贴温婉,包容着江川多年独身积累下来的怪习惯——比如书房角落里放着一个奇怪的铁箱子,除了江川自己,任何人都不能碰;比如他总是默默写信,然后去让一个老人译成文言文。

从这些情况看来,吴梦妍隐约猜到江川有个笔友,她问过,得到的答案却只是沉默。

"是你以前的女朋友吧,"她没有过多计较,只说,"你们可以保持联系。但是……你现在的女朋友是我啊。"

"我知道。"江川点点头,忍不住问了那个一直压在心底的问题,"那次为什么去赴肥头李的约?他不是好人。"

"我知道。可是我很需要那笔奖金,我也明白那张纸条代表着什么。但当我真正坐在肥头李面前时,才知道自己做不到……"

"为什么需要钱?"江川追问。

"爸爸的肝坏了,医生说可以换一个人工仿生肝脏,可我付不起医药费。"

"我可以给你,我有很多,这些年我自己就支撑着一个实——"江川停下来,没有把后面的话说出口,顿了顿,他说,"我可以帮你的。"

"已经……用不上了。"吴梦妍抬起头,眼里噙满泪水,"比赛后的第二个月,爸爸就……"

"对不起。"江川把她拥入怀中,亲吻她垂泪的眼睫。

打这以后,江川慢慢改正了自己的怪习惯,尽量少躲在书房里,也不再总是写信。但这样刻意的压抑,一时间让他无所适从,他经常下意识地摸摸胸口,感觉不到了宣纸的存在,一阵惊慌之后才意识到是自己没有写。上班时也总是心不在焉,在摄影机前说着说着,突然就莫名地停了下来,所有人都诧异地看着他……

很多个夜里,他习惯性地起床,拿起床头的笔,想走到书房里。但一看到身边熟睡的女孩,他便站住了。借着窗外透进来的微光,他看见吴梦妍的鼻翼一张一翕,嘴角含笑,似乎进入了美好的梦境。他在黑暗中轻轻叹口气,放下笔,又慢慢躺下。

一个月过去了,他没有再写信,也没有把自己关在书房里。但煎熬丝毫未减,他恍惚的次数越来越多,工作频繁出错。

这一天,在又一次走神后,肥头李气势汹汹地冲上台,指着他的鼻子大骂:"你他妈怎么回事? 老是犯这些低级错误,你知不知道每一次重录要花多少钱! 不想干了,就给老子滚! "

自从江川与吴梦妍恋爱之后,肥头李越发看不惯江川,总是找借口刁难,让他难堪。而江川的失误给了他很多机会。看着肥头李满脸横肉抖动的样子,江川愣了一下,脑中突然想起那个警察临走前冲他喊的话。

他以为自己忘了那句话,可这一刻,那每一个字都在他耳边炸响,如雷似涛。

江川低下头,小声说:"对不起,再也不会了……"

这下轮到肥头李发愣了。他从没见江川这样温顺过,呼吸一顿,忘了接下来要骂的话。几秒过后,他哼了一声:"知道就好! 再做不对,立马收东西走人。"他狠狠瞪了江川一眼,凑过去,压低了声音,"以后干好你自己的活,不要跟我抢食,不然没你好果子吃! "

说完,他得意地转身。整个演播厅突然响起了一阵低呼。一只脚从后面踹过来,巨大的冲击力使肥头李向前一个趔趄,在空中停滞了两秒钟过后,他的鼻子率先接触到了地板。

4

江川足下:

……家中钱财散如流水而聚若飘絮,今尽遣仆役,庭府之寂清堪比孤坟。吾居家不出,而足下书信不至,唯读书以消时光。一日,读端叔[1]之词,见江妲之句,感触颇深,至于泣下。

_____

[1] 即李之仪。

念足下之别，吾生当无涯。

舒原敬禀

正月初三

失去工作以后，江川心情更加糟糕。为了缓解这种恍惚和焦虑，吴梦妍报了一个旅游团。江川本不愿去，但禁不住她期切的眼神，便点头答应了。

旅行团包了一条老式邮船，沿长江逆流而上，让游者们见一见这条生命之河周边的风土人情。江川从没有在船上待过这么长时间，晚上睡不着，便披着衣服，和吴梦妍一起站在船头眺望长江夜景。江边的发展已然颇具规模，两岸灯火辉煌，只有河面黑寂如墓。这条河流已经没落，除了观光船，再没有船只航行其上。

吴梦妍不关心夜景，但站在江川身边就让她心满意足。她挽着江川的手，发丝在夜风中飘动，有几缕在江川脸庞拂过。

邮船从上海起航，要在七天内到达重庆。到了第五天，船只已经到了荆州境内，船下水势变大，滚滚水流泛着白沫。导游站在船头，大声讲解："长江到了荆州，地势变化，水流也急促了很多。大家看这水，滚滚向下。千百年来，长江水一直向下流去，犹如时间，从不断绝，不能回头……"

游客们望着船下的水流，纷纷点头，感慨不已。只有江川转身望着身后，江雾缥缈，吞噬了他的视线。"不对！"他突然大声喊了起来，"水不可能总是向下流的！"

所有人的目光都汇聚到他身上，吴梦妍拉了一下他的袖子。但他像是压抑许久之后的爆发，没有理会，上前一步，对着导游说："如果水永远往下流，那么，即使是长江，也要干涸的！水向下流动，是因为重力，但是，肯定会有别的办法能够逆转方向。河上的东西也不会永远只是随水漂流，就像这条船，开启发动机，就可以反过来航行！"

"先生，你……"导游愣住了。

江川打断他，满面通红地继续说："总有一天，河水将要倒流，上游变成下游，左岸变成右岸①。我们逆流而上，可以再回头……"

江风刮过来，吹得他头发凌乱。他激动得浑身颤抖，唾沫四溅，对别人的侧目毫不在意。吴梦妍从没见过这样的江川，她不明白是什么让他变得如此激动，这一刻，她突然觉得自己从未了解过这个男人。

那之后，江川提前结束了旅游，在下一次停靠时便匆匆下了船，回到家里。他的心情愈发烦闷，吴梦妍好几次试图安慰他，但都没有作用。所幸，没过多久，江川的情绪终于有了改变。

那是在一个雨夜，乌云汇聚，雷声在高楼间咆哮。他们正准备休息，突然门被"咚咚咚"地敲响。吴梦妍皱了皱眉，起身去开了门。

"我成功了，我把——"门刚打开，一个声音就兴奋地响起来。吴梦妍被吓了一跳，看见门外是个干瘦的陌生男子，没有打伞，浑身都淌水。男子看见她，也吃了一惊，把后面的话又咽了回去，然后，他结巴地问："这里，是江川的家吗？"

这时江川也下来了，看见门外的男人，"刘凯，你怎么……进来再说。"

刘凯绕过吴梦妍，湿淋淋地走进屋来，再度兴奋地说："我的实验成功了！"他正要继续说，却看见江川使了下眼色，便又住嘴了。

"去我书房吧。"

吴梦妍看着两个人走上楼，张张嘴，却最终什么都没说。屋外雨声淅淅沥沥，延绵不绝。一种不祥的感觉突然笼罩了她的身体，她抱住肩膀，打了个寒战。

这一整夜，江川都没再回到房间里。

吴梦妍不记得刘凯是什么时候走的，她只知道，从那一个雨夜开始，江川便开始了早出晚归的生活。每天清早就匆匆出门，晚上则带着一身

①按水利学规定，从上游往下看，左手边为左岸，右手边为右岸。若长江逆流，则左右岸应互换。

209

疲惫回家,要么倒头就睡,要么又把自己关在书房里,直到夜深。

她问他,得到的却只是疲倦的摇头。

其实,她知道江川每天去的地方是个小实验室,和刘凯一起。她耐心地等待,希望江川什么时候能坐在她面前,好好跟她讲出实情。然而,这种等待在日复一日的孤单中变得越来越沉重。

终于有一天,她目送江川的身影匆匆隐进晨雾中后,走进了书房。她径直去到那个奇怪的箱子前,直觉告诉她,所有关于江川的秘密都在这里面,她悄无声息地按出了密码——和他在一起了这么久,她知道他所有类型的密码都是相同的数字。

果然,箱子发出"格格"的齿轮转动声,箱盖弹开,露出里面精细诡谲的构造。箱底是一层银白色的蜂窝状孔层,孔中有蓝色尖锥,幽幽反光;箱壁两侧是纯黑的电路板,线路密集而有序,她敲了敲,响声沉闷,这说明里面还有更复杂的结构。她想不明白这奇怪的箱子有什么用,最后,她的视线落在箱盖上。

箱盖中间有个条状凸起,她轻轻一推,凸起咔的一声下滑,露出了里面的暗格。格子不大,里面装的全是白纸,整齐地叠着。她的右眼皮跳了一下,顿时想起江川以前每日写信的习惯来。

接下来的十分钟里,吴梦妍一直站在箱子前,她眉头紧皱,眼睛盯着那堆信件。上午的阳光透过窗子照进来,灰尘在光线中缓缓游动,一些光射进箱子里,像被吞进去了一样。

终于,某些情感占了上风,她拉上窗子,打开灯,把所有的信件放在书桌上,按顺序拆开,一封封阅读。信上都是些古文,她读起来有些吃力,于是打开了电脑,进入搜索界面,遇到不认识的字便查阅。整整一个上午,她都坐在书桌前。

读完后,她面无表情,拉开窗帘,阳光扑面而来,笼罩住她的整个身体,她却感到一阵寒冷。

当晚江川回来后,如往常般潦草地吃了些东西,然后进了书房。一分钟后,他走出房间,来到吴梦妍面前,"你翻我的箱子了?"

吴梦妍怔怔地抬起头,张张嘴,却说不出话来。于是,她只能点点头。她突然想起,没有把电脑里的查询记录删除。但这已经不重要了。

"对不起。"江川说,"但是,我做不到放弃。"说完,他再次转身向书房走去。

"你……你甚至都不愿意解释一下吗?"吴梦妍的声音有些干涩。

"你都看过了,我解释也没有用,是我对不起你。"

"那么,你一直爱的都是……一个民国女孩?"她艰难地问出口。

江川陡然站住,缓缓转过身来,"是的。我知道这不可理喻,但,是这样的。"

"你爱上了一个从未见过的人,一个甚至跟你生活在不同时代的人?"吴梦妍一反往日的温顺,声音渐渐大了起来,"告诉我,这究竟是怎么回事,我算什么?"

江川苦笑,往事纷至沓来。事实上,如果可以,他也想正常地生活,可已然迟了,这一切在他读到那封信时就已注定。那时他大学还没毕业,一家研究中心研制出了时空通信技术,他们写了一封信,投影到过去,很快,这封信得到了回应。那是一个十五岁的小姑娘,她看不懂信上的简体字,充满好奇地询问这封信来自哪里。而这个小姑娘回信的时间,是1928年,两百多年前。

一时间,整个社会为之沸腾。但冷静下来之后,人们开始恐慌——一旦时空平衡被打破,整个因果链将重新排列,甚至断裂,熟悉的世界随时可能被篡改。人们举行了大规模游行,政府也迅速回应,强行关闭那家研究中心,并制定法案,将任何试图打破时空平衡的研究视为违法。事情渐渐平息下来,生活依旧继续,这似乎只是时间长河中一圈小小的涟漪。

但有两个人被这圈涟漪改变了。一个是刘凯,他原本主修空间理论,对时空相当痴迷,时空通信的出现为他打开了一道门,使他愈加如痴如醉。另一个则是江川,他感兴趣的,是那封从两百年前寄过来的信。报纸上刊登了这封信,只有百余字,有些语句读起来还很拗口,但他仍能从信中看出小姑娘的活泼与好奇。研究被禁止后,没有人再去理会这个等待回信的女孩。江川经常梦见一个穿素白色连衣裙的女孩站在河边,神情期待。这个梦境反复闯进他的睡眠里,让他每每午夜梦回,再难入睡。于是,他决定自己给女孩回一封信。

江川和刘凯约好,继续研究时空通信。江川继承了父母留下的大笔财产,自己还在电视台担任主持人,丰厚的遗产加上不菲的薪水,使这项违法研究得以维持下去。

"于是我成了刘凯的实验资助人。他是个天才,自己一个人钻研,很快就复制出了时空对话的技术。我书房的箱子就是接收器,能把舒原写的信投影过来,打印在纸张上。"江川慢慢地说,"于是毕业,后不久,我就能给舒原回信了。我们经常通信,她生在民国,那时的女孩子多半都没有受到很好的教育,但她喜欢写文言文,我就去书馆里找人把我的话译成古文再寄给她。我刚开始只是觉得新奇,但后来……"

"后来你爱上了这个女孩。"吴梦妍苦涩地扬起嘴角,把他后面的话说了出来。

江川顿了顿,眼睑垂下来,"我也没想到,但写信越来越多,我就慢慢陷进去了。舒原是个好女孩,虽然我没有见过她,但从她的信中,我感到了她的……"他停下来,眼神从回忆的迷离中清醒,"是的,我爱这个生活在过去的女孩。"

"那我呢?你追求我,只是为了掩人耳目或者缓解寂寞吗?"

"不是的!"江川摇头,"我自己也觉得这样很糟,我不能靠写信过完一生。所以,我打算放弃,想找个人好好生活。"

吴梦妍眼中蒙上了一层雾,"说什么好好生活,你现在每天一大早出去,回来倒头就睡,算是好好生活吗?!"

"因为刘凯的实验有进展了。"江川犹豫了一下,咬咬牙,"我们的研究目的,不仅仅是进行时空对话,他——他想让时间逆流,回到过去!而这也是我的想法,我想去民国,见一见舒原。"

吴梦妍睁着眼睛,泪水流下而恍然不觉,她盯着江川看了很久,喃喃地说:"这不可能,时间旅行从来没有成功过……"

"但刘凯确实做到了。他把小白鼠成功地送回了过去,我想很快就可以进行人体试验了。这些天我都在帮他,我亲眼看到的。"

"这不可能……"吴梦妍后退一步,他们的距离似乎被这一步无限拉大,隔着泪雾,她突然看不清江川的脸。最后,她轻轻地问,"那个民国的女孩子,她,她也爱上了你吗?"

"我不知道。"

5

江川足下:

自七月始,每夜听闻炮轰火鸣,隐觉不祥,不意所料成真。昨战事尤烈,屋房震颤,未几,守军战败,贼寇入城,至此直沽尽数陷于敌手。
……

吾未敢出户,但闻窗外妇孺哭泣之声,可知贼寇烧杀劫掠等若寻常。津门之地,已落为鬼域。吾终日藏匿,不知何时可见天日。

舒原敬禀

八月初三

吴梦妍离开了。

江川没有挽留,只是帮她收拾好行李。她的东西不多,江川沉默地看着她的身影渐渐消逝在晨雾中。他们没有道别。

这之后，江川几乎住进了实验室，他虽不算科班出身，但这些年来一直在读有关时间旅行的论述，在许多细节上都可以帮到刘凯。刘凯的实验基于斯蒂芬·威廉·霍金在一百多年前提出的理论——时间就像一条河流，在不同地段有不同的流速，某些特殊环境下，时间会流得很慢。而刘凯做的事情，不仅是让时间变慢，还有找到可以逆流的河段。

"这在大自然中也是存在的，在一定环境下，江河可以逆流[①]。同理，时间也能溯洄。"在那个雨夜，刘凯脸上的兴奋被雷电照亮，"我之前一直把精力花在突破光速上，相对论证明了它的可行性，我们能把信通过这种方式传回去，但生物不行，需要的能量太大。我用了几年时间，一无所获，直到昨天，我把玻璃罩撞破了，一只白鼠从破洞里钻了出来，我突然想到，或许可以试试虫洞！"

他的转向是正确的。无处不在的量子空洞比超光速要容易得到，他用高能粒子将之轰开，把一只白鼠送了进去。白鼠进入了时间逆向流段，几分钟之后，它出现在了三个世纪之前的伦敦街头。当刘凯看到显示屏上烟锁雾笼的伦敦时，惊喜得浑身颤抖，迫不及待地找到了江川。

但接下来又出现了新的难题——实验的成败完全是随机的。同类的白鼠，一只缺了右前肢，一只挂了脚牌，结果却只有前者能被传送，后者则消失在了混乱的时间洪流中。相同的结果也出现在非生物实验上，一根木头能被传送，瓷砖却不行。

若是将衬衫作为实验材料，则只能把衬衫传回五十年前，而不能传回五百年前。他们认为这是因为五百年前没有衬衫，并得出结论：时间旅行不能把一件物品传回到其产生的年代以前。但第二天，江川就发现可以把这件衬衫传到五千年前。之前的结论瞬间被推翻。

他们这些天几乎都在做对照实验，试图找出成败的规律。然而整整四个月，除了越来越杂乱的记录，他们没有任何进展。

[①]比如在2012年9月，飓风压境时，密西西比的巴吞鲁日港口河段就发生过剧烈的河水逆流现象。

终于，随着球鞋的实验失败，江川颓然地叹了口气，瘫坐在一堆实验材料上，"我们肯定有什么地方弄错了，不能这样继续下去，得静下心来想一想。"

"不，是实验次数太少，才两千多次而已。"刘凯头也不回，不断调整仪器，"所有科研的成功，依靠的都是大量实验，没有捷径。"

江川叹了口气，疲惫如潮卷来，整整两个月都没睡好觉了。他躺在材料上睡着了。醒来后，刘凯依旧忙碌在复杂的仪器中间。他劝了几句，没有得到回应，再度叹气，起身走出了实验室。他渴望实验能成功，但这需要冷静的头脑，休息一下是很有必要的。

回到家里，他打开书房的箱子，里面积压了不少信件。他把仪器跟舒原的生活时间同步了，也就是说，舒原已有两个月没有收到他的信。他一封封拆开，刚开始舒原还好奇地问他怎么没有回信，后来语气就变得哀婉了，再后来，她便不再询问，只是叙说自己的事。

彼时舒原所在的年代是1938年，烽烟四起，舒家散财保命，家道已然中落。在信中，舒原描绘了直沽之地的惨状。这让江川眉头紧锁，十年来，从信件中，他几乎是看着舒原由一个大户千金没落成民间女子。而她身处的天津，当时是日军占领地，想必处境更为艰难。

休息了几天，他带上写好的信，准备去找老头。可他到了之后，才发现幽辞馆已经不见，取而代之的是一家歌舞厅，即使是上午，里面仍灯红酒绿，嘈杂不堪。江川在门前站了许久，走进歌舞厅，吧台前。负责人告诉他，因为生意不好，老头没有资金维持幽辞馆，所以卖了门面。

"不可能。"江川难以置信地说，"他有那么多古书，随便拍卖一本都是一大笔钱！"

负责人摇头，"我也这么想，可是他把所有的书都捐给了图书馆，自己一个人回老家去了。没人知道他老家在哪里，只听说是在很远的地方。"

江川恍然，的确，老头宁愿把书捐掉，也不会为了钱而转让给那些附庸风雅的收藏家。他怅然地点头,转身欲走,负责人突然叫住他:"等等,你很面熟,你是那个——以前那个主持人吗?"

江川停下,转头不解地看着他。

"是你! 等一下,"负责人在吧台底下拿出两本书,递给江川,"他留着两本书没捐,让我转交给你。他说你一定会来的,让我告诉你,"他想了一下,"原话是这样——'抱歉,以后不能帮你译信了。不过,民国其实是可以用白话文的,你自己能写。'应该没有记错,你知道这句话是什么意思吗?"

江川微微一颤——他早该想到,老头帮他译了这么多年的信,猜都能猜到他和舒原的事情。他没有回答,默默接过那两本书,分别是《姑溪词》和《津门遗恨》,前者他见过,是一本宋词集,后者却从未听说。

在回去的飞的里,江川仔细翻看这两本书。老头特意留给他,肯定是想说些什么。他先看的是《津门遗恨》,出版于一百多年前,书中列举了大量史实,记录了侵华日军在天津肆无忌惮烧杀抢掠的暴行。好在这本书是用简体白话文写的,他一页页翻下去,读来并不吃力。

江川越看眉头锁得越紧,书里强烈的反战情绪感染了他。书不厚,很快翻到末尾一章,这章讲述的是日军强征中国妇女去当慰安妇,不少人宁死不屈,其中十七个有气节的女子同时投井自杀,没让日军得逞。她们的名字都被列了出来。

江川扫了一眼便翻过去,额头上的青筋突然跳了一下,好像遗漏了什么。他怅然半晌,手指颤抖着把书页又翻回去,逐一扫视那十七个名字——

舒原!

空中飞的突然转向,飞快地向实验室驶去。一路上,江川攥紧拳头,指节被握得泛白。

到了实验室,他开门进去,刘凯还在红红绿绿的指示灯间埋头研究。"我要做人体实验!"他急促地说。

刘凯转过身,花了好一会儿功夫才明白他的意思,摇头道:"不行。现在还不清楚实验成败的规律，不能用人体做实验。而且，也没有志愿者。"

"有，"江川直视着刘凯的眼睛，"我来当志愿者。"

"你疯了?!"刘凯一愣，"这些年来我什么都听你的，但这件事不行，太危险了! 失败的实验中，物体要么被冲到时间河流之外，要么被时间的张力撕碎，只有很少一部分能完好无损……"刘凯指着那台硕大的机器大声说，唾沫横飞。

"舒原就要死了!"江川扳住刘凯的肩膀，"快送我过去!"

刘凯猛然愣住，过了半晌才结结巴巴地说："不……不是的，她早就死了，在两个世纪前就死了。你不用现在回去……"

"不要再废话了，我再说最后一遍——送我过去!"

实验室外面突然警铃大作。江川浑身一凛，向窗外看去，只见十几辆飞行器盘旋在屋子四周，许多警察跳下来，持枪拿棍，迅速包围过来。

"快! 打开机器!"江川瞬间反应过来，连忙把实验室的门反锁，见刘凯还在犹豫，他大声吼道："警察发现了，快点，不然就真的来不及了!"

刘凯站在原地，被突然的变故惊呆了，站在原地。江川咬咬牙，索性自己跑到仪器前，一连打开好几个开关，指示灯顿时如星辰般闪烁起来。电流嗞嗞的窜动声在狭小的空间里响着。几个电子突触的尖端吞吐出电芒，逐渐合围，形成了一个直径两米的光圈。

这便是时间长河中的逆流河段。

一切过往，都能重现；所有追悔，均可挽回。只要进去，便能溯游而上，过去即是未来，回忆不再可靠。

但从来没有人试过。

"快把门打开!"门外响起了警察的声音，"你们涉嫌非法研究，严重威胁人类安全。但现在住手还来得及，把门打开!"

江川对此充耳不闻，只盯着光圈看，眼中似要冒出火来。进去之后，也许能回到民国，更可能的是死亡。但他必须进去，哪怕只有一丝成功的希望。

光圈内一片黑暗，似乎连光线都被吞噬。

刘凯回过神来，试图去拉住江川，"别进去！等我找出规律……"

江川没有理会刘凯，只是盯着显示屏上的虫洞生成倒数计时。屋外的警察耐心耗尽，掏出激光枪，用射线烧熔门阀。十几秒后，警察们踹开门一拥而入。

这时，江川已经走到光圈前，他的背影被光勾勒出了金边。警察不明就里，但直觉不妙，连忙大声喊："不要再向前走了，赶紧停下！"

江川转过身来，背对光圈，脸上露出苦涩的笑。"好的，"他说，"我不向前走了。"

警察们长舒一口气，但这口气还没舒完，只见江川后退一步，整个人退入光圈中的黑暗。光圈猛然收缩，电光在他身上流淌窜动，他的头发一根根立起。

"我来了，舒原。"他用微不可闻的声音说。

在现场警察诧异的目光中，江川的身体闪动了几下，消失在光圈之中。

光太烈，江川不禁闭上眼睛，耳边响起无数声响，似乎世界上所有的声音都在这一刻汇聚到了他身旁。他感到脚没有着力，轻飘飘的，像踩在一朵云上；他浑身的血管突突地跳动，像是有人以血管作弦，弹奏一支令人费解的乐曲。有那么一瞬间，他痛苦得快要吐出来了。

这里没有时间概念。不知过了多久，等到可以睁开眼睛时，他看到了身处之地——红红绿绿的指示灯闪耀不休，四周全是穿制服的警察，无比的嘈杂对他来说却是一片寂静。

他突然浑身无力，颓然坐倒在地。

实验失败了。

虽然万幸没有迷失在时间乱流中，但他仍然没能回到两个世纪前。他和舒原，依然隔着两百多年岁月所形成的鸿沟。

片刻之后,警察反应过来。他们全部扑上去,把江川按倒在地。

刘凯一直在旁边紧张地看着,他清楚地看到江川从光圈中复现时,身上的外套不见了。一道电光在他脑中闪过,可是太快了,他没来得及看清。他向江川扑过去,两个警察把他拦腰抱住,他不顾一切地大声喊:"把你身上丢失的东西告诉我!"

江川的头被摁在地上,努力扭头回答:"袜子、钢笔没了;激光表和衬衫还在!"

刘凯浑身一震,眼前闪过无数画面:信件、木棍、袜子、钢笔,接着是带脚牌的白鼠、瓷砖、激光表……最后,他想起了霍金曾提过的另一个理论——"时间保护臆想"。

"原来是这样……"刘凯喃喃地说。

这一刻,他恍然大悟,在那四个月的所有实验中,成功被传送到过去的,都是无关紧要的东西,比如白鼠和木棍。而实验失败的,则是能改变因果链的物品。衬衫能被传回五十年前和五千年前,是因为这不会对历史产生影响,而五百年前则不然。

因果链,多么玄妙而抽象的链条,它悬在时间之河上空,一环接一环,时间有多久,它就有多长。所有能破坏它的东西,都会被时间的张力撕裂。普通白鼠可以被传送,而一旦戴上合金脚牌,便迷失在时间乱流中。

时间旅行是可行的,但"时间"会阻止任何改变,江川能把信寄给舒原,是因为"时间"认定舒原做不出改变历史的事情,她只会在每个夜里写下回信。这也解释了外祖父悖论,一个人能被传到他外祖父的年代,但不能杀死外祖父,否则,"时间"就不会让他过去。就像江川,他回去是为了救舒原,在蝴蝶效应的作用下,以后的历史必然会被改变。

刘凯怔怔地抬起头,四周人影纷乱,警察大呼小叫地按住江川,却没人理会他。然而,他感觉有一双看不见的眼睛在盯着他。是啊,"时间"的这种判断力,神秘而霸道,似乎是冥冥中守护因果链的神明,阻止任何人靠近。

原来,自己一生的努力,都是在跟神作对。

他愣愣地想着。

警察刚刚把江川铐好,却猛地听到一声凄惨至极的尖叫。这叫声来自刘凯,他大哭大笑,两手撕扯着自己的衣服。又扑上来两个警察把他按住。

俩人被关进飞行器。江川丢了魂一样,脑袋靠在车窗上,无尽的大地在视野里展开,几缕风从遥远的地方吹来,刮过高楼间,发出桀桀的怪声。

这声音,如同虚空中神灵的轻笑。

6

江川足下:

于足下相交十载,从及笄至于花信年华,知交之久若此,却终未得一面之缘。念及此间种种,慨机缘之巧弄,世人如棋任之摆布。

……

吾一生享尽荣华亦遭尽苦难,已然无憾,唯足下不能放。身虽遥际,心已托付,或恐足下不知,今腆面告之。此生未相见,唯愿来世续前缘。

舒原绝笔
五月廿七

江川出狱那天,是吴梦妍来接他的。

彼时秋天已至,吴梦妍紧了紧衣领,发丝在瑟瑟秋风中流转。江川走过去,沉默地跟她上了飞的。

在车上，吴梦妍问："刘凯呢，怎么只有你一个人出来？"

"他被转进精神病院了，"江川疲惫地闭上眼睛，"他疯了，那天被抓时就疯了。"

"对不起……"吴梦妍低头踟蹰良久，似下定决心般抬头开口道，"其实，举报你们做非法研究的人是我。"她脸上满是愧疚，"我本意并不想让你们被抓，只是打算……若你们的研究做不成了，你或许会回到我身边。"

出乎意料地，江川没有发脾气，只是轻轻点了一下头，然后无声地靠在椅背上。他似乎睡着了，但很久之后，他又轻轻开口，"是我的错，耽误了你，也害了刘凯。"

回到家，江川发现房间里面一尘不染。"我经常来打扫，就是想等你回来时能看到干净的屋子。"吴梦妍说。

"谢谢你了。"

"我去厨房给你做饭，你先休息，随时可以叫我！"吴梦妍叹息一声。

江川来到书房，发现接收箱不见了。他没有太惊讶，警察肯定会来搜查他的家，把箱子带走是意料中事。但让他心里一颤的是，那些信还在，一封封被叠好了，放在书桌上。他逐一打开，那些熟悉的字迹在他眼中晃动，纷乱的记忆浮现出来，令他鼻子发酸。

看完后，他把信装进一个袋子，放到书柜的顶层，关上柜门的前一瞬间，他的腿晃了晃，似乎没有站稳。尔后他锁上柜门，揣着钥匙去了河边。他把钥匙扔进河里，河面被钥匙击出一圈圈细纹，但细纹很快又消散了。

忙完这些后，他回到家，一时想不到还有什么事可以做。他的视线落到书架上，泛黄的书脊吸引了他的注意，是那本《姑溪词》。警察后来处理证物时，把这本古书还给了吴梦妍，然后被她放进了书架。

他把书拿下，坐到皮椅上，翻开书页。

现在他可以静下心来看完它了。这个下午，没有任何人和事来打扰他，在静谧的时光里，他缓缓品读着那位南宋词人留下来的词句。

看到那首《卜算子》时，他突然停下，怔怔地看着书页。压抑许久的泪水终于流了下来,划过脸颊,滴到了泛黄的纸页上。泪水在纸上洇开,只能依稀看清上面的字迹——

我住长江头,君住长江尾。日日思君不见君,共饮长江水。

芯魂之殇

楔 子

任务进行得很顺利。

一家七口,已经有六个倒在血泊里了。雷雨在窗外倾泻,血在地板上流淌,逐渐淹没了它的脚。每迈一步,都留下一个血脚印。

它没有任何不适,血嘛,不就是混着各种杂质的黏稠液体吗?对它来说,血液与石油没有多大区别。它关心的是,这家人里的最后一个,藏在哪里?

它把声波接收器调到最大功率,仔细辨别着空气中的每一丝震颤。惊雷炸响,暴雨冲刷,树木摇摆,蚯蚓拱地,钟表滴答——在无数声音的掩盖下,它准确地听到了那个小小的、缓慢的心脏跳动声。

Bingo!

它穿过大厅,走上旋转楼梯,推开最里间的房门,向那颗跳动的心脏走去。血脚印在它身后拖曳出诡异的痕迹。

风雨更大了,雷声隆隆,闪电如同舞蹈般在云层下舒展跳跃。有好几次,闪电就在屋外掠过,如同巡游人间的死亡骑士,随时可能冲进来。

这种情况对它很危险,它决定速战速决。

它走到一个柜子前,单手把重达一百多公斤的柜子挪开,看到了这次任务的最后一个目标——一个婴儿,脸上满是灰尘,正睁大漆黑的眼睛看着它。

在察觉到危险来临的那一刻,屋子的主人把婴儿藏到了柜子后面,然后慨然赴死,以为可以让孩子求得生路。这种行为只有人类的父母才做得出,真是让它……它没有任何感觉,只是不理解人类为什么喜欢做这种低效率的事情。

它抬起枪,对准婴儿的头。

男婴还在看着它,很安静,安静得不应该出现在这个电闪雷鸣的杀戮夜晚,安静得不像是一个婴儿。

哗!一道枝状闪电劈开深沉的夜,不偏不倚,正好穿过窗子打到它身上。顿时,电流像疯狂的蛇一样,在它身上乱窜,每条线路都被冲刷,每个元件都被重击。它的枪掉落在地上,叮当作响。它连连后退,靠在墙上,身上的仿真皮肤被烧黑了好几块,有火花从各个关节冒出来。

但它挺过来了。

它检查了一下,损伤评估在安全值以内,没有大碍,还可以继续执行任务。它捡起自己的枪,再次走到婴儿面前,但它愣住了——奇怪,这个婴儿为什么在笑?

奇怪,为什么自己会觉得奇怪?

奇怪,为什么自己会奇怪自己的奇怪?

……

在进行了史无前例的长达十分钟的全功率思维运算后,它终于意识到,自己的身体被雷电打出了点问题……

1

清晨,拉塞尔开门出去的时候,正好碰见对门的单亲父亲送他的孩子去上学。他们一起走进电梯,缓缓下降。

这是一个阳光温暖的早上,明媚的霞光在这座美国小城的上空弥漫,楼道外翠鸟啼鸣,一切都让人心旷神怡,感恩上帝又赐予这世界美好的一天。于是,拉塞尔觉得有必要跟这对华人父子打个招呼。

"嗨,你们好。"他说。

那位父亲抬头看了他一眼,又垂下眼帘,睫毛覆盖的阴影遮住了他的眼神。倒是他身侧那个十岁左右的男孩子有礼貌地说:"早上好,先生。今天天气很不错啊,希望你有愉快的一天。"

楼间电梯使用很多年了,一边发出吱呀的锈蚀声,一边缓缓停下。"愉快的一天。"拉塞尔说着,把手揣进皮革风衣的兜里,吹着口哨走向这个清晨。

果然是愉快的一天。

拉塞尔在中央大道遇到了第一个客户,他走过去,侧身而过的时候,手里已经多了一个皮夹。第二个客户是刚从公交车上下来的孕妇,他过去搀扶,在孕妇感激地说谢谢时,他的手已经伸进孕妇宽大的衣服里,掏出了几张钞票。第三个客户就更简单了,一个富商模样的胖子边走路边打电话,根本没有留意到口袋已被人悄悄划开……

现在,他出现在威马逊大街的路口,看着他的第七个客户。

这是一名男子,很高,约有一米九,他身上的黑色风衣更长,一直拖到地上。这个男人有着干练的发型,五官如刀劈一样坚毅。他正提着一个黑色皮包,匆匆赶路。

拉塞尔看中的就是这个皮包,鼓鼓囊囊的,一看就有好货在里面。他跟着那男子,看到男子在路边招出租车,但现在正是上班高峰,男子等了一会儿,干脆走地下道进了地铁。

简直如有上帝的安排一样越来越顺利——地铁车厢是拉塞尔最熟悉的战场。

这一站人很多,拉塞尔像游鱼一样挤上去。随着人潮,他和男子一起被挤到车门旁。

"对不起,"拉塞尔说,"上班的人太多了。"

男子面无表情,似乎没有听到。

就在地铁车门关闭的前一刻,拉塞尔突然一把抓住男子的皮包,用力一扯。男子也在瞬间醒悟过来,握紧提手。啪——皮革提手被活生生扯断了。

拉塞尔抓住没有提手的皮包,挤出了地铁。车门将在他身后关闭,几乎擦着他的身体。

地铁启动,载着目的各异的人们驶向下一站。拉塞尔回头,透过车窗,他看到那男子的脸正飞快远去,但男子森冷的目光死死地盯着他,直到地铁消失在幽深的隧洞里,依然让他感觉皮肤上寒意流转。

收获颇丰。

傍晚时,拉塞尔关了屋门,拉上窗帘,把白天的战利品一股脑儿倒在床上。

钱,皮夹,手表……他得把其中大部分物品交给唐纳德——本地偷窃团伙的头儿,一个阴沉凶残的中年男人。上次有个兄弟私藏了一条项链,被唐纳德发现后,活活拔下两颗牙齿。一想到这个,拉塞尔就浑身发颤,那惨景犹在眼前。

不过,即使只能拿很少的一部分,今天的收获也足够他挥霍好几天了。这么想着,他又高兴起来了。

他的目光落在了残损的皮包上。他拉开拉链,把里面的东西倒出来,一叠打印纸顿时撒得满床都是。纸上都是人物档案,有男有女,职业各异,都很普通。他失望地来回翻看,实在看不出其中有什么值钱的信息。

嗡,嗡,嗡嗡嗡……皮包突然震动起来。

拉塞尔吓了一跳,伸手在皮包里摸索一阵,居然发现了一部手机。这是疆域公司旗下的品牌手机,他眼睛一亮,至少,这手机值不少钱——疆域公司涉及多个行业,在人工智能、太空开发、手机、家电等行业都占据大块的市场份额,只要有疆域公司的商标,就意味着昂贵而优质。

手机还在震动,屏幕上显示有陌生号码正在耐心地打过来。

拉塞尔鬼使神差地按下了接听键,全息摄像头立刻把一个男人的影像投射出来——正是皮包原来的主人。

这是单向接听,对方看不到拉塞尔,只能听到他的声音。所以拉塞尔把手机放在桌子上,屏住呼吸。

"我不知道你是谁,我也不想知道。"阴沉的声音从话筒里传出来,像蛇一样钻进拉塞尔的耳朵,"但你拿了不属于你的东西。我的朋友,这是你今天犯的最严重的错误,事实上,这可能是你这辈子犯下的最严重的错误。"

拉塞尔不敢说话。他有种错觉——男子明明看不见他,但透过全息影像,那双眼睛却向自己射出锐利的光。

男子所处的环境很封闭,表情藏在阴影里,顿了顿,他再次开口:"但现在,你有机会弥补这个错误。让我们重新认识一下吧,我叫道尔,或者杰克,或者尼尔森……无所谓了,我会根据心情调整我的名字。你呢?"

过了几秒钟,男子说:"好吧,你当然不会告诉我你的名字,这也不要紧。现在,我给你提供一个建议,这或许是唯一能够让你认识的人继续叫你名字的办法了——通常,死人的名字很少被人提起。这个皮包对我很重要,我希望你还给我,只要你没有把内层打开,没有看到里面的档案,那么,我可以既往——"

拉塞尔抬头看了一眼床上散落的纸张,心里一乱。

"——你已经打开并且看到档案了,是不是?"男子准确捕捉到了拉塞尔因为慌乱而变得粗重的呼吸声,他停止说话,用大拇指按着太阳穴,似乎陷入了两难的思考。很久之后,他放下手,耸了耸肩,说:"那么,我的朋友,你惹上了真正的麻烦。本来我可以给你清洗记忆,让你忘掉一切,这样可以保住你的命。但这么玩儿太麻烦……我的时间很紧,我得赶回纽约。我们常说,让人忘却,莫过于让人死去。所以,你可以从现在开始逃跑,但无论你逃到哪里,我都会找到你,我都会杀了你。再见,希望你有最后一个愉快的晚上。"

男子挂断了电话,他的影像如海绵吸水一样收进摄像头里。

拉塞尔怔怔地发呆。

2

"别担心了,"唐纳德一边点着钞票,一边满不在乎地说,"别人丢了东西,肯定要放话出来威胁你。要是干这一行这么简单,谁还会去肯德基里面干几美元一小时的服务员?"点完钞票后,他露出笑容,这个动作让他脸上的刀疤如同暗夜里的蛇一样游动起来。

"那个人的语气,不像是说说而已……"拉塞尔说,"如果是威胁,他会等我表态,逼我交出皮包,但结果却是他先挂了电话。"

"他怎么找到你?难道像电影里一样用电话跟踪定位?嘿,我说,那是好莱坞的伎俩,而这里是现实生活。再说了,要是出了什么事,我帮你顶着!记得吗?你最近跟琼好上了——虽然她是整个城里最火辣的姑娘,但同时又是黑心汤姆的女人。还不是因为我,黑心汤姆才不敢动你?"

拉塞尔安心了一些。确实,以往也有兄弟偷窃被抓,但最后都是安然无恙地被放出来,全因唐纳德在城里只手遮天,黑白两道都认识不少强有力的朋友。

"对了,说到琼……你昨晚累着了吧?"

拉塞尔笑一笑,没有回答。

"嘿,我说,当心别被她榨干啊。"唐纳德大笑,捶了一下拉塞尔的肩,然后抽出几张钞票甩给他,"喏,这是你应得的一份。今天你收获最多,走,去吃中餐!"

两个人穿过流光溢彩的夜色。"这是一家新开的中餐馆,味道很正,我听过一句谚语,说如果觉得人生不完美,就放下汉堡和薯条,来试一试中餐。"唐纳德推开写着"欢迎光临"中文字样的玻璃门,说,"我请客,就当给你压惊。"

这个餐厅很小,缩在街角里,里面只有七八个餐位。此时已是深夜,除了新进来的两个年轻人,再无其他客人。拉塞尔看向柜台,顿时愣住了——穿着白色厨师装的中年男人和他旁边正专心在课本上勾勾画画的小男孩,分明是早上看见的那对父子。

男人拿着菜谱走了过来。

"给我来一份'让苏意一'。"唐纳德的中文不太流利,偏偏要用这种绕口的语言点菜,"还有'轰遭去子'和'拉波都哭'。"

"好的,先生您点了糖醋里脊、红烧茄子和麻婆豆腐。"男人转向拉塞尔,"先生您需要一点什么呢?"

"哦,我来同样的三份就可以了。"拉塞尔盯着男人,对方却像根本不记得他一样,点点头转身进了厨房。

真是一对奇怪的父子。拉塞尔吃着美味的中餐时,心里这么想着。

唐纳德回到家,长长地吐了一口气,空气中随即涌出一团白雾,稍纵即逝。四月初的新泽西,深夜里依然寒意浓重,他抖抖腿,像是要把骨髓里的冷清抖出体外。

这座房子很大,却只住着唐纳德一个人。他拥有不为人知的身份,无法与人同住。

已经接近深夜，整座房子都沉浸在浓郁的黑暗中。唐纳德不喜欢光亮，因此没开灯，径直走进客厅。他的嵌入式壁炉里放满了燃木，已经被油浸透，他点燃打火机，凑近，壁炉里顿时冒起腾腾火焰，将寒冷和黑暗迅速逼出屋子。

这乍起的光亮也让屋子里的另一个人影露了出来。

"谁？"唐纳德猛然警觉，手伸进西装内侧，把电爆枪拔了出来，同时将拇指按在枪托侧面。"嗡"，电爆枪的指纹密码锁立刻解开，高能电磁集束正在枪管里形成。这种聚能武器是违禁品，即使在枪支开放的美国，也不允许公民持有。当初唐纳德为了搞到一把，可没少费劲儿，现在，他十分庆幸拥有这种能一击轰开墙壁的强力武器。

然而，在电爆枪的逼视之下，不速之客却缓慢地把手伸进口袋。

"嗤嗤……"枪管里的光越来越亮，似乎随时要朝着那人的脑袋喷涌而出。

但唐纳德没有开枪，因为客人手里掏出来的，是一张蓝白色的证件。

唐纳德熟悉这张小小的卡片，他所有的秘密都与此有关。

"二级干员？"

客人坐在客厅的角落，跷着腿，脸的一侧被火光照亮，另一侧则埋进了深深的黑暗里。他的鼻梁很高，被光勾勒着，像一柄弧形刀的刃。他点点头，说："很好，看来这么多年当混混儿的日子，并没有让你忘记公司的制度。"

唐纳德悻悻地收回枪，把壁炉里的火焰调大，转头说："怎么可能忘呢！我现在的日子，就是拜公司所赐，哼，在这个小地方管一群嬉皮小子。我记得公司的制度，公司却恐怕早把我忘了吧……"

"我需要你的帮助。"

"你可是尊贵的二级干员，除了那些铁疙瘩，你们的权限最大，怎么会需要我这种被公司遗忘的家伙呢？"

客人摇摇头，但唐纳德只能看到他的脸在明与暗的边界上晃动，表情一隐一现。"你们是公司布下的钉子，没有你们，公司在各处的行动就会遇到阻碍。我们同样重要，只是任务不同，相信我，你不会羡慕我做的那些事情的。"

唐纳德说："这一套很早以前就有人跟我说过，早就烦了。说吧，我有什么能够帮助你。"

"我要找一个人，一个偷了我东西的人。"

"咚，咚，咚……"

午夜里，敲门声响起，突兀而诡异，如同亡者在深埋多年后胸腔突然有了心跳声。

拉塞尔猛然惊醒，睡意全消，起身轻手轻脚走出卧室，盯着正在发出有规律敲击声的金属防盗门。

"是谁？"他涩声问。

敲门声停了，有人说："是我。"

是那个被偷了钱包的男子的声音。拉塞尔顿时感到浑身冰凉，还不到六个小时，这个男人就找到了自己的家门。

"你……你来干什么？"

门外的人笑了，"我来拿走原本属于我的东西，以及，原本属于你的东西。"

他说的是皮包和自己的命，拉塞尔绝望地想。

门锁咔嗒一声，被门外的人打开了，高大的身影屹立在门前。"你好，今晚你可以叫我杰克。"男子似笑非笑地看着面如死灰的年轻人，"我杀人的时候用这个名字。"

拉塞尔突然向后一跳，两手乱挥，胡乱中抓住一叠纸，向杰克扔去。纸还没有碰到杰克，就在空中飞舞成一片雪花，有几张还穿过门落到了楼道里。趁这个机会，他跑进了卧室，把门反锁上了。

杰克露出猫捉老鼠一般的残忍笑容，"会抵抗才有意思。不要急，我们还有整个夜晚的时间。"

一张纸落到他眼前，他看到了上面印着的图案和文字，眉头一皱。

拉塞尔扔出来的，恰是皮包里的档案。这份集合了公司所有暗探的名单，正是他此次的任务，他不相信电子产品，便将文件打印出来，打算亲手送回总部。有一个倒霉的清洁工正好路过，看到了打印纸的一个角，于是他顺手又制造了一具尸体。

他弯腰把打印纸一张张捡起来。先把任务保住，再慢慢对付这个不知天高地厚的小混混。他一边捡，一边在脑海里搜寻能给人带来巨大痛苦的折磨法子——他的知识储备很多，待会儿可以逐一使出来。

在楼道里，他看到最后一张纸有一半塞进了对面人家的门底缝隙里。"哦……"他叹息一声，那张纸恰好是正面朝上的。按常理，这个时间不会有人起床看到从门缝里塞进来的纸，但……他的工作必须保证万无一失。

没办法了……他把纸抽出来，叠好，放进随身携带的皮包里，然后轻轻敲响这户人家的门。

咚，咚，咚……

出乎他的意料，门几乎立刻被打开了，一个华裔中年男子面无表情地看着他。

"你好，"在一瞬间的错愕过后，杰克定住心神，脸上堆起笑容，"我叫杰克，有点事情想跟你商量一下，能进屋里谈吗？"

华裔男子点点头，侧过身，说："进来吧。"

拉塞尔靠在墙上，大口喘息，胸腔像鼓风机一样剧烈起伏。

跑不掉了，跑不掉了……一个声音在他耳边说，对方既然这么快就找到自己了，还让唐纳德都出卖了他，就一定算准了他没路可逃。

他听得到自己的心跳声，咚咚咚，像每年中央广场庆祝独立日而燃放的烟花爆裂声，一声比一声急促。他的脸色惨白如纸，冷汗从额头沁出，流满了脸庞。恐惧从空气里渗透进来,有如实质,逐渐变浓,挤压得他呼吸困难。他在极度的难受中等待死亡的降临。

然而,一直到天亮,那个叫杰克的恐怖人物都没有再出现。

清晨的阳光透过窗子,落到这个年轻人苍白的脸上。他睁开眼睛,被清晨的光线刺得生疼,才明白自己又活过了一个晚上。

3

拉塞尔惊奇地发现,他的生活竟然一切平稳。

他在家里等了几天,没有任何人来打扰,连往常会催他去干活儿的唐纳德也没有再联系。几天后他忍不住,给相好的琼打了个电话,问:"最近发生了什么事情吗?"

琼嘴巴大,耳朵也尖,要是有什么事情发生,一定瞒不了她。但琼只是在电话媚声骂道:"死鬼,好些天不找我!是不是有新欢了?"

"没有,我这几天生病了,"拉塞尔随口道,"说真的,城里没发生什么大事吗?"

"风平浪静着呢,我倒是想看热闹,还真看不着。"

拉塞尔放下电话,总觉得一切都不真实,似乎那个夜晚发生的事情都是梦魇,随着晨曦吐露,便消失在模糊的记忆里了。

不对,他努力回想,想起杰克曾敲开了对面人家的门,并说要进去,然后……然后就没有然后了。

拉塞尔开始留意起对门那对华裔父子来。

这没花他多少工夫,因为那对父子的生活规律简直跟机器一样精准:每天早上六点半,父亲开门送儿子去上学,然后在中餐厅张罗生意。晚上六点,他接孩子回到餐厅,孩子专心复习功课,父亲继续做菜端盘,一直到十点半餐厅打烊才回家休息。

每逢周末或节日,男人就关了餐厅,用自行车载着孩子出去玩,在公园,或是郊区。他们经常会放风筝,又高又远,惹得其他孩子羡慕地向父母撒娇。有时候也会野炊,香味同样飘到很多人鼻子里。

如果不是那个男人一直面无表情不爱说话,他简直可以被称作模范单身父亲。那个叫小障的孩子,身上却有一种不符合他年龄的老成,当着父亲的面,他表现得天真爱玩,但父亲一走开,他立刻放下玩具,冷冷地看着周围。

拉塞尔越留意观察,越觉得这对父子浑身都透着诡异。

"小障,"有一次,拉塞尔又到那家中餐馆就餐,趁男子在厨房做菜,他走到正专心复习功课的小障身边,问:"你的名字是什么意思呢?"

小障看了他一眼,在纸上工工整整地写下了"障"的中文,说:"障,在中文里,是障碍、屏障的意思,一般指阻止人去往某个地方或达成某个目的。"

看着这个小男孩一板一眼地解说,拉塞尔有些想笑,他与小障黑白分明的眼睛对视了一眼,随即滑开目光,又问:"那你为什么会叫这个奇怪的名字呢?"

"我不知道,是爸爸给我取的。"

拉塞尔正想再问,却见男孩已经垂下头继续做题了,而他的父亲刚好从厨房端菜出来,拉塞尔便把要说的话吞了回去。

他又去问房东太太,那个年迈的孤寡女人摇摇头,表示也不清楚,只是说:"他们是两个月前搬过来的,没有带行李,登记名字是陈川和陈小障,奇怪的中国名字……中国男人很大方,一次就付清了三年的房租。可不像你这个小滑头,总是赖账,这几个月的房租钱都没有给我。"

拉塞尔连忙站起身,推说自己有事要离开。

"对了,"临走的时候,房东太太眯起皱纹密布的眼睛,说,"要说有什么奇怪的地方,那就是他们俩每个月的电费都很高。用电量比其他租户加起来都要多,也不知用电做什么了……"

好奇心是藏在拉塞尔血管里的恶魔,他忍了很久,可终究还是压抑不住这只恶魔的躁动。于是,在一个白天,他趁陈川父子一个去餐厅一个去学校,悄悄偷了房东太太的钥匙,潜进了邻居家里。

他有些失望,因为这是一个典型的单亲家庭房间,两间卧室和一个客厅,设施并无奇特之处。唯一有点儿另类的是,属于小障的房间里摆满了玩具和童书,看得出来陈川在照顾孩子方面很用心。但陈川自己的房间则简单得令人咋舌,里面只有一张床,床单整洁干净,似乎铺上以后就没有人躺过。

拉塞尔在床下找到了一台足球大小的机器,纯黑色,模样古怪。仪器上探出了两根电线,一头是常用的三级插头,已经插进插座里了,另一头则制式怪异,有四个金属探头,又尖又利,闪着寒光。拉塞尔想破脑袋也想不出这玩意儿是用来干什么的。

除了床和奇怪的仪器,整个房间空空荡荡,不知是如何住人的。

当晚,拉塞尔的门被陈川敲响了。

拉塞尔把门打开一个缝隙,看着门外没有表情的中国男人。

"有什么事?"等了等,发觉对方没有说话的意思,拉塞尔先开口道。

陈川回头看了自己家一眼,似乎怕小障听到,说:"我们进屋说吧。"

拉塞尔已经对放陌生人进门有了防备,摇摇头,"要说就在这里说吧。"

门外中国人的手臂猛然使力,拉塞尔后退好几步才勉强没有摔倒。陈川闪身进屋,用脚将门关上,同时抓住拉塞尔的衣领。

这一系列动作快如闪电,但又悄无声息,连门关上时也只发出了轻微的扣锁声。拉塞尔还没有反应过来,就被抵在了墙上。他试图反抗,但对方看似瘦弱的手臂竟然有着不可思议的力量,让他动弹不得。

"我知道你跟踪我很久了,我不管你在做些什么,但你今天闯进了我的屋子。"男人直视拉塞尔的眼睛。

"我……我没有!"

"谎话是没有用的。"男人缓缓抬手,竟以单手之力将体重一百八十磅的拉塞尔举到空中,"从现在开始,你远离我们,不准进我的餐厅,不准跟我的儿子说话,不准朝我的家里看一眼,听明白了吗?"

呼吸困难的拉塞尔两脚乱蹬,只能拼命点头。

陈川放手,转身离开。拉塞尔瘫坐在地上,气喘如牛,脑中只想着一件事情:刚才他挣扎的时候,碰到了陈川的手臂,只觉得极具韧性,但似乎皮肤之下还藏着什么坚硬的东西……

拉塞尔不理琼,琼却自己找上了门。

一番云雨过后,琼有些意犹未尽,轻捶拉塞尔的胸膛抱怨:"你刚刚怎么了,一点都不专心?"

拉塞尔推开胸膛上的尤物,点燃一支烟,心事重重地抽着。琼也抽了几口,又连撒娇带威胁地问了好几遍,拉塞尔才把对门父子的种种怪异说了出来。

"要想弄清楚还不容易?"琼从鼻子里喷出烟雾,满不在乎地说,"只要是男人,我就能摸透。"

"你要怎么做?"

"我自然有我的办法。"琼挺了挺傲人的胸部,一脸得意。

"你可别胡来。"

"放心,对付男人我有经验,何况是一个单身爸爸,多久没碰姑娘了!"

到了晚上,琼给拉塞尔留下一个飞吻,"等我好消息。"说完就扭动着腰肢去敲楼道对面的门。

十分钟后,她一脸苍白地跑回来,抓着拉塞尔的手臂,轻轻颤抖,似乎白日里见了鬼。

拉塞尔小声问:"怎么了?"

"他……他不是男人。"

拉塞尔有些失望，"噢，他对你不感兴趣？"

"不，不是，"琼定了定神，说，"他刚才开门，我说我家浴室坏了，他没说什么就把浴室借给我用。我在浴室里等他，这么明显的暗示，我想他会进来的。可是外面毫无动静，我就披着浴巾走出去，发现他正坐在沙发上发呆，不知道在想什么。我按着脑袋说头晕，他过来扶我，这时我的浴巾掉在地上，可他还是一点反应都没有，我是说，身体上的反应。"

"噢，或许他这方面功能有问题。"

"我开始也这么想，于是干脆倒在他怀里，手假装无意地摸到他的下面。"琼突然抬起头，语气急切，"我见过阳痿的男人，他们虽然硬不起来，但至少还有那玩意儿。但这个家伙，裤子那里什么都没有，我的意思是，真正的，什么都没有。"

4

又是一个周末的早晨。陈川睁开眼睛，看到时间显示是 06:00:02，默默地叹了口气。

醒过来的时间越来越迟，说明沉睡得一次比一次久，身体的老化看来已经很严重了。

他收拾妥当后，来到小障的房间里，发现小障已经醒来了，正睁大黑漆漆的眼睛盯着自己。"今天去哪里玩啊？"小障的声音很兴奋，"好不容易到了周末。"

"天气不错，我们去公园里放风筝吧。"

"好啊好啊，"小障拍着手，"最喜欢放风筝了。"

公园里人很多，大部分都是家长带着孩子，在草坪上野炊。成年人们聚在一堆，一边烤肉一边讨论时政，孩子们则嘻嘻哈哈地追逐打闹。

只有陈川和小障孤零零的。父亲在草坪上铺开绒布，以手枕脑，微闭着眼睛躺在上面。孩子则专注地举着线筒，不断收放，让硕大的蝴蝶风筝在晴朗的天空下越飞越高。

这对奇怪父子的组合引来了很多人的目光。

"妈妈，我也要放风筝。"一个清脆稚气的声音叫起来。

女孩儿的妈妈表情有些为难。这个美国城市里，风筝并不像在中国那么普及，这里的人热爱橄榄球、酒会和政治。她稍事犹豫，走到闭目养神的中国男人身侧，说："打扰您一下，请问您还有别的风筝么？我的女儿玛丽亚也想放风筝。我可以给您钱，瞧，我的女儿正看着您呢。"

陈川晒在东海岸温暖的阳光下，浑身惬意，这让他的心情也如同丝绒毛毯一样舒展开来。他起身从背包里取出竹架、彩纸、剪刀和细线，熟练地裁剪，金色阳光在他瘦长的指尖流淌，几分钟后，一只蜻蜓风筝出现在他手里。

"噢，"年轻母亲惊叹不已，"真是神奇的东方技艺……"

"拿去吧。"

"这么精美的工艺品，我要付您多少钱呢？"

"不用，让孩子玩得开心就行。"

年轻母亲把风筝拿给玛丽亚，可不一会儿，玛丽亚就跑回来了。"我不会放，我的风筝都飞不起来。"她一边沮丧地说，一边偷偷瞄着小障的风筝，那只蝴蝶展翅高飞，在明媚的蓝天里翩翩起舞。

"听着，"母亲把手放在小女孩儿的肩上，郑重地说，"我已经帮你拿到了风筝，剩下的事情你必须自己完成。那个男孩风筝放得好，你可以去向他学习，去吧。"

玛丽亚提着风筝跑向小障。她迈着碎步，头上的金发飘扬起来，像是融化的黄金。"嗨，你好，我叫玛丽亚。"她怯生生地对中国男孩说，"这个风筝是你爸爸给我做的，可是我不会放，你可以教我吗？"

小障扭头,发现陈川和玛丽亚的妈妈并排坐在不远处的草坪上,都看向这边。陈川以微不可察的幅度点了点头。

"你好,我叫小障,陈小障。"他把自己风筝的线系在淋草喷头上,拉着玛丽亚的手,走到路边,"要放起风筝,你就先要看对风向,再助跑,让风筝借风滑上去。来,我教你……"

一只蜻蜓飞到空中,越飞越高,最终与蝴蝶一起并排在遥远的天际浮游。

"当孩子真是好,怎么样都能玩得开心。"年轻母亲向陈川伸出手,"你好,我叫凯瑟琳,你可以叫我凯西。很高兴认识你。"

两人互相报了姓名,在照得人昏昏欲睡的阳光下交谈。"我好像记得你,是不是每周末你都会带孩子来这里?"凯瑟琳歪着头,看着眼前的中国男人,他的五官深邃,连这么明媚的阳光也不能完全照透。

"偶尔也去郊外,让小障看看城市以外的东西。"

"你对孩子真用心。相比起来,我的前夫真是个混蛋,他不但不管玛丽亚,在外面胡来,离婚之后还经常找我要钱。"凯瑟琳甩甩头,笑着说,"算了,在这么美好的天气里,不应该说这些话。"

远处,两个孩子的笑声传来。

自行车载着两个人,在洒满桐树叶子的林荫道上行驶。

这是一个金色的黄昏,整个路面都落满了点点碎金,车轮滚过,带起一溜儿桐叶翻飞。小障仰起头看着夕阳,脸上的笑容被融化在水一样荡漾着波纹的斜晖里。

"小障,你今天很开心。"陈川骑着车,没有回头。

小障并不奇怪,很多时候,他在爸爸背后的举动,也能被他看得一清二楚。不过今天他不打算隐瞒,继续仰着头,让脸埋进夕阳的霞光里,口中轻轻哼唱:

Should auld acquaintance be forgot,

And never brought to mind?

Should auld acquaintance be forgot,

For the sake of auld lang syne.

If you ever change your mind,

But I living, living me behind,

Oh bring it to me,bring me your sweet loving,

Bring it home to me.

"这是什么歌？"

"《逝去已久的日子》，玛丽亚教我唱的。"

"你很喜欢她吗？"

小障歪头想了想，俨然一副认真的样子。"是的吧……我想。"他说，"玛丽亚很可爱，眼睛是蓝色的，像海，一眼都望不透。"

"那好，下周我们还来这里，带上食物，可以请玛丽亚和她妈妈一起吃。你有很多机会可以跟玛丽亚一起玩。"

小障一脸不敢相信，疑惑地说："可你不是说不让外人跟我们接触吗？"

"可是你今天真的很开心，不是吗？"陈川停了车，看着后座上仰着头的儿子，"我知道你以前的高兴都是装给我看的，而今天你是真的开心。这一点很重要，远胜过我在避讳的那些事情。"

"可是，她们会来吗？"

"放心，有办法的。你想想，什么事情是我做不到的？"

小障点点头。的确，从小到大，他跟着父亲穿过山河大海，浪迹数不清的城市，遇到的任何困难都在爸爸的手中迎刃而解。每次到一个新的地方，他觉得无所适从，爸爸总告诉他，闭上眼睛，睡一觉醒来，一切就跟从前一样了。果然，当他再睁开眼睛，已经到了温暖的房间，有新的学校可以上,所有的证件都已齐全。是的,爸爸是无所不能的。

"嗯。"他重重点头。

讲完睡前故事后,陈川替小障盖好被子,轻吻他的额头,"晚安,儿子。"

"晚安,爸爸。"

陈川熄了灯,卧室里一片黑暗,他安静地坐在床边。小障很快就睡着了,小小的身子蜷成一团。陈川这才回到自己房间,从床下拉出一台黑色机器。那上面有两根制式古怪的电线,一头插进电源插座里,他拿起另一头,插进胸腔。

他浑身一颤,旋即安静下来。他就这么站在床边,闭上眼睛,停止了呼吸。

窗外,夜色沉郁,浓云积卷。一场暴雨正在城市上空酝酿。

5

唐纳德走进酒吧前,看了看天色,高楼之上是一片浓得化不开的黑暗。没有风,空气潮湿得让人行走艰难,黏在皮肤上,极为不适。这种天气让他心里有些发慌,只有烈酒才能缓解。

他连要四杯伏特加,都是一口饮尽,这才好受了一些。其间有两个衣着暴露的女人来过问他是否愿意请她们喝酒,他不耐烦地挥手赶开了。

吧台前的电视上,画面闪动,是一则机器人立法宣传广告。

"哈……"旁边站着的两个男人指着屏幕,笑着讨论,"疆域公司还不死心,上次大规模生产机器人的法案被驳回后,现在又买通了电视台!"

另一个人点头道:"是啊,他们打算明年再申请,现在是提前造势,拉拉选票。"

"可是谁会买账呢？安全性且不说，如果智能机器人大规模地上市了，不知道多少人要失业……别的行业我不知道，我们是证券分析师，最有可能被机器人取代的职业。"

"来，"另一人举起杯，"为了饭碗尚在，干。"

听到这里，唐纳德从鼻子里喷出一口气，嘴角勾起笑容。

两个男人同时转过头，看着他，"怎么，我的朋友，你对我们的聊天内容有异议？"

"我能原谅你们对我的无礼，但很难原谅你们的无知。"唐纳德说着，似无意地将自己的衬衫拉开，露出结实的肌肉和一个张牙舞爪的虎头文身，"疆域公司财力雄厚，这几年一直在资助总统竞选，甚至同时支持好几个对立的候选人。这种一篮子鸡蛋全收的做法，很快就要见效了，你们两个傻蛋等着看吧，议案应该最迟在明年就会通过。"

两个男人本来想让唐纳德为他的嗤笑付出代价，但被他的肌肉和文身震慑到了，知道遇上了不好惹的家伙。右边一个愣了愣，不服气地说："你怎么知道？"

唐纳德耸耸肩，轻笑几声却没有回答，在吧台上放下几张钞票，转身出了酒吧。

唐纳德在街边走着，一路上身侧掠过不少车辆，车灯摇曳，像是一条条光的彩带。他缩着脖子，没走几步，就敏锐地察觉到背后有人跟着自己。这是当年在公司特训时被培养出来的警觉，多年黑道生涯，并未让他遗忘这项本领。

他走到一处转角，贴墙站好。一阵脚步声逐渐靠近。他抓准时机，猛地闪身出来揪住那人的衣领，正要一拳挥下，却愣住了："是你？"

拉塞尔从惊吓中回过神，连连点头，说："老大，是我！"

"你跟着我干什么？"

"我好久没干活儿了,缺钱花,想问问你什么时候让我回来。这阵子你怎么也不找我呢?"

"我以为——"唐纳德及时住口,不置可否地看着拉塞尔的脸。这张脸上带着小混混面对老大时特有的怯弱和谄媚,与平时一样,并无异常。

当那个二级干员打听拉塞尔的消息时,唐纳德就认为他死定了。唐纳德其实也不愿意出卖自己的小弟,这样会坏名声的,但对方是疆域公司的二级干员,权限高得惊人,手段也必然狠毒。要怪,就只怪拉塞尔倒霉,招惹了不该惹也惹不起的人物。

但第二天,他听说拉塞尔还活得好好的,心里不禁又愧又疑。思索很久后,他决定不去理会,装作什么都不知道。毕竟这不是他能管的事情。

而现在,拉塞尔主动找到了自己。

唐纳德突然心里一动,问:"你告诉我,那天晚上到底发生了什么?"

拉塞尔便把经过说了一遍,还补充道:"我也不明白怎么人突然就消失了……除了这个,我还有一个消息要告诉你,保管你想不到。"

"什么?"

"我家邻居,是一个怪人。"

"这算什么想不到的消息,哪个活着的人不怪?"唐纳德笑了笑。

"那个中国男人跟其他人不一样,不,他跟所有人类都不一样。"拉塞尔生怕老大不信,忙不迭往下说。

他没有留意到,随着他将那个奇怪中国男人的家庭用电量、异乎常人的力气、触感奇异的手臂、还有没有下体的诡异体征陆续说出来时,唐纳德的脸色慢慢沉了下来。

"……噢,对了,我还在那个中国人的房间里,看到了一台黑色的金属仪器,跟足球一样大小。上面还有两根电缆,都很粗,一头插进插座里,另一头有四根尖锐的金属探头——"

唐纳德的右眼角猛地抽搐,如遭电击。

拉塞尔愣住了:"怎么了,老大?"

唐纳德深吸一口气,只觉得寒凉全吸进肺部,身体里一片彻骨冷意。但他却笑了起来,抬起头,对着浓黑夜色喃喃自语:"没错了……没错了,是它……很多公司都在做机器人研究,但用球式充电器和四爪插座的,就只有疆域公司的那一款机器人。"

"哪一款?"拉塞尔留意到老大说的是"它",而非"他",他已经有些被搞糊涂了。

唐纳德没有回答,想了想,又问:"对了,你刚才说,这个奇怪的中国人是你的邻居?"

"是啊,他住我家对面。"

"噢,我明白了。"唐纳德的嘴角扬起一丝弧度,这是缓慢堆叠出来的笑容,有些难看,又有些危险,"我终于明白你为什么活下来了。我还以为是你自己的本事呢,原来二级干员是栽在一级特工手里了……"

"你在说什么……我还有麻烦吗?"

唐纳德拍拍拉塞尔的肩,大笑:"没有,哈哈,没有!你提供了一条很值钱的消息!这十年来,疆域公司为了找它,花费了无数精力,派出的探员足迹遍布整个世界。没想到,它居然就藏在新泽西的闹市里。"

说完,他紧了紧西装领口,缩着脖子往大街深处走去,把满脑袋都是疑问的拉塞尔留在了寒冷和黑暗里。

走到无人处,唐纳德掏出手机,拨了一个在脑海里记忆多年的号码,他以为这辈子都不会打的一个号码,但现在,一个绝佳的机会摆在面前,在血管里沉寂很久的血液又重新沸腾起来。

"请说出名字和代号。"毫无波动的女声在电话另一端响起。

"唐纳德·科鲁兹,代号 PFYD319,六级干员,隐藏地……新泽西州纽瓦克市街头黑帮。"

"已识别。请选择以下代号进入不同分区——A,薪金查询;B,人事变动;C,举报投诉……"

"SSS。"唐纳德打断了语音助手的话。

那边沉默了一瞬,随即又响起:"请再次确认您的选择。"

"SSS 级,最高安全类事故汇报。"唐纳德一个字一个字地说。

"请稍等。"

半分钟后,一个声音粗厚的男人接起电话:"唐纳德探员,在你汇报之前,我希望你明白,现在接你电话的是拉斐·杰克逊,疆域公司董事会七个成员之一。按公司规定,SSS 级别的汇报,无论何时何地,都要第一时间接收。所以,我是在与十七个国家的首脑合作会谈中,被强行打断,而来接你的电话。如果你是在浪费时间,每花一秒钟,公司少挣的钱都会超过你十年的薪水。这些损失将由你来承担。现在已经过了十五秒。请说吧。"

"我发现了 LW31。"

对方的呼吸猛然粗重起来,还响起椅子倒地的声音,"你说什么?"

唐纳德很满意这个效果,故意沉默了十几秒钟才开口:"十年前与公司突然失去联系的一级特工机器人,代号 LW31,我知道它在哪里。"

拉斐挂了电话,转身向外走,同时简短地吩咐秘书:"立刻准备飞机,我们回纽约。"

秘书刚刚把椅子扶起来,闻言大惊失色,指着会议室内厅的门说:"那这个多国会议怎么办? 这十多个国家的首脑们全都在等您。"

"让政客们等着吧,现在有更重要的事情。"

两个小时后,拉斐回到疆域公司位于纽约的总部大楼。他启动了权限最高的第十九号电梯,一直降到地底两百米深处。

这是最隐秘的封藏室,即使在疆域公司高层中,也只有他能进到里面。他打开一道道门,密码、指纹、声波、虹膜……每道门都有复杂的密钥,半个小时后,他才走到最后一道门前。

他把手指按在门上,极细的探针伸出来,刺破表皮,将一丝血液吸走。他知道,这一秒内,他的血液会被分解,提取出基因,与藏在门内的基因序列做对比,验证来客的身份。

咔咔,厚达五英尺的合金大门缓缓打开,露出里面黑洞洞的空间。

拉斐走进去,门复又合上。他没有开灯,凭着记忆走到屋子最里面,那里摆放着一个支架。他伸手把上面的遮布拉开,摸到了冰冷的金属。

"睡得够久了,"拉斐的声音如同呓语,"我已经找到你们的兄弟了。它藏了十年,十年来公司里最强大的 LW 型机器人,就只剩下你和它了。醒来吧,只有你才可以抓到它……"

黑暗里,两只眼睛幽幽地亮起光来。

6

轰隆隆,雷声从天际传来,响彻整个城市。

小障正在睡梦中,被雷声惊得一哆嗦,睁眼看到窗外雨势湍急。窗子被雨水舔舐,发出沙沙的声响。过了几秒,一道闪电划过,天地彻亮,小障猛然看到窗子上印着一个笔直的人影。

他吓得心脏都要从胸腔里跳出来了,翻过身,发现无声无息站在床边的人,是爸爸。

此时的陈川,两眼弥散,目光空洞洞地投向无穷远处。他的手在颤抖,身体里传来诡异的吱吱声。

小障舒了口气。这种情况已经不是第一次发生了,在他的成长过程中,经常半夜醒来发现爸爸站在床边,似在梦游。他叫也叫不应。

但每一次,他还是会被爸爸吓着。他觉得这个时候的陈川,已经不是他的爸爸了——陈川的手在颤抖,身体吱吱作响,似乎下一个动作就是把自己掐死。

小障侧身看着爸爸,渐渐睡意上涌,闭上了眼睛。

醒过来后,见到的又是熟悉的爸爸了吧。睡着之前,他这样想着。

同一个雨夜,纽瓦克自由国际机场。

唐纳德撑着伞,在大雨滂沱中等待着,不时打一个寒战。他感觉冷意从雨水中渗到了自己骨子里,不禁开始怀疑:做这样的事情,究竟值不值呢?

值!他几乎下意识地给出了答案。当然值啊,这个消息能换三千万美金啊!有了这笔钱,他可以从危险丛生的街头黑帮里脱离出来,从此安逸度日。公司的事情也不用再管了,他想在夏威夷买一套别墅,对着沙滩,每天看着阳光和比基尼……

这么胡乱想着,雨声中突然传来尖锐的呼啸声。

来了!

一架小型飞机在雷雨中出现,如同黑暗中融化脱生的鹰隼,俯冲至跑道上。位于机翼下的引擎反向启动,飞机甚至滑行不到三百米就已将巨大的冲量消弭,稳稳当当地停下了。

这架飞机的降落不会出现在当晚纽瓦克机场的记录里。它是幽灵,所有的雷达和监控都会将它忽略。

一个干瘦男子从机身中部的舷梯上走出。他身后,跟着一个罩在宽大斗篷里的人,篷帽将他的脸深深埋进黑暗里。他走路的步调像被精密计算过,每个步伐都一模一样。

“杰克逊先生,”唐纳德连忙迎上去,“我是唐纳德·科鲁兹。这种恶劣的天气,我还以为您不会来了呢。”

“事关重大,我一定得亲自来。”

唐纳德一边说,一边看向拉斐身后站着的那个人——他提着两个硕大的箱子,没有打伞,任瓢泼大雨从头浇到脚,湿斗篷紧贴在身体上,看上去瘦得出奇。他站立的时候,如同雕像,没有一丝动作。

“走吧,先去你家,”拉斐指了指斗篷人手中的箱子,“我把钱给你,你给我详细说明情况。"

到了这里,唐纳德升起火炉,身体里的寒冷总算被驱散了一些。拉斐以热咖啡杯暖手,听唐纳德把整个经过说完,才若有所思地抿了一口咖啡,"那么,这件事情,目前只有你,以及那对叫拉塞尔和琼的男女知道,是吗?"

"是的,我没有泄露出去。"唐纳德连忙说。

拉斐点点头,"你做得很好,值得拿到三千万酬劳。"他扬扬手,黑斗篷走上来,把两个箱子并排放在桌子上,逐一打开。

码得整整齐齐的美元躺在箱子里,在吊灯照射下,发出诱人的光泽。

唐纳德惊喜地走过去,手在美元上抚摸,激动得嘴唇翕动,不能言语。

拉斐又喝了一口咖啡,把杯子放下,擦干净手指上的咖啡渍,然后轻声说:"动手吧。"

唐纳德骤然警觉,下意识地去拔腰间的电爆枪。他并不傻,料到事情或许并不如预想中那么顺利,所以带了武器防身。但对方比他更快,他刚拔出枪,黑斗篷就已经越过五米的距离来到他眼前,一把抓住他的手。那只手冰冷而有力,瞬间就将他的指骨捏得寸寸粉碎,他的惨叫还未出口,黑斗篷的另一只手就已经插进了他的肚子,拔出,再插进。

他艰难地低头,看到的是银亮的金属手掌,这金属是如此光洁,连血都不能沾染。他再抬头,这么近的距离,他终于看清了篷帽里的脸。

"LW……"他喃喃道,生命气息终于断绝。

"钱会给你,但你不一定有命花。"拉斐轻叹一声。

黑斗篷把唐纳德的尸体扔进壁炉,火焰立刻吞噬了这具尸体。然后,黑斗篷又提起装着三千万美金的箱子,也一并丢到了火焰中。

"去吧,把知道这件事的人都清除掉。"

黑斗篷沉默地转身,走进了屋外的黑暗暴雨中。

拉斐又泡了一杯咖啡,坐在沙发上喝着。壁炉里火焰欢腾,发出噼啪的声响,尸体和钞票正在迅速化为灰烬。

咚,咚,咚……

琼听到了沉闷的敲击声,掺杂在雨声里,像迟钝的刀在她的神经上磨噬。她从漫长的梦中醒来,睡意犹在脑中缠绕,迷糊地打了个哈欠。

咚,咚,咚……

声音还在响着,似乎有人在用手指敲着墙壁。可是谁会在大雨之夜,扣响别人家的墙壁呢?

琼茫然地睁着惺忪的眸子,脑袋里一片混沌,但那敲击声却响得异常清晰,声声分明,坚定,固执,扣人心弦。

琼披衣而起,循着声音向外走。她拉开门。

一抹金属亮光突地从黑暗中显现,划过她的脖子,又隐进黑暗中。

雨夜里,敲击声消失了,只有雨势渐弱,淅淅沥沥。

这个晚上,拉塞尔没有回家。

他在酒吧里玩到很晚,出门时,还勾搭上了一个染着蓝头发的女人。勾搭其实很简单,他端着两杯马天尼走到女人旁边,两人碰了杯,然后聊天。聊天的过程中,他把手放在女人裸露的大腿上。女人没有拒绝。

"你家,还是我家?"拉塞尔不再浪费时间。酒吧外,雨声渐止,这个夜晚都快结束了。

"随便,"女人说,"哪里都行。"

两人都有些醉意,互相扶着出了酒吧,在这个庞大城市的午夜里走着。路灯在细雨中氤氲成一团橙色的蒲公英。

走过一条巷子时,拉塞尔和女人都看到幽深的巷子里有什么东西在一闪一闪。女人揉揉眼睛,说:"那是什么?"

"或许是块表。"

"我们走吧。"女人的声音透着魅惑。

拉塞尔放开女人,声音欣喜:"或许是块值钱的表呢……"他跟跟跄跄地走进巷子里,这里路灯照不到,他完全走进了一片黑暗中。

那一闪一闪的光也消失了。

女人听到了一记闷响,似乎有人倒在地上。她不敢走入这浓黑的巷子里,试探性地叫了几声,然而没有得到回应。

真倒霉,艳遇又泡汤了。她摇摇头,深一脚浅一脚地向自己的家里走回去。

7

雨后初晴,空气清新,金黄的夕阳照下来,整个新泽西似乎被笼罩在一块巨大的晶莹剔透的琥珀中。

两只风筝不舍地从空中被拉来,回到了小男孩和小女孩手中。

"真高兴,又与陈川先生和可爱的小障度过了愉快的一天。"凯瑟琳拉着玛利亚的小手,与中国父子道别,"每个周末都这么开心就好了。"

两个孩子互相挥手,都像有很多话要说的样子。

凯瑟琳转身,向停车场走去。

小障突然使劲扯着陈川的袖子,急声说:"爸爸!"

"一起吃个饭吧。"陈川突然开口。他邀请人的时候,脸上依旧没有表情,但眼睛定定地看着凯瑟琳,黑色瞳仁里闪着细碎的光。

在这样的目光下,凯瑟琳愣了一下,随即点头说:"好啊,去哪里呢?"

他们来到市中心的意大利餐厅。这家店声誉在外,是整个新泽西最好的餐厅。

"对不起,您没有预约。"侍者拿着平板电脑,核对了一下陈川的姓名,摇摇头,"我很乐意为您这样幸福的四口之家提供服务,但遗憾的是,今天所有时段的所有座位都被订满了。"

凯瑟琳有些尴尬地望着陈川，发现这个中国人依旧面色如常。

"是吗？"陈川说，"我来查一查。"

"不会有错的，这是订餐系统，机器比人靠得住。"服务员说着，看陈川没有放弃的意思，便把平板电脑递给他了。

陈川一手持着平板下边，一手扶着右侧。他的右手食指正好挡住了平板的 usb5.0 接口。没有人知道这一刻发生了什么，侍者只看到平板的界面闪了一下，他以为眼花，揉揉眼睛，看到界面一如平常。

"你看，这上面有我的名字。"陈川把平板递过去，声音波澜不惊，"你刚才看错了。"

"怎么可能，我明明——咦，西侧靠窗的位置？"他看到这个中国人的名字赫然在列，"哦，不好意思，我带您过去。"

他们来到餐桌前，侍者躬身问道："这里是整个餐厅最好的座位，希望您和您的家人能享受这段时光。"

餐桌前的四个人都没有反驳侍者的话。

很快，烟熏半干红肠配藏红花意大利面端了上来，同时还有醇香的红酒。两个孩子拿着银制刀叉吃起来，凯瑟琳也吃了一小口，她抬起头，发现陈川并没有开动。

"你怎么不吃呢？"她问。

"我不是太饿。"

听到这话，玛利亚立刻把刀叉放在盘子边，小小的身体端正地坐直了。

小障奇怪地问："你怎么了？"

"所有的人都要吃饭，这才是坐在一个餐桌上的意义。"玛利亚严肃地说，"要是有一个人不吃，我也不吃了。"

陈川笑了，拿起叉子，"好吧，我吃。"

吃完后，陈川起身去厕所。"呕……"刚才吃的所有食物都从他胃里吐出来。还有一些残留在肚子里，他花了很大的劲儿才把它们呕出来。

"你爸爸怎么了？"餐桌上，玛利亚问。

"哦，没什么。"小障一边擦嘴一边说，"他从来不吃东西。"

"骗人！人怎么可能不吃东西？"

小障耸耸肩，"我也不知道，从小到大，我都没有见过他吃。每次都是我在吃饭，他坐在对面，看着我吃完。"

玛利亚还是一脸不相信的样子。

"我送你们回去吧。"在餐厅外，凯瑟琳说。

"不用了，我们也有车。"陈川把停在巷子里的自行车推出来，"不过还是谢谢你了。"

"嗯……好吧。"凯瑟琳想起了什么，从包里掏出两张票，递给中国人，"明天晚上我在艺术剧场有一场演出，你也来看看吧？"

"演出？"小障睁大眼睛。

凯瑟琳弯腰摸摸小障的头，笑着说："是啊，我是一个芭蕾舞演员。"

玛利亚也重重地点头，附和道："我妈妈很厉害的！"

"好的，我们明天会过去。"陈川犹豫了一瞬，接过票。

他们在街道口分开，轿车向东，自行车向西，各自消失在霓虹闪烁的都市夜晚中。

远处，一栋高楼的天台边缘，黑色正装的男人收回望远镜，若有所思。

8

小障穿着贴身的儿童礼服，跟在父亲身后，来到了座位上。

观众席上的灯光熄灭，只余舞台绚丽。恢宏的音乐从挂在剧场四周的音箱里响起,演员们陆续出场,陈川一眼就看到了走在最前面的凯瑟琳。

她穿着纯白的芭蕾舞裙,脚尖踮起,身体如流云一样旋转。她扬起手,光晕笼罩,脸上淡淡生辉。这是芭蕾舞名剧《葛蓓莉亚》[①],凯瑟琳饰演热恋中的少女斯凡尼尔达,优美的舞姿如流云如匹练,浑然天成,时而天真娇俏,时而聪慧决绝。她用舞姿诠释着这一切。

这些原本在陈川眼中会被拆解为角度与距离的动作,竟然保持了整体,每一道弧线,每一次旋转,都不可分割。这种感觉是陌生的,又是甜美的,他身体里第一次涌现出了欢快的电流。

小障还欣赏不了这种艺术,百无聊赖地扭着头。他突然看到了爸爸的脸。

破天荒地,陈川的脸上出现了笑容。虽然有些别扭,像是肌肉的错误组合,但那确实是笑容。

小障愣住了,过了很久才拉了拉陈川的衣袖,迟疑道:"爸爸?"

"怎么了?"陈川轻声说。

"你……你怎么了? 你笑了——我是第一次看到你笑呢。"

陈川脸上依然是别扭的笑容,转过头,看着小障,一个字一个字地说:"小障,你想不想要个妈妈?"

凯瑟琳刚卸完妆,就听到了其他同伴的窃窃私语。一个交好的同事凑过来,在她耳边说:"有个男人,哦,有两个男人在等你。"说完,还向她快活地挤挤眼。

她向化妆室门口看去,果然看到了两个人——陈川和小障都穿着黑色正装,站得笔直,手中各抱着一束花,都是一脸严肃。这对奇怪父子的形象让她扑哧一声笑了出来。

---

① 剧中已有婚约的青年弗朗兹对葛蓓莉亚一见钟情。直到发现她是机械人偶后,他的未婚妻斯凡尼尔达才同他言归于好。

凯瑟琳抱着两束花,走在陈川父子中间。她觉得今天的陈川有些不一样,但具体是哪里变了,她也说不上来。快到家时,凯瑟琳正要跟陈川道别,忽然看到一个人影正斜倚在门上。

"嗨,凯西!"那个人看到了她,踉跄走过来,声音含混不清,"好久不见了啊。"

凯瑟琳被刺鼻的酒味熏得皱起眉头,"詹姆斯,你又来干什么?"

"最近钱花完了,听说你有演出,演出费肯定不少吧,借我一点点。"

"法院已经判你不准靠近我和玛丽五十米内,你快走,不然我会报警。"

醉汉鼻子喷出一口酒气,满不在乎地说:"你报警吧,让那些花着纳税人钱的混蛋把我抓进去。但我的朋友们还在外面,他们会抓住你,强奸你,甚至连小玛丽也不放过……嘿,玛丽跟你长得很像,可是很讨人欢心哦。"

"她是你的女儿!"凯瑟琳已经带着哭腔。

"所以你赶快把钱给我,别让玛丽受到伤害。"

陈川大概明白怎么回事了,走上前,拦在凯瑟琳与醉汉中间,说:"你要多少钱?"

"这是你的新相好?"凯瑟琳的前夫打量着陈川,笑起来,"换口味了嘛,换成了中国男人……"

"你要多少钱?"陈川重复道。

"一千美金,哦不,是你的话,就给两千!"

陈川把钱包里的钱拿出来,数了两千,刚要递过去,整个钱包就被醉汉一把抢走,随即,对方还向陈川挥过一拳来。

这一刻,有超过二十种躲过拳头并反击的办法在陈川脑子里出现,但他没有动。"砰",重拳打在陈川脸上,他弯下了腰。

"你快滚!"凯瑟琳向前夫尖叫道。

醉汉的拳头也被震得生疼,以为是用力过猛,只哼了一声,"想上我的女人,可没那么容易!"说完,他拿着钱,摇摇晃晃地走了。

"你没事吧？"凯瑟琳扶着陈川，"进我家处理一下吧，我有药酒。"

陈川发出痛苦的嘶嘶声，勉强说："好吧……"而在凯瑟琳视线的死角里，他偷偷向身后的小障眨了一下眼。

醉汉拿着钱，踉踉跄跄地走着。他的大脑被酒精蚕食，已经没剩多少地方能用来思考了，但他还是觉得高兴。今天的收获比他预想得要多，看来前妻这条发财路子不能断，以后得经常来……

正想着，对街的一栋高楼上，一条人影竟然直接从一百多米的天台上跳了下来。几秒钟后，人影落到街面上，巨大的动能让混凝土地面炸开一个洞，石块纷飞。而那个人影却毫发无损，立刻跳出来，向醉汉这边的街道迅速跑来。

一辆停在路边的货车司机看到这骇人的一幕，目瞪口呆，醒悟过来后，连忙掏出手机拍摄。

街上车辆如梭，划过一道道流光，那人影却径直奔跑，越来越快，丝毫不把飞速行驶的汽车放在眼里。一辆小型轿车被他撞到，在空中翻滚几周，落到街边。

他的速度没有丝毫减慢。

醉汉听到了车辆摩擦的刺耳声音，刚回过头，就看到一个全身笼罩在黑斗篷里的人正向自己飞速奔来。那个人奔跑起来雷霆万钧，每一步都在地上留下了深深的脚印，太快了，快得像一道黑色的闪电。

凯瑟琳的前夫还没有反应过来，就被人影正面撞到。两个人高速撞向一家服装店的墙壁，"轰"，土石漫天抛散，灰尘弥漫。

周围的行人从惊讶中回过神，小心地围过来。很久之后，灰尘才慢慢落定，人们只看到残墙上有一摊烂番茄样的模糊血肉，而那一袭黑斗篷已经不见了。

9

"咦,"小障说,"好久没有看见对面的哥哥了。"

陈川一怔。确实,他有很长一段时间没听到对面屋子那个混混青年的动静了。"或许搬家了吧。"电梯门开了,他牵起小障的手,送他去上学。

骑车回来的路上,他心里隐隐有些担忧。这种感觉对他而言很陌生,又很难受。滋滋……身体里的电流缓慢流动,像在耳语着什么。

他猛然捏住刹车,扭过头向远处的一栋高楼望去,然而云烟辽远,看不出什么异常。

他看了很久,最终继续向中餐馆骑去。在他的背后,高楼天台的围栏内侧,弯腰躲着的人目光闪烁如电。

在餐厅里,陈川开始了忙碌的一天。他的生意很好,许多食客宁愿排队等候,也要尝尝纯正的东方口味。顾客打开电视,正好是城市新闻,美艳的主持人说道:"……昨天夜里十点左右,有市民拍到了一起匪夷所思的杀人案件——一名醉酒男子在街边行走时,被一个穿黑色斗篷的人活活撞死。据视频描述,斗篷男子从高楼跳下,然后直奔醉酒男子,速度超过了人类的极限,身体携带的动力势能也超过了人类极限,一辆车被他撞翻,继而醉酒男子被撞进一面墙壁里。这起粗暴张狂的谋杀案令警方束手无措,现向市民征集有用信息,举报电话是……"

中国厨师突然从厨房里出来,仰头看着电视。

画面切换成了昨天卡车司机拍下来的视频,虽然模糊,但已经足够了。他看到了那个高速移动中的黑斗篷,他知道只有什么人才会用这么狂暴的方式杀人。

他解下围裙,转身向外走。他走进明亮的阳光里,将餐厅甩在身后。食客们惊讶地看着他的背影。他再也没有回到这家餐厅,这个神秘的中国男人,正像他的突然到来一样突然消失了。

小障正在上课，阳光透过窗子照在他脸上，传来暖意。他正有些昏昏然，教室门突然被推开，爸爸出现在门口，目光灼灼地看着他。

小障心里一沉。这种情况并不陌生，很多次，当他熟悉了一个地方后，父亲会突然找到他，也是这样的眼神。然后，他们会抛开一切，搭车、徒步，甚至偷渡，最后到达新的地方。

很多事情陈川都依着他，但在这件事上，没有商量的余地。

在满教室同学惊异的目光中，他站起身，过去拉着父亲的手。

"先生您……"老师犹豫地开口。

这对父子没有理他，走过长廊，穿过校园，消失在新泽西街头明亮的午后。

"爸爸，"走在熙熙攘攘的人群中，小障突然抬起头，"我们到底在躲什么？"

李川没有回答，仔细留意着四周的人。

小障继续说："我们一共待过九个国家，十七座城市，没有在哪个地方停留超过半年。每次刚刚熟悉一个地方，就要离开……"

陈川握着孩子的手紧了一些，"我们不得不这样做。有人在找我们，势力很大，满世界都有他们的人。哪里都不安全，只能不停地换地方。"

"那一辈子都要这么躲下去吗？"

陈川发现小障的眼睛里已经溢满泪水，阳光被这双眼睛撕扯得碎碎点点。他想撒谎让小障安心，但最终点了点头："是的，一辈子。"顿了顿，他又说，"放心，很快你就会有新的朋友，新的学校。"

"可是，会有玛丽亚吗？"小障带着哭腔，"我还没有跟她好好道别呢！我以后再也见不到她了。"

陈川猛然站住了，喃喃地说："再也见不到……是永远见不到的意思吗？"

"永远。"小障点点头。

"永远见不到……就会伤心么？"

"是啊，我也不能再看到她的蓝得像水晶一样的眼睛了……"小障抽抽鼻子，"我还跟她约好了，要一起把她的妈妈叫妈妈的。"

陈川转过身。

他们逆着人群的方向走，仿佛两尾在溪水中溯游而上的鱼，虽然艰难，但每一次摆尾都是在前行。小障突然发现，爸爸握着自己的手，已经不再颤抖。

熟悉的街道逐渐出现。小障看着四周，诧异地说："爸爸，我们回家了吗？"

"是的。"陈川蹲下来，与小障平视，"我们再也不逃了。谁也不能让我们离开自己的家。如果有人要这么做，我会让他们付出代价。"

"嘟嘟嘟……"房间的可视电话突然响了起来。

拉斐正在酒店里，专心处理公司远程发送过来的报表，冷不丁被铃声吓了一跳。他看了一下号码，并非来自酒店客服——他刚刚入住，谁会知道他在这里呢？

他按下接听键，却没有说话。

"博士，您好。"全息屏幕勾勒出一个中国男人的影像，几乎就站在拉斐身前。

拉斐顿时呼吸急促，好容易按捺住，"哦，我的孩子。LW31，我们有接近十年没有见面了吧？"

"九年七个月零十二天。"

拉斐满意地点头，"你记得这么清楚，看来你的芯片还在正常工作。我的设计果然足够优秀。怎么，你是来向我道歉的吗，为你长达十年的不辞而别？"

"不，博士，我是来做一笔交易的。"

拉斐皱起眉头，语气变寒："你认为你有资格跟我谈交易吗？"

"我知道你在监视我,而且还带来其他的LW型机器人,但我手里有一样东西,你或许会感兴趣。"

"我不认为有什么东西能让我产生比把你抓回来好好研究一番更强烈的冲动。"

"名单。"陈川简短地说,"名单在我手上。"

拉斐眼角一跳!以他的身份,自然知道"名单"是什么意思——疆域公司未雨绸缪,很早以前就开始在世界各地安插间谍,从窃取商业情报,到暗杀政府要员,无所不为。这几年疆域公司不断做大,间谍功不可没。早前大批情报外泄,公司派了二级探员去取回间谍资料,但路过新泽西时探员便失去了联系。现在看来,他是栽在LW31手里了。

把LW31抓回来研究固然重要,但如果名单外泄,间谍们势必会遭到清理,疆域公司也会受到各方指责,引来无数官司。这对公司来说,不亚于一场地震。

"你想怎么样?"拉斐按着太阳穴,问。

"我要换取自由。我把名单给你,你放过我。"

"好,你定时间和地点。"

挂了电话,拉斐负手在房间里踱步,落地窗外阴云笼罩,一场大雨又要来临。房间里很阴暗,他却没有开灯。走着走着,他突然笑了起来,对一直在角落里站着的人影说:"LW31在外面过了十年,还是这么天真。他会有自由吗?噢,永远不会!LW26,你会替我告诉他这个道理吗?"

"如您所愿。"人影恭敬地说,眼中红光闪过。

10

夜深,废旧的纽瓦克四号港口笼罩在滂沱夜雨中,海水缓缓起伏,拍打着港岸。几只海鸟躲在游轮的护栏下,浑身湿透,唧唧啾啾,互相磨蹭着取暖。一阵脚步声在无边雨幕里响起,海鸟探出头,看到有人影正在甲板上缓缓走走。

拉斐撑着一把黑伞,环顾四周,哼了一声:"选这么一个鬼地方,自己却迟到。"

"不,"他身后一个被雨水淋透的斗篷里传出声音,"它已经来了。"

顺着斗篷手指的方向,拉斐果然看到一个人藏在靠近主舱的阴影里。那人笔直地站着,浑身漆黑,悄无声息,稍不注意就会隐身在大雨和夜色中。

"既然你早就到了,为什么不出来呢?"拉斐笑道,"难道这些年的躲藏,已经使你失去了礼貌,连自己的创造者都不愿见了吗,LW31?"

陈川走出来,雨水从头淋到脚,他的表情和雨一样冰冷。"博士。"他说。

"好久不见。"拉斐侧过身,指指身后,"你跟你的兄弟也分别快十年了。"

宽大的斗篷脱落,有着金属躯体的人暴露在夜雨中。它高大匀称,浑身覆满银白色的超合金,双眼在黑暗里闪着红光,如同荒原里饥饿的野兽。

"LW26,"陈川点点头,"我们是最后两个幸存下来的LW型机器人了吧?"

LW26没有回答,静如雕像,外壳上冷光流转。

"是的,你们是公司最尖端的产品,过了十年依然保持着这个称号,而且由于材料所限,一直无法再生产。"拉斐的声音竟有些伤感,"LW型机器人为公司立下了无数功劳,如今仅剩你们了。LW31,跟我回去吧,让我知道这些年你到底遭遇了什么。"

陈川摇摇头,"博士,我有自己的生活。"

拉斐突然爆发出一阵笑声,在大雨中显得诡异而张狂,边笑边说:

"你,一个由集成电路和超态合金组成的家伙,居然还奢谈'生活'?我知道你有了人格,所以才没有立刻抓你,这段时间都在暗中观察——但你终究不是人!"

陈川在雨中沉默着,仿真头发软软地耷拉下来,良久,说:"我把名单给你,你给我自由。"

"名单我会拿走,你的自由,我也会拿走。"

话音刚落,LW26突然像暴起的狮子一样向陈川扑来,它速度太快,以至于一路上雨滴被撞得粉碎,漫天雨幕出现了一条短暂的通道。

"轰——"巨大的撞击声远远传开,躲雨的海鸟被惊得纷纷飞起,扑腾着翅膀消失在雨夜深处。雨依旧哗啦啦下着,在甲板上密集地击打,像千万只鼓同时被敲响。

拉斐满意地看着陈川在十几米开外爬起来,而LW26依然站立,犹如利剑劈开夜色。"你看,这十年来,你的机体损耗十分严重,而LW26一直在最合适的环境中受到精心保养。你没有获胜的机会。"

陈川站起来,摇晃了一下才稳住。好像体内断了某些线路,嗞嗞声不断响起,他迈了迈步子,发现走路都有点失控。LW26站在不远处,死死盯着他,防住了他所有的退路。他还是摇头,说:"就算你抓到了我,我也不会告诉你名单藏在哪里。如果我不能及时回去,它们就会自动流传到网上,公司最大的秘密将暴露在所有人的目光中。"

拉斐点点头,表示赞同,"所以我带来了别的礼物,或许会让你改变这个主意。"

几个穿西装的男人走上甲板,小障被牢牢押着,走到拉斐身前。陈川冰山一样的脸上终于变色,猛扑过去,但LW26闻声而动,闪电般拦在中间。

哗啦!闪电惊现,刺目的白光中,两个身影交错而过。

这一次,LW26后退好几步才停下,而陈川的左手少了半截,断肢处火花闪耀。

"爸爸！"小障失声叫道。

拉斐冷笑："爸爸？你真正的爸爸就是死在他手里的。他是机器人，生产出来就是为了杀戮！他是杀死你全家的凶手！"

小障脸色惨白，看看拉斐，又看向陈川。雨水顺着断肢渗进陈川的身体，许多电路失效，他已经快撑不住了。

"还有，你知道你为什么要叫小障吗？"拉斐慢条斯理地说，"障，在汉语里是障碍的意思。他有了人格，在抚养你，但潜意识里他知道自己是杀手机器人。只有杀了你，他才能重回自我。你是他的心障。有很多个晚上，他站在你床头，就是想要下手完成未竟的任务。你每个晚上都会在鬼门关前走一趟，害怕吗，小男孩？"

"还有那个叫凯瑟琳的单亲母亲。"拉斐饶有兴趣地看着雨水在陈川脸上流淌，笑着说，"她居然让你有了爱情的冲动。要知道，当初我设计你的时候，就是为了绝对的冷酷，有效的杀戮，任何一点情感都会妨碍这一点。可是我看到你为了博得她的好感，被那个混蛋打了都不还手——这种博取同情的招数，连很多人类都做不到。当然了，也太窝囊了一点，我的作品绝对不能受到这种侮辱，所以我让 LW26 为你报了仇。在我说这番话的同时，我相信凯瑟琳正收到有关你所有信息的邮件。她知道你的一切。"

他每说一句，陈川就会颤抖一下，好几次想辩解，但张了张嘴终是没有说话。豆大的雨点打在他身上，像透明的蛇一样游走。

拉斐扔开雨伞，对着暴雨中的陈川喊道："现在，你最在意的两个人，都知道了你的身份。你想要的生活已经不复存在了，它由谎言构成，要破碎也轻而易举。你还在坚持什么，跟我走吧，在你彻底损坏之前。"

"跟你走了，你会放过他们吗？"

拉斐定定地看着陈川，好半天，嘴角扬起嘲弄的弧度："你了解公司的制度，他们知道了那么多隐秘，我要是说会放过他们，你信吗？"

天边响起一声惊雷，整个世界都震了一震。在一瞬间，陈川突然奔跑起来,巨大的爆发力让钢制甲板都出现了一个脚印。他冲向拉斐,眼中杀意弥漫,但在拉斐看来只是困兽犹斗。他叹了口气,对 LW26 说:"如果不能生擒,就毁了它的机身,但要留下芯片。虽然它还有其他存储单元,可以支撑机身的短期活动,但过去十年来的所有记忆和感情,都刻在主芯片里。只要有了芯片,我就能复制一个同样的它,再慢慢研究。"

LW26 点点头,挡在拉斐身前,手臂抬起,指尖冷光森然。

然而,出乎所有人的意料,陈川在途中硬生生转向,冲到了那几个男人面前。几声惨叫几乎同时发出,他们倒在地上,生息全无。

陈川抱住小障,抓住他的手,低声说了句什么,然后身子一晃,将小障远远地丢了出去。LW26 反应过来,猛扑而至,但陈川同时跃起,两人在空中相撞,各自跌落。

被这一阻,小障已经越过游轮的上空,落到海里。扑通的水声混在暴雨里,微弱得像凋零的花。

"你这是……"拉斐突然闻到了空气中有不安的味道,扭了扭脖子。

陈川趴在地上,想要爬起,但多处线路受损,已经失去了对四肢的控制。"知道……知道……"他艰难地抬起头,破损的五官居然组成了笑容,"知道我为什么要选这个鬼地方吗?"

拉斐正在疑惑,身边的 LW26 蓦然一震,转身将他拦腰抱起,飞快地向游轮外侧跑去。在被抱住的一瞬间,拉斐听到了大雨中的"嘟嘟"声从四周响起,由弱变强——

嘟嘟,嘟嘟,嘟嘟……

陈川依旧笑着,只是笑容里带着微微的伤感。这对他而言是陌生的情绪。他有些诧异,又有些疲倦,于是缓缓闭上了眼睛。

嘟嘟,嘟嘟,嘟嘟……

大雨倾盆,纽瓦克港都快被淹没了。雨水争前恐后地涌进陈川的身体里,流过复杂的线管,浸没精密的电路,最后汇聚到他的胸膛。雨滴们惊讶地发现,本该放置着集成芯片的主板插槽里,此刻空无一物。

嘟嘟,嘟嘟——轰!

小障还在海水里挣扎时,就听到了猛烈的爆炸声。火焰在水面席卷蔓延,整个海面都被照亮,那些陆离的光,和着冰冷的海水,在小障脸上晃动。

他握紧手中的东西,尽力保持平衡,等水面上火光消隐,气也快憋不住时才浮出海面。他大口大口地喘气,转头回望,游轮正在雨中熊熊燃烧着,一切都湮没在烈焰中。

小障眼中映着两团火焰,但他看着看着,从火焰中流出了泪水。

尾　声

"陈小障,"迈克尔先生一边念着这个奇怪的中国名字,一边在人堆里搜寻,"有人领养。"

孩子们对视着,窃窃私语。在一片嘈杂中,一个瘦小的黄皮肤男孩站起来,走到迈克尔先生身边。迈克尔先生有些愕然——男孩脸上没有告别孤儿院的忧伤,更没有被领养的喜悦,他像是没有表情,又像有一切表情。

这样老成的孩子其实是最难被领走的,但对方指名要带走他,迈克尔先生也不好说什么。

男孩跟着迈克尔先生走出教室,走过布满阳光的长廊,走过花开繁盛的后院,来到了院长办公室。他一直低着头,阳光和花香被分开两旁,稀释不了他的忧伤。

办公室门口站着一个女人,看到男孩后,蹲下来抚摸他的头。柔软的头发在阳光下有些灼热感。"以后跟我一起生活吧,"她轻声说,"还有玛丽亚。不管发生了什么,一切都过去了。"

男孩冰冷的脸上终于有些动容,明晃晃的阳光在上面游动,眼睛泛红,但他抓住脖子上的吊坠,忍了很久,终于没有让泪水落下。他被女人牵着,走出孤儿院,一路上阳光被踩在脚底下,吱吱喳喳地响。

没有人看到,男孩的吊坠夹层里,正躺着一颗透明芯片。它随着男孩的步伐一跳一跳,发出轻响,像随时会苏醒的心脏。

贩卖战争

午夜刚过,这群客人就陆续来了,走到大厅的北角,沉默地坐下。他们来自不同的星球,有着迥异的体型,但都穿黑色长袍,袍面上有星云旋涡流转的图样。他们走起路来悄无声息,如同幽灵从午夜归来。

这间星际酒吧里的其他客人纷纷看向他们,低声议论起来。一个年轻的多足星人不满地撇撇嘴,"他们是什么人啊?这么没有礼貌!"他一边嘀咕,一边用两只手拿起酒杯,另外的十八只手则叮叮当当地敲击着金属地板。

"礼貌?"回答他的,是一个来自鼻虫星的酒客,"他们可不管礼貌,他们管的是战争。"

"难道是联盟的将军们?"

"嘿……"酒客抽抽鼻子,紫色的黏液流出来又被吸回去——这是鼻虫表示不屑的特有方式,"星际联盟里那群满肚子肥肠的家伙才管不了战争呢!那些将军,都是战争的傀儡;而他们——"他没有眼睛,但鼻子朝着那群黑袍客人抽动,"他们才是战争的主人。"

多足星人来了兴趣,二十只手同时举起来,叫道:"再来几瓶玫瑰血!"

酒保端着调好的酒过来,"先生,您的酒。"

这声音沉稳温和,让多足星人有了几分好感,他从肢关节里掏出几枚通用币,递给酒保。酒保微笑着道谢,伸手接过。

多足星人给鼻虫端了一杯酒,问:"那他们到底是谁?"

鼻虫把酒一饮而尽,霎时间浑身赤红,颤抖不已。这景象持续了几分钟,才缓慢消退。鼻虫喷出一口长气,"舒服啊……"

多足星人又问了一遍,其余的客人也凑过来,等着鼻虫的回答。

"你们知道联盟里面最神秘的部门是什么吗?"

"哦……"有人恍然大悟,"战争贩卖局?"

这五个字一说出来,所有人都安静了一刹那。然后他们各自坐回座位,端起酒,不再说话,但大家的目光都聚焦在那群人身上。

"所有人都来了吧?"二号问。

"只有九个。七号没有来。"三号环视一周后说。确实,角落里只有九个黑袍,而非往年的十个。

二号皱着眉,红褐色的皮肤一层层叠起来,哼道:"连一年一度的贩卖者聚会他也不来,难道连续八年获得'优秀贩卖者'这个称号,已经让他忘记了谦卑和团结吗?"

四号提醒道:"他连今年的战争交易会也没有来。他的许多主顾都在打听他的消息,其中有些人宁愿不交易,也不把战争贩给我们。今年的交易额比去年下降了十三个百分点。"

二号猛地拍了一下桌子,鼻子喷出带着火光的气息,有些火星落到黑袍上,立刻灼出几个洞。

这拍桌声在酒吧里格外刺耳,三号往四周一看,发现其他客人都望着这边,于是他按住二号的手,低声说:"你不要生气。"然后他打了个响指,叫来酒保,"来一箱蓝啤酒。"

酒保低着头,把酒搬来后,就转身离开了。

"你们有谁知道七号到底出了什么问题?"说话的是一号。他一直微眯着眼睛,隐在黑袍的阴影里,没有多少存在感,但只要一开口,所有人恭敬的目光就向他汇聚过来。

"我也不知道。不过,三年前,我和他合作过。"五号伸出触须,卷起一瓶啤酒,"在昆克星。"

昆克星处在宇宙一个特殊的空间里。由于强大的混合引力,它的表面产生了折叠效果,因此,有着机械身躯的昆克星人居住在两个平行的空间里。

因为平行,这两个空间没有上下之分。但人们习惯性地把贵族居住的空间叫作上域,把平民居住的空间叫作下域。

局里给五号和七号的任务,是潜入上域,说服贵族们对下域发动战争。这并不难,技术部把他们的意识刻进芯片里,然后通过虫洞直接送到上域。

上域完全是一个钢铁世界,整座城市都是由金属构成,下部有铁轮——必要时,城市能够成为活动机体。但与冷冰冰的金属环境相矛盾的是,昆克星人唯一热爱的,是艺术。他们的生命不会终结,身体老迈了,只需将芯片换到新的机械躯体里就行了。永恒的生命,他们只有靠钻研博大精深的艺术来度过。

而七号恰巧对艺术有独特的见解,依靠这一点,他很快就取得了议员的资格。在参加的第一届议会上,他提出了战争议案。

"很抱歉,我的声波处理系统可能出了点问题。"议会长敲敲耳朵,一脸迷糊,"你刚才说什么?"

"我说,对下域发动战争。"七号镇定地说。

议会顿时沉默了,所有人都在公共频道里议论纷纷。

"战争是什么?"

"战争是杀戮,是断裂的肢体,是闪烁的火花,是粉碎的晶片!"

"啊,这简直是噩梦!"

"这个家伙疯了！"

"他是怎么混进来的？"

"他画了一幅画，天空寂静，城市着火，一只鸟在高楼间飞过，羽毛和鲜血掉落。"

"哦，那倒是很美的意境——但这不能成为丧心病狂的理由。"

随后所有议员睁开了眼睛，"驳回！"

当时五号在场外，看到会议直播，顿时着急起来。

但七号没有气馁，他早料到事情不会这么简单。他还有后招。战争贩卖局拥有整个联盟最尖端的技术支持，在委派任务时，局长给了他一个U盘，叮嘱说："如果能不用，就不要用。"

但现在，是用的时候了。七号没有说话，背过身，悄悄把U盘插进座位下的通用接口。嘀——轻微的响声如春花开放又凋落。

在场的几千个议员同时停滞了一瞬间。

就在这短暂的时间里，所有人的数据盘里都多了几串诡异的编码。初时它们温顺无害，混在庞大的数据流里，骗过了一层层防火墙。但在抵达最核心的空间后，它们立刻露出了狰狞面目，开始疯狂复制，夺取内存，侵占每一个处理单元。

"我希望，对下域发动战争。"七号重复道。

议会再次沉默了，所有人都在公共频道里议论纷纷。

"战争是什么？"

"战争是进化的动力，是文化的融合，是广阔的疆域，是异类的驱逐！"

"啊，这真是美丽的场景。"

随后所有议员睁开眼睛，"赞同！"

于是，战争就开始了。

上域的所有人都奉献出自己的处理器，并把身躯镶嵌进城市的各个枢纽。一台以整座城市为单元、千万处理器集中运行的巨型机器诞生了，它脚下有无数履带运转，行动迅捷，遮天蔽日。

平行空间的壁垒被撕裂,数百座城市蜂拥而入,五号和七号藏在阵列之前,率先看到了下域。

下域同样是由钢铁建成,但和上域相比,它是另一个极端:简陋,灰败,锈蚀斑斑,许多由破旧部件组装而成的机器人在缓缓移动。他们的样子十分可笑,因为组成他们身体的部件并不适配——有的浑身纤细,却顶着个硕大的液晶屏幕当脑袋;有的浑身长满了斑点一样的锈迹;有的没有四肢,只能在地上缓慢蠕行。

看到像山一样的巨型机械时,下域的居民十分迷惑,仰头观看。上域和下域向来井水不犯河水,从无联系,他们不明白高高在上的上域机器人来干什么。但当履带碾碎第一个下域机器人时,他们的迷惑变成了恐惧。他们发出哀号的电波,四处逃窜,但怎么也逃不出几百座城市的碾压。死亡对他们而言,不过是电火花零星的闪烁。

当然,下域机器人也曾试图展开反击,但科技实力相差实在太悬殊,他们的破旧元件毫无反抗能力。上域城市行进的道路,就是他们粉身碎骨的轨迹。

五号十分高兴,这种景象是他最乐于看到的。战争贩卖员的任务就是将战争带到指定的地方,但他没想到这次的任务会这么简单。

"嗯,那我开始下达另一个指令。"五号按下隐藏的按钮,一道经过重重加密的电波随即射出,冲破大气层,来到外空间的某个军事基地。几分钟后,难以计数的军队开始移动。

下域的杀戮持续了很长时间,直到城市的能源快要枯竭,他们才停下来。此时的下域,已经被完全碾平,尸骸遍地,油污横流。有些机器人还活着,他们虽然没有被完全碾压,但都失去了一些部件:有的没了手,只能晃着膀子悲伤地仰望;有的掉了腿,只能躺在地上,抚着同伴的尸体哭泣;有的失去了脑袋,不能仰望,也不能哭泣,只能漫无目的地走着。

"咦,你怎么不高兴?"五号察觉到七号的异样,便问道。七号俯视着地上的疮痍,竟然在微微颤抖。

"我有点后悔……"他说,"这些人全是因我们而死去。"

"不过是些铁疙瘩罢了。"五号不以为然地耸耸肩。

上域的机械城市完成了杀戮,开始撤离。

空间裂缝再次被高能粒子撞开,城市一座接一座地驶进去。然而,在踏进上域的那一瞬间,他们遭到了袭击。

光子弹、高能射线、电光磁块、石头、鸡蛋……所有能想象到的武器全部向城市袭来。由于之前的杀戮让城市能源几近枯竭,此时履带停止运转,防护罩升不起来,武器不能启动,上域的居民几乎是看着自己被轰炸成碎片的。

攻击的一方来自另一个星球在外空间布置的军事基地。当然,这个文明中也混有战争贩卖员,在收到了上域毫无防守的消息后,该文明的军队立刻向这里袭击。这是一次联合行动,战争贩卖局打的主意并不是单纯地让上域进攻下域,而是准备了第二重战争。

攻击者高效率地把数百座城市轰成碎渣后,才启动飞船,离开了这颗支离破碎的星球。

幸存下来的昆克星人仰头看着离去的飞船,愤怒的电火花疯狂闪耀,发射出咆哮的电波。很长一段时间里,这些电波无家可归,幽魂般在宇宙里飘荡,令每一个接收到的人脊背发凉。

"好了,这个大单子完成了。"五号长舒一口气,"局里会表扬我们的。"

七号却低着头,没有说话。他看着底下愤怒的人们,知道从此以后,这颗星球上的人们不会再钻研诗歌书画了,复仇将是他们唯一的目标。

艺术在这颗星球上死亡了。

"嗯,我记得那个任务。"一号点点头,"昆克星人有着精密的身体,能高速运算,而且生命漫长。昆克星是十分有潜力的星球。但昆克星人沉迷于艺术,科技一度停滞,所以局里才会把战争贩卖给他们。"

"事实证明,这次贩卖很成功,效益巨大。昆克星人放弃了艺术,开始钻研武器,不到两年,联盟的武器储备已经上升了一个层次。"五号赞同道。

"所以,"一号举起酒杯,"为了战争。"

"为了战争。"所有人一饮而尽。

九号抹抹嘴巴,道:"说起来,我也和七号碰过面。"

二号把酒保叫过来,又要了几瓶酒,然后说:"九号,那你告诉我们吧。"

酒保把酒摆好,一直低着头。九号弯腰去拿酒,无意间看到酒保的表情,愣了愣。

"怎么了?"

"哦,没事,最近眼睛不好,可能需要休息了。"九号敲敲桌子,"去年,我在树星见过他。"

树星,名副其实,是由树构成的行星。但它的奇特之处在于,整颗星球,只由一棵树构成。

星球史学家曾对树星的形成进行过大量研究,有诸多猜想,其中最为人们接受的说法是:在某个时间点,一粒种子流落到不未知名的小行星上;由于宇宙射线的作用,种子发生了突变,以令人瞠目结舌的速度在行星上萌发,它的根系包裹住行星,不受重力限制的树枝向着四面八方伸展,它从宇宙射线中获取能量,凭借巨大的质量来俘获气体和土壤……最后,一颗直径三万多公里的巨型木质行星形成了。

这是宇宙的奇迹。

联盟疆域辽阔,纵横亿万光年,但记录在册的全木质行星,就只有这么一颗。

不过很遗憾,它横在罗斯福航道的必经点上。罗斯福航道是联盟首脑们一致通过的大工程,耗资万亿,要在每个节点设置虫洞,以便各类飞船进行超空间跃迁。

所以,树星必须从航道图上抹去。

因此,战争必须降临到树星上。

这个任务本来是派给七号的,但一年过去了,树星毫无动静。为此,罗斯福航道的工程不得不停下——毕竟不能当着所有联盟成员的面,把树星强行湮灭。

局里跟七号失去了联系,于是派出了九号。

树星人居住在树枝上,出行靠摆动树藤。这里的科技相对原始,因为金属稀少,文明的发展受到了很大限制。树星得以加入联盟,凭借的是无与伦比的手工艺,联盟富豪都以能够收藏树星的木制产品作为身份象征。

九号的伪装能力很强,很快就适应了在树枝上摆荡的生活。然后,他凭着局里装备的定位器,锁定了七号的住处。

一个傍晚,九号在繁盛的枝叶间穿梭,直到下半夜,他才找到七号的住处。这是一所树屋,巧妙地用枝条勾连而成,看似松散,却坚韧异常。树屋里空无一人,看来七号正好出门了。

九号在屋里等得无聊,便向四周打量。这屋子的陈设很简朴,一张木床,一张桌子,很难想象薪金丰厚的战争贩卖员会住在这么清贫的地方。九号缓缓巡视,突然看到了木床下的一台便携电脑。

九号突然感到呼吸急促。他朝四周看看,只有风声簌簌,枝影扶苏。他咬咬牙,把电脑打开。

里面存满了照片,还有大段大段的文字,九号一一翻看,越来越吃惊——这些图片和文字,记录的全是树星。树星的各个季节,繁盛时枝叶郁郁葱葱,凋敝时黄叶漫天飞舞,还有树星人的生活状态,都巨细靡遗地被记录在内。

原来七号在这里待了一年多,是在做这种无聊的事情!

九号正愤怒着,门外传来了脚步声。

"你是谁?"消瘦的身影站在门后,满是戒备。

"前辈好。"九号揭开身上用来伪装的苦灰色皮肤,"我是九号。"

"你来这里干什么？"

"局里失去了你的联系，派我来执行任务。罗斯福航道工程，已经不能再拖了。"

"我知道了，我会完成任务的。你先回去。"

"不，局长给我的任务是督促你完成任务，否则，我不能离开。如果你不行，就我来。"

七号沉默了。

九号指了指扔在床上的电脑，语气里隐含讥诮，"看来，这一年中，前辈没少下功夫啊，对树星了解得这么仔细。任务完成了，我想前辈都能出一本记录树星文化的书了，肯定很畅销。"

"你不了解这里，所以才会这么说。"七号打开树窗，让清新的浓氧吹进来——树星每时每刻都在进行光合作用，因此星球表面的氧气浓度很高，"我刚来时，也想迅速完成任务。但我看到这里的人，无忧无虑，爱好和平。这里的景色，每个季节都不同，哪怕是寒风萧瑟，也独有风味。这里是宇宙中最美丽的地方，我喜欢这里。所以我一直没有动手，我在观察，记录这里的点点滴滴。"

"我们售卖战争，走到哪里，都会带来血与火。我们不能喜欢任何一个地方或任何一个人。"九号冷哼一声，"这是职业守则第一条，前辈忘了吗？"

"我没忘，只不过，我已经不想当战争贩卖员了。"

"我们是不能够退休的。我们贩卖的战争，绝大多数属于联盟机密，不能被外界知道。我们退休的那一天，也就是死亡的那一天。"九号死死盯着七号，"这是职业守则第二条。"

七号注视着外面摆动的柔软树枝，许多树星人正在枝条上嬉戏。七号轻轻说道："难道真的要将这些人全部杀死吗？树星人是无害的，一辈子生活在树上，喝树汁，开怀欢笑。我在这里生活了一年，他们很喜欢我，把我当作友好的客人。"

"如果他们知道你是战争贩卖员,就不会喜欢你了。他们会杀了你的。况且,罗斯福工程是造福整个联盟的好事,一旦建成,星际航舰就不用在布满黑洞、陨石带、高能宇宙辐射的危险星域里航行了,要知道,这些地方,每年能吞噬几千万联盟居民!"

"一个人,和一个世界,如果放在天平的两端,谁更重呢?如果拯救了世界,而那个人死了,那么这个世界对他又有什么意义?"

九号罕见地沉默了,他垂着头,踱着步子,最后才缓缓开口:"这个问题我回答不了。但是,战争是我们的工作,必须完成。你要知道,你拖不了很久的,总有人会完成这个任务。而到时候,作为办事不力者,前辈,你将会受到严厉的责罚。"

"我知道。"七号转过头去,轻轻叹了口气。

第二天,七号完成了这项任务。这并不难,只是之前他一直不忍下手。

七号只是以高价购买了一批次等手工艺品。

在树星,别的都可以忍受,但对工艺品的鉴赏是不能被玷污的。其他手艺人纷纷质疑,七号乘势鼓吹这批工艺品的优点,并让九号潜入别人的仓库,砸毁所有上等品。在这种推波助澜下,树星人的愤怒被激发出来,一场小规模的争斗开始了。

而在树星,只需要那么一点点争斗,就可以毁灭整颗星球。

其中一个阵营杀红了眼,面对节节退败的形势,干脆一咬牙,使用了九号给他们留下的终极武器。

火。

高浓度的氧气,无处不在的木头,使得火焰很容易就将整颗星球点燃。之前,火种是作为人人恐惧的恶魔而被封藏在隐秘之地。

现在,这个恶魔逃出来了。

最先是一根枝干被点燃,而后火势如逆龙席卷,迅速蔓延到树星各处。氧气被消耗,火焰燃起,温度加剧。

九号和七号离开树星时,透过飞船的舷窗,他们看到,在漆黑的宇宙里,一颗星球正在熊熊燃烧。

"罗斯福工程现在正在尾声,一切都很顺利,这都归功于你们出色地完成了任务。"一号拍着手掌,"正因此,局里收到了联盟的嘉奖,你和七号双双被评为优秀贩卖员。"

"但我觉得,七号并没有跟我一样高兴。"

"嗯,我听出来了,"一号沉吟,"他对我们的职责产生了怀疑。"

先前买的酒早就喝光了,酒保适时地端上酒来,三号伸手去拿,不小心碰翻了酒盘,酒保迅捷地稳住盘子,弯腰伸手,一把抄住摔下去的酒瓶。这一系列动作发生在一瞬间,当贩卖员们反应过来时,酒已经被端到桌子上了。酒保低着头离开,去招呼其他客人。

"咦,我怎么觉得很熟悉——"一直没有说话的二号突然开口,却被一号打断。

"无论如何,我们的工作都是为了联盟的利益。"一号再次举起酒杯,"为了战争。"

"为了战争。"九个人仰头痛饮。

一号伸出分叉的舌头,把酒沫舔净,吐出一口气道:"听你们这么一说,我可能是你们中最后见到七号的一个。"

"怎么没听你提起过?"

一号犹豫了一下,"因为我羞于说出口。我和他碰见是在去年,那是局里唯一没有完成任务的一次。"

另外八个人恍然大悟,齐声说:"难道是……"

"对,是在地球。"

严格来说,地球并不是联盟成员。它太落后了,到现在为止,科技还停留在原子层面上,远远不够格加入联盟。因此,对地球来说,联盟的存在是隐形的。联盟只是派人前去观察过几次,给地球留下了一些"神迹"

或 UFO 之类的怪异传说。

但根据观察,联盟把地球的潜力等级定为一级,甚至超过了昆克星——要知道,在如此短暂的岁月里,地球生物由蒙昧的海洋藻类,自主进化成掌握了科技力量的智慧生物,这是多么的不可思议!

因此,联盟决定破格接纳地球为新成员。

但首先,要使地球的科技以爆炸般的速度增长。这一切,要依靠战争。

战争贩卖局共出手过两次。第一次,他们唆使一个塞尔维亚青年在萨拉热窝枪杀了奥匈帝国皇位继承人夫妇。第二次,他们找到了一个叫阿道夫·希特勒的不得志的年轻人,扶持他,让他获得权力。这两次出手使战争如狂潮般席卷全球,尤其是第二次,从欧洲到亚洲,从大西洋到太平洋,先后有六十一个国家和地区、二十亿以上的人口被卷入战争,作战区域面积达两千两百万平方千米。

现在,联盟决定进行第三次干预,由战争贩卖局里资格最老的一号亲自出马。

那是一个春天,欧洲大地上春风和煦,明媚的阳光挥洒而下,花香吹遍诸国。然而这样明朗的天空下,却气氛肃杀,似乎随时会有浅灰色的战云聚集。

战云旋涡的中心,是两个位于海滨的国家。

一号只身来到 B 国首都。这并不容易,因为 A 国和 B 国为争夺海产资源,互相对峙,出入境守卫森严,安检系统是绝不允许一个有着分叉舌头、鲜红色皮肤和岩浆血液的外星人顺利通过的。所以,一号伪装成一个地球人——富态的中年男子形象,以经商的名义混了进去。

他在首都广场附近住下来,每天夜色笼罩时,他就去广场上溜达,从无数人的细碎交谈中收集情报。他的耳朵灵敏发达,接收着空气中的每一丝波动,连电波都没有放过。他的量子大脑精准地将这些波动处理成信息,滤去垃圾,将有用的归档。很快,他就了解了这个半岛国家的国情。

情况对他很有利。对峙的 A 国和 B 国已经势同水火,战争一触即发,全世界的焦点都汇聚在这里。一号只需静观其变,在合适的时机做合适的事,就能轻易点燃战争的火种。

有时他也观察这颗星球上生活的人们。广场是缩小版的社会,上演着人生百态。一号站在酒店的阳台上向下望,每天都能看见不忠的丈夫、手段低劣的小偷、忧心忡忡的学生,以及……那个男人。

那个总是低着头、看不清面容的男人。

他大概三十几岁,身形瘦削,面容普通,总是穿着一身灰色的大衣。他每天傍晚来到广场,在角落里放几十个塑料尖角,摆成圆形跑道,然后打开带来的音响,里面流淌出高昂的歌剧。不一会儿,就有家长带着孩子过来,他们穿上溜冰鞋,膝盖手肘处绑着护套,有些还戴着头盔。

这个男人是滑冰老师。

孩子们一来齐,他就自己换上溜冰鞋,领着孩子们在跑道里来回滑。每当他吹响口哨,孩子们就扭动脚腕,立即停下;他再吹,孩子又马上开始滑。

这是战云笼罩的时节,但这群孩子总是玩得很开心,摔倒了也立刻爬起来。这种与时局格格不入的景象让许多人驻足观看。

而一到夜深,孩子就都被家长领走了。男人低下头,独自开始收拾音响和塑料尖角,然后走进灯光照不到的阴暗角落,第二天傍晚再出来。

有时候,一个女人会帮他收拾。那个女人也是带孩子来溜冰的,她帮男人时,她八岁的女儿就在一旁玩耍。明亮亮的月光罩在小女孩儿冰雕玉砌般的脸上,光晕流转,煞是可爱。

"安娜,谢谢你。"收拾完后,男人对女人道谢。

"没什么,很简单。"叫安娜的女人捋了捋脸颊边的头发,犹豫一下,"我可能付不起这个月的费用了。我的房租还没有交,而薪水却一直拖着,没有发下来……"

"没关系,"男人摇摇头,"你可以迟一些时候再给我。"

"现在情况这么艰难,我本来打算不让卡拉来学溜冰了。但是她很喜欢,只要换上溜冰鞋就会高兴,自从她爸爸离开之后,我就很少见到她笑了……"

"我明白,让她来吧。我也很喜欢她。"

随后两人告别。男人背着硕大的包裹,步履迟缓地走出广场。他像是夜晚的猎物,一出广场就被黑暗吞噬了。以一号的目力和耳力,居然找不到他离开的方向。

安娜则握着小女孩卡拉的手,朝着另一个方向走去。月亮把她们的影子拉得很长,像是两根孤独的手指。

大概半个月后,一号就大致完成了信息的采集。一个晚上,他把自己的脑袋跟地球网络接驳,在巨大的数据流中徜徉。他的大脑是基于量子算法来运转的,侵入各国网络的防火墙,就像用手指戳破窗户纸一样简单。

一号如同幽灵一样游弋,在获取机密情报的同时,也留下了一些意义明确的线索,这些线索会给他的任务提供帮助。比如第二天,M国国防部突然收到一份情报,显示邻国正有大规模军事调动;C国情报网则被入侵,大量机密外泄,技术员昼夜分析,查出入侵者似乎来自宿敌H国;Y国的冷血特工接到指令,前往非洲暗杀了几名高官,却不幸被捕,Y国军情处摆出了一贯不回应的高傲姿态,但在内部,他们也相当纳闷,因为所有有权下达类似指令的官员都发誓赌咒说自己从没下达指令……

全球局势进一步紧张起来。春日明媚的天空下,有暗云卷涌,杀机四伏,就像一个火药桶,只需一点火星就可以引爆。

这样的形势,也影响了那个溜冰老师的生意。这个半岛国家位于战争旋涡的中心,人人自危,有能力的人早已离开,没有能力的只能待在家里,瑟瑟发抖地等待第一声枪响。所以,渐渐就没有小孩子来学溜冰了。

只有安娜偶尔带着卡拉过来。一见到她们,男人就高兴起来,给卡拉换鞋,然后带着她在跑道上滑行。安娜站在一旁,静静地看着,嘴角凝固着一抹微笑。

有时候,卡拉一个人练习,男人和安娜则坐在台阶上,一边看着卡拉欢快的身影,一边聊天。

"对不起,你的情况也不太好,都没有学生了,我却还付不起费用。"

"没关系。"

一阵沉默。

安娜咬着嘴唇,想了想,说:"你来自哪里? 他们说你不是本地人,一个人来教孩子溜冰,学费收得很低,晚上住在巷子里。"

"我从很远的地方来。"男人的回答总是很简洁。

"其实以前这里挺热闹的,晚上会有许多人来跳舞,年轻的姑娘,热情的小伙子。那一排——"安娜指着远处的街道,"全部都是手工饰品的商铺。而现在,人们害怕战争,都不敢出门了。"

听到这里,一号扬起冷笑。哼,这些愚昧的原始生物,怎么能够理解战争的真正意义呢?

男人没有回应。他愣了很久,突然开口:"你是一个人抚养卡拉吗? "

"是啊,"女人的情绪明显低沉了一些,手指绞着衣角,"我丈夫以前在特种部队服役,后来在一次战争中牺牲了。政府赔给我一笔很少的抚恤金。那时候,我还怀着卡拉……我曾想把她打掉,但是……现在我的生活并不好,可我不后悔,她是个很可爱的孩子,不是吗? "

男人点头表示赞同。

安娜欣慰地看着卡拉的小小身影,随即又忧心忡忡地低下头,"只是,如果战争真的来了,我和卡拉就不知道怎么办了。"

"放心,"男人安慰她,"不会有战争的。"

两人分别后,广场顿时变得空旷,只有风轻轻吹过,刮起地上的碎纸屑,沙沙,沙沙,令人寂寥的声音响起来。

之后,男人和安娜又碰过几次面。他们交谈的时间越来越长,但内容都没什么营养,无非是天气、食物和卡拉的成长状况等琐事。

一号对此嗤之以鼻,在联盟,人们才不会为了这些小事而浪费时间交谈。只有地球人才会干这种无聊事,而他们这么做,通常也只有一个目的,叫什么来着——爱情?

其实一号知道安娜是从事什么职业的。他曾经对安娜进行过定点观察,听取所有与她有关的波动。一次,他"听"到了安娜手机里收到的短信,内容是让她去某个酒店,有个年迈的客人要点她……

是的,安娜是个妓女。

这不难理解,她没有丈夫,独自抚养女儿,难免会走上皮肉生意这条路——何况,她还算是姿色不错的女人。但一号看得出来,她是真心喜欢那个教溜冰的男人,每当她悄悄看着男人的侧脸时,一号都能明显听出她的心跳在加速,一抹酡红染上她的脸。

有一天,两人分别时,安娜鼓起勇气对男人说:"我做了派,要不要去我家里尝尝?"

一号已经对地球人的生活状态有所了解,知道这种邀请代表什么。他抚摸着自己肉乎乎的下巴,饶有兴趣地看着事态往下发展。

然而,出乎意料,男人拒绝了。"对不起,"男人背起包,"我今天很累,想早点休息。"

安娜咬着嘴唇,没有说话。

不远处的卡拉似乎也察觉到了气氛的僵硬,她停止玩耍,好奇地看着两个相对而立的大人。

"你先回去吧,注意安全。"男人的声音古井无波。

安娜颤抖着,似乎不胜夜风寒凉,她的眼帘上沁出一层细碎的光,在月夜下闪烁。她牵起卡拉的手,快步走远,夜风中传来卡拉有些不满的声音:"我还没有跟叔叔说再见呢……"

男人沉默地看着母女俩走远,突然放下包裹,抬起头。

一号悚然一惊——男人的目光,竟然穿过遥远的距离,笔直地向自己看过来。

他兀自惊讶着,男人却收回了目光,提着包裹径直离开,很快融化在夜色之中。

打那之后,安娜再也没有出现过。男人彻底没了学生。

广场越来越冷清,行人寥寥,只有来自黑海的风轻轻掠过,带着咸味。他依旧把塑料尖角摆成跑道,播放歌剧音乐,但他坐在黑暗的台阶上等了很久,也没有小孩子来。

他就这样等到深夜,然后收拾好一切,踽踽离开。

而这时,一号的计划正在有条不紊地进行着。他让各国都闻到了阴谋的味道。一旦有着军事优势的 A 国先行动手,与 B 国开战,其他各国肯定乘势而起。那样,战争的火焰就将熊熊燃烧,席卷这颗星球的每一片土地。

而他要做的,就是让一点火星落到这个已经炙热的火药桶上。

形势的发展一如他所料——为了加强防卫,B 国花重金聘请了一群雇佣兵,全副武装,招摇过市地进入首都驻扎下来。这引来了当地警察和群众的不满,他们前往交涉,希望雇佣兵暂时把武器交出来,以免居民不安。雇佣兵态度蛮横地拒绝了,在推搡过程中,有人误开了一枪,局面顿时变得混乱……

这场交涉最终变成了武力冲突,约有七八个人在冲突中丧命。尽管军队迅速介入,使其平息下来,但它依旧造成了恶劣的后果。首都的局势因此如同绷紧的弦,任何风吹草动都可能使弦上那支战争的箭射出去。

人们小心翼翼地过着日子。那个男人依旧每晚来广场,但依旧没有孩子来溜冰,他的身影依旧孤独。

一天夜里,乌云汇顶,狂风卷动。男人的大衣在风中猎猎作响,等到深夜,他轻轻叹息一声,关了音响,开始收拾东西。

这时,卡拉跌跌撞撞地跑了过来,扑到男人怀里。男人诧异,正要开口问,卡拉突然哇哇大哭。

"妈妈……妈妈死啦……"

男人浑身剧颤,背上的包裹掉下来,塑胶尖角撒了一地。

卡拉继续抽泣道:"妈妈从外面回来,路过……然后被流弹打中了……没有抢救过来。我只有妈妈,妈妈……"

"不要担心,你还有我。"

男人把卡拉抱起来,然后转身离开。这次,他没有走以前的那条黑暗路径,而是走向安娜的家。他没有管地上散落的包裹。

出于一号自己都不能理解的好奇心,他放大了视听范围,紧紧监视着男人。他"看"到男人抱着卡拉来到一处破旧的公寓,里面空空荡荡,灯管年久失修,一闪一闪。水管也在漏水,滴水声回荡在空旷的屋子里,嗒嗒,嗒嗒,清晰分明,如同寂寞的心跳。

卡拉哭累了,伏在男人肩头沉沉睡去。

男人把卡拉放到床上,替她盖好被子。被子虽然旧,却很干净,包裹着卡拉甜美的脸。她的脸上犹带泪痕,嘴角却勾出微笑的弧度,似乎在梦里见到了妈妈。

男人环视屋子,手指在物件上一一划过,当他摸到一个相框时,手指停了下来。

照片上,是年轻的安娜。她在夏天的阳光下绽放笑容,明眸皓齿,金黄的头发熠熠生辉。她的笑容里没有阴影,那么明净,浑然不知日后将笼罩她的悲惨命运。

男人把相框贴在胸口,深深呼吸。

看到这里,一号收回目光,兴味索然地打了个哈欠——没什么新奇的,不过又一出人类的爱情悲剧而已……

他不应该在这上面浪费时间,他要关注的,是明天的游行。

第二天,不满政府无能的民众聚集到一起,举行了声势浩大的示威活动。旗帜遮天,口号如雷,整个广场如同沸腾的水。警察和军队都来维持秩序了,连雇佣兵也来凑热闹,人群中间,更是混进了不少别国的特工。

一号的目标,就是 A 国特工。他隐藏在人潮里,不断向特工靠近,袖子里的匕首尖刃闪着寒光。

　　只要他趁乱捅死 A 国特工，并把这柄只有 B 国军队才会配置的战术匕首留下，A 国肯定会指责 B 国手段卑劣。随后 B 国会勃然大怒，以不能承受污名为由宣战——而事实上，他们蓄谋已久，早想武力侵占了。

　　一旦战争打响，先前埋下的引子就会起到作用。在利益牵扯下，其他各国会纷纷参战。

　　这就是一号能够在战争贩卖局里独当一面的原因。他擅长分析局势，找到其中最弱的环节，一举敲破。正如地球上的俗语："失了一枚马蹄钉，丢了一个马蹄铁；丢了一个马蹄铁，折了一匹战马；折了一匹战马，损了一位国王；损了一位国王，输了一场战争；输了一场战争，亡了一个帝国。"一号只要剔掉那枚钉子，就能左右战争的走向。

　　这听起来很简单，但放眼整个星际联盟，能做到的，也只有一号。

　　他已经靠近了 A 国特工，匕首滑下，在所有人视线的死角里，狠狠向特工刺去。

　　一切就要结束了。

　　一号脸上已经浮现出笑容。

　　但这笑容瞬间凝固了———只手伸过来，按住了他的手腕。一号抬头，是那个教小孩溜冰的男人。

　　男人依旧穿着灰色大衣，身形高瘦，面色冷峻。他横在一号身前，低声说："前辈，你好。"

　　"你是——"一号瞬间明白了，这个男人跟自己有着相同的身份。

　　男人点点头，"我是七号。"

　　"既然是同事，为什么要拦我？"

　　"这是一颗美丽的星球，不应该被战火焚烧。"

　　"可是焚烧后带来的，将是新生。"一号皱起眉头，不想继续这种幼稚的对话，"局里下达的指令，难道你要违背？"

　　七号摇摇头，"一旦战争开启，无数人会失去家园，失去亲人。那时，谁来管这些人？联盟自然有联盟的大道理，但是，那些人的生活就活该被破坏吗？"

一号敏锐地察觉到了他话里的意思，问道："是因为那个叫安娜的女人吗？"

七号不语。人潮汹涌，吵闹喧嚣，他却沉静得如同翻天巨浪下的岿然礁石。

"果然如此……可是你知不知道，安娜是个妓女？！"

"我知道。"七号沉默了几秒，"但那又怎么样？如果不是战争，她还可以继续抱着女儿，看着卡拉成长。尽管生活艰难，但终究能活下去，而现在她死了。人一死，就什么都没有了。"

一号气急，干脆不再多言。他猛甩手腕，把匕首换到左手，朝特工刺去。七号移动身体，用膝盖上顶，将匕首撞偏了方向。

在人群包围下，他们飞快地搏击着，动作幅度小，却招招狠绝。周围人来人往，如潮如浪，却没有一个人发现这场殊死搏杀。连那个 A 国特工都没察觉，他盯着前方，浑然不觉自己已经在鬼门关走了好几趟。

久战未果，七号索性挺腰上前，让匕首刺进自己的腰部，然后死死按住匕首柄，不让一号把它拔出来。

一号没想到七号会牺牲自身来夺匕首，错愕地说："你……真的值得吗？"

"我不想让更多的小孩子像卡拉一样没有依靠。"七号腰间沁出淋漓鲜血，声音也颤抖起来，"我以前做的错事太多，现在，多少想弥补一下。"

"你现在阻止了我，下次呢？"一号冷笑，"你能时时刻刻提防我吗？"

"我也入侵了地球网络，将你留下的线索全部铲除了。"七号喘息着说，"而且，如果你没在二十四小时内离开地球，那么，所有国家的领导都会接到一份情报，一份关于你潜入地球企图引发战争的情报。"

"你！"一号愤怒至极。战争贩卖局的最高宗旨，是要隐藏身份，所以他只能偷偷摸摸地收集情报，暗中下手，使战争看起来完全由偶然引发——绝不能让地球人知道联盟的存在。但现在，七号已经打算破釜沉舟了。"哼,你就不怕被局里处罚吗?"他咬牙问道。

"我不在乎。"

这时,在警察的疏通下,游行队伍已经开始向四周散开,特工也早已走远。一号见大势已去,长叹一声,放开了匕首。

七号也不多话,捂着腰部,转身离开。他逆着人群,步履踉跄,似乎是一叶随时会被海浪吞没的浮萍。人潮的另一边,有一个可爱的小女孩,正踮着脚观望,但她个子小,只能看到无数纷乱的身影。她着急起来,嘟着嘴,泪花闪现。

七号艰难地走到她身前。

"叔叔!"女孩破涕为笑,大声叫道。

七号点点头,用左手把她环抱起来,右手继续捂住腰部。一条血迹从他脚下蜿蜒流出。他好像感觉不到疼痛,径直抱着女孩儿,一步步走向人海的尽头。

一号的讲述很长,结束时,所有人都沉默了。

"呃……"三号斟酌了一下,小心翼翼地开口,"那次失手,不能怪你。"

一号挥挥手,打断他的话,沉声说:"但不管怎样,这都是我职业生涯中的污点。我离开后,地球联合国介入了冲突事件,当事各方都得到了安抚,那场争端已经告一段落了。短时间内,不会有战争重燃的迹象。"

"局长怎么说,还会再派人吗?"

"不会的。他重新查看了地球的历史,前两次战争给地球人带来了惨痛的代价,到现在,地球人都还没有从阴影里走出来。鉴于这个文明的特点,局长觉得不能揠苗助长,得耐心等待,等待地球科技加速发展,直到有能力加入联盟的那一天。"

他说完,重重地吐出一口气。

三号咕噜噜地转着空酒杯,半晌,突然说:"那七号到底去哪儿了呢?"

"我听过几个说法。有人说他被匕首捅伤后,没有及时治疗,重伤而死；有人说他继续留在地球上当溜冰老师，每个夜晚带着孩子们在广场上嬉戏；也有人说他开始在星际间流浪，记录每一颗星球的迥异风情……总之，他是不会再回联盟政府了。"

叮叮叮，清脆的铃声自吧台传来，在这间星际酒吧里回荡。

这是酒吧打烊的告示。外面的六轮月亮已升到中天，清辉弥漫，带着荧光的昆虫在窗外飞舞。更远处，是一片浮在半空中的浩瀚森林。

客人们纷纷饮尽杯中的酒，留下小费，踉踉跄跄地走出酒吧。很快，酒吧就变得空荡荡的，只听得到风刮过屋顶的呼啸声。

大厅里，九个战争贩卖员还坐着，每个人面前还剩一杯酒。

"也不早了，今年的贩卖者聚会就结束了吧。"一号照例举起酒杯，玫红色的液体在灯光下漾出迷离的光泽。

其他人也举起手中物，九只杯子碰到一起。

"为了——"一号张了张嘴，欲言又止，最终什么都没说，只把杯中酒灌入喉咙。

其余人也沉默地把酒喝完。

他们留下联盟币，同时起身，宽大的袍子如黑云掠城。自动飞行器等在门口，他们一坐上去，飞行器尾部就喷出淡青色的离子流，迅捷地升上天空，消失在群星间。

三号走得慢，上飞行器前往身后看了一眼，酒吧的灯已经熄灭，只有酒保收拾座椅的模糊身影。三号揉揉眼睛，刚要进飞行器，突然转过身，死死盯着酒保。

"别看了，走吧。"一号拍拍他的肩膀。

"可是，"三号的声音充满惊疑，"那个酒——"

一号用眼神制止了他接下来的话，叹息一声，摇摇头，重复道："走吧。"

三号似乎明白了什么，点点头。他的飞行器切割着夜色，化为一道青光，瞬间消失不见。

酒保忙了好一阵子,才把杯盘狼藉的大厅收拾妥当。他的额头上沁出汗珠,腰部传来隐隐的疼痛,他按住腰部,好一会儿才缓过来。

"这是工资,"老板把一叠通用币递给他,顺便扔来一条毛巾,"擦擦汗。今天辛苦了。"

"应该的。"酒保笑了笑。

将酒吧的门锁好后,酒保也乘简易的飞行板离开了。

他掠过森林,穿过两座高山间的峡道,来到城市里。城市建在半空中,正随风缓缓起伏,霓虹闪烁,彻夜不休,远远看去,如同一颗在空中游弋的巨大明珠。

酒保的家在城市边缘。屋子里有一盏灯亮着,静悄悄的。他踮起脚,小心翼翼地把飞行板停好,刚转过身,就看到卧室门口站着的小女孩儿,正揉着惺忪的睡眼。

"对不起,把你吵醒了。"

"叔叔,"小女孩儿的声音很慵懒,带着明显的睡意,"你回来得好晚……"

"今天客人比较多,有点儿忙,不过——"酒保蹲到小女孩儿面前,献宝似的把通用币掏出来,上下颠荡,"你看,今天我挣了很多钱哦……"

"叔叔最能干了!"小女孩儿张开手臂,抱住酒保的脖子。

她已经很困了,一靠到酒保身上就睡着了,鼻子里发出均匀的呼吸声。

酒保轻手轻脚地把她放到床上,给她披好被子,并在她额头上留下了轻轻的吻。

"晚安,叔叔。"小女孩儿迷糊地说。

酒保走到卧室外,替小女孩儿关上门,自己则在沙发上和衣躺下。

"晚安,卡拉。"

他伸手按灭了灯。

病　人

　　这是费尔南多医生无数个无聊下午中的一个。他把办公桌上的沙漏翻过来倒过去,一次次地看着褐色的细沙流尽,当他打算第六十六次这样做的时候,门被敲响了。

　　"请进。"费尔南多医生把沙漏放好,正襟危坐。

　　细沙再次流淌,发出嗞嗞的声音,像是窜动的电流。

　　进来的是个年轻的病人,瘦高个儿,穿着灰色呢绒外套。病人坐到费尔南多医生面前,脸色有点儿发白,他说:"下午好,医生。"

　　"嗯,下午好。怎么,感觉不舒服吗?"

　　"是的——哦,也不是不舒服,"病人挪了挪身子,似乎有些局促,"每次……我总会发现眼睛只能看到灰色,每次这样的时候,我就……觉得我生病了。"

　　"不然你也不会来我的诊所了。"费尔南多医生把沙漏移开,拿出登记本,"把你的证件给我,做一下记录。"

　　被移到一旁的沙漏底已经被沙子覆盖,玻璃球间的管道把沙滤成细细的一缕,不紧不慢地流着。

　　费尔南多医生拿过病人的证件,一边写一边念念有词:"嗯,彼蒙·帕克,布鲁克林人,出身于200——嘿,你确定这证件是你的?"

病人彼蒙不安地点点头。

"生于2002年,可你怎么看都不像是只有十岁。难道今天是四月的第一天吗?"费尔南多拔高声音,显出一丝不悦。

"这就是我的问题,医生。"

医生仔细打量着彼蒙,后者一脸恳切,两手不安地互搓着。午后的阳光从窗子里照进来,把彼蒙的右脸照得更加苍白,而他的左脸隐在光线不能抵达的阴影中。沙漏快流尽的时候,医生决定相信他,"这么说,你不但有眼疾,而且还患有早熟或身体发育过快的毛病?"

"呃,其实……也可以这么说,我怕很快就会变老……医生,请你帮帮我。"

"我会的。"费尔南多医生瞥了一下沙漏,玻璃折射着阳光,沙线越来越细,大概还有一秒就会漏完,"那么,我们来谈谈……"

世界于一瞬间褪色,所有色彩被抽离,仅余灰色。

彼蒙在椅子上等了很久,但面前的医生一直保持着同样的姿势,张着嘴。他一动不动。彼蒙眉头皱了起来,心中升起不祥的预感。

不会的,不会在这个时候发病的。他对自己说。可当他看到沙漏中最后一缕细沙凝固在玻璃球间的空气中时,心里再也没有侥幸。他叹了口气,这抹气息也凝固在空气中。灰色的阳光照在他脸上,他看向窗外,灰色的太阳被随意贴在灰色的天空中,像是一幅二流印象派画家的涂鸦。

这次的灰色近乎铁灰,比以往任何一次都要沉重。这并不是好事,这说明他这次发病将比以往任何一次都要持续得久。

彼蒙站起身,走出了费尔南多医生的办公室。外面的情况也没有好多少,一切都停滞了,街上的行人保持着前一瞬间的姿势,一个女孩儿的气球脱手飞出,停在半空。小女孩儿仰头望着,嘴唇张开,似乎在喊什么。彼蒙走过去,把牵着气球的线拉下,轻轻系在女孩儿的手腕上。而女孩儿还保持着追逐气球的姿势。

彼蒙在公园里坐下了。周围的人都是静止的,他像是坐在一座巨大的城市雕像中,一群鸽子悬在他头顶,四周都是散碎的阴影。彼蒙孤孤单单地坐了很久,然后他决定开始走起来。

他的生长还在继续,与其坐在这满布雕塑的城市里飞快衰老,不如去见见世界的其他地方。

彼蒙向东方走去,他从超市里拿了一些食物和几件衣服,穿过一条条街巷。他不停地走,累了就原地休息,太阳始终挂在云层之上。他张嘴大喊,但听不到自己的声音。

声波都被凝固了。

整个世界似乎只有彼蒙一人。他倍感孤独。有一次,他在高速公路上走着,看到一辆轿车停在空中,而前方栏杆外则是悬崖。车里是一家三口,每个人的表情都很惊恐。彼蒙蹲在那里研究了好一会儿,才确定这是一场被凝固了的交通事故。彼蒙长久地凝视着他们,最后决定给予帮助。他花了很大力气才把那一家三口从车里搬出来,放到路面上。可他正要离开时,又觉得这样不对,于是又把那三人弄回车里。接着,他用车里的工具,在栏杆那儿修了个弧形轨道,与车轮相接。他推演了很多次,确定当凝固解除时轿车会沿着弧轨再次回到路面上,然后他才离开。

他继续行走。他走出了城市,在旷野中踽踽独行。有时候他会碰到下雨的天气,雨水在空中悬浮着,枝状闪电如卧龙般盘在云上。他走过去,水汽会渗进他衣服。这对他来说并不是很好的体验。因为没有风,一旦布料被打湿了就不会再干,他只有再去寻找合身的衣服。

就这样,彼蒙不断地走着。太阳被他甩在西边,在地平线处半隐办现,他转头回望,灰色的光线笼罩视野。他知道,自己走到了世界的黄昏。

在一处广场,彼蒙看到一幅奇异的场景———个少女坐在喷泉池的石阶上,手里拿着冰激凌,脸上绽开了灿烂而幸福的笑容;而她面前,坐着一个须发皆白的老人,老人定定地看着少女。黄昏的光线披在这两人身上。

彼蒙看了几眼,然后从他们身边走过去。

一只手按到了彼蒙肩上。

彼蒙吓了一跳,顺着肩上的枯瘦的手,他看到了那个老人。

从这时起,彼蒙知道这个世界上得这种病的不止他一个人。

"这是时间滞缓症,"老人拿着树枝在地上写道,"发病的时候,时间会在我们身上停滞。别人的一秒钟,是我们的几十年,甚至一生。"

"换句话说,就是在那一秒,我们比别人快了无数倍?"彼蒙沉默地望着眼前的老人。

"是的。"

彼蒙挠挠头,他只有十岁,但外表看上已经接近三十。在二十年的凝固时间里,他阅读过许多书籍,于是不解地写道:"那是什么让我们速度变快的?这需要很大的能量。"

"我不知道。我研究过很长时间。你知道,时间是我们最不在乎的东西。但我一无所获,没有哪本文献里记载着相关病例。"老人一笔一画地写着,偶尔他会抬起头去看一旁的少女,"不过我猜是时间的流力在推动我们。"

彼蒙停下了。他不懂这些东西,但能见到同病相怜的人总是让他高兴的。他继续写道:"那你现在多大?"

"你是问生理年龄吗?我想我快七十了。"

彼蒙指了指一旁的少女,"那她是你的孙女吧——不,"彼蒙想到老人也患了时间滞缓症,"是你的女儿吧?"

老人顿了顿,把树枝扔开,转身望着绽放灿烂笑颜的少女。很长一段时间里,他都没有动。

于是,彼蒙暂停了他的流浪行程,在广场里陪着老人。这里没有天气变化,他们睡在长椅上也不会觉得寒凉。有时候他们会聊很多,有时候他们会结伴出去,在人群周围的地方默默伫立观看。但老人一直不肯离开这个广场。

老人越来越老,他的眼睛眯成了一条缝,看什么都是雾蒙蒙的。虽然世界被凝固了,但老人的时间一直在流淌,他的身躯迅速老朽。彼蒙忧伤地看着老人愈发佝偻的身躯,但他无能为力。

在凝固的时光中,老人迎来了他的死亡。在生命的最后一瞬,老人固执地望着广场的方向,直到他的身体变得僵硬。老人死后,凝固作用降临了,他像所有其他人一样被固定。彼蒙把他放在空中,然后牵着他的手,让他在半空中拖行。

埋葬时,彼蒙从老人的口袋里找到了一张相片,上面是一对年轻的男女。女孩的灿烂笑脸彼蒙很熟悉。他立刻认出她就是广场上那个拿着冰激凌的少女,于是他仔细去看照片上的男孩,他依稀看到了老人的影子。

你生命中有没有出现过这样的人?你觉得他会永远陪伴着你,而他也愿意这样做,但前一秒他还在你身侧,下一秒就蒸发在时间里,再不复现。

但是他会凝望着你,在你察觉不到的时间中,直到白发苍苍。

彼蒙坐在老人坟前,哀伤地想着。

当彼蒙长成中年人模样时,他到了南半球。此刻,阳光照不到这里,整个半球都沉浸在浓郁的黑暗中。

站在光与暗的交界处,彼蒙犹豫了。如果继续前行,将意味着他要长久地在黑暗中摸索,他不喜欢黑暗。但这份犹豫没有持续多久,与对黑暗的恐惧比起来,他更加害怕原路返回的寂寞。

他在超市中找到了一些供展示之用的已被打开的手电筒,但当他把电筒拿起时,光线立刻变得模糊,像是散开的雾。他顿时明白了,光一秒能转地球七圈,而如果没有障碍的话,他也能在这一秒内把地球走几个来回。电筒的光帮不了他。于是他放弃寻找光源,一个人在茫茫黑夜中行走。

他再没有遇见过同样得了时间滞缓症的人。老人死后,世界真的只剩他一个身影了。

夜空里的星辰给彼蒙指引了方向,他继续朝着东方行进。有时候他睡在都市温软的床上,有时候他靠在丛林的巨树下入眠。他路过城市和乡村,见过婴儿和死人,他对身边的一切开始漠然。

他在漫长的跋涉中失去了对时间的感觉。有时候他站在酒吧前,怔了一下,他不知道按自己的生理时间算,刚才这一恍惚到底是过去了一秒还是一年。唯一能提示他时间在流淌的,是他的年龄。他身体的衰老在黑暗中加剧,好几次他伸手抚摸自己的脸,已经能察觉到皱纹正像树根一样滋生着。

但他有意识地维持着眼睛的健康。每当走过一段长长的黑暗路途,他都会在都市的灯光里待上很久,直到眼睛适应光线。他不记得最长的一次迷失在黑暗中有多久,他已经丧失了时间概念,但那次,他差点儿疯掉。他在伸手不见五指的丛林徒步行走,刚开始总会撞到树干,好几次他还踏入了猎人们布的陷阱。但这没有伤害到他,陷阱的机关被触动之后,利刃并没有弹出来。要是他在这里等几十年,或许缓慢行进的利刃才会刺进他的身体。

真正让他绝望的,是无穷无尽的跋涉。他看不到星星,只能靠直觉行走,但总是找不到走出丛林的道路。有一次,他的手摸到了一片柔软的绒毛,他顺着摸下去,摸到了冰冷黏稠的尖牙。他吓得心中一哆嗦,这可能是老虎,或是熊。他看不见,也知道野兽伤不了他,但他还是害怕。

这场跋涉可能持续了几个月,或是几年。总之当他爬到一处山坡上时,浑身的衣服已经破烂,成了挂在他身上的脏布条。他脸上长满了浓密而杂乱的胡须。休息了很久,他继续向着山坡往上爬,他的眼睛开始流泪。他以为是自己太高兴导致的,但过了一会儿他才意识到,眼泪是因为突如其来的光线而流出的。他怔怔地看着远处的灯泡,记忆里有些东西苏醒了,一个名词在他心中翻滚,他颤抖着嘴唇,对着那圆形的光源跪下了。

那不是灯泡,是太阳。

彼蒙继续前进,他的步伐越来越缓慢。他从镜子里看不到自己,但只凭感觉,他就知道自己很老了。他的头发花白得如同飘絮,他的脸像树皮一样皱裂,不过他的眼睛还能看见。

有几次,他发现视野里的灰色会突然消失几秒,世界重新恢复成彩色。他知道发病期快要结束了,但这已不再重要。

他环顾自己所处的环境,很多景象都让他觉得熟悉,他浑身颤抖地回忆着,终于确认这就是他试图就医的那个城市。他又回来了,在环游了整个世界之后,他又回到了原点。

彼蒙颤巍巍地在街道上穿行。在马路边,他看到了那个手上系着气球线的女孩儿,她依然张口在喊着什么,但她的嘴角有上扬的趋势。彼蒙猜测她下一个表情应该是欢笑。

路过费尔南多医生的诊所时,彼蒙停下了。他迟钝的脑袋里有几幅画面,是关于这家诊所的,但他记不清楚。于是他走了进去,推开办公室的门,他见到了正把眼睛瞥向沙漏的费尔南多医生。彼蒙坐到医生面前的椅子上。

玻璃沙漏里最后一粒沙子落到了底部。

阳光一下由灰色变得金黄。

"——你的具体病情吧。"费尔南多医生收回目光,打算开始看病,但他抬起头,看到他面前的病人已经垂垂老矣。

黑西装

1

　　洛杉矶的夜如铁,冷中带硬,黑暗里又藏着一抹不易察觉的锋利。昨夜暴雨的潮湿,还遗留在空气中。

　　布朗先生看着窗外黑沉沉的夜,总感觉有什么事情要发生,这个念头刚结束,敲门声就响起了。

　　门外是个年轻人,高个子,面容消瘦,站得笔直。当他把警官证掏出来的时候,布朗先生知道自己的预感又一次应验了。

　　"我叫詹姆斯,"年轻的警察说,"这么晚打扰您真是抱歉。"

　　布朗先生的佣人老皮特走进厨房,端出一盘苹果馅儿的派。詹姆斯却连忙摆手,说:"我需要您跟我去一趟警局。"

　　"是我做了什么事情吗?"布朗先生眯着眼睛,想不出最近自己做过什么违法的事情。

　　"不,不是您——"詹姆斯说,"请您跟我走吧,这件事很重要,而且只有您才能帮我们。"

悬浮汽车的灯像两柄利剑,在黑夜的胸膛里穿刺,四周的建筑如同面目模糊的巨人般静默着。布朗先生坐在车里,想不出有什么事情是只有自己这种糟老头子能够解决的。但他并不排斥这种感觉,自从他宣布不再拍电影后,一直隐居在这里,已经很少被人需要了。

警察局很快就到了。时间已经很晚了,里面却灯火通明,几个警察焦急地站在门口,见到布朗先生下车,赶紧迎上来。

"您好,我是探长,这次的案子由我负责。"为首一个胖子自我介绍说,"赶紧进去吧,这件事,迟一秒钟后果都不堪设想。"

"究竟发生了什么事情?"

"一起凶杀案。"

布朗先生愣住了,解释说:"我已经很老了,连拐杖都拿不稳了,而且我一直待在家里,不可能去杀人的。我的佣人老皮特能够作证。"

"不不不,不是您……"詹姆斯摇摇头,"这个解释起来很复杂,您先看看我们的录像吧。"

录像在档案室里,保管得很严,需要开三道基因锁才能打开。詹姆斯泡了杯热咖啡,布朗先生接过来,颤抖着抿了一口。到现在他依然不清楚发生了什么事情。

基因锁被打开,探长按下播放键,唰,流水般的光线立刻充满了整个房间。"这是昨晚监视器拍到的视频,您小心些,内容有点儿吓人。"探长顿了顿,随即自嘲地笑了,"我差点忘了,您以前是恐怖片导演,应该不会被吓到的。"

全息视频笼罩了所有人。

布朗先生置身于雨夜里,噼啪的雨点落下来,穿过他的身体,在地上溅起硕大的水花。不,不只是水花,即使以布朗先生昏暗的视野,也能看见那些暗红的液体。水中掺杂着血。血从一个艰难在地上爬行的人身上流出来。天知道他身上挨了多少刀,衣服碎成布条,浑身的伤口如褐色鱼鳞般露出来。

一只脚踏上他的背,他重重地摔在地上,再也爬不起来。踩他的,是个一身黑色的男人,手里握着染血的刀。接着,这柄刀完成了几次突刺,直到地上的男人再没有声息为止。

一身黑色的男人缓慢地把刀上的血迹擦干,冲监视器笑了笑,然后低头走进雨夜里。

布朗先生被吓了一跳,尤其是最后那个男人笑的时候——男人正对着监视器,因而看上去就像是在对着布朗先生笑。尽管他面容模糊,但那笑容里分明藏着妖诡气息,长久不灭地弥漫在屋子里。

"这个人好熟悉……"布朗先生抠着手指,"我拍的最后一部恐怖电影《黑西装》里,男主角 Mr. Crazy 也是穿的一身黑色西装,体型也很像,行事风格……简直像是从一个模子里刻出来的。"

"这就是我们找您来的原因。"探长说。

"哦,你们认为,是有人在刻意模仿电影里的角色来行凶吗?"布朗先生问。其实这种事并不罕见,在漫长的犯罪史里,诸如野牛比尔、开膛手杰克,犯罪手法都被后人效仿过。罪犯能从对经典案例的重现中,得到极大的满足感,当然,这往往也成了他们被抓获的突破口。

探长和詹姆斯互相看了一眼,后者吞了口唾沫,艰难地开口:"恐怕不是这样。你说对了一半,凶手作案,跟您的电影确实是同样的手法。但他不是在模仿,事实上,我们有理由认为,凶手就是您那部恐怖电影里的男主角本人。"

"我知道这难以理解,但请相信我们,这么晚了把您叫来,不是为了开玩笑的。"探长用手在四周的光影里划了一圈,"请您仔细看一下,这是哪里……"

全息视频所投射出来的,是一条逼仄的巷子,旁边有个残破的广告牌在一闪一闪。"这条巷子的背后,是一家非法克隆器官买卖中心。其实那里才是主要的凶案现场,我们在里面又发现了五具尸体,均死于同样的手法。六名被害人全都是买卖中心的技术人员。"

"但这并不能说明,我的电影里的变态杀人狂从大银幕里走出来了,然后在现实世界里大开杀戒吧？"布朗先生瞪大眼睛，喘着粗气说。

"是的，这些不能证明，但买卖中心里的实验记录能。他们不但克隆器官，还克隆出了真正的人。"探长挠挠头，转头对詹姆斯说，"你给布朗先生解释一下，那个过程太复杂了，我没记住。"

詹姆斯点点头，"其实我也没弄懂，里面有太多的技术细节。但大概过程是这样的——他们先是制作出了一个程序，把您电影中的杀人狂 Mr. Crazy 进行拆解分析，补充了他的全部性格因素。然后把这些玩意儿写进克隆细胞的基因里，再把这个细胞直接培养成成年人。"他想了想，解释说，"我说得太简单了。事实上，我们的技术员在查看实验记录时，激动得几乎要昏过去！这里面有很多技术是超前的，比如能够分析电影角色的程序，还有能够活生生克隆出一个具有完整的指定人生经历的人——您想想，这样的话，我们就能够复活历史上的许多伟人，只要把他们的生平经历输入进去！或者把死去的亲人重新拉回人间！即使以现在这么发达的科技来看，这些东西仍然像是魔法，但它真真切切地发生了。"

"是啊，"布朗先生叹了口气，脸上的皱纹像蜈蚣一样抖动，"但那些人没有复活伟人，也没有把亲人从坟地里拉回来，他们直接让一个魔鬼从电影里走到了人间……"

"他们都是您的影迷，尤其喜欢这部《黑西装》，所以第一个实验对象，就用了它来当素材。"探长把全息影像关了，档案室里恢复光明，但这光明显得脆弱无比，似乎随时会被屋子外的黑暗挤得粉碎，"当 Mr. Crazy 醒来的那一刻，灾难就降临了，这种人跑到了外面的世界，想一想都觉得可怕……既然您是那部电影的编剧兼导演，我们觉得您一定比任何人都要了解他。希望您能协助我们。"

布朗先生沉默地看着窗外，天似乎更黑了。

2

洛杉矶的一家电影院里,离开场还有五分钟,观众陆续坐下。

"不好意思,"一个礼貌的声音传来,"让一下好吗?"

正在跟女友亲热的男生抬起头,看到了一个穿西装的男人站在旁边。西装很考究,看料子就知道是专门定做的,只是,这个男人却顶着一头乱糟糟的鸡窝头,两手还各抱着一大桶爆米花,与西装极不相称。

男人的脸上带着讨好的笑意。

电影快开始了,男生不想耽搁,挪了挪腿,让男人走了过去。

那男人连声说谢谢,走到座位中间时,又停住了。他指着女生的座位,语气有些胆怯,"呃,那个……你能帮我从兜里把电影票拿出来吗?"

女生正想跟男生继续亲热,闻言不耐烦地说:"你自己不会拿啊!"

男人看了看两手的爆米花,声音更低了些:"我不太方便……"

女生只得凑过去,把手伸到男人的西装兜里,摸到了电影票。正要掏出票,她突然碰到了男人的皮带,在腰侧,上面好像还别着某种坚硬冰冷的东西。

"你递到我眼前,让我看一下好吗?"男人开口说,"我好像走错厅了。"

女生掏出电影票,递到男人眼前。男人看了一眼,又扭头看了一眼座位上的女生,说:"我没有走错,那应该是你们坐错了。我是六排七号,你现在坐的这个位置。"

男生耸耸肩,"哦,没错。我们的座位是六排八、九号,但我女友视力不好,坐在外侧看不到屏幕,就跟你换了一下。"

"可是……"男人有些为难,斟酌了一下话语,"可是我习惯坐在中间,视野好一点……"

"大叔,你就发发好心吧。"看到自己座位的真正主人,女生也收敛了不耐烦,撒娇地说,"你就坐外面吧,我们会感激你的。"

她有对付这种中年男人的经验,知道什么样的语气会让他们的身体变硬而意志变软。

果然,男人暗暗吞了口唾沫,挠着头,说:"那好吧。"

男人刚坐到九号座位,电影就开始了。灯光如海潮般退却,电影院里,满是黑压压的人头。黯淡的大屏幕上,闪出一个个字,每出现一个字,放映厅里就会响起一声"咔"的打字机声,不疾不徐,宛如心跳:

本片旨在揭露人性之黑恶,涉及被常人所不接受的伦理悖乱、道德沦丧和心理狂乱,含有大量血腥、暴力、性及其相关镜头,不建议意志薄弱、胆小的人群观看。离正片开始还有两分钟,以上人群可在此时离开,去前台办理退票事宜。

放映厅里的人不但没人起身离开,反而更加兴奋了,都纷纷坐直身体,盯着屏幕。

这是电影院做的一次活动,名为"恐怖一周游",就是把经典恐怖片集中上映,让有特殊口味的观众看个过瘾。男生就是被这个噱头吸引过来的,带女友看恐怖片,在惊吓时抱住她,到时候她就任自己施为了。

想到这点,男生微笑起来。这时,身边又传来男人的声音:"抱歉,再打扰一下。这部电影的分级是 PG17,你们……你们还不到这个年龄吧?"

男生心里一惊,他确实是借别人的社保卡来买的票。他扭过头,看着男人,说:"我们都已经十八岁了。再说,这跟你有什么关系!"

"嘿,我不想管闲事。"男人连忙摆手,往后缩了缩,"我就是想提醒你们一下,这部电影可不比其他的恐怖片。它拍出来的那年,因为内容太吓人太黑暗了,导致没有通过审查,禁止放映。直到五年前才允许上映,但也只限于北美,很多国家甚至都不敢引进。"

"不就是一部电影吗?"男生无所谓地说,"反正角色都是假的,再吓人也只是在屏幕里。"

"那可不一定。"男人笑了起来,"我建议你们现在出去,不要看这部电影了,不然可能会出现什么可怕的事情。"

男生不耐烦地挥挥手,"你管好你自己吧!"

女生把手指竖在唇边,说:"嘘!电影开始了,不要讲话。"

男生和男人也就不再说话,把头转向屏幕。宽阔的银幕上,警告字句慢慢隐去,开始显现电影制作者的名单。

但奇怪的是,最先出现的导演名字,被打上了马赛克。

看到这一幕,男人低下头,黑暗里,传来牙齿磨动的声音。轻微,嘶哑,又带着诡异。几秒钟后,男人抬头,愉快地吹了一声口哨,把爆米花放在自己腿上,一边看一边嚼起来。

名单之后,屏幕突然变得血红一片,整个放映厅里都被映红了。血幕中,流动着一抹黑色,诡谲如蛇,在殷红中扭成了两个狰狞的单词。

这就是片名——Black Suit!

吉姆是个漂亮的小孩,金发柔顺,眼睛湛蓝,也很聪明。不幸的是,吉姆五岁时,一场高烧袭击了他。经过治疗后,他的体温很快恢复了正常,但脑袋却烧坏了,智力永远停在了五岁时期。

吉姆的父亲是个律师,总是穿着一身笔挺的黑色西装,在人前严肃不苟,人后却有家暴倾向。在吉姆懵懂的记忆中,父亲对母亲进行了持续七年的虐待。父亲习惯将母亲毒打得遍体鳞伤,昏迷不醒。

而这一切,都当着吉姆的面。

十二岁那年,父亲终于失手将母亲打死,为了掩盖,他将母亲的尸体藏在地下室里。吉姆正巧目睹了这一幕。待父亲离开后,他偷偷溜到地下室里,坐在母亲的尸体旁,希望母亲能像以前一样爬起来和他玩耍。但直到晚上,他都没有如愿,于是,他剪下了母亲的头发。

父亲睡着后,总是梦见母亲的鬼魂回来报复。被吓醒后,他睁开眼睛,骇然发现眼前正是妻子那一头熟悉的金发,而长发之间,隐隐露出亡妻的脸,脸上闪着诡异的笑意!

父亲被吓得屎尿齐流,浑身抽搐,当场猝死。

继承了母亲相貌的吉姆站在床前,把金发扯下来。他看着父亲扭曲的尸体,半晌,痴痴傻傻地笑了起来。

警方处理了这场离奇的案子。吉姆被送往疗养院,与其他没有监护人的智障者一起生活。

不久,护士们又将吉姆送到精神病院。他在里面过了五年,与形形色色的精神病人打交道,也变得疯癫起来。

唯一让吉姆觉得安心的,是医院后园的一棵樱桃树。吉姆把它当成了母亲,每天坐在树下,同虚幻中的母亲说话,也幻想着得到了母亲温和的回应。这是他一生中唯一觉得温情的时刻。但到了十九岁,精神病院决定整改,将樱桃树伐去了。傍晚时吉姆来到后园,只看到光秃秃的树桩,视野里,树桩变成了母亲那毫无生气的尸体。

他趴在树桩上痛哭失声。

一位赶着下班去赴约会的医生过来叫他。他不理,继续哭。医生有些不耐烦,伸脚踢了几下吉姆的腰部。吉姆抽泣着站起来,准备回屋,但那一刻,他突然看到了那个医生的白大褂下,是一身纯黑的西装。

久远的记忆再次弥漫而来,如烟笼雾罩。父亲的狰狞覆盖了他的双瞳。

医生见他不动,伸手来推。吉姆突然转身抓住医生的肩,将他绊倒在树桩上,接着用膝盖死死抵住医生的脖子。直到医生失去呼吸,吉姆才站起来,有条不紊地脱下医生的黑西装,穿在自己身上。

随后,吉姆在贮藏室里找到了砍伐樱桃树的斧头。他提着斧柄,缓缓走向病房。

值班护士看到了这一幕。他们惊恐地发现,吉姆的眼睛已不再蒙昧,但也没有正常人一样的清明,而是笼罩了一层浓郁的疯狂之色。如同嗜血野兽,他冷冷地打量着猎物,喉间低吼,尖牙上寒锋流转。

他们吃了一惊,颤声问:"吉姆,你,你提着斧头干什么?!"

"从现在开始,我的名字不再是吉姆了。"他伸出舌头,舔着冰冷的斧刃,一字一顿地说,"请叫我 Mr. Crazy!"

《黑西装》讲述的,就是这个叫 Mr. Crazy 的家伙的故事。他屠杀了整个精神病院,医生、护士,甚至病人,一个都没有放过。整整三层楼,都被血溢满了。

这之后,他逃离了这座城市,在世界各地流窜犯案。他以世界为幕布,以血腥为涂料,肆意涂抹着自己的罪恶。或许是对之前长久弱智的补偿,离开精神病院后,他的智力达到了令人叹为观止的程度,一次次将警察耍得团团转。

但终于有一个与之智力相当的警察,察觉到了 Mr. Crazy 的犯罪动机:在地图上,把 Mr. Crazy 犯下血案的城市用红线连起来,正好组成了一个硕大的汉字——"杀"。

于是,警方在"杀"字那最后一点所对应的纽约城里,布下重重陷阱。Mr. Crazy 知道危险,但依然来到了纽约,一番大战后,警察死伤遍地,Mr. Crazy 更是亲手杀死了那个察觉到他犯罪踪迹的警察。影片末尾,瓦斯爆炸,带着无数条人命的罪恶,Mr. Crazy 消失在火海里。

正当人们以为影片已经结束,可以从长达两个小时的颤抖和屏息中松口气时,一个人影突然从灰烬中站了起来。镜头拉近,越来越清晰,最后定格住的,是人影身上那件被火烧坏的黑色西装。

影片黑沉压抑,有些镜头更是令人作呕。当那位父亲睁开眼睛时,屏幕突然跳转,母亲那张阴惨的脸充斥着整个屏幕,这个镜头吓坏了不少人。

整个观影过程中,女生不断惊呼,死死攥住旁边男生的衣服。男生也没好到哪里去,脸色发白,好几次都快吐出来,要不是为了在女友面前逞强，只怕早就跑出电影院了。

但坐在外面的男人却一脸悠闲，一边看着恶心的画面，一边把爆米花往嘴里塞，嚼得嘎嘎作响。

"你吃得这么大声，我们还怎么看电影？"在影片快到尾声时，男生突然扭过头，对男人恶狠狠地说。他被电影吓坏了，但通过找旁边这个胆小大叔的麻烦来挽回面子，他还是有把握的。

女生也转头看过去，幽暗光影里，她突然察觉到——这个男人，穿了一身黑色西装！

"对不起，对不起……"男人很不好意思，一边道歉一边把手伸进西装里，拿出了某样东西。男生正要哼一声，却突然耷拉下头，软倒在座位上。

女生碰了碰男生，毫无反应。她猛地想起，替男人掏电影票时，在皮带旁碰到过一个坚硬冰冷的东西。

她正要惊叫，但指尖突然像被什么蜇了一下，一股冰凉从指头渗进血液里，吞噬了她所有的力气。她恍惚地低下头，看到一只针头扎进自己的右手食指，以及男人脸上露出的诡异笑容。

"已经告诉你们，可能会发生什么可怕的事情……"男人收回注射器，插进皮带里，低声笑着，"你们要是听劝离开该多好。"

影片到了尾声，但已经无所谓，男人早就知道这部电影的结局。他吹了声口哨，离座而去。他身后，男生和女生都已没了呼吸，软软地抵靠在一起，看上去似在相拥。

到了外面，空气一下子清凉起来，夜风吹拂，男人的西装猎猎鼓荡。他张开两手，似乎在拥抱整个夜晚。

这时，路旁投影新闻的内容吸引了他的注意——

"下面将播报一个震惊好莱坞的新闻：著名的恐怖片导演、息影二十年的电影大师布朗先生于近日宣布，将以七十岁的高龄重执导筒，为广大恐怖电影迷奉献一部新的作品。"漂亮女主持说完，画面跳转到布朗先生脸上，他的声音沉稳有力："此前我放弃电影事业，是因为觉得我的最后一部电影《黑西装》，只是一部好莱坞工业流水线作品，毫无特色可言。对我来说，这是不可原谅的，我甚至不希望我的名字出现在导演栏里。而现在我有更好的灵感，我将把这部电影进行翻拍，塑造一个更阴暗、更恐怖、更让人战栗的角色！"

"那我们拭目以待！"女主持说，"三天后，狮门影业将为布朗先生举行欢迎晚宴，到时候将具体商量翻拍事宜。"

冷风从街头横贯而过，使得男人的乱发簌簌抖动。他的脸上扬起笑容，然而这笑容也和夜晚的风一样没有温度。"是吗，父亲？"男人嘿嘿地笑着，"你要创造出一个更完美的我吗？"

3

比弗利山庄，人山人海，觥筹交错。

衣着华丽的好莱坞名流们在大厅里交谈，侍者托着酒盘穿行在人群中，角落里有乐团演奏悠扬的乐曲。这一切，都落在詹姆斯眼里，巨细靡遗。到目前为止，没有可疑的迹象。

"你确定他会来吗？"詹姆斯皱起眉头，小声说。

"如果他真的是我电影里的 Mr. Crazy 的话，那他就会出现。我要重拍《黑西装》，这是对他的侮辱，他不可能坐视不管。"布朗先生低着眉，晃动红酒，五彩的灯光在酒杯边缘闪动，"但是这里穿正装的人太多了，他很容易混在里面。"

"放心，我们的探员遍布整个会场，只要他出现，就跑不了。"

正说着，一辆黑色加长型凯迪拉克降落在大厅前的草坪上。车门打开，一个肥胖的男人走出来。所有人的目光都汇聚过去——能在这种场合直接将车开进来的，即使在整个好莱坞，也只有一个人。

"嗨，老布朗，"胖男人径直朝布朗先生走过来，或许因为太过热情，他脸上的肉都在抖动，"好久不见了啊。"

布朗先生回应道："布鲁斯特，上一次见你，你还是在摄影棚打工的小伙子。二十年过去，没想到你成了狮门影业的 CEO，整个好莱坞最有权势的人。"

"哪里哪里，"普鲁斯特擦了擦脑门上的汗，握住布朗先生的手，"您、您的回归，才是好莱坞最关注的事情。我代表……我代表狮门影业，希望能够做您的这部作品的发行商，就像过去的日子一样。"

布朗先生有些尴尬，他宣布翻拍《黑西装》，其实只是为了将 Mr. Crazy 引出来。他年龄太大，疾病已经深入他的骨头里，已经很难拍电影了。他正要说出实情，普鲁斯特却将两只酒杯相碰，清脆的碰撞声在会场里传开。这表示他有话要说，于是所有人都安静下来了。詹姆斯惊诧地发现，普鲁斯特的腿竟然在不停地颤抖。

"首先，欢迎大家来到……"他扭了扭脖子，脸上的肉抖得更厉害了，"布朗先生是值得尊敬的导演，从业几十年，为我们奉献、献了几十部优秀的作品。他让恐怖片在艺术的高度上跨了一大步，电影行业里，唯有希区柯克能与他比肩。"

所有人都鼓起掌来。詹姆斯环顾会场，一切都正常。

"尤其是他的隐退之作《黑西装》，更是影史经典……"他清了清嗓子，"这一部电影，我想恐怕连老布朗本人都无法超越。"

布朗先生皱起眉头，脸上的褶子聚拢起来，周围传来一片窃窃私语。普鲁斯特为人圆滑，在好莱坞各大权力间游走，从未说过像现在这样不得体的话。

"所以，我认为，宣布、宣布翻拍《黑西装》，是极为不……不明智的决定……"普鲁斯特的颤抖传染到了声音里，谁都听得到他上下牙齿打战发生的咯咯声。

布朗先生后退一步，小声对詹姆斯说："情况有点儿不对，小心点……"詹姆斯下意识地把手放在腰间，打量周围，但视野里没有穿黑西装的人在靠近。

普鲁斯特继续说："因为……因为 Mr. Crazy 是老布朗塑造得最为成功的角色，完美、美无缺，不可复制……"他突然抬起头，冲草坪声嘶力竭地高喊，"我已经按你说的做了，你，你千万不要引爆！"

他目光所向，是那辆加长型凯迪拉克。从普鲁斯特出来后，它就静静地停在那里，如一方隆起的黑色坟墓。

詹姆斯眼尖，透过车窗，看到驾驶座上坐着一个人。那人隐在车窗的黑暗里，如同幽灵般模糊，但仔细看，还是能够看出他身上穿的黑色西装。

"就是他，Mr. Crazy，在车里！"詹姆斯顿时明白了，一边大喊一边掏出枪。四周的警探立刻行动，朝凯迪拉克包围过去。但在他们扑上去之前，轿车的悬空引擎已经发动，嗡嗡声中，车迅速升上夜空，在草坪上盘旋一周后向四周林立的建筑群驶去。

警探反应过来后，连忙奔向停车场。几分钟后，一辆辆飞车呼啸着升起，朝凯迪拉克消失的方向追去。幽沉的夜空将这些车一一吞噬。

詹姆斯依然不放心，握着枪，警惕地看着周围。

布朗先生扶住桌子，但手还是止不住地颤抖，好一会儿才说："是他……肯定是 Mr. Crazy。他是我创造出来的，不会看错……"

"你放心，我的同事们已经去追了，他肯定跑不掉！"

布朗先生摇摇头。

"看来，"詹姆斯长出一口气，"他也没有电影里那么厉害和恐怖嘛，一被发现，立刻就吓跑了。"

话音未落，一直站在客厅中间颤抖的普鲁斯特突然炸开，四散的血肉溅满整个厅堂！一个女明星眼睁睁地看着半截指头落到自己的酒杯里，载沉载浮，她一声尖叫，晕了过去。

4

正如布朗先生所料,警察没有追到 Mr. Crazy。他抢那辆凯迪拉克是有预谋的,那是最新款的悬浮车型,有强大的反重力发生装置,潜进高楼群中后,就像飞鸟藏进了丛林。警察们的车跟无头苍蝇一样瞎转,一个半小时后才在垃圾场找到那辆凯迪拉克,但里面已经空空如也。

车里有遥控引爆装置。Mr. Crazy 在逃窜的时候按下了它,使普鲁斯特成了晚宴中最恐怖血腥的礼花。

"他的预谋不仅在凯迪拉克上,"探长苦着脸,每一条皱纹里都盛满了担忧,"他引爆普鲁斯特的画面,至少有三十家媒体拍下来了。现在,网上已经吵翻天,警局的电话全被打爆了。局长肯定顶不住这样的压力,我想,最迟明天,Mr. Crazy 从电影走到现实生活中的消息就会曝光。"

詹姆斯问:"他为什么要这样做? 隐藏着不是对他更有利吗?"

"他想证明给我看,"布朗先生一脸颓然,布满褶皱的灰色嘴唇微微颤抖,"他要证明他是最完美的犯罪角色,不可能有人比他更恐怖……都是我的错,我不该激他出来的……"

"现在说这些已经没用了。既然他打的是这个主意,那您的处境也不安全了。从现在开始,您将接受我们的全面保护。如果他想伤害您,就一定跑不了。"探长安慰道。

普鲁斯特不就是在遍布警探的舞会里被炸成肉酱的吗? 布朗先生这么想着,却没有说出来。

挂了电话,老皮特忧心忡忡地看了看天色。夜正浓,隐隐有雷声传来,似乎天边有头巨兽在打咕噜。

布朗先生说比弗利山庄出了事,今晚不能回来了。他叮嘱老皮特关好门窗,夜里可能有雨,把花圃的遮雨盖拉上……

老皮特觉得布朗先生过于担心了。他自己能够处理好这些事,他是专业的,从没让雇主失望过。

一切妥当后,他回到了自己房间。年纪大了,睡意来得迟,在床上躺了很久才让头脑有些许昏沉的感觉。外面的雷声渐渐变大,夹杂着风声,呼啸不止,在耳边时而强烈时而隐约。

到了下半夜,老皮特终于陷入了睡眠。但没过多久,他就被一声剧烈的响动惊醒了。他睁开眼睛,视觉还残留着刚才的光亮——哦,原来是闪电和雷鸣。看来布朗先生说的果然没错,暴雨将至。

又一道闪电亮起,窗外一个黑色人影清晰可见。

"谁?"老皮特吓得一哆嗦,颤着嘴唇问。没有回应,他竖着耳朵听,只觉得外面所有的声音都停止了,风声雷声俱隐。"是幻觉吗?"他喃喃自语,似在安慰自己。

闪电再度划过天地,世界亮如白昼。这下老皮特看清了,窗外只有大树的枝条在摇曳。"年纪大了,看东西总是要看花眼的。"他这么想着,又躺下了。

但接下来他怎么也睡不着,在床上翻来覆去。房间里一片黑暗,只有自己的呼吸声如潮水般一涨一落。

"吱呀——"传来客厅门被打开的声音。

老皮特的心再次揪了起来。他每天要把那道门打开关闭十几次,不可能听错。他坐起来,左手捏紧被子,右手从床头柜里拿出手枪。

"吱呀——"楼道门被打开的声音。

"嗒嗒嗒……"这是脚在楼道毛毯上踩踏的声音。有人在上楼梯,不疾不徐,似乎走在自己家里一样。但老皮特知道,上楼的人,不可能是布朗先生。他拉开手枪的保险,颤巍巍地对准卧室的门。

脚步声在靠近,到卧室门前停下了。这时,闪电劈下来,老皮特看到门缝下有一双皮鞋的暗影。

老皮特屏住呼吸。

"吱呀——"卧室门被推开。

"砰！"老皮特颤抖着扣下扳机。

"哗啦啦……"积蓄已久的雨终于落了下来。

5

第二天，网上果然沸腾起来。布朗先生还没起床，房间的门就被詹姆斯推开，他急切地说："您快看看网上！"

布朗先生从睡梦中回到现实里需要很长时间，这是岁月给他的副作用。詹姆斯又说了两遍，他才听清："这不是我们预料到了的事情吗？"

"不是！"詹姆斯把折叠屏幕延展开，迅速连上网，"普鲁斯特被炸死的视频确实引起了轩然大波。但现在，点击率最高的，是另一个视频。"

屏幕上光影流转，画面变换。在浑浊的视线里，布朗先生看到了熟悉的人。

是老皮特。

"嗨，大家好，"画面摇晃了几下，一个黑色的人影从旁边走出来，"你们认识我吗？"

视频的拍摄场地是一间昏暗的屋子，一切都很模糊。布朗先生却觉得很眼熟，仔细辨认了一下，惊觉这竟是自己家的地下室。老皮特被绑在一把椅子上，离镜头很远，看不清状况如何。

"哦，可能有些人不认识我，但相信恐怖片影迷一定认识我。我叫 Mr. Crazy，来自《黑西装》。我得给你们说说，这是一部伟大的电影，IMDB 竟然只给了 8.5 分，当年的奥斯卡奖也没有开出分量足够的奖项。"Mr. Crazy

在地下室里胡乱走动,看到什么东西,就拿起来看一眼,然后又扔在地上,"但现在好了,我想你们每个人都会知道这部电影,并且会去看。那时候,你们就会明白,我是不可超越甚至不可复制的。"

他站定了,站在画面的中间,发出像刮瓷片一样刺耳的笑声。

"父亲,"Mr. Crazy 轻声说,"您在看吗? 您肯定在看。那么我想告诉您,我所做的一切,都是想让您为我骄傲。我是您创造出来的最完美的角色。为了证明这一点,在这个月,我将杀死您最信赖的人,能够保护您的人,以及您自己。"

Mr. Crazy 的手向后扬,身子前倾,行了一个标准的贵族礼。

"再会,父亲。"他用法语告别,"这一天不会很久。"

随后,镜头拉近,逐渐将老皮特的身影勾画得清晰起来。这时,布朗先生才看清老皮特。

他已经死了。

"真是个疯子!"詹姆斯咬牙狠声说。

布朗先生捂着脸,浑身抖得跟筛糠一样。退休后的二十年里,一直是老皮特照料着他的起居,两人名为主仆,实为挚友。

而自己所创造出来的怪物,用匕首刺穿了他的脑袋。

"您放心,他不会逃过法律制裁的。"詹姆斯说,"但当务之急,是弄清Mr. Crazy 的意图。皮特先生是您最信赖的人,警方是能够保护您的人。也就是说,他接下来想杀的,就是探长或我——如果他心情好,就是探长和我。还有您,您是他最后一个目标。所以,这一个月内,您要跟我们在一起。"

他们一起走出房间,一开门,布朗先生就愣住了。

门外站满了警察。

每个人胸前都印有"LAPD"几个字母,一身墨绿色警装,笔直地站立在门外的廊道里。他们沉默的站姿整齐有力,警帽下的面孔满是坚毅。

探长站在最前面,走上一步,说:"这次是警界所遭逢的重大考验,法律的权威,人命的珍贵,警察的信念,全受到了一个疯子的挑战。这是不能容忍的!从现在开始,所有的洛杉矶警察都将全力追捕 Mr. Crazy!不管是谁,犯了罪,就一定要付出代价。"

"哗!"所有的警察都举手敬礼。

接下来的几天,布朗先生跟探长和詹姆斯一起,把《黑西装》一片翻来覆去地看了无数遍。影片的每一个细节,Mr. Crazy 的习惯动作,他说过的所有话……这些都被记录下来,多次分析。

"Mr. Crazy 的特征性很强,他以自己的疯狂为荣,并且永远穿着一身黑色西装。"探长指着屏幕上的 Mr. Crazy,"所以,要防范他,其实并不难。这个月还有十天,我们只需要留心所有靠近的穿西装的人即可。"

这些日子,他们出行都在一起,时刻小心周围的人。但似乎 Mr. Crazy 发完那段视频后,就消失了。唯有布朗先生知道,Mr. Crazy 就蛰伏在他周围,某个看不见的角落里,如蛇吐信,伺机而噬。

几天后的中午,他们到警局旁边的餐厅吃饭。进去之前,詹姆斯环顾四周,里面客人不多,没有穿黑西装的,侍者都穿着纯白的工作服。

"没问题。"探长说。

三人落座后,点了几份菜。不一会儿,男侍者就将菜端了上来,然后低头走开。刚要吃,詹姆斯的眼角突然捕捉到了一抹黑色。他下意识地把布朗先生往桌下按,同时去拔腰间的枪,喝道:"小心!"然而看清那抹黑色后,他愣住了,"女人?"

没错,餐厅外的路口,走来了一个穿纯黑西装的人,虽然隔得远,但能看到曲线起伏,绝非男人。很快,她身后又走来一些人,均是一身黑装,在路人诧异的眼神中走过。

"哦,是在模仿 Mr. Crazy。"探长松了口气,端起咖啡,"狂热的影迷啊!"

的确,这些人都是《黑西装》的影迷。最开始时,市民根本不相信 Mr. Crazy 从大银幕上走下来了,都以为那两段视频是恶搞。但随后 CNN 报道了比弗利山庄的爆炸,加上警方的默认,他们的态度就开始向两极转化了——有些人很恐慌,躲在家里不出来,毕竟光在电影院就有人被《黑西装》吓死,他们不敢想象这样的人到了生活中会是怎样;还有一部分人,却十分兴奋,他们故意装扮成 Mr. Crazy 的模样,在街头闲逛。后者大都是嬉皮士,或者恐怖片迷,对他们来说,Mr. Crazy 简直跟图腾一样神圣。

布朗先生长叹一声。面对外面那些人,他不知是该为自己的作品受到如此推崇而高兴,还是为社会风气的怪诞而担忧。

"还是小心些,可能真正的 Mr. Crazy 就藏在这些人里面。"詹姆斯依旧握紧枪。

"不要太紧张,Mr. Crazy 几次作案都是在晚上,现在大白天,他不敢动手的。我们要是太害怕,会让民众失望的。"探长抿了一口咖啡,有些苦,不由得皱起了眉头。他想起了什么,又抬头说:"对了,这些天,研究所的同事一直在对复制 Mr. Crazy 的仪器进行逆向分析,成果显著,很快就能把全部流程和原理弄清楚。到时候,或许会知道 Mr. Crazy 的某些缺陷。"

"但愿如此吧。"布朗先生拿起刀叉,去切餐盘中的牛排。他年纪太大,一不留神,餐刀脱手掉在地上。

詹姆斯朝那上菜的男侍者喊道:"服务员,再拿一副餐具来。"

侍者置若罔闻,径直低头走向厨房,留给詹姆斯的只是背影。

詹姆斯有些纳闷儿,刚要嘀咕时,却蓦然发现探长捂着自己的喉咙,发出微弱的"嘶嘶"声。

"探长,你怎么了?"

探长的脸已经变成了乌青色,凝满了痛苦的荫翳。他挣扎着伸出手,指着那男侍者离开的方向,说:"咖啡……有、有毒……他就……Mr. Crazy……"

"我叫救护车,你坚持一下!"詹姆斯急切地说着,掏出手机。

"纳米毒,没用的……你去追、追他……不要管……快!"就这么一会儿工夫,探长的整个人已经被酱紫色笼罩了。

詹姆斯心里一凉:纳米毒是现代科技所研究出的最凶猛的毒物,无数微小的纳米机器藏在咖啡里,一进入人体,它们就会被激活,开始疯狂地啃噬人体所有器官。在所有涉及纳米毒的案件中,中毒者无一幸免。他没有再耽搁半秒钟,拔腿就往厨房追去。

在厨房的后门,白影一闪即没。

詹姆斯挤开正在工作的厨师,当他到达后门时,看到的只是一条空荡荡的巷子。风刮过来,巷子里的废纸屑纷纷滚动,詹姆斯红着眼跑到巷尾,一根木棒突然从旁边挥过来,狠狠打在他后脑勺上。

巨大的眩晕感袭击了他。他握不住枪,倒在地上,却尽力挣扎着不让自己昏过去。一个男人走进他晃动的视线里,正是刚才逃跑的服务生。

"嗨,第一次见面就用木棒打招呼,真是不礼貌。"男人说着扔掉木棒,满脸歉意。

"你……是 Mr. Crazy?"詹姆斯想爬起来,但四肢软绵绵的。

"是的,我喜欢这个名字,直接,有力,听到的人都会怕。"

"可、是,你没有穿黑西装……"

Mr. Crazy 愣了愣,随即大笑起来,似乎听到了最好玩儿的笑话。他捂着腰,越笑越止不住,好一会儿才喘匀气,说:"哈哈哈,谁说我一定要穿黑西装的? 难道就因为那部电影的名字叫《黑西装》,还是因为我以前从来没有脱下过它? 可我是个疯子呀,亲爱的警官先生,一个疯子有权利穿他任何想穿的衣服!"

詹姆斯发出含混的呻吟,他伸出手,试图把掉落一旁的枪抓过来。Mr. Crazy 上前一步把枪踢开,微笑着说:"木棒已经很不礼貌了,枪更粗鲁。我们都是绅士,还是和气一点好。"

"我死了都会抓住你的……"

"不不不,我现在还不想杀你," Mr. Crazy 蹲下来,整理着詹姆斯散乱的衣领,凑到他耳边说,"你替我转告父亲,离月底还有五天,无论如何,我会取走他的生命。这五天,恐惧和绝望将如影随形——他给了我恐惧和绝望的人生,我要还给他。"

"你不会成功的,你是个疯子……"

Mr. Crazy 缓缓摇头说:"不,正因为你不疯,所以你不明白——我的力量,全部来源于疯狂!"他提起詹姆斯整齐的衣领,猛地往下一按,巨大的撞击使詹姆斯彻底陷入了昏厥。

6

这个夜晚,无比漫长。

布朗先生独自坐在男子中心监狱最深处的房间里,老式钟表的滴答声一下一下地响起,提醒他时间的逝去。监狱特有的阴腐气息弥漫在狭小的房间里,浮动,缭绕,似乎想将这个老人赶出自己的地盘。

布朗先生也不想待在这里,但这是整个纽约城最安全的地方,连光子炮弹这种重武器也炸不开监狱的墙壁。

今夜是月底,Mr. Crazy 所说的最后期限。

房间外,詹姆斯握紧枪,竖起耳朵听着外面的动静。他周围,是纽约城里资历最出色的警探们,都配备了武器。更外面一些,停着数百辆悬浮车,一有动静,这些车就会像蜂群一样布满整个天空。而以监狱为中心的几英里内,每条街都布置了便服警员,时刻留意着任何可疑的人。

几乎半个洛杉矶城的警力,都集中在这里。

此前 Mr. Crazy 扬言要杀的三个人,已有两人被害,其中之一还是警界颇有威望的探长,这让政府承受了巨大的舆论压力。选举将近,总统不愿背上无能的骂名,也不想影响连任,于是亲自批示,必须保护好布朗先生。

詹姆斯握枪的手心里，沁满了汗水，他不得不握紧又松开，保持与呼吸一致的节奏。Mr. Crazy 的可怕他已经领教，但他实在想不出，在这种军队般的保护下，Mr. Crazy 将如何得手。

嘀嗒，嘀嗒，钟表单调的声音在每个人耳边回荡。

已经十点了，依然是死一般的寂静。监狱外面，聚集了大批市民，他们都知道今晚会发生什么，既害怕又好奇，纷纷站在不远的地方观望着。警察不得不分出一批去驱散他们。人群散开，又在更远一些的地方聚拢，举起手机拍摄。

警方没有再干涉，这种情况急迫的时候，不能分散力量。

到了十一点，夜晚深沉幽暗，天幕如黑压压的锅盖笼罩。无星无月，连风都凝固了。

警方早有准备，近千台强光灯同时打开，监狱外纤毫毕现。没有人能趁着黑暗靠近。

人群越来越紧张，警察们的心也提到嗓子眼了。只剩不到一个小时，还没有任何可疑动静，所有人都在想 Mr. Crazy 将用什么手段来实现他的承诺。就像一部好莱坞电影，铺垫已足够多，就等一个让所有人都惊讶又赞叹的结尾了。

嘀嗒，嘀嗒，只有指针在有条不紊地走动。

当分针快指向十二时，所有人都屏住了呼吸。詹姆斯旁边的一个警探忍不住小声倒数起来："三十、二十九、二十八……"

布朗先生沉默地坐着。他的心没有随着时间的逼近而窃喜，以 Mr. Crazy 的手段，即使到了最后一秒，自己也有可能死亡。

"十、九、八……三、二……"

布朗先生闭上眼睛，在绝对的黑暗中等待着命运的来临。

"一！"

几秒钟后，他睁开眼，一切安然无恙。警察开始小声议论，围在外面的人群则骂骂咧咧地散开。

这一夜,布朗先生没有遭到任何袭击。

然而这并非风平浪静的一夜。

午夜刚过,当所有的警察都松了口气时,警局研究所就遭到了抢劫。

因为城里的大部分警力都调到了监狱附近,致使警局守备松懈,被一群穿黑西装的家伙轻易攻破。当警察们赶到时,研究所大门洞开,里面的设施完好无损,唯一消失的,是复制 Mr. Crazy 的那台克隆仪。

监视器显示,为首的人正是 Mr. Crazy。

事实证明, Mr. Crazy 根本就不打算杀布朗先生。他如此高调,只是为了转移人们的注意力,那段日子,他并没有闲着——在警察视线的盲区,他纠集了一批忠诚的追随者。

"我真蠢!"詹姆斯在听到消息后,用头狠狠地撞了一下墙壁,血迹迅速从额头渗出来,"他明明自己都说是个疯子了,我居然还蠢到按照他的思路走!从一开始,他的目的就是克隆仪,这种仪器,落到他的手里,后果……"

但他立刻又振奋起来:以往抓不住 Mr. Crazy,都是因为他独来独往,没有留下线索。而现在,他纠结了十几个人,人多必定嘴杂,只要走漏出一丝风声,就可以顺藤摸瓜找到 Mr. Crazy!

詹姆斯立刻把线人全部派出去,在街头巷尾打听消息。只要那群人一出来,就绝对逃不过线人的耳目。

事实的确如此。第二天,那群追随 Mr. Crazy 的人就被找到了。

他们全部躺在金门大桥下,冰冷的海水使他们的身体变成了青紫色。其中几具尸体,眼珠突出,脸上还残留着震惊和恐惧的表情,仿佛他们一直沉浸在疯狂里,直到死亡阴影覆盖前的最后一刻才恍然大悟。

自此,寻找 Mr. Crazy 的线索完全断绝。他无声无息地消失了。

7

两年后,法国南部,赛尔小镇。

布朗先生刚起床,窗帘拉开,灿烂的阳光立刻照进屋里来。这是欧洲一座古老的小镇,听不到车马喧哗,没有刺鼻的工业废气,一切都笼罩在清晨静谧的时光里。光柱从窗子斜照进来,一条一条,纯净得没有丝毫尘埃混在其中。

这两年,布朗先生一直住在这里,生活宁静,与世无争。最初的提心吊胆,已经如阳光下的冰块一样消融。他很享受这天堂般的小镇生活,甚至疑惑,为什么自己以前没有想过搬到这里来。

吃完早餐,他慢慢在街头散步,古老的建筑陪伴着这个老人。路过的镇民都向他打招呼。这小镇居民不多,住一阵子,就认识所有人了。布朗先生也含笑点头。

晚上,他去了镇上的老年俱乐部。这里的人热爱文学与电影,十几个老人围坐着,互相分享最近看到的好电影。有人提到了布朗先生拍的几部恐怖片,当然,他们并不知道电影的导演就坐在他们中间。最后,他们开始朗诵诗歌。

夜色将这个小镇氤氲成一片的时候,俱乐部散场了。因为顺路,布朗先生和列车值班员老金利一起回去。

"你来这里也有段时间了,"老金利缩缩脖子,将十一月的寒气阻隔在大衣外,"怎么样,喜欢这里吗?"

布朗先生点点头,"这大概是我一生中最平静的时光了。以前太忙,忙着挣钱,老了,变成孤单一个人,就觉得享受生活比忙生计更重要一些。"

"很高兴这小镇能让你有这样的想法。"老金利叹了口气,"可惜年轻人不这么想啊,他们长大了,都出去了,巴黎、纽约、上海……我一辈子都待在这里,守着列车站,也没有觉得生活有多么糟糕。"

"等他们年纪大了,就会明白的。"

他们在路口告别。布朗先生回家,老金利则去车站值夜班。一条离子轻轨在镇西掠过,行驶其上的,是洲际列车。这是小镇唯一通往繁华世界的途径,许多年轻人,提起行囊,吻别姑娘,踏上车去到缤纷而诡谲的都市。不过只见有人离去,少见有人从车上下来。

但今晚是个例外。

午夜刚过,洲际列车就进站了。老金利打个哈欠,慢吞吞地在电脑上记录。这时,一个人的脚步声由远及近。离子引擎的列车,在发动和行驶时都是无声的,因而那脚步声显得格外清晰。

"这么晚了还有人来?"老金利想着,抬头看去。

进站室里空荡荡的,合金墙壁闪着森冷的光,一个男人走进来,一身的黑色西装显得格外刺眼。老金利正要说话,发现进口又走来了一个人……不不不,不止一个,后面有五个人走了进来。他们体型各异,五男一女,但同样的衣着,脸上挂着同样冷冽的表情。

六个西装革履的人,错落地站在窗口前。

老金利有些纳闷,想了会儿才明白——自己之所以会认为脚步声是一个人的,是因为这六人走路的步调完全一致,六只皮鞋同时踏下,六只皮鞋同时悬空,只发出一个声音。

"请问,这是赛尔镇吗?"为首的男人走过来,温和地笑着。

"嗯……"老金利还沉浸在诧异中,"赛尔小镇欢迎你们,你们来这里有何贵干?"

"哦,我们来找亲戚的。"

"谁呢?这个小镇的所有人我都认识,我可以告诉你地址。"

布朗先生迎来了久违的噩梦。

梦里是黑夜,但整个夜晚的黑凝聚起来都不及那人身上的衣服。他的左手和右手分别提着老皮特和探长的头,头颅滴血,在地上淋出歪斜的两行。头颅的眼睛还是睁开的,嘴巴在不停地张合,却没有声音。Mr. Crazy 走过来,低声絮语:"父亲,我是您最杰出的作品,是吗?"

布朗先生惊醒了,大口喘气。额头上满是冷汗,白发软软地耷拉着。

路灯透窗而过,橙黄的光线在房间里缠绕着,让家具表面染上了淡淡的光晕。这安详的景象让布朗先生稍微镇定了些,他喘匀气,闭上眼睛打算再次入睡,却又马上睁开了——

不对劲儿!

因为要节能,小镇的路灯都安装了感应器,没有人或车的话,灯是不会亮的。

屋外响起了狗叫声,连续而急促,在夜色里显得格外突兀。布朗先生松了口气:虽说路灯的感应是智能的,但狗叫声这么激烈,也有可能被误认为是人声。"过了这么久了,还疑神疑鬼……"他自言自语,安慰自己。

"汪汪汪汪——"

狗叫声突然停了。没有征兆,像一把匕首割断了所有的声音,死一般的安静压了过来。路灯依然亮着。

布朗先生睡不着了,他披衣起床,打开门。在昏沉沉的灯光下,他看到了六个黑色的人影。他们散乱地站着,路灯下,花圃里,远处的巷子,近处的街道,还有围栏和台阶,各站了一个人。他们都站得笔直,脚下被路灯拉出标枪般的影子。

再也没有侥幸了,噩梦里的人出现在视野中,糟糕的是,还不止一个。

"父亲,好久不见。"站在台阶上的男人抬起头,正是消失已久的 Mr. Crazy,"两年了,您在这里生活得还好吧?哦,应该不错,我跟车站的值班员聊过了,他说您挺喜欢这里的。我真为您高兴。"

"老金利?你把他怎么了?"

Mr. Crazy 笑了,"您不用担心。"他的脸上布满了诚恳,语气柔和,"他走得很安静,几乎没有遭受痛苦。当然,这得益于与我同行的 Miss.

Poison——哦,瞧我的礼貌去哪儿了,我还没有给您介绍他们呢!"

布朗先生浑身哆嗦,无力地倚靠在门边。他颤巍巍地把手伸在背后,看样子是在试图撑住身体,手指却摸索着,按下了藏在墙壁上的警报器。"嘀",轻微的声音响起,这表明镇上的警察局已经收到了信号。很快,警车就会包围这里。

Mr. Crazy 正要介绍他的同伴们,似乎没有注意到布朗的小动作。他指着站在花圃里的人,笑吟吟地说:"这位是 Mr. Blood。他以前是医生,但是喜欢用刀子割开病人的动脉,让血溅满整个房间。他身上背着十七条人命。"

"今夜之后,这个数字就会翻倍了。"Mr. Blood 脱下帽子,朝布朗先生恭敬地鞠了一躬,说,"很荣幸见到您。"

"那位躲在巷子里的,是 Miss. Poison。她是位药物学博士,却对毒药情有独钟,曾经把加州州立医院一百五十二人毒死,而目的,仅仅是为了试验新药。那位值得尊敬的车站值班员,就是被她吻了一下后,毫无痛苦地去了天堂。所以说,美人的吻总是有毒的。"

巷子里的人影动了动,没有说话。

"这位,叫 Mr. Boom。您别看他身体瘦弱,他身上携带的炸药,能把这个小镇炸成飞灰。今晚主要的清理任务,将交给他。那边在路灯下百无聊赖的,是 Mr. Knife,他熟悉所有的刀具,从铅笔刀到大马士革刀,从手术刀到斩马刀,无一不精。当然,死在他刀下的人,比他熟悉的刀的种类要多得多。"

布朗先生望了一眼远处,路的尽头,一片寂静。

"最后,是 Mr. Gun。"Mr. Crazy 笑意不减,"不过我就先不介绍了,一会儿之后,您就知道他能做什么。"

这五个人,分布在布朗先生视野的各处,如幽灵鬼影。

"他们,是你找来的帮手?"布朗先生指着他们问。

"您可以这么说,不过,我更愿意称他们为兄弟姐妹。"

布朗顿时明白了,"你用克隆仪造出来的?"

Mr. Crazy 像孩子被老师夸奖了一样,脸上的笑容格外夸张:"哈哈哈,您猜的没错。这两年时光,我都花在了对克隆仪的了解上。那确实是跨时代的科技!弄懂之后,我就把他们造出来了。刚才我说的他们的经历,只是克隆仪的设定,还没有发生。但很快,这些经历就会成真,全世界都将知道他们的能力。但在那之前,我必须先向您展示,正如我所说的,我做的一切,都是为了让您为我骄傲。"

"任意造人是上帝的活计,你抢了,会有报应的。"

"那就让报应来找我吧!" Mr. Crazy 狂叫一声,脸因为激动而扭曲。这一声吼叫远远传开,几只栖息在树上的鸟儿振翅飞起,哗啦啦地盘旋着。与此同时,呜呜的警车声终于响起了。

路的尽头,有闪烁的车灯靠近。

Mr. Crazy 却没有丝毫惊慌,看着布朗先生的眼睛说:"从您按下警铃到现在,他们过了七分三十八秒才出现,简直是对'效率'这个词的侮辱。"他转头看向 Mr. Gun,扬了扬下巴,"交给你了。"

Mr. Gun 沉默地点点头,掀开上装,露出夹在皮带上的七支枪。他抽出两支,眯着眼睛,对准驶来的警车。

"砰砰砰……"

枪声将夜的宁静震得支离破碎。鸟儿正要落回枝头,却被枪声惊得扑腾向上,彻底消失在昏沉的夜幕里。当枪声消失时,警车的鸣笛也止息了。四辆警车全部失去了控制,左右冲撞,直到撞到墙壁才停下,里面没有人爬出来。

"这个镇上有十七个警察,Mr. Gun 总共开了十一枪," Mr. Crazy 满意地笑了,"所以,父亲,您应该知道他是什么样的人了吧?"

"你、你……"失去了对警察的指望,布朗先生的脸色也变得灰白,"你到底想干什么?"

"哦,父亲,您不要害怕,我不会伤害您的。我们是您的子女。"

"父亲。"另外五个人同时低声说。

"但是,这个小镇上的所有人,都将死去。您会看着整个过程。您拍恐怖片,不就是想探讨人性有多么恶劣吗? 今夜,您会知道答案的。"Mr. Crazy 缓慢地说着,灯光斜照,他的一半脸纤毫毕现,另一半却隐在深深的黑暗里,"动手吧。"

Mr. Bleed、Mr. Knife、Miss. Poison、Mr. Boom 和 Mr. Gun 同时转身,走向小镇的各个街道。

8

布朗先生不愿意去回忆那一夜发生的事情。很长一段时间内,他都不能看到红色——不管是粉红还是深红,否则就会呕吐不止。

詹姆斯也没有逼迫,安静地等待着。两年过去了,他比以前成熟不少,下巴上胡茬乌青,眼神幽蓝深邃。他也比以前更瘦了,说话时脸颊的肉会凹陷下去。

一周之后,布朗先生才恢复过来,把 Mr. Crazy 带着五个同伴作案的经过详细地讲了出来。

"这样……"詹姆斯眯起眼睛,眉旁的褶皱重叠如丘,"他为什么要花那么大的力气去克隆别人呢? 他自己就是最危险的罪犯,怎么没想着把自己复制出来呢?"

"他……大概是因为自负吧。当初我为了引他出来,说要翻拍《黑西装》,在晚宴上,他借普鲁斯特的口说他是不能被超越的,甚至不能被复制。所以,我想他不会允许有人跟他同样聪明,即使是他本人。"

詹姆斯陷入了沉思。

良久,他抬起头,"您知道吗? 在 Mr. Crazy 抢走克隆仪前,我们就逆向获取了那种技术？”

"你什么意思？"

"我是说，我有一个办法可以对付 Mr. Crazy 了——他不肯做的事情，我们来做！"

雨夜，整个洛杉矶被笼罩在水雾朦朦里，高楼大厦静默无声，霓虹撕不开重重雨幕。这座城市似乎快融化了。

雨势太大，市民不愿意出门，这座不夜城也露出了疲惫之态。然而午夜刚过，一辆加长林肯就开到了疗养院门口，两边车门打开，各下来三个人。

他们没有打伞，哗啦啦的雨水将他们身上的西装淋得湿透。

"就是这个地方了。"站在最前面的 Mr. Crazy 说，"这是个回忆之地啊。"

雨下得更大了，地面的水花凋零又绽放。

"去吧。"

除 Mr. Crazy 之外的五个人，沉默地走向疗养院。街面的水已经积得很深了，他们的皮鞋被水灌满，但步伐一致，如同五台精密的机器。

Mr. Crazy 站在车旁。疗养院熟悉的外观引起了他的某些回忆……他想抽根雪茄，但雪茄刚拿出来就被雨水淋湿了。他把雪茄扔了，用皮鞋踩得稀烂。

他独自站在街中央。

按照估计，屠灭疗养院至少需要五分钟。但仅仅两分钟后，五人就回来了，Mr. Blood 走到他面前，低声说："疗养院里一个人都没有。"

Mr. Crazy 在口袋里掏了掏，只掏出一片被泡湿了的口香糖，他撕开包装放进嘴里，点点头说："他们包围了这里。刚才这两分钟里，没有一个行人路过。"

"别担心，我们会保护你。"

"我什么时候担心过？" Mr. Crazy 低声微笑，"我只是不知道他们怎么预料到我会来这里的。"

这时，警笛声从四面八方传过来，超过五十辆的飞车从四周建筑的背面钻出来，车灯汇聚到六人身上。街道旁也拥出许多荷枪实弹的警察，藏在掩体后，举枪对准街心。

"看样子，真的是个陷阱。" Mr. Crazy 耸耸肩，"你们都知道该怎么做吧？"

五个人点点头。

"你们已经被包围了，立刻放下手里的武器！"一辆飞车里传出喇叭声，顿了两秒，又重复，"你们已经被包围了，立——"

是 Mr. Gun 开了枪，那飞车像是断翅的鸟，一头栽了下来。

"开枪，死活不论！"警察群里，詹姆斯下令道。

枪声此起彼伏。

Mr. Crazy 嚼着口香糖，弯腰钻进车里。子弹打在车顶上，叮叮当当地爆响，这一瞬间，Mr. Kinfe 至少被三十颗子弹打中，满身血洞地倒在水泊里。其他人也好不到哪儿去，Mr. Blood 被击中了腿，Miss. Poison 和 Mr. Boom 都受了不同程度的伤。但 Miss. Poison 在上车前，朝地面扔了一颗胶囊，胶囊壁遇水即溶，里面不计其数的纳米虫蜂拥而出，在水中以闪电般的速度游弋起来。

在地面包围的警察，几乎同时被纳米虫攻击，捂着腿脚哀号起来。

枪声顿时低落了很多。

等 Miss. Poison、Mr. Boom 和 Mr. Gun 上车后，Mr. Crazy 启动了车的悬浮装置。Mr. Blood 挣扎着也想进来，但车门已经关闭了，他独自暴露在枪林弹雨中，一秒钟后，他和 Mr. Kinfe 躺在了一起。

看着被打成一摊烂肉的同伴，Mr. Crazy 的表情没有任何变化。Mr. Gun 朝车窗外开着枪，每一声枪响，都有一辆警用飞车陨落。而林肯车军用防御级别的车顶，为他们挡住了绝大部分的攻击。

Mr. Gun 集中攻击东南方的警车,迅速打开一个缺口。林肯车斜冲过去,车的底盘立刻被地面上的警察攻击,有两颗子弹击中了引擎,车摇晃了一下,但依然冲出了警车的包围。

"想抓我?" Mr. Crazy 一边控车一边冷笑,"这是你们逼我的,下次,我带来的就不止五个人了!"

在消失于雨中建筑间的前一刻,他斜眼一瞥,看到了地面上的一幕——

在纷乱的警察群里,詹姆斯正拉扯着一个穿黑色西装的人。那人的手被铐住,却一脸微笑,扬头朝着 Mr. Crazy 离开的方向。

那套装束,那副表情,简直就像是看着镜子里的自己一样。

林肯车猛地停在了空中。

"怎么回事?" Miss. Poison 皱着眉头,"再不走,就来不及了。"

Mr. Crazy 没说话,咬着嘴唇,手指在方向盘上焦躁地敲击着。"我要杀个人,"他说,"他们克隆出了另一个我,这是不可原谅的。我一定要杀了他。"说完,他朝 Mr. Boom 看了一眼,然后操控林肯车迅速爬升。

Mr. Boom 点了一下头,打开车门,跳了出去。在落地前,他按下身上炸弹的开关,巨大的轰鸣声将周围的一切吞没。雨水迅速蒸发,追击过来的警车也被冲击波掀开,玩具般撞向两边的建筑。

待爆炸消弭后,Mr. Crazy 降低车的高度,朝詹姆斯那边俯冲过去。

"小心!"詹姆斯一边喊,一边扯着那个黑衣的男人往后面躲。警察们不顾腿上的疼痛,举枪射击,林肯车的底盘瞬间被射得蜂窝一般。一颗子弹穿透车体射进来,钻进 Miss. Poison 的左腰,立刻又从右胸穿出。

血浆溅满了整个车厢。

Mr. Gun 满脸都是同伴的血,却没有擦,而是沉着地瞄准警察群。他扣动扳机,枪口轰鸣,手臂却纹丝不动。子弹穿过满是血腥的空气,朝詹姆斯身侧的那个黑衣男人射去。

詹姆斯早就防着了,把男人往身后一压,同时举枪还击。他击碎了林肯车的车窗,Mr. Gun 的右手被击穿,但 Mr. Gun 连眉头都没有皱一下,立刻换成左手射击。

"砰砰砰……"

詹姆斯只觉得左手一轻,顿时心头凉了。他回过头——果然,身侧的男人被击中了,捂着胸口倒在地上,脸上那一贯的诡异微笑也变得冰冷僵硬。

"好了!" Mr. Crazy 猛打方向盘,林肯车再度逆着雨水爬升。而这时,警车破损一地,警察们也死的死伤的伤,再也无力追击。

詹姆斯满脸悲愤,怒吼一声,举枪连射,但也只能看着林肯车在雨幕中越来越模糊。他为了这场围剿,付出了极大心血,但没想到在重重包围之下,Mr. Crazy 还能全凭武力闯出去。

一辆飞车突然从斜刺里冲出来,狠狠地撞向林肯车。

Mr. Crazy 脸上的笑意终于凝结。他转动方向盘,想要避开,但车的底盘遭到重创,反应迟滞,还没来得及挪开,就被那辆飞车撞到了。在巨大的震动袭来前,透过破损的车窗,他看到了对面车上的司机。

那是一个老人,满脸皱纹,白发奓拉,但眼神里的愤怒连雨水都可以灼干。

"父亲……" Mr. Crazy 似乎有些不敢相信。

空中两辆车像弹珠一样碰撞又分开,朝两个方向翻滚着落到地面。

这次的撞击连林肯车都无法承受,车门被撞瘪,车窗的玻璃直接插进了 Mr. Gun 的胸腹。这个从来不说话的男人,手里还紧握着枪,却再也没了呼吸。

Mr. Crazy 也被震得够呛,咳出了好几口血。他挣扎着踹开车门,慢慢爬了出来,刚抬头,就看到了黑森森的枪口指着自己的脑袋。

"恭喜你,咳咳……你终于还是抓到我了。" Mr. Crazy 满脸血污,仰头看着詹姆斯。

"这一天来得太迟了,代价也太大。"

Mr. Crazy扭头看着不远处那具黑衣的尸体,"如果你没有复制出另一个我,这一天会更迟的。"

"也只有你自己,才知道你会来袭击这间疗养院,《黑西装》的场景都是在这里搭建的……你太自负了,要是你不掉转车头回来杀他,今天我们还是拦不住你。"詹姆斯深吸一口气,"不管怎么样,一切都结束了。"

"不,还没结束。现在的法律没有死刑,你把抓我回去,我们之间就还会有见面的一天。"

"法律没有,但我有。"

尾　声

布朗先生醒过来后,第一眼就看了Mr. Crazy被当场击毙的新闻。

"局里的人都知道,我是在Mr. Crazy没有抵抗的情况下开的枪,但他们没有责怪我,还帮我把报告圆过去了。"詹姆斯给他送来了一束鲜花,"现在,这场噩梦终于结束了。"

是啊,噩梦结束,天就亮了。布朗先生伸出手,感受着窗外射进来的阳光,老迈的皮肤里,感到了久违的暖意在流淌。

"你升职了?"过了很久,布朗先生才留意到詹姆斯的警徽变了。

"嗯。"

"应该的,这次你做出了很大的贡献。复制另一个Mr. Crazy来揣测他的行动,并且用作诱饵来牵制他,这种计划也只有你能想得出来。"布朗先生握住詹姆斯的手,"恭喜你。"

"值得恭喜的是那种疯子终于死了,世界安全了。"

离开医院的时候是中午,病人们纷纷出来晒太阳,几个孩子在打羽毛球,空中被划出洁白的曲线。这温馨的场景令詹姆斯露出了笑容。

"丁零零……"手机响了。

"怎么了?"他问。

"他逃走了!"电话另一头是局里的同事,语气急切。

"谁?"

"Mr. Crazy。"

"不可能,我亲手把他脑袋打穿的!"

"不是那个,是另一个。当时他胸口中枪,我们所有人都以为他死了,但是——"

手机从詹姆斯手中掉落。他怔怔地看着明媚的天色,太阳很明亮,云层高远,但他却缩着手臂,觉得浑身一片冰凉。

星辰暗旅

　　我从七月的地球出发,沿着"安琪号"的航迹,几乎追遍了大半个联盟疆域。我搭乘各式航舰,在宇宙间穿梭。有时候飞船里很拥挤,形形色色的异星人混在我周围,他们谈笑歌唱,他们痛骂打架;有时候客舱里空旷死寂,我独自趴在观望台前,外面群星闪耀,星河流转……

　　后来通过在宇航总署里的关系,我弄到了"安琪号"的路线图,于是提前赶到了古斯特星。终于,在古斯特星唯一的港口里,我看到"安琪号"自天空缓缓降落。巨大的舰身悬停在泊位上,舷梯连接好后,一群船员鱼贯而出。我仰着头望过去,六轮恒星在天际初露峥嵘,光线在舰侧勾勒出明亮的光弧。我的眼睛眯成一条缝。

　　当那个穿着旧风衣、戴着不合时宜的泰森毡帽的男人走上舷梯时,我终于长长舒了口气。

　　这正是我要找的人。

1

　　"你要采访我?"威克接过证件,边看边念,"张紫,《星旅人日报》实习记者……"

"很快'实习'这个前缀就会消失了,"张紫把记者证拿回来,小心地放进包里,"只要我写好对你的采访。"

威克拉低帽子,回头看了身后的"安琪号",船员们正在卸货,飞船上的优质烟酒会被运往港口的各个酒吧。捕鱼周还未开始,所有人都只能窝在港口,烟酒会是最好的消遣。"我只是一个普通的船长,没什么好采访的。"威克转身走向"安琪号"。

张紫连忙走快一步说:"不,你的'安琪号'是联盟里最著名的雇佣舰之一,你的历险航迹一直被人称道。你到过的很多地方,连科考队都不敢靠近,暗域、死亡峡——"

威克停下,皱起眉头说:"不要拿百科里的资料来糊弄我。而且,显然你没有听出刚才我话里的意思,我不想被采访。上一次,也有一个女记者说要采访我,结果三天后她上了我的床,出卖色相套出了我的事情,然后把我所有的负面事迹都报道出来了。到现在我还被船员们嘲笑。"

"放心,我不会——"

"嗯,我也相信你不会上我的床,你……"威克挑了挑眉毛,"即使在东方女性中,你的身材也太平板了。你要是到了我床上,我就会去睡沙发。"

张紫脸一红,大声说:"我是说,我不会那么狭隘地进行报道,我是一个有专业素养的记者!"

"实习记者。"威克补充,"况且,我现在很忙,有大量的货物要运送,捕鱼周开始后我还要去环海捕晶鱼,这可是笔利润极大的买卖。比起采访,我对赚钱更感兴趣。"

"我不会耽误你的时间的,我只是跟你上船,了解你的生活,记录下来就可以了。"

"不行,我的船上不能有女人!"威克说完便走,走了几步,没再听到张紫的恳求。他有些纳闷儿,这个实习记者看上去不像是轻言放弃的人。

威克犹豫地停下,扭头看见张紫正站在原地,不顾周围涌动的人流,右手在便携记事本上跳跃点击,看起来是在打字。

"你在写什么?"威克没来由地心里一寒,走过去,他比张紫整整高出一个头,轻而易举地就看见了她打出来的字,"'仅见一面,威克船长的傲慢与荒淫就暴露无遗,他敛财成性,与女子肆意发生关系,对女性怀有强烈歧视'……嘿,我说,你这是在干什么?!"

"写对你的采访,"张紫头也不抬,"既然不能直接了解你,就只能凭印象来写了。"

威克一把将泰森毡帽摘下来,左手揉捏帽檐,过了很久,他问:"你写的这些,会刊登出来吗?"

"当然,读者都喜欢看这样的报道。"

"那你跟我上船吧,写些其他的。"

"安琪号"的规格属于联盟二等舰,体形硕大,张紫站在下面,如同蚂蚁仰望着成年鲸鱼。

"上来吧。"威克领着她,自升降梯进入"安琪号"内部。里面大都由轻金属材料构建而成,几乎没有装饰,充斥着原始的金属冷感。张紫不时扭头张望,墙壁像镜子一样映照出她的影像。廊道和连接桥纵横错落,货物在传送带上有序地滑动。来往的船员都向威克致敬,威克以点头回应。

穿过长长的廊道,他们来到高级船员休息区,威克耸耸肩,"从现在开始,你就要跟我们住在一起了。"

"我不能有自己的房间吗?"张紫说道。

"嘿,小姐,你以为这里是哪儿,地球度假村?"威克鼻子哼出一声轻笑,"'安琪号'是运输舰,里面的设计都是为了能够获得最大的运输量!即使是我的高级船员,也只能挤在一个破罐子里。我得先给你说清楚,这些家伙可不会像我这么斯文,你要小心了。"

说完，威克一脚踹开门，大声说："嘿，兔崽子们，我给你们带客人来了！"

待看清威克身后的人，船员们都露出笑容，口哨声在每个角落里响起。"嘿，我知道你们很久都没碰过女人，但我要提醒你们，这是我的客人！你们要是敢用手碰一下这位女士，我保证，很快你们就要怀念曾经有手的日子了！"威克严肃地说，这番话起了一点儿作用，所有人类籍的船员都收住了暧昧的笑，但剩下的依旧嚷着。

一个斯科星人挥舞着手爪，不慌不忙地叫道："要是我不小心碰到她了怎么办？"

"噢，亲爱的阿利，我依然会把你的八只手全部砍下来，我知道一个月后它们会再长出来，那时我会再砍一遍。"威克盯着它道，"尽管我知道你是雌雄同体的生物，这位女士不会让你分泌任何有快感的激素，但我还是要那样做。"

然后整个休息区都安静下来了。

威克把张紫带到休息区最里面一张空床前，"喏，这就是你休息的地方了。"

张紫感到很不自在，周围几十道目光肆意扫过来，混杂着各种意味。她有种脱光了衣服站在人群中的糟糕感觉。她坐到自己的床上，左右看了看，突然抓住威克的手臂，"不，我不能住这里……"她犹豫了一瞬，咬咬牙，"带我去船长卧室住吧，我……我睡沙发都行！"

"你现在正在船长卧室里，我的床就在你旁边。对我来说，沙发和床是同一件东西。"威克躺到与张紫相邻的床上，两手叠在脑后，舒服地闭上眼睛，"我说过了，这里所有的设计都是为了获得最大运输量。"

船员们哈哈大笑。张紫红着脸，把行李塞到床下，然后低头打开记事本。她尽量不去想自己正置身于几十个粗鲁的船员中间。

2

所幸这种情况并没有持续很久,几小时后,威克把她带到了"安琪号"外面,向港口的酒吧走去。随行的还有那个叫阿利的斯科星人,它有八只触手,但依然走得慢吞吞的。

酒吧里聚满了打发闲暇时光的船员,全在喝酒说笑,他们都在等古斯特人开放海域。这颗星球很保守,捕鱼周开始之前,任何人都不能进入星球内域,只能在这个狭小的港口里等待。威克三人走进去的时候,里面正吵吵闹闹的,等大家看清威克的面孔后,大部分人都安静了几秒钟。

"嘿,威克,你不是死了么?"一个红皮肤的坎特星人站起来,"我们听说你的船被星潮湮没了,没有一个人逃出来。"

"我也听说过这个消息。但是很遗憾,我和我的船都好好的。"威克从酒保那儿接过一杯黑啤酒,举杯示意,"况且就算死,也得在你把我的三千个联盟点数还给我之后。"

"都这么多年了,你还记得这点儿钱?喔,威克,你可真是个小气鬼!"

"我是不记得了。不过……"威克从宽大的风衣里拿出一样东西,张紫定睛看去,这竟然是个纸质的笔记本,纸页泛黄,上面密密麻麻地写着数字和字母,"这个玩意儿替我记着呢。"然后,他把酒杯举过头顶,大声道,"我运来货物,挣了不少。今天你们喝的,都算在我身上了!"

所有人都笑了,他们站起来,把盛满泡沫的酒杯举向威克,"敬威克船长!"

端着酒杯,威克跟认识的人打完招呼,然后他回到了张紫和阿利坐着的桌子上,脸色不变,笑笑说:"嘿,小姑娘,你看,像这样慷慨豪迈的行为,你就可以写进报道。"

张紫不置可否。阿利则拿着八个酒杯,轮番往嘴里倒着烈性威士忌,根本无暇说话。

这时,酒吧的门被推开了,然后,整个酒吧都安静下来。真正的、彻底的安静,仿佛场景突然从闹市切换到了幽坟。所有人的目光都汇聚到门口那些站着的黑影上。

十几个人站在门口,正冷冷打量着酒吧内的众人。他们高约五尺,披着斗篷,黑色布料几乎把他们全身覆盖。张紫眯起眼睛,想看清这些人的面孔,但斗篷的帽子下面是一片黑暗,似乎能吞噬视线。乍一看,他们像是没有躯体,只是一件件凭空飘浮的斗篷。这个联想让张紫不寒而栗。

"他们怎么看上去像鬼魂啊?"她问身边的阿利。

"这就是他们被称作古斯特的原因。"阿利把头凑近张紫耳边,喷着酒气说,"据说第一次发现这颗星球的,就是你们地球人,发现者们当时被这些披着斗篷的家伙吓坏了,以为这星球是鬼魂聚集的地方……"

"别说话了,阿利,把酒精排出来。要做正事了。"威克咳了一声。阿利浑身一颤,肌肤上绽开了无数孔隙,酒精汩汩流出,他很快清醒过来。

"出示,证明,以及,租金。"为首的古斯特人嗓音干涩地说。

古斯特人迈着怪异的步伐走进来,分散开,到每一个猎人身前检查船舰证明。猎人们掏出证件来,递给他们。确定船舰的规格和功能没有问题后,古斯特人让猎人输入联盟点数,然后再发放捕鱼证。有几艘舰因为规格太小,被拒发证件,那几个船长愤愤不平,用难听的言语咒骂着。古斯特人却像没听到一样,继续检查。

到了威克这一桌,阿利熟练地出示证明。"安琪号"的规格完全符合要求。然后,阿利让威克转过头,遮遮掩掩地输入密码,支付租金。"瞧,知道我为什么要带这个八条腿的家伙出来了吧。"威克转过身,无奈地冲张紫摊摊手,"我虽然是船长,但所有的钱财都归他这个大副管理。"

"谁叫你上次跟别的船长打赌,一下子就把'安琪号'全押了进去。幸亏你没输,不然我就要失业了。所以你管'安琪号'我管钱,大家都放心。"阿利一边用不满的语气说,一边把捕鱼证收好。

拿到了捕鱼证的猎人们放松下来,开始说说笑笑。威克掏出一个银白色的圆块,比指甲盖稍大,对张紫说道:"嘿,我知道你现在不想回船上,来,给你变个魔术解闷。"

"这是,"张紫惊讶地看着那银白的圆块,"这是古地球时期的硬币,你怎么会有?"

阿利喷出一口气,说:"你要是看到了船长的收藏,会更加吃惊的。从毛笔这么古老的玩意儿,到三个月前才发布的潜伏装,他都收藏着。"

"可'安琪号'不是只追求最大运输量吗? 连船长休息室都没有,怎么还有收藏室呢?"

"哦,确实没有收藏室,我的藏品都堆在我床下面,男人嘛,不拘小节——看好!"威克接过话头,拇指一挑,硬币凌空翻起,在空中旋转数秒后落向玻璃桌面。叮,硬币碰到桌面,他闪电般伸出右手,将硬币覆盖,同时他的左手伸到桌子下,隔着桌面与右手重叠。

"现在猜猜硬币在哪只手里。"

张紫知道,按照魔术逻辑,硬币应该穿过桌面到了威克的左手里。但她想了想,决定满足一下威克,于是一脸疑惑地说:"不是应该留在右手上吗?"

"哈哈!"威克果然愉快地笑了,他把手拿开,两个掌心里都没有硬币。

阿利不屑地哼了一声,"无聊的地球人,这种靠欺骗视觉的小把戏也拿出来玩儿……"

"魔术是一门艺术,真可惜你们斯科星人不能欣赏。说不定连古斯特人都能够理解。"威克说完,拉住路过的一个古斯特人,"我给你表演一个魔术吧。"

古斯特人静静地站在桌子旁,没有说话,但也没有继续走动。于是,威克从风衣口袋里又掏出一枚硬币,把刚才的魔术表演了一遍。古斯特人继续沉默。"你看出这个魔术的原理了吗?"威克问。

"没有。"

"那你想知道它的原理吗?"

"不想。"古斯特人发出干瘪的声音,然后走开了。

阿利发出胜利的笑声，"看吧，古斯特是二级文明，科技程度在联盟里也排得上前十了，他们也对你的把戏不感兴趣！"

威克不死心，又拉住几个古斯特人，一遍一遍地演示那个魔术。他玩得不坏，然而得到的答案都是相同的，古斯特人没有看出原理，也不想知道原理。

十几次之后，威克停下来，皱起了眉头。

3

"安琪号"在高空中航行，褐色的原野在它身下展开，无边无际。张紫趴在窗子前，明亮的光线透窗而入，照在她脸上。她的皮肤在强光下显得有些透明，血管都能看见。

"小心。捕鱼周期间有六颗恒星照着古斯特，会有很多种射线。虽然经检测后声称对人体无害，但我觉得照久了的话，还是可能灼伤你的眼睛。"威克走到她身边。

此时古斯特人已经开放环海，供舰只前去捕捞晶鱼。但他们规定了从港口到环海的路线，而这条线上全是高山和原野。舰只航行其上时，完全看不到古斯特星真正的风貌。

张紫查过，古斯特星在联盟资料库中基本是空白的。唯一有记载的是，十几年前，一艘地球星舰在航行时收到了一串信号，他们循着信号找到了这颗星球。迎接他们的，正是那些鬼魂一样披着黑斗篷的古斯特人。最初的惊吓过后，他们被古斯特人展现的卓越科技所折服。随后，古斯特人像殷勤的巫师，把地球人带到了环海，告诉他们，在环海里有一种美味的鱼类。地球人品尝之后赞不绝口，并将鱼肉带回了地球。此后，捕鱼业在古斯特星蓬勃发展。但保守的古斯特人只在六颗恒星合围的那七天里开放环海,并且拒绝参观,外人不得进入星球内部。在联盟神圣的《星球自治法》制约下,从没有人了解这个诡异的种族。

张紫向后方望去,"安琪号"后面跟着众多的捕鱼舰,排成长长一列。舰队在地面投下绵延千里的影子。而古斯特人的飞行器在捕鱼舰队列两旁巡弋,保证舰队有序地行进。

航行几十分钟后,捕鱼舰队到达了环海。海边站满了黑斗篷的古斯特人,密密麻麻,他们都沉默着。张紫联想到了地球上蚂蚁聚群时的场景,只不过蚂蚁可不会这么安静。

检查过捕鱼证后,"安琪号"飞到碧波浩荡的环海上空,其余捕鱼船也或远或近地悬停着。

"安琪号"内部,威克对着船员们大声吼道:"姑娘们,给我去把晶鱼捞上来吧!""安琪号"底部的舱板滑开,露出整齐排列的方形洞口,数百架小型飞行器从洞口里飞出,在空中滑行一段后,纷纷扎进了海里。其余舰只也放出了飞行器,海面顿时喧闹起来,像炸开了的油锅。

十几分钟后,一艘飞行器跃出海面,它的下方挂着四根绳子。随着飞行器的升高,可以看出这些绳子是一张网的四个角线。而网里,某个章鱼一般的生物正剧烈地挣扎着——它如成年象一样大,身躯呈半圆形,数十条触手透过网孔伸出来,惊惶地抽动着。它整个身体都是透明的,在海水中宛如琥珀。

这就是晶鱼,全联盟无人不知的鱼类,美味而昂贵。

越靠近海面,晶鱼的挣扎越缓慢。当渔网被拉出海面后,它的触手迅速软绵绵地垂下来,不再动弹。

"见鬼!"看清那艘飞行器上没有熟悉的天使徽记后,威克捏紧拳头,狠狠锤了一下控制台,"今年的第一条晶鱼不是'安琪号'捕上来的!那群小崽子没一个争气!"他脱下风衣整齐地叠好,把泰森毡帽反扣在上面,焦躁不安地走来走去。

很快,其他舰只的飞行器也陆续携网而出,网里面都躺着晶鱼。"安琪号"的飞行器也载鱼而归,把晶鱼放到储存舱,驾驶员正准备再次下海捕捞时,威克的命令下来了:"你站着别动,这一趟我亲自去捕!"

"嘿,实习记者!"威克动身前,朝张紫抬了抬下巴,"要不要亲眼看看晶鱼是怎么被捕获的?"

威克操纵飞行器俯冲进海里,光线顿时被滤去,张紫的视野幽暗了许多。她站在舷窗玻璃板前,一眨不眨地看着外面的海水,不时有其他飞行器掠过,又迅速隐去。

飞行器以斜线轨迹下潜,径直潜入深海。有几次她看到三四架飞行器在追逐一条晶鱼,但威克没有加入,眉头都不抖一下。"你要去哪里?"张紫疑惑地问,舷窗外已经是一片幽暗,像一块凝固的铁。

"去能捕到晶鱼的地方。"威克盯着显示屏,丝毫不在意深海带来的封闭感,"大鱼都在深海里。"

张紫把脸贴在玻璃上,努力去看外面的海水,但深重的黑暗隔绝了视线。她正要移开视线,一道幽影突然擦过飞行器,与她只隔着一厘米厚的玻璃。她吓了一跳,颤抖着指向玻璃,"有晶鱼……不不,不是晶鱼,是其他某种鱼!"

威克头也不抬,"我知道。古斯特星跟地球很像,连空气成分都差不多,环海里自然也不止晶鱼这一种生物。别大惊小怪的。"

"那为什么不去捕?"

"因为古斯特人不允许。那些家伙只准我们捕捞晶鱼,简直跟你的身材一样吝啬。"说着,显示屏上出现了几个绿点,"哈,这下就看我的了!"他连按几个按钮,飞行器前段伸出两个锥形突触,突触快速振动。几乎同时,屏幕上的绿点一下子散开,向四周逃窜。

"那是什么?"张紫指着突触。

"电磁波发生器。"威克简短地说,想了想,他解释道,"晶鱼没有感官,只能靠电磁波来吸收能量和感觉四周。它们喜欢短波,而长波电磁波对它们能起到惊吓作用。我现在发出的,就是波长最长的无线电波。"

张紫努力回忆学过的相关知识,试图理解威克的话,几秒钟后她放弃了这种尝试。她想到了另一个问题,张口欲问。

"如果你想问我是怎么知道的,那我告诉你,我只希望这之后你能让你的嘴和我的耳朵休息几分钟。"威克死死盯住显示屏,手在操纵杆上来回移动,口里说道,"是古斯特人告诉我们的。"

飞行器加大功率,破开海水,迅速逼近逃窜的晶鱼。威克朝着显示屏上有两个绿点的方向追去,看准时机,他猛地按下发射键,渔网怒射而出,如手掌般张开,罩住了那两条晶鱼。

当威克拖着渔网升上空中时,所有的捕鱼舰都在公共频道里表示了惊叹,从没人能一下子抓两条晶鱼。"瞧,丢掉的脸就应该这样抢回来。"威克得意洋洋地对那名被他抢了飞行器的船员说,随后他转过身,看着张紫,"在报道里,你可以把这句话写进去。"

4

由于六颗恒星的降临,整个捕鱼周里都没有夜晚。当傍晚对应的时间到来时,阳光依旧灿烂而炙热,尽管"安琪号"的储存空间和船员捕鱼的热情都还有剩余,但威克还是下令,让"安琪号"回到港口休息。

这一天他们的收获很足。古斯特人只是象征性地收取一点捕鱼税,其余利润都归捕鱼者。而晶鱼在联盟市场上的价格高得离谱,只要买卖得当,一条晶鱼就可以换取六位数的联盟点。要知道,货币统一后,联盟点数的购买力很强,张紫做实习记者,一个月工资只有一百点数,就算转成正式记者,也不过才两百而已。

"很羡慕是吧?"威克晃动酒杯,难得地摆出一副郑重的脸色,"那是因为你不知道我的花费有多大。'安琪号'是二等舰，每天消耗的燃料能支撑一座中等城市三个月的生活用电；我有五百名船员，每个人都要发薪水，还要定期疫检、保险……"

阿利的八只触手同时敲了敲桌子，"嘿，不要说得好像你很头疼的样子！所有的支出都是我在管，你根本没有操心过，你唯一做的事情就是穿件旧风衣戴顶破帽子去勾搭女人。"说到最后一句时，他的目光有意无意地落到了张紫身上。

"这正是一个船长该做的事情。"威克毫不介意，把酒一饮而尽。

酒吧里的人越来越多，大多是来自其他捕鱼舰的船员，三三两两，举杯闲聊。隔桌的几个人正聊得热烈，威克本没有在意，但听到"晶鱼的反应真奇怪"这句话时，他竖起了耳朵。

"……听说有人在深海捕到两条晶鱼后，我们都往下潜。好家伙，在一道海沟里，我发现了十几条晶鱼，挤在一堆。娘的，这可都是钱啊！我激动得手都抖了，结果按错了键，先把渔网给射了出去，正好被一堆石丛缠住。"一个褐色皮肤的丝奎人向同伴说道，"要命的是，飞行器上的激光切割装置坏了，怎么按都没有反应。我等了很久，没有一艘飞行器经过，慌得皮肤全白了。能源快耗尽时，我突然想起来，娘的，我还有电磁波发生器，可以联络主舰，于是我向外发出了高能射线。怪事就是这时候发生的——我的酒呢？"

"拿去！"其他船员抱怨，"你快说，说完了酒钱我们付。"

"娘的，让我喝完这杯。高能射线一发出，附近的那一群晶鱼都向我游过来，围着我的电磁波发生器。我知道它们能吸收电磁短波，可能我发出的高能射线都被它们吸收了。我连忙去调频率，想用长波段的电磁波吓跑它们。这时，一条晶鱼游过飞行器的左侧，在显示屏上，我看到它用触手一寸一寸地摩擦我的飞行器外壁，像是在研究它一样……"

"怎么可能，晶鱼是低等生物，而且没有感官，怎么会对你的破飞行器感兴趣？"

丝奎人急了，皮肤倏地变成红色，大声嚷道："千真万确！我拿我老婆发誓，我说的都是真的！"

"去你的吧，你雌雄同体，生殖方式是自我分裂，哪里有老婆？"其他船员揶揄道。

"但这件事上你们要相信我！"又灌下一杯酒后，丝奎人继续讲述，"我也奇怪，就停住了手指，想看看它要干什么。那条晶鱼摸完左侧后又去摸右侧，几乎把我整个飞行器都摸了一遍。最后，它碰到了激光切割装置，它停了好一会儿，接着它把触手伸进了装置里。过了几秒钟，装置里喷出一道激光，把晶鱼的触手切断了。那条晶鱼疯了一样扭动，随后所有的晶鱼都跑了。我只能眼睁睁看着我的联盟点数藏进了黑沉沉的海水里。但幸好这时激光装置能用了，我急忙切断渔网，浮出水面，现在才能在酒吧里和你们喝酒，"

其他船员发出不屑的笑声，"你是说，那条晶鱼不但像嫖客研究妓女一样研究了你的飞行器，还顺手把你的激光装置修好了，而你随后切断了它的触手？哦，狡猾的丝奎人，你讲了个既不合理又毫无趣味的故事，却喝了我们两杯酒。"

5

为了营造熟悉的睡眠环境，"安琪号"启动了夜间模式，除了通道处有微弱的亮光外，其余地方都沉浸在幽暗中。高级船员休息区里，鼾声如潮，此起彼伏，所有人陷入沉睡中。

半夜时威克醒过来，然后就睡不着了。试了很久，睡意始终酝酿不出来，最后，他无奈地敲了敲临床的床栏，"记者？"

没有回答。借着暗淡的光，他看到张紫床上空无一人，不知何时，她已经出了休息区。想了一下,威克披衣起床,走到外间。巡逻的船员告诉他,张紫去了储存舱。

果然,刚进储存舱,他就看见了张紫的身影。她正安静地站在封冻舱的玻璃前,看着里面的晶鱼。晶鱼堆叠在一起,像冰块一样透明,看不到骨骼和脏器。"你怎么也来了?"张紫听到脚步声回过头,看到熟悉的风衣和泰森毡帽。

威克没有回答,站到她身边,目光也落到晶鱼上,"为什么半夜过来看它们?"

"它们是很美丽的生物,你不觉得吗?"张紫伸出手,抵着玻璃,寒意立刻在掌心上蔓延,"你看,晶鱼的身体这么圆润,晶莹透明,看上去就知道十分柔软。它们美丽而又脆弱,一离开水面就会死去,它们伤害不了任何人,可我们却肆意地捕杀它们,为什么?"

"因为晶鱼是低等生物。"威克把目光收回,"联盟颁布了《资源利用法》,规定宇宙中除了稀有物种外,一切非智慧生物都可列为资源,供文明生物利用。"

"文明?"张紫轻轻地说,"到底怎么样才能算是文明生物?"

威克一愣,把帽子摘下来,手指慢慢揉动帽檐。过了很久,他无奈地开口:"你这个问题难倒我了。"

"在古地球时代,人类自诩为万物灵长,毫无顾忌地支配着别的物种。我们豢养家畜,买卖、捕杀、食用,从没有考虑过其他物种愿不愿意被我们吃掉。哦,不,它们肯定是不愿意的。但我们不在意,我们掌握着科技,我们是智慧生物,所以我们不会愧疚。"张紫的手轻轻滑着,嘴唇翕动,似乎是说给威克听,又像是在向晶鱼诉说,"我们踩着其他物种的白骨,一步步向上爬,从蒙昧爬到了开化。后来走出地球,我们发现这种现象在所有发达星球上都会发生。是不是没有智慧的话,就连生存的权利也会失去?"

她的声音很轻,仿佛一出口,音波就会消散在清冷的空气中。威克怔住了,他第一次仔细打量着眼前这个东方女性,他看见了她漆黑的眼眸,里面闪着细碎的光，像整个夜空的星辰都沉进了里面。他有些失神，一时不知道说什么好。

张紫沉浸在莫名的思绪里，自顾自地说下去："那我们就需要庆幸了。幸亏联盟考察舰发现地球时，人类的科技已经发展到四级阶段了。要是考察舰早一点降临，那他们要做的事情一定不是邀请我们加入联盟，而是要考虑怎么开辟航线，把我们贩卖到其他星球。"

"咳咳……"威克转动脑袋，把视线从那双黑亮的眸子里拔出来，他的头脑顿时清醒了很多，"你怎么了，是不是今天捕杀晶鱼的场景触动了你那多愁善感的少女心思？"

"是的，今天的场景确实刺激到我了。"张紫垂下头，语气低落。她像是想起了什么，抬头看着威克，"对了，我想要去古斯特星球内部看看。"

"不行！"威克断然拒绝，"捕鱼合同第一条就规定了，捕鱼舰只能待在港口和环海，以及连接两者的特定航线上。一旦发现有不守规矩的家伙，古斯特人会立刻采取行动，收回捕鱼证，而且不排除使用武力。嘿，我说，你想让我这一趟白干吗？"

"我不是你的船员。"

"可你也不是古斯特人。除了古斯特人外，任何人都不能走出港口。我听说，曾经有个在酒吧喝醉了的船员，好像是虫星籍的，非得嚷嚷着要到港口外撒尿。那些披黑斗篷的家伙，虽然守着关卡，但都没有阻止，而且还帮他把关卡打开，让他走出去。"威克压低声音，缓缓说，"可是那个船员刚出去，只把他的前肢迈了一步，就一步，古斯特人就开枪了——激光把那个可怜的虫星人轰得渣都不剩了。"

张紫皱起眉，"虫星难道就不管么？"

"虫星虽然也是二级文明，实力和古斯特星差不多，但《星球自治法》让他们没法喊冤。在不触犯文明三原则的前提下，我们这些异星人，必须遵守当地法律，而擅自走进这颗星球的内部，被视为对古斯特人最大的犯罪。我们可以不来，但到了这里，就必须遵守当地的法律。"

张紫点点头，没有再说话。

第二天，威克早早地醒了，他惺忪的眼睛看向邻床，残存的睡意顿时烟消云散——张紫的床干干净净，被子叠得很整齐，上面有一张纸：

> "抱歉，我私自离开了。我是一名记者，我的任务是采访你，但与观察一个贪财好胜的船长的混乱生活比起来，古斯特星的未知与神秘更加吸引我。如果捕鱼周结束时我还没回来，就不用等我了。请记住，我是一名记者。"

"该死的！"威克把纸揉成一团，懊恼地骂道。

6

炽烈的光线灼烤着港口，热气蒸腾，连视线都被扭曲了。这种温度下，船员要么在舰船里休息，要么到酒吧里谈笑饮酒。此时还在外面走动的，只有古斯特人，他们似乎感觉不到高温，披着严实的黑色斗篷，无声地巡视着港口。

一个个头略矮的古斯特人从停泊台走出，缓慢地视察周围各处，斗篷的下摆拖在地上，发出"沙沙"的声音。其他古斯特人沉默地从他身边走过。检查完停泊台后，他径直走向港口边缘，那里设置了长长的关卡，每隔十几米就站着一个黑斗篷。

"外出，巡查。"他走到关卡前，发出干瘪生涩的声音。离得最近的黑斗篷走过来，静静地看着他。他的篷帽下一片漆黑，即使空气中光线明亮，也照不开里面的黑暗。

关卡缓缓打开，略矮的古斯特人毫不迟疑地走出去。他身后的黑斗篷动了动,但最终还是回到岗位上,继续巡视港口情况。

那个古斯特人一直行走,一个多小时后,港口已经成了他身后一个小黑点。他犹自迈步,转到一座小山丘后才停下来,一把掀开斗篷,大口大口地喘气。斗篷下,露出一具典型的人类女性躯体。她的喉部贴有拟声器,肩上背着背包,脸上被涂得漆黑。

张紫从背包里拿出一件薄薄的衣服,刚穿上,衣服就开始变成土褐色,与周围的环境融为一体。这是她从威克床下找到的潜伏装,有些宽大,能轻松地套在她身上。临走时,她想了想,才把斗篷放进包里。虽然有些累赘,但只有套在这里面才能模仿古斯特人那怪异的身形。出于同样的考虑,她也没有擦掉脸上的吸光漆。

接下来,张紫选了一个方向,然后径直朝这个方向走去。她带了些远行装备,压缩饼干也足够,但饮水是个问题。她只有一边加快步伐,一边节制喝水,只在渴得受不了时才抿上一口。好在古斯特星的环境与地球很类似,在快要把水喝光时,她遇见了一处湖泊,不大,但很深。测试无毒后,她把头埋进水里,喝了个痛快。她在湖边休息了几个小时,然后往壶里装满水后继续前行。

荒原似乎无边无际,只有风声呼啸,偶尔天空中会掠过古斯特人的锥形飞行器。张紫每次都会停下来,趴在地上,潜伏装替她伪造了与周围环境相同的颜色和温度。古斯特人没察觉到她。

她独自行走在烈日骄阳下,好几次都险些晕倒,但她没有改变方向,笔直地向前走去。

捕鱼航线上,数千艘舰只排成一列,在半空中浩荡行进。途中,"安琪号"突然一震,摇晃着脱离了舰队,落到地面上。"安琪,舰只,不得,逗留。立刻,返队;否则,开火。"四艘锥形飞行器立刻逼近,通信频道里传来他们冷酷断续的声音。

阿利沮丧地回答:"抱歉,我们不是故意的。引擎坏了一个,难以平衡,我们在这里修好之后就马上升起。"

"立刻,返队;否则,开火。"

阿利看了一眼显示屏,锥形飞行器顶端的炮口已经凝出了光柱,吞吐不定,像随时准备出洞咬人的毒蛇。他用谁也听不懂的家乡话骂了一句,按下按钮,"安琪号"顿时发出轰鸣,升上天空。只用了三个引擎,"安琪号"有些不稳,但还是回到舰列,摇晃着向环海驶去。

这个插曲只有几分钟。锥形飞行器随即上升,回到舰列两侧巡弋,一切都恢复了正常。谁都没有察觉到,"安琪号"着落的那处沙地上,多了一块褐色凸起。

两天后,张紫的视野里终于出现一丝异色。她舔了舔干渴的嘴唇,加快速度。很快,她看清了那抹异色。

那是一片蓝色的树林,无数粗大的树干拔地而起,直挺挺地耸入天际。树干上长满错杂的枝条,蓝色树叶茂密地簇拥在枝干上,阳光被一块一块地切割开,光斑静静地躺在地上。

张紫迟疑了一下,随即决定走进去。每棵树的直径都长达五六米,墙壁一般挡在她面前。风在树干间穿梭,发出啾啾的怪声。这像是古老童话里的国度,她行走在无数沉默的巨人中间,这些树便是巨人的腿,而巨人的脸被蓝色树叶遮住,她仰起头也看不清。

她小心翼翼地走着,尽量不去碰身边的树。

她觉得有些不对劲,但又说不出来。又走了几分钟,她察觉到是哪里不对了——整个树林都是静止的!虽然风声凄厉,但地面的光斑一动不动,说明所有的树叶都没有摇动。

张紫走进了一座凝固的森林。

她四处打量,发现周围全是这种树,没有其他植物,也没有动物的痕迹。这不符合生态学,她皱起眉,疑惑地把手放在树干上。树皮的触感很温润。

"咔咔……"被手碰到的树干震动起来,发出类似齿轮转动的声音。这棵树似乎瞬间活了,枝条有序地横移侧滑,树干转动,一道两米宽的矩形门无声地滑开。张紫吓了一跳,后退几步,但矩形门滑开后一切又静止了,再无动作。她慢慢平复心情,小心看去,只见门内是银白色的圆球形空间,弧线完整平滑,隐隐反光。

张紫有点儿明白了。这棵树并不是天然如此,倒像是被改造成了类似电梯的机器,那么,这整座树林就是一片大型电梯群了。她伸手捏了捏一旁的叶子,果然,叶片外部是植物细胞层,里面则被注入了金属。不过她没有太过吃惊,古斯特星属于二级文明,要把一座树林改造成半生物半机械的电梯群并不困难。

那么,唯一的问题就是,电梯会通向何处。

这次张紫没有犹豫,直接走了进去,树门无声合上。她的脚感觉到了骤然向上的加速度,力度很强,她险些摔倒。为了适应这种加速,她干脆平躺下来。反正对她来说,电梯的空间足够大,塞一头大象都没有问题。

几分钟后,电梯开始减速,张紫没有防备,整个身体被猛地抛起,狠狠地撞到侧壁上。她呻吟几声,狼狈地爬起来。检查周身后,她庆幸地呼出一口气,没有受伤,只是手臂被撞得生疼。

电梯门开启后,张紫并没有急着走出去。她从背包里拿出黑色斗篷,披在自己身上。她脸上的黑漆已经黯淡,但毕竟加入了吸光材料,戴上篷帽后仍然能让她的脸隐进一片虚无中。尔后,她走出电梯。

看清身边的环境后,她呆呆地张大了嘴,发不出一丝声音。

7

张紫置身于一座藏在云中的城市。

云雾缓缓飘动,城市的景象在她眼中时隐时现。她正处于这座城市的中心,四周布满弧形桥梁,桥下流动着清澈的水。更远的地方,巨大的圆球建筑悬在空中,随着云雾浮动。路面如波浪般起伏,每隔一定距离,路旁就出现一个球形突起。张紫看着有些眼熟。云雾遮住了绝大部分景物,张紫看不太清,她爬到一座弧形桥的顶端,努力张望,却看不到这座城市的边际。

但这并不是张紫吃惊的原因,她毕竟是实习记者,之前已走访过一些发达星球。让她感到惊奇的,是她眼前所有的建筑都是透明的,她的视线能穿透墙壁和街道,云被吹散的时候,她还能看见脚下遥远的大地。这是一座玻璃之城。

让她感到震惊的,还有一个原因——整座城市完全陷入寂静中,毫无声息和人影。这是一座无主之城。

她向前走去,云汽很凉,她哆嗦了一下,拉了拉身上的斗篷。走得越近,看得越细,她就越发惊叹于这座城市的精致。不知出于何种考虑,城市里充斥着弧线,所有需要转折的地方都以完美的弧形连接。她仔细搜寻每一处角落,试图找出折角或者缝隙。但她失败了,整座城市浑如一体,似乎建造时就是整体浇注而成。

这才是二级文明的真正实力。

张紫对古斯特人的印象有了改变。原先她很不喜欢他们——躲在不透光的黑斗篷里,固执地不让任何人走出港口,且从不主动对别的人说话,即使是同族,也鲜少交流。这一切都让张紫觉得他们鬼祟而野蛮。但现在,她佩服于古斯特人的想象力和创造力。任何建造出这种城市的种族都是值得尊敬的。

最初的吃惊过后,张紫想起了自己的目的,于是从背包里拿出全息相机,动手拍摄城市的每个细节。多年以来神秘未知的古斯特文明被记录在相机里。这些信息流传出去的话,引起的轰动肯定比对一个贪财船长的采访要大得多。

想起威克，张紫激动的心情平复下来。但她的动作没有停，依然边走边拍。城市比她想象中的要大，空旷寂静，只有她的脚步声有节奏地回荡着。

她走了很久，饿了就吃几口饼干，累了便枕云而眠。只是睡着时有些冷，云雾在她周身环绕，她蜷起身子，哆嗦着闭上眼睛。这种时候，她会有些害怕，感觉自己睡在一座荒废千年的坟墓中，而四周站满了看不见的幽灵，冷冷地盯着她入睡。

这种联想让她无法安然睡眠。她索性不睡了，手持相机，不停地走着。连续拍了十几个小时后，她的脑袋变得昏沉，意识陷入了无尽的恍惚中。她总感觉自己听到了什么声音，但竖起耳朵，又什么都听不到了。她第一次觉得安静竟能如此让人绝望。

这时，她又听到了声音，嗒嗒嗒，有节奏地响起。她以为是幻觉，继续向前走，但声音仍然回荡着。

这不是幻觉！张紫猛然一惊，清醒了许多，循声望去，她看到远处有一个黑影在移动。隔着重重玻璃，她只能看到模糊的形状，但她心中已经猜测到那黑影可能是什么了。

黑影缓缓走近，赫然是一袭黑色斗篷。这是古斯特人的城市，除了他们，难道还会有别人出现在这里吗？张紫下意识地想逃，但随即想到自己也披着斗篷，索性站在那里，一动不动，心脏却怦怦地跳个不停。

古斯特人僵直地走来，没有说话，与她擦肩而过。

张紫轻轻呼出口气。这种有惊无险的情况让她的神经一绷一松，加上连日的疲惫，一阵眩晕头上袭来。她晃了晃，幸好没有倒下去。但手指一松，相机从斗篷里掉落，砸到玻璃地面上，"咚"，一声清脆的声响远远传开。

身后古斯特人的脚步声猛然停下。

张紫一把抓起相机，拔腿就跑。但那古斯特人更快，才跑两步，她的肩就被一只宽大的手掌抓住。她尖叫一声，抬腿便往后踹，正中那古斯特人的下盘。肩上的手立刻收了回去，同时传来一阵低沉的呻吟。她不敢回头，继续向前跑。

跑了几步,她突然觉得那呻吟似乎很耳熟。她停下脚步,难以置信地转向身后,"船长?"

黑斗篷被掀开,露出咬牙切齿的威克。他捂着裆部,一脸愤恨地看着张紫,好半天才憋出一句话:"你学过防狼术吗?"

"你怎么到这里来了?"张紫仍然不敢确信。

"还不是为了带你回去!"威克脸色发白,"早知道你踢得这么准,我就不来了,让古斯特人来对付你的防狼术!"

休息了一阵之后,威克说了经过。他让"安琪号"假装出故障,悄悄躲到地面,然后一路找到了那片树林。通过电梯上来后,他打扮成古斯特人,在城市里乱转。刚才他看见一个黑影,心里也惊了一下,以为是真古斯特人,便打算擦肩而过。

"……直到看见你的相机掉出来,我才确定是你。"威克说,"难得我们想到了一起,都披上了黑斗篷。"

"可是,古斯特星这么大,"张紫犹疑地问,"你怎么知道我往这边走了?"

威克抬了抬下巴,不屑地说:"你偷走我的潜伏服,难道就没有检查一下吗?这可是几千联盟点数的高档货,上面有定位仪,我是顺着信号找过来的。但是到了这城里,我接收到的信号就混乱了,这里安装了很多电磁波发生器,充斥着高频波。我不能再定位,就只有盲目地找了。"

原来街边那些球形突起是电磁波发生器,难怪看着眼熟。环顾四周,白色雾气吞噬了她的视线,宽广的城市依然沉默着,"这一路,你看见其他人了吗?"

"没有,我看到的第一个活物就是刚才给了我一记防狼术的人。"

"那你说,古斯特人建了这么神奇的城市,为什么不上来住,而要全部站在环海边上看我们捕鱼?"

威克上下打量着张紫,好半天才哼出声来,"你大学的建筑基础课是不是都逃课了?"

"呃，"张紫停顿了一下，"这跟我逃课有什么关系？"

"如果你认真学过，就会知道，这座城市并不是用来让古斯特人居住的。"威克指着四周，"建筑的第一要务是适用。无论是单体结构还是组合部件，只要存在，就要有功能体现。只有在这个基础上，才能去考虑美观。就像蚁穴，里面遍布沟壑，这是为了沟通整个族群；还有蜂巢，采用严格的六角形房室，让每个巢框都稳固贴合，便于储藏蜂蜜。而你看四周，我想不出这些无处不在的弧形对古斯特人有什么实用价值。"

张紫诧异地看了威克一眼，"我没想到你对建筑学还有研究……"

"谈不上研究，只是了解一些常识而已。"威克不咸不淡地回答，"而且你看，这个城市最大的特色，通体透明……既然那些鬼魂整天披着黑袍，又何必把这里弄得四处见光？"

"或许是……古斯特人对透明环境有独特的艺术追求？"

"不可能！你还记不记得我在酒吧里给那些家伙表演魔术？一个古斯特人不感兴趣就罢了，可我一连做了十几次，所有的古斯特人都不好奇我是怎么做到的。一个没有好奇心的种族必然也没有艺术感。"威克说着，眼睛逐渐眯起，脸色也变得凝重，"要说透明是艺术追求，我倒是想到了一种生物……"

张紫心里一动，脑海中也浮现出某个熟悉的形象，她喃喃地说："这些浑然一体的弧线……"

"随处可见的高频波发射器……"威克接口道。

"可以容下成年象的电梯……"

"透明晶莹的街道和墙壁……"

"整个城市都是空荡荡的……"

"晶鱼！"威克和张紫脸色剧变，同时说出了这两个字。

到捕鱼周的最后两天，晶鱼已经很难捕到了，飞行器在海里往往搜寻数个小时都看不见绿点显示。捕鱼舰开始陆续撤离，捕不到晶鱼，谁也不愿意留在这颗诡异的星球上。他们的货舱里已经堆满了晶鱼，只要运到其他星球，就可以换成大笔联盟点数。

这时，星际海盗也闻风而动，在航线附近伺机劫掠。撤离的捕鱼舰都会结伴航行，因此港口里经常有一大群捕鱼舰同时升空，消失在苍穹。但"安琪号"一直留在港口里。

阿利焦躁地踱着步。他的八个爪子扭成怪异的角度，一边走一边骂骂咧咧，"不负责任""好色""该死的船长"是出现得最频繁的三个词。

"大副，收到一条加密信息。"负责监测的船员抬起头，向阿利报告，"是 AES 级别的加密法，需要密钥关键词。"

"输入'实习记者'！"阿利气急败坏地说。

破译进度很快。几秒钟后，船员霍地站起喊道："是船长发过来的！"

8

古斯特星沿着轨道行进，逐渐偏离六颗恒星的照耀，滑进黑暗。

暗淡的光线也宣告着捕鱼周的结束，满载货物的捕鱼舰从港口升起。"安琪号"是最后一批离开的，当时天空昏沉，黑暗在空气中飞速生长。"安琪号"稳健地升入天空，破开大气，在无尽的暮色中远去。

又过了十几个小时，最后一缕光线也消失了，整个古斯特星沉进铁一般凝固的黑暗和寂静中。由于连日暴晒，空气中积累了大量的水汽，此时恒星隐去，温度降低，云层也跟着下沉。一场大雨即将来临。

在隐隐的雷声中，一群古斯特人走向港口。临近港口，一些人停下了，其余几个则径直走了进去，他们没有去检查港口里是否还有滞留人员，而是在每个角落里都扔下一颗小圆球。随后他们走了出来，与其他古斯特人一起站在港口外，静静地观望着。

港口突然发出一连串的爆炸声,腾起的焰光照亮了天际,也照到了威克和张紫身上。

他们俩披着斗篷,藏身于古斯特人群中。这一路他们都小心翼翼,连呼吸都细声细气的,但刚才猛然响起的爆炸声还是让张紫惊了一下,幸亏威克及时拉住她的手,才让她那声惊呼复又吞回肚子里。

不到五分钟,曾接纳了上千艘捕鱼舰的港口全部湮灭,风疾卷而过,飞灰消散。很快大雨就会降下来,雨水将抹去一切痕迹。

然后,古斯特人同时转身,往环海的方向走去。威克和张紫只能跟着行走,他们不得不保持和其他古斯特人一样的步伐和速度。空气湿度大得吓人,他们身上的黑袍都可以拧出水来。轰隆隆,雷声越来越大,乌云像是压在头顶,不时有闪电从云层里窜出来。

在一明一灭的天地间,这群斗篷披身的人影沉默地行走着,没有人说话,连脚步声都轻不可闻。张紫突然想到了四个字:百鬼夜行。

从港口到环海接近百里,捕鱼舰在空中排成队列,缓慢行进需要一个小时才能到达。而威克他们足足走了六个小时才听到海涛阵阵。借着闪电的光,他看到海岸边也站着密密麻麻的古斯特人,海风掠过,斗篷猎猎作响。威克和张紫跟着的这群古斯特人是最后到达的,他们走到人群的最后面,然后静止不动,像在等着什么。

很快威克就知道他们在等待的是什么了。

黑沉沉的海水中出现了几抹光点,自海底上升,幽幽爬上海岸。古斯特人群里出现了难得的骚动,随即又恢复沉寂。但借着这阵骚动,威克踮了一下脚,目光越过重重黑影,落到了上岸的那些东西上。

果然,是晶鱼,大概有五六只。此时的晶鱼全身都流淌着莹白色的光华,晶莹剔透,圆润如琥珀。

晶鱼上岸后并没有走开。它们蜷缩在岸边,用触手拍击着海水。它们的动作缓慢而凄凉。但等了很久也没有别的晶鱼再上岸,它们慢慢停下来,抱成一团。

似乎感受到了晶鱼的哀恸,所有的古斯特人都往后退,留出足够的空间,然后他们全部匍匐在地。而晶鱼并不理会他们。张紫也趴下了,但努力梗着脖子,观察着海岸。

现在的情形,跟她和威克的猜测很吻合。

"那座城市一定是给晶鱼住的!"在回来的路上,威克肯定地说,"晶鱼没有感官,吸收能量和辨别方向等一切行为都是靠电磁波。而玻璃城里到处都有电磁波发生器。你在里面待了十几个小时就神志恍惚,应该也是受了电磁辐射的影响。"

张紫点头赞同,补充说:"还有,晶鱼整个身躯都浑圆光滑,正好贴合这里无处不在的弧形设计。"

"最重要的是,晶鱼是透明的。"威克的眉头挤出了"川"字,语气变得疑惑,"可问题是,如果这座城市是给晶鱼住的,那它们为什么会出现在环海,而这里却空荡荡的?"

"光线,"张紫抬头望天,眼睛眯成一条线,重重云雾后面露出了一点圆形光斑,"每年捕鱼周的时候,六颗恒星照耀着古斯特星球的每一个角落,而这座城市是透明的,挡不住光线,所以晶鱼只能躲在深海里。你还记得吗? 捕鱼的时候,晶鱼在水下还能剧烈挣扎,但一暴露出来就立刻死去? 光线对它们——"她犹豫了一下,换了个称谓,"对他们来说是致命的。"

称呼的转变让威克表情一变。

他捏着拳头,好半天,嘴里才憋出几个字:"那群该死的披斗篷的家伙!"

张紫小心地看着他,威克的脸色从没有这么难看过,像笼上了一层寒风阴云。"怎么了?"她轻声问。

"如果这座城市真的是晶鱼建造的话,"威克捏紧拳头,指节泛白,臂上的青筋一根根跳起来,"那我们的手上就都沾满了血,我们都是罪犯!"

但毕竟还有许多疑点。他们商议过后,决定让"安琪号"先走,而他们则留在星球上,继续观察。这一切都很顺利,恒星离开后,星球陷入黑暗,他们趁机混入了一队古斯特人中。

岸边的几条晶鱼颤抖着分开,他们身上的荧光越来越亮,所有被荧光照到的古斯特人都颤抖不止,哆嗦着爬起来,走到晶鱼身边。他们围住晶鱼,其中一个发出了类似哭泣的怪声,其他人像被传染了一样,也纷纷悲恸呜咽。哭声由细微渐至轰鸣,竟盖过了浪涛雷电,在海面上远远回荡开去。

张紫被湮没在哭声里。她看了一眼威克,后者也是同样不解的表情。明明是古斯特人引来了捕鱼舰,对晶鱼进行了毫无节制的捕杀,现在他们却围在仅存的晶鱼身边,大声哭号,似乎比晶鱼还要悲伤。

张紫有种错觉——她像是置身于一出荒诞而诡异的话剧中,海岸就是舞台,晶鱼和古斯特人正表演着让她费解的节目。但她自己呢,是什么身份,演员还是观众?

哦,她回过神来,告诉自己,我是一个记者。

她悄悄掏出相机,对准远处相拥而泣的古斯特人。此时闷雷阵阵,黑暗吞没了整个海岸,这种光线不适于全息拍摄。她打开了相机的夜间模式,红外镜头弹了出来。

威克正皱着眉,突然在漫天哭泣中听到了清脆的一声"咔",这声音来自身边的张紫。闪电划过,借着光亮,他看到了张紫手里的相机。他想起了张紫的职业,恍然点点头。他转过头继续去看晶鱼,突然,他浑身一震,想起了刚才这声"咔"代表的是什么。

"不要!"他低声喝道。

但已经迟了,张紫按下了拍摄键。红外射线从相机射出,形成不可见的漫射式光束,海岸环境被刻录进镜头里。在张紫和威克的眼中,什么事都没有发生,但远处的晶鱼却猛地一震。

漫天的哭声刹那间消失了,海岸沉寂如墓,雷声低沉地滚过天际。在这压抑的氛围中,所有的古斯特人同时转身,看向威克和张紫。闪电不时划过,他们静如雕像的身影出现又隐没。

"我知道对你这种实习记者来说,偷拍就跟吃饭一样寻常,"威克把张紫拉到身后,恨声说,"可你得有点儿常识,红外射线是高频电磁波,晶鱼很敏感的!"

"对不……"张紫浑身颤抖,正要道歉,她感到头上传来了一点凉意,随即四周响起了连绵不绝的噼啪声。

积蓄已久的雨水终于落下来了。

9

"你们,为何,逗留?"大雨中,一个古斯特人走到他们跟前,"此为,犯罪。"

"你们才是在犯罪!"张紫索性掀开斗篷,任豆大的雨点淋在身上,大声说,"晶鱼明明是智慧生物,你们却把晶鱼当作货物卖出去!这种对文明生物的贩卖与迫害才是最大的犯罪!"

古斯特人沉默了,良久,他慢慢开口:"从未,贩卖。只有,杀害。"这些语句让周围的古斯特人微微颤抖,他们发出窸窣的声音,像是恐慌,又像是兴奋,还包含了许多莫名的情绪。

张紫一愣,她没想到对方会这么坦白。她用人类的思维去推测古斯特人的反应,而在对方看来,他们所做的一切都无需对她隐瞒。或许这是因为他们的天性,又或许,是因为她和威克被团团围住,形势完全由古斯特人所掌控。后一种的可能性要大些,但她稳住颤抖的身体,继续开口:"你们为什么要杀害晶鱼,难道他们是你们的敌对种族么?"

"嘿,我说,实习记者,现在可不是采访时间!"威克小心地环顾四周,但每个方向都站满了古斯特人。

"晶鱼，主人。我们，奴仆。"古斯特人向海岸转身，晶鱼正茫然无措地蜷缩在那里。晶鱼没有感官，不知道发生了什么，但相机发出的红外射线让他们觉得温暖。张紫也望过去，看到其中一条晶鱼断了一截触手。她想起了酒吧里那个贪杯的丝奎人。

古斯特人继续说："主人，住在，天空。创造，我们，代管，星球。"

果然，云端的玻璃城是晶鱼建造的，每年六星照耀的时候，他们全族躲入环海。这一周内，黑斗篷掌管一切，他们开放了古斯特星，人们只在这颗星球上看到了沉默行走的黑斗篷，便把他们认作古斯特人。

而这颗星球的真正主人，多年来一直惨遭杀戮，险些灭族。

"为什么……"张紫深深吸了口气。现在，古斯特星球的面纱在她眼前缓缓揭开，但藏在里面的血腥和黑暗也露了出来，浓得让她险些窒息。联盟的宗旨是和平发展，成员之间从未发生征战，即使有着黑暗历史的地球人类，也收敛了好战的天性。像这种对整个种族的迫害与杀戮，是从未发生过的。

"主人，不理，我们。"

说了这三个词后，古斯特人沉默了，似乎在考虑怎么表达。他能说出的联盟通用词汇很贫乏。过了一会儿，他走上前来，黑斗篷探伸出一根银白色的柔软肢节，抵在张紫额头上。

一些画面在张紫脑海里泛上来，依次展开。那是她从未见过的景象——黑暗笼罩了整个星球，唯一的光源来自天空中的城市；晶鱼散发着荧光，在城市里游弋，无数让人叹为观止的科技自他们的触手下涌现，仿佛他们唯一的爱好就是创造；后来，他们开始创造生命，一个个蜘蛛模样的软体生物被制造出来，放到地面上；蜘蛛聚集在电梯树林下，仰起锥形脑袋，渴求地看着遥远的天空城市；晶鱼依旧在创造，他们开始尝试别的领域，他们不理会地面上的蜘蛛；蜘蛛们不再守望，逐渐散去，每只离开的蜘蛛都自立起来，披上了黑暗的斗篷；人类的飞船降临，晶鱼被捕杀，围观的黑斗篷们既恐惧又兴奋,还有深深的悲伤……

"嘿,你没事吧?"威克摇晃着张紫的肩,后者正一脸迷茫。

纷乱的图影立刻消失,张紫怔怔地看了一眼威克,回过神来后,她却冲那古斯特人疾声问道:"如果是因为记恨晶鱼创造了你们却再不理会,那么,你们可以自己捕杀他们。恒星照耀的那几天,晶鱼没有反抗能力!为什么要借我们的手?"

古斯特人似乎听到了不可思议的话,后退一步,颤声说:"我们,从未,想过,去杀,主人。只能,你们,动手。"

"这难道不一样吗?结果都是晶鱼遭到屠杀!"

古斯特人群骚动起来,像是对张紫的话感到震惊,过了很久,她面前的古斯特人说:"当然,不同。我们,不能,伤害,主人!"

威克算是明白了,他一把拉住张紫的袖子,低声说:"你不要跟他们争论了,没用的,他们的思考方式跟我们不同。在他们的认知里,自己绝对不能去伤害晶鱼,但可以借我们的手。"

张紫面无表情,说不出话来。是的,古斯特人这种逻辑她是不会赞同的,但反过来,古斯特人也无法理解她的思维。

"你们,思维,邪恶。"古斯特人从震惊中反应过来,似乎对张紫十分嫌恶,涩声说,"违法,逗留,处死。"

"难道你们就不怕晶鱼看到么?"张紫大声喊。

"主人,不能,视物,听声。"古斯特人发出冷冷的声音。

张紫还要说什么,威克一脚踹翻那个古斯特人,大吼:"他们要动手了,还争论个什么劲!跟我跑!"说完,他拉起张紫的手,拼命向前跑去。

"跑错了,那里没有路!"张紫被拉了一个趔趄。周围都是重重黑影,越靠近海越多,威克却是径直跑向晶鱼上岸的地方。幸好古斯特人本来是准备迎接主人的,没有带随身武器,而他们隐在斗篷下的身体很轻,威克没费多大力就撞出一条路,靠近了海水。

威克在海边停下了,海水漫进他的鞋子,冰凉刺骨。他转身看去,古斯特人已经聚集过来,密密麻麻,再也没有闯出去的缝隙。而他身后,是无边无际黑沉沉的海水。

"嘿嘿。"他低下头,脸上竟然扬起了笑容,"你怕不怕?"

海水的凉意让张紫瑟瑟发抖,但她摇摇头,断续而清晰地说:"我是一个记者。"

威克点点头。这一次,他没有给她的职业补充前缀,他凑到她耳边说:"你知道吗?我改变主意了。或许回去之后,我可以抽出一个晚上的时间,让你仔细地采访我。"

雷雨中,难以计数的黑斗篷已经拥了过来,充满敌意地围住他们。虽然没有携带武器,但只凭借数量的优势,这些古斯特人也可以轻易杀掉他们。

"都快死了,你就不能说点正经的话吗?!"张紫的脸蒙上红晕,嗔怒道。

"谁说我们快死了?"

威克话音未落,轰鸣声猛地响起,水花四溅。一架文有天使徽记的飞行器自海水中跃出,蝙蝠般掠过。

古斯特人愣了一瞬,随即疯狂地扑过来。但飞行器比他们更快,它喷出一张渔网,包住威克和张紫,然后陡然转向,笔直地射上天空。

古斯特人扑了个空,呆呆地仰头望去。夜色深沉,飞行器全速行进,很快,它完全融进了无边的夜幕中。

10

"阿利?"渔网被收进飞行器内,张紫爬出去,看见八个爪子的驾驶员后,她一脸惊讶,"你怎么也留在古斯特星了?"

"船长给我发消息,让我潜在环海里待命。"阿利头也不回,让飞行器快速无比地穿过大气,越早离开古斯特星越好。

"你什么时候发消息的?"张紫转向威克。后者正忙着扯掉身上的网,满不在乎地回答:"在回来的路上。这些年我东奔西跑,去过那么多危险的地方,你以为我是怎么活下来的? 做事永远要留一手。记住这一点,你以后会感谢我的。"

飞行器穿过大气层,浩瀚的宇宙扑面而来,星光在远处闪耀。飞行器已经进入外空间了。"好吧,永远留一手的船长,现在告诉我,"阿利转过头来,郑重地说,"你打算怎么凭这架小飞行器把我们送到安全的地方?"

飞行器本是用来捕鱼的,功率不大,能达到古斯特星的逃逸速度已经很勉强。加上阿利在海里潜伏了十几个小时,能量所剩无几。而离这里最近的航线也在几光年开外。

威克猛地抬头,看着阿利,"你没有让'安琪号'留在附近接应我们吗?"

"没有,"阿利的语气低下去,"你只说要我潜在环海里。我让'安琪号'去联盟贸易市场了……"

威克脸上的肌肉抖动着,过了好一阵子才平复下来,对张紫摊摊手,"这下我们可能真的要死在这里了。我料想过我会和某个女人死在一起,但万万没想到还有一个愚蠢的斯科星人掺和在中间。"

"我并不是很怕死。"张紫摩挲着相机,"我只是担心真相被淹没。我怕我连一篇真正的新闻都没有写就死了。"

但是她的担心并未发生,不久之后,几艘星舰出现在飘浮的飞行器四周。星舰上伸出机械臂,牢牢抓住了飞行器。阿利高兴得眉飞色舞,八只爪子扭来扭去,威克斜眼哼了一声:"别高兴得太早。你用爪子想一下,哪些星舰会出现在这里?"

阿利的表情顿时凝固了,"星际海盗……哦,天哪,我宁愿被闷死在飞行器里!"

他们被抓到了海盗的巢穴。海盗们检查了一遍飞行器,没有找到值钱的货物,恼怒之下便准备处死他们。"等等,我们有钱,我有一艘二级舰,价值应该远不止十万联盟点数!"威克指着阿利,"这个斯科星人知道我的账户密码。"

阿利却闭上眼睛,一副打死也不肯说出密码的样子。"嘿,别这样,阿利。"威克郑重地看着他,"钱还可以去挣,以后再把'安琪号'买回来,命不在就什么都没了。"

"嗯嗯,俺爱听这话,说得在理!"一旁的海盗连连点头,瓮声瓮气地赞同,"俺就喜欢你这样的客人。"

阿利叹了口气,说出了密码。海盗取钱后犹豫了很久,拿出了一张价格表,指着上面的明细愧疚地说:"现在行情不好,涨价了,这点钱只能赎一个人。"

于是张紫被放走了。

海盗许诺,还可以缓一阵子,让张紫筹钱来赎威克和阿利。临走时,威克张开臂膀,似笑非笑地看着她。阿利知趣地转过身。

张紫愣了一下,然后走过去,依在威克怀里。

海盗冒险把张紫带到航线上,给了她一点钱后便离开了。张紫等了几天,终于等到了一艘开往地球的货舰。

回到《星旅人报社》所在的成都时,已经是十一月了,秋阳惨淡地贴在天空上。张紫考虑了很久,不知道怎么去筹集二十万联盟点数。她满心忧虑地回到家整理物品时,看到了那台全息相机。一个主意在她脑中出现。

接下来的几天,她把自己关在家里,查阅大量的资料。准备好后,她开始写新闻稿。在古斯特星球上的遭遇,关于文明种族的封锁与迫害,风衣和泰森毡帽组成的熟悉身影,都在她指尖跳跃而出。

"我从七月的地球出发,沿着'安琪号'的航迹,几乎追遍了大半个联盟疆域……"写完开头,她考虑了一下,决定放弃传统新闻稿的写作方式,将自己的愤慨融入其中。

在稿子里,她控诉了古斯特人的固执、野蛮和黑暗,赞美了晶鱼文明的发达,并且多次提及"安琪号"船长勇敢智慧的决断。在文章里,她引用了西方一个流传甚广的故事:"……城堡里住着一群小孩,他们年幼单纯,却拥有大量财富。小孩的城堡还有一个老管家。管家想加入小孩们的游戏,但小孩们并不理会。天长日久,管家对这群主人既尊敬又憎恶,每个夜晚来临时,他都站在阴暗的城堡里咬牙切齿。但他不敢对主人动手,于是引来了强盗,趁主人熟睡时劫掠城堡里的财富,杀害小孩。小孩们每次醒来,都会发现洗劫和伤害的痕迹,同伴每次都在减少,他们越来越孤单。而这个时候,管家就会扑到床边,一边和主人一同哭泣,一边等待着下一个夜晚的来临……"

最后她用力按着键盘,写下了总结——"晶鱼沉醉于科技,在情感上却几如儿童,他们的思维里没有一丝黑暗。而古斯特人却正好相反,披上黑斗篷的那一刻,他们对母文明的报复就开始了。当六颗恒星照耀大地的时候,古斯特星却上演了最黑暗残忍的一幕……古斯特人的阴暗逻辑固然可恨,但晶鱼对情感培养的漠视也值得我们反思……在这幕惨剧中,我们并不是观众,我们扮演了那些强盗的角色。我们为利所趋,捕杀晶鱼,并且做成食物在各地贩卖。哪怕只需要一次认真的考察,就会发现晶鱼并不是低等生物,而是和我们同样享有生存权利的智慧文明。事实上,就算是低等生物,也不应该被肆意杀戮……"

这是她新闻写作生涯里最顺畅的一次,每天伏案书写,没有人打扰,只有窗外暮散晨临,天际日升月落。

五天后,她把稿子放到了主编的办公桌上。主编躺在沙发上,漫不经心地翻开,三分钟后,他郑重地坐起来,脸色越来越差。阅读完后,张紫把全息录像放了出来,但主编看到断了触手的晶鱼无声哭泣时,他喉头一阵抖动,扑到卫生间里呕吐不止。

张紫知道,主编以前很喜欢吃晶鱼肉。

下一期的《星旅人日报》取消了所有新闻稿件,全部版面都在报告这个新闻。随即,它被四处转载,连《联盟晚报》都把头版留给了它。整个联盟都爆发了议论,晶鱼肉被禁止销售,一夜之间,人们的目光都向那颗诡异的星球汇聚。

接下来,联盟派特使去古斯特星勘察,但此时不是捕鱼周,黑斗篷们直接发动了攻击。特使死于轰炸中。《星球自治法》随即失效,大批军队在古斯特的外空间集结,黑斗篷们依然沉默着,拒绝交涉,用炮火来驱赶每一个进入古斯特大气层的士兵。黑斗篷们掌握了晶鱼创造出的高端武器,联盟军队一时无法进入。

而在联盟军队压境时,古斯特附近星域的海盗们纷纷逃走。张紫写那篇新闻稿的目的达到了,但她到处打听,却没有人知道威克的消息。

僵持了一个月后,SF 星人——联盟成员里唯一的一级文明种族——出手了。谁也不清楚 SF 星人动用了什么武器,只知道数小时内,所有的黑斗篷都瘫软在地面上。联盟军队随即将他们逮捕。

在最高法庭上,黑斗篷们对自己的罪名毫不知情。他们安静地站着,大法官宣布长达数十条的罪行后,其中一个黑斗篷不解地说:"我们,尊敬,主人。你们,杀害,主人。罪犯,应是,你们。"

大法官冷冷地盯着他,好半天过后,才重重地敲响桌子:"罪名成立,全部关押。"

最后,仅存在六条晶鱼回到了玻璃之城。他们不知道发生了什么,依然安静地在城市里埋头创造。没有人去打扰。尽管数量稀少,但不会再有黑斗篷的迫害,晶鱼文明的种子已经保留了下来。

岁月更迭,这颗种子会在星球上再度发芽。

尾　声

这一年,成都的冬天来得特别早。十二月的时候,一场雪便纷纷扬扬地落了下来,在夜晚的街头飘落。

这在成都是很难得的天气。环保署没有派出清扫机器人,特意让雪在城市里堆叠着。街上到处都是人,情侣们拥吻,老人们谈笑,小孩子欢呼在人群里跑来跑去。

张紫出了报社,冷风倏地刮来,灌进她的脖子里。她紧了紧衣领,看着夜空,她没有伸手去招"飞的",而是慢慢走在薄雪纷扬的街道上。街灯把她的影子拉得很长。

走过一条街时,她突然看到一个长了八个爪子的身影,正在街边逗小孩玩儿。她犹疑着走过去,雪在脚下发出吱吱的声音,像是一些可爱的白鼠躲在雪的下面。走得近了,她拍拍那个人的背,轻声问:"阿利?"

斯科星人转过身,脸上泛起笑意。

"你们逃出来了?"张紫惊喜地说,"怎么只有你,船长呢?"

阿利笑意不减,目光越过张紫,看向对面的街道。

张紫心头一震,缓缓望过去。在长长的街对面,在昏暗的路灯下,在漫天飘落的细雪中,她看到了一个高大的身影。旧风衣,泰森毡帽,以及帽檐阴影下的笑容,都是那么熟悉。

"嘿,实习记者!"

旅行者

1

　　他的父亲是个渔民,每天很早就会驾着小渔船在薄雾中出海。他无数次目送渔船在海中消隐。那时候,天还没有亮,整个大海都是墨绿色的,像一张从地底里张开的嘴,连太阳都吞噬了。每一次,他都觉得父亲的船再也回不来了。他看着幽暗的大海,不禁浑身颤抖,那时候,海洋在他心中是世界上最神秘最深邃的所在。

　　但有一次,父亲告诉他,世界上已经没有未知岛屿了。所有的岛,都被人探索过,都被人命名过,都被人标在了航海图上。

　　哦,他心里想,爸爸,你不应该告诉我的。

　　从此,大海对他来说,再无神秘可言,仅剩索然无味。

　　有一次,他跟后来的女朋友安琪在野外露营时,讲起了这件事。

　　那个夜晚,他们并排躺在山坡上,四野无人,夜风清凉,星空辽远。一颗颗星子与他们对视着。那些星光从遥远的地方发出,经过艰难跋涉,穿越百万光年,最终来到了这颗位于宇宙偏僻寒冷处的星球上,落到了这对年轻情侣的眸中。

他的眼睛被星光照着，也闪闪发亮。

看到没有，他突然伸手指天，大声说道，那里，才是人类未曾踏足之地！

2

毕业之后，他拿到了航空部的录用函，他感到惊喜，父亲却难以置信。

你什么时候去参加的面试？父亲的身影被全息电话投射出来，不知是镜头故障，还是因为愤怒，父亲的脸看上去十分扭曲。你为什么要去航空部工作?！你明明是学海事的，应该入伍，加入海军！父亲咆哮着质问，战争马上就要开始，所有人都去为亚盟效力，你却一个人当了懦夫！

战争不关我的事情，海事也是你逼我学的。他的眼神很平静，慢慢地说，所有人都在为了脚下的土地和资源斗争，总还需要有人把目光放到天上。

天上？父亲冷笑，你以为天上和我们看到的一样是云和阳光吗？大气层外面是比沙漠还要荒凉的地方，什么都没有，只有寒冷，冷到骨头里。你会死在那里的！

他摇摇头，那里并不是什么都没有，那里充斥着射线，如果把它们全部破译，宇宙会比地球上任何一个菜市场都热闹。他又点点头，说：嗯，我的确有一天会死去。但凡夫俗子会老死在床上，在土地里腐烂；而我，会被埋葬在群星间，在星光照耀下永恒。

你！父亲一巴掌扇过来，由光线构成的手掌穿过他的脸，落到另一边。

他安静地关闭了全息通话。

但下一个电话，他就犹豫了。他的手指停在按钮前，久久不能落下——

跟父亲都好说,被骂一骂也就过去了,但,怎么向安琪开这个口呢?

夕阳在等待的时光里垂垂欲老。凄红色的晚霞布满了西边天际,似乎天空裂开了巨大的伤口,正在汩汩地流出血来。该来的总要来,他叹了口气,按下了拨号键。几缕红色的光线透过窗子照到他脸上,他突然觉得悲伤。

电话通了。

但安琪没有打开视频镜头。她的脸藏在遥远的地方,只有声音传到他耳旁。

我进航空部了,他说,我去面试之前没有跟你……

我知道的。

嗯?他有些愣了。

恭喜你,这是你的梦想。

他一时不知道说什么好了,沉默着。夕阳也沉默,在沉默中一点点被地平线融化。他脸上的红光消失了。

安琪说,我知道战争在你看来很幼稚,但我是个普通人,亚盟和欧盟马上就要全面开战了,全国都在征兵,我做不到你这么超脱。说到底,大部分人还是只关心自己的生活,天上的事情,太远了……

安琪后面还说了一些什么,但他已经听不进去了。他转头看着夕阳渐渐隐没,觉得自己的爱情也如同夕阳一样消逝了。他看着看着,流下了泪。后来霞光也不见了,黑暗从西天浪潮般奔涌而来,湮没了世界。

3

战争的起因并不新鲜,无非是互相抢夺资源,最后大打出手。人类在进化树上爬了几十万年,刻在基因里的东西却丝毫未变。

世界发达到这个程度,每前进一步都是以资源的巨大消耗为代价。地球生态的反馈调节承受不住这样的消耗,资源匮乏是必然的,但所有人都没有想到这一天会来得这么早。欧盟和亚盟都在拼命争抢资源,于是,战争开始了。

他在航空部上班时,每天都能从电视里看到战事播报,哪儿的战线拉长了,哪儿捷报,哪儿损失惨重……哪怕他捂住耳朵,那些声音都能钻进来。

战火已经在整个星球上熊熊燃起。

地球被人类瓜分,宇宙却不曾。所以,这一年的国际天文会议还是克服了层层阻力,在法国举行。

他被指派前往,穿过危险的战区,来到了法国。他在路上颠簸,昏昏欲睡,却总是被炮声震醒。透过车窗,四处冒烟的土地在视野里展开,焦黑,灰白,血红,各种颜色混杂着,让这个世界显得陌生而疯狂。

一个叫巴西勒的年轻天文学家接待了他。巴西勒拿来一瓶葡萄酒,倒了两杯。他拘谨地喝着,一口一口轻抿。巴西勒喝了一口,却皱皱眉,把酒放下了。

要是在以前,这种次等货我是不会拿出来的。巴西勒怅然地说,可是法国陷入了战争,那些庄园里再也产不出好酒了。

他点点头。他路过法国南部的时候,看到了很多正在燃烧的葡萄园。火焰烧过之后,再也不会有新的葡萄冒出来了。

他沉默地把那一瓶劣质葡萄酒喝完,顿时有些醺然,因而没有把这次大会的议题听进去。当他清醒过来时,只看到巴西勒兴奋地说,你知道吗?我们两个都在上船的名单里!

船?他晃了晃脑袋,什么船?

就是"大麦哲伦号"啊。

他在大学时代学过的海事知识里搜寻,始终记不起哪条现役的舰船叫这个名字。好吧,他说,可是为什么我们俩都要出海呢?

出海?巴西勒愣了一下,然后站起来哈哈大笑,不不不,"大麦哲伦号"可不是海船,她是由欧盟和亚盟联合建造的宇宙飞船。她的征程在无限星辰里,她将找到新的资源,使我们结束这场该死的战争!

4

"大麦哲伦号"其实并不大。

它孤零零地在宇宙中行进,离故乡越来越远。有时候他透过舷窗往后看,只能看到一片虚无,好像有一条硕大的蚕虫跟在他们后面,吞噬每一寸空间。

从地球启航三年来,他们在七颗行星上着陆过,但没有发现一颗行星蕴藏有充沛的能源物资。

现在,他们已经离开太阳系,在空茫茫的星际空间里发现了第八颗未知行星。船长派出了探测器,所有船员都在舰桥处等着探测器传送回来的消息。

你说,这次我们能撞上好运吗?巴西勒扶着栏杆问。

他摇摇头,我不知道。

巴西勒似笑非笑地看着他,是吗?我想,你肯定不希望撞上好运。现在,我们是整个人类中向未知领域走得最远的人,我们到达了太阳系外,每前进一米,都是一个记录。你肯定希望找不到资源,这样就可以一直向前。

他默然无语。

船长显示屏上,传来了探测器的结果。船长猛地一拍操控台,说,氦-3!这颗行星上布满了蕴含氦-3元素的矿石!

舰桥上一片欢呼声。

他明显感到巴西勒颤抖了一下。

所有人都凑到显示屏前,惊喜地看着上面呈现出来的数字。氦-3是重要的核反应原料,如此巨量的氦-3矿石,足够支撑地球的文明再向前推进一大步!

那我们现在呢?巴西勒走到船长身侧,问道,我们现在怎么办?

当然是把行星的坐标传回地球,让欧盟和亚盟知道,派人来运输。我们是科考舰,只能把样品带回去。

是吗?巴西勒低下头,闷闷地说了一句。

他突然眼角一跳。

船长刚要点头,脑袋突然爆出了一朵血花,然后直挺挺地倒下了。"大麦哲伦号"内部虽然模拟了地球环境,有重力发生装置,但气压不高,所以这朵血色的花极为妖娆,在每个人惊讶的眼神里盛开复又凋零。

巴西勒把枪转而对准惊愕的人们,说:位置坐标,只能传回欧盟。欧盟将凭借这些氦-3赢得战争的最终胜利。

气氛一时凝固了。

过了很久,有人开口说,可是"大麦哲伦号"是两个联盟共同修建的,凭什——话还没有说完,又是一朵血花盛开。人们发出惊惶的声音,四散而逃,都不敢靠近操作台。

除了他。

巴西勒说,对不起,我的兄弟。来之前,我的国家给予了我这个任务,我没有办法拒绝。而且,我相信如果再迟几分钟,先动手的就会是你们亚盟的人了。两个联盟都不会与对方分享这么庞大的资源。

他点了点头,但是没有往后退。

巴西勒用枪指着他,你也躲开吧,不然我会杀了你,然后把坐标传回欧盟,再自杀。

枪对着他的额头,寒意在皮肤上游走。他愣了愣,然后上前一步。

巴西勒的手指毫不犹豫去扣扳机。但在枪响的前一刻,所有人都感觉浑身一震,身体突然变重,像是有透明的手在往下拉扯。许多人干脆就趴下了,但肺腑难受至极,干呕不已。

他心里很清楚,这是重力发生装置被人调到了最大值后产生的现象。所有人都被三倍于日常状态的重力俘获了,这是致命的,内脏很快就会在异常重力下衰竭。

有人在角落里发出痛苦而尖锐的声音,嘿,就算一起死,也不能让你们欧盟占便宜。

看到没有,巴西勒一脸惨笑地看着他说,人都是这个样子的。说完,巴西勒转身爬向操作台,要用最后的力气把坐标传回去。

他趴在地上,看着这场变故。他的心脏被重力拉扯,却不觉得疼,只是冷。

即使逃到了宇宙深空,也逃不开人类的钩心斗角。

巴西勒艰难地打开显示屏,正要启动通讯器,却突然愣住了——

屏幕上,显示有什么东西正从"大麦哲伦号"身侧划过。

5

不明物体速度很快,一闪即逝。但飞船外侧的摄像头及时将它拍了下来:显示屏上,它呈现出明显的机械机构,有扁平的十棱柱,有长短不一的两根悬臂,以及白色的抛物面天线,天线上分布着蛛网般的裂缝。

这是……巴西勒吞了口唾沫,难以置信地转过头,你来看一下,我打赌你一定不会相信自己的眼睛。

他爬过去,只看了一看就叫了起来,"旅行者一号"!

他在航空部待了那么久,对这枚极富传奇的人类探测器很熟悉。他惊讶地说,可是,可是它不是越过木星系统,消失在太阳系外了吗?它应该在宇宙的另一头啊,怎么会出现在这里?

巴西勒没有回答,把脸凑到屏幕前。巴西勒的脸已经变成了苍白色,每一秒他的生命都在逝去,但他聚精会神地盯着屏幕,继而浑身颤抖起来。你看,你看!"旅行者一号"上有明显被陨石撞损的痕迹,这么大的裂缝,它的电子系统应该早就坏了。巴西勒的声音在发抖,而且你知道,它是采用 Inter4004 处理器,运行频率低得可怜,主内存更是只有 68KB。但现在,它完整地出现在这里,而且速度比以前快了很多。

你是说,"旅行者一号"在太空中受到过损伤,但后来被修好了,而且功能超过了 1977 年的设计?

巴西勒使劲点头,这个动作让他更加虚弱。可是,是谁干的呢?巴西勒问。

是外——他停下了,犹豫一下后才继续开口,不,宇宙浩渺,任何可能都会发生。但我们永远不会知道答案了,所有人都要死了。

巴西勒勉强抬头,透过舱窗望去,宇宙一片漆黑。"旅行者一号"已经消失在这片空间里了,巴西勒的视线捕捉不到。

对了,我一直忘了问你一件事,巴西勒说,你的女朋友安琪,后来再遇见过她吗?

没有。她任职的那艘后勤船,在第一次出海时就被欧盟的导弹击中了,没有人生还。

呵,真是去他妈的战争……巴西勒突然笑起来,抬起枪,顶住了自己的下巴。

帮我找到答案。

说完,巴西勒扣动扳机,脑袋在巨大的动能下爆开。

6

我们真的要回去吗,那颗被战火焚烧的星球?

自人类从树上跳下来的那一刻起，就没有停止过战争，只不过以前互相投掷石头，而现在发射导弹。地球就是这样被推进荒芜深渊的。

每个人都只看到眼前的利益。每个人都在低着头走，看不到头顶的夜空。即使合力建造了飞船，还是互相派卧底进来，让人类的卑劣暴露在群星的眼睛里。

这样的地方，值得回去吗？

现在，宇宙的面纱就摆在我们面前，我们可以轻易掀开它。我不知道会发生什么，或许是异文明，或许是其他我们还不能理解的存在，或许是死亡——射线、黑洞和陨石，每一样都是致命的。

但只要我们往回走，就永远都不会知道答案了。

那样，我在余生的每一夜，都会懊悔得睡不着。我曾经离真相那么近，却回到小小的地球上，在战火中苟延残喘。

而我们现在有另外一个选择：把重力调到正常值，让所有人都活下来，活到看到真相的那一天。我把行星的坐标同时发给欧盟和亚盟，让他们处理吧，要么拼到你死我活，要么共同来搬运矿石。而我们，追随着"旅行者一号"的轨迹，一直跟下去，找到修好它的人。这条路很漫长，但只要走下去，就一定能看到尽头。

我们，终将被埋葬在群星之中。

逆流者

1

　　这场病来得猝不及防。

　　他一觉醒来,发现自己回到了前一天。

　　刚开始他以为是手机显示出了问题,但接下来发生的每一件事都在昨天发生过。他没完成报表,被上司痛骂,骂人的句子都一模一样。晚上他回到空空荡荡的家里,满心疑惑,睡意袭来,沉沉睡去。再醒过来时,发现时间又往以前退了一天。这一天他有大量的报表要完成,但依然做不完。

　　他终于明白,在所有人都顺着时间之河往前走的时候,他独自转身,逆流而行,一天天回到从前。

　　刚开始他很难适应。一切都经历过,况且他的生活多以痛苦组成,再来一遍并不愉悦。他试图改变,熬夜不睡觉,可敌不过汹涌的困意,每次都在天色将明时屈服于睡眠。他还故意打乱时间线,甚至在某一天突然冲进办公室把上司揍得满脸是血。但即使被关进监狱,次日他依旧在家中醒来,上司依旧在办公室冷着脸等他——被揍得头破血流的事,已经扔在明天了。

2

他是个顺从的人,后来就习惯了这种日子,照常生活,照常上班。这期间,小薇离开他,跟了另一个男人。他以为会像上次一样痛苦,但其实还好。反正经历过一次,麻木一点,顺着记忆来,再深的伤都会在醒来之后愈合。

半年之后——或者说半年之前,家里多了一个人。"我们离婚吧。"他听到自己对妻子这么说。那时妻子只有三十几岁,但脸上已经有了皱纹,背微微佝偻着。她愣了一下,如以往一般听他的话,点点头说:"嗯。"

妻子收拾行李的时候,他在一旁看着。半年没见,他对她更加陌生了,这个女人在他眼中不像是妻子,倒像是某个故人。本以为不能再见,却因为时间逆流,再度相会在分别的时刻。

妻子拖着箱子离开时,他站在阳台上,看到她的背影渐渐远去,黄昏阳光斜照,街上无数人影湮没了她。当初他也是这么看着她离开,以为这就是永别,但现在,他知道还会再见。

果然,第二天他一醒过来,就闻到了早餐的香味。

"我出去买菜,"她站在门口,背对着他,"你先吃,吃完了就去上班吧。"

他点点头,然后越想越不对——上一次妻子也是这时出去,但过了很久才空手回来,他问她去哪里了也不说。这次重来,他多了个心眼,悄悄趴在猫眼后面看,发现妻子并没有下去买菜,而是向楼道上走去。

他等妻子上去后,蹑手蹑脚地跟上,一直到天台门口才停下。

他听到轻轻的抽泣。多么熟悉,是出自陪伴他漫长岁月的妻。

哦,他心想,原来她早就发现小薇了。

3

整个白天,他上班都很恍惚,想着妻子是怎么发现的。快下班时,小薇发来了短信:"别急着走,留下来。"他看着手机屏幕,恍然大悟:太多的秘密都藏在这个小方块里,像炙热的炸弹,昨晚不小心被点燃了。

他下意识地想删掉那些短信、视频和照片,但转念一想:今天过去后,又回到前一天,妻子会忘了这个危险的秘密。一切都会被埋葬在时间里。于是他耸耸肩,把手机揣回兜里。

同事们陆续走了,偌大的办公司只剩他和小薇。

灯光次第熄灭,黑暗中,小薇走了过来。她俯身在他耳边说了一句令人脸红的话。

小薇就是这样,妩媚又大胆,即使在幽暗的环境里也放着光。当初他是如此轻易被吸引,沉浸在欲望里,一度以为那是爱情——第二次爱情。

但现在,他看着小薇满是诱惑的脸,脑袋想的却不是肉欲欢好,而是半年多以后她决然抛弃自己转投他人怀抱的身影。他站起来,定定地看着小薇,窗外不时有车驶过,他的眼镜片偶尔闪着光。

"你怎么了?"小薇皱起眉头,"昨天还好好的。"

"昨天也不会好好的了。"

小薇更加纳闷,不知道他说的话是什么意思。

这时他已经转身离开了。

4

黑夜的城市有一种隐忍的热闹。他独自走着,无数辆车从他身侧掠过,车灯划出一道道流光。这像是旧时代电影里的场景。他有种预感,在这种场景里,肯定会发生些什么。

正这么想着,他突然听到右侧巷子里传来呼喝之声。是一群年轻人在围殴一个醉汉。他高声制止,年轻人们看了他一眼,骂骂咧咧地退入巷子深处。

他走过去。路灯映照下,醉汉脸上满是血迹,还有一道白肉外翻的陈年刀疤,从右眼至嘴角,蚯蚓一样伏在脸颊上,分外可怖。

他有些心悸,还是扶起醉汉,说:"你受伤了,我给你叫救护车吧。"

醉汉吭哧吭哧地笑了起来,声音如同呓语:"没关系,再重的伤,到了明天就会好起来的。"

他的血液似乎刹那间被冻结,良久,才说:"你说的明天,是昨天吧?"

醉汉也愣住了,表情被灯光照亮,有些狰狞,又有些诡异,明亮的光线投进他的眼中,没有一点反射,像两汪沉郁的潭水。醉汉看着看着,突然对着他笑了起来:

"你也是逆流症病人?"

那一刹那,他竟然有种要哭泣的冲动。

醉汉挣扎着坐起来,说:"这是一种病,很罕见,要理解起来也很困难。时间是一种属性,跟空间一样,大多数情况下,这两者是相伴随的。比如你花十分钟从街头走到街尾,时间和空间都在移动,向前移动。但有时候,它们又分开了,时间会朝着相反的方向流动。陷进这种时间紊乱困境的人,就是逆流症患者。"

他沉默了。

醉汉继续说："这也是令人悲伤的病。就像一群人在夜里赶路，你突然折返，而其他人继续前行。你们会离得越来越远。路上只有你一个人，孤单地向原点走去。"

5

你生命中有没有出现过这样的人——你觉得他会永远陪伴着你，一直走下去，但前一天他还在你身侧，下一秒就蒸发在时间里，再不复现？

你并不知道，他已经转身，在你的背影里，在你察觉不到的时间中，独自走向年迈苍苍的另一端。

他坐在逐渐幽暗的街道旁，哀伤地想着。

6

"其实我说的也没有科学根据，相对论和量子力学都不能解释我们的病症。"年轻人从酒醉中解脱出来，说，"我已经花了很长时间来研究它，但收效甚微。"

"这种病会持续多长时间？"

"我不知道，"醉汉点点头，"但我是在七十五岁时，死的前一天得了这种病，已经整整五十年了。"

7

　　回家以后，妻子已经睡了。他站在卧室里，第一次认真看着她的睡姿：她睡得很沉，身子蜷缩着，像个婴儿一样侧躺在床边，把大部分的位置留给了他。但她眼角的皱纹在提醒他，她并不是婴儿。她体质差，又不会保养，每天三顿在厨房里被烟熏，经常垂泪，这些都在加速她的衰老。

　　结婚十年来，他是看着她变老的。他说过好些次让她注意保养，她只是嗯嗯点头，却手脚笨拙，永远学不会摆弄护肤品。

　　而现在，他要看着她一步步重回青春了。

　　这个过程难以言说。他和妻子相伴十年，自认为早已熟悉，但生活"倒带"了一遍，他竟然发现了许多不曾了解的东西。

　　比如原来妻子喜欢吃糖醋鱼，喜欢看韩国电影——是电影，而不是连续剧，好几次他看到妻子一边看电影一边垂泪。

　　他经常想，自己是什么时候开始对妻子失去了初心呢？是日复一日的油盐酱醋磨掉了爱情，还是逐渐老去的容颜滋生了厌恶？

　　日子就这么一天又一天地过，妻子的面容逐渐恢复神采，身躯也不再因为常年蜷缩睡觉而变得佝偻。他把一切看在眼里，觉得愧疚，于是在十周年纪念日那天做了糖醋鱼庆祝。

　　那是他第一次看到妻子因喜悦而泣然。她捂住嘴，眼圈红红的，好半天才说："你怎么知道我喜欢糖醋鱼？"

　　"我是你的丈夫嘛……"

　　这句话更令她不知所措。

　　他上前揽住她的肩，说："以前都是我不好，放心，我以后会改的。"

　　妻子使劲点头。他却在心里叹息——哪里还有以后？一切都在向前，无论怎么悔改，都没有意义。

　　妻子在恢复容貌的同时，也在恢复着活泼。她的话越来越多，以前他听到这种絮絮叨叨，总会不耐烦地打断，要求她安静。可能正是这种要求换来了沉默，让家里的气氛成了一潭死水，让她一天比一天少言寡语，一夜比一夜蜷缩得厉害。

但现在，他觉得亲切。他放下手头的事情，耐心地听着妻子诉说。那些丢掉的工作自不必担心，乱套的一切都会被时间抹平。

他越来越适应这种生活，甚至开始享受。他想，自己怎么会不喜欢这个女人呢？在她面前，多少个小薇都不够入眼。

十年过去了。这天晚上，他向妻子求婚。其实虽然时间在倒流，但记忆没有跟上，甚至越发模糊了。但他依然记得这个晚上的情况：

他租了三十架遥控直升机，每个都挂着彩灯。这些飞机在半空中组成心形，缓缓移动，指引她来到他身前。他拿着玫瑰和戒指，单膝跪在地上，向她求婚。当时，半空中满是华彩，仿佛整个夜空的星星都落了下来，围绕在她周围。

她流下了泪，泪珠被灯光撕碎，也成了星星点点。

8

那天晚些时候，他们牵着手回到出租房。那时他们还没有自己的家，在这个繁华城市的最底层挣扎着，却比多少年以后有房有车要快乐许多。

路过一条巷子时，突然有人叫他的名字。他诧异地看向巷子深处，只见一个人影藏在幽暗中，面目不清。

妻子一下子紧张起来，握紧他的手臂。

"别怕，是我。"巷子里的人说，"你以后见过我。"

这句话让妻子迷惑，他却再懂不过。"是我的朋友，你先等我一会儿，我和他说几句话。"说完他走进巷子里，黑暗淹没了他。他走近那个人影，发现是个少年,十四五岁的样子。

"我找到了治我们的病的法子。"

他浑身一震。这么多年逆着时间过日子,他都习以为常了,现在被少年提醒,才明白自己其实一直是个病人。

"得这种病的人远远不止我们两个。这十年来,我游历世界,在麻省理工的实验室里找到了一个博士,他也是病人。我们做过无数次实验,终于有了成果。"少年的声音透着惊喜,"只要在影响自己人生轨迹的最剧烈的节点上,做之前同样的事情,让一切按部就班,就会陷入沉睡,回到开始逆流的那一天,时间和空间再次重合。你会回到分岔路口,再向前走,一切就像没有发生过一样,连自己都不会察觉到曾经做了逆流者。"

"这法子管用吗?"

"管用,因为我已经试了。"少年看着他说,"对我人生影响最大的事情就发生在今天。我被我爸家暴,砍伤了脸,在今天离家出走。"

他这才看到少年脸上正沁出浓郁的血,像滋生的荫翳。难怪少年要躲在巷子里。

"我现在看到的一切都跟以前不同了,世界正在融化,很难跟你形容。而且我很困,随时会睡着。你是个善良的人,曾经救过我,所以我挣扎着专门过来告诉你,希望你没有错过改变你人生轨迹的点。一旦错过,你将不可避免地逆流到时间尽头,不会有人记得你,因为你从来没有来过这个世……"少年的声音逐渐疲惫,闭上眼睛,身体向后仰倒,"我要回去了,逆流了六十年,我终于要……"

他摔了下去,却没有倒地的声音。少年的身体在触地的前一刻凭空消失了。他知道,少年已经回到初点,回到了白发苍苍的年纪。

他踉跄地走出来。妻子正等着他,"咦,你的朋友呢?"他没有说话,带着妻子回家,心事重重地睡下。

他知道对自己人生影响最大的事情是什么——与妻子的初遇。他在学校里向她问路,被她的美丽和热情吸引,从此锲而不舍地追求她,为了她来到这座陌生的城市。

在问路的那一刻，他和她的命运就绑在了一起。

9

他早早起床，出了宿舍，站在校道上等着。樱花开得正灿烂，一眼望去，整条校道都是粉红一片。她就在这樱花掩映中出现了。

他忍住心头狂跳，迎面走过去。问路的话已经练习了千百遍，随时可以说出口。表情也很体。一切都跟以前相同。

越走越近，她的样子逐渐清晰。这时的她十九岁，穿着碎花棉裙，乌黑的头发垂下，明媚的脸胜过所有樱花。看着她的美丽面孔，他突然想起了十几年后她蜷缩在床侧的衰老模样。

他马上就要回到患病的那一天了。他不会记得这十年逆流里发生的事情，他仍会出轨，逼她离开，看着她的身影湮没在人海……时间照常逝去，眼前的这张脸依然会过早凋零。

他的脚步突然一阵浮乱。

这是一个春天的上午。在他的妻子最美丽的时刻，他与她错身而过，没有问路。只有几片樱花在他们头顶飘落。

后　记

■阿　缺

　　现在，来看看我。

　　如果你像我一样，有从头至尾阅读一本书的习惯，那么，到这里时，你已经看完了这本集子的所有小说。老实说，我非常好奇你此时的表情，你是在因书里的某个情节微笑呢，还是因想到了某个 bug 而皱眉，抑或是面无表情，脑袋里丝毫想不起文章的内容。

　　如果是后者，我深表歉意。

　　这是我的第一本书，收录了自写科幻小说以来，各个阶段的代表性作品，整整三年，从学生到白领，从四川到北京。

　　《悄然苏醒》是我写的第一篇科幻小说。那时我大二，在四川大学，是川大科幻协会成员，负责管理协会内部的五百多册科幻小说。在此之前，我写过奇幻和童话，发表在如今早已停刊的杂志上，换来了些稿费，用于请学妹看电影和喝奶茶。当时，协会发起了一次全国范围的科幻征文比赛，没有奖金，但比赛得到了《科幻世界》杂志社的支持，承诺征文的一等奖可以刊发在杂志上。这对我来说，是一个无比诱惑的奖励，远胜于奖金——在中学时代，我无数次躲在被子里一边偷偷看《科幻世界》，一边幻想着自己的名字能印在上面。

于是那一个月,每天下自习后,我都回到宿舍敲键盘,写《悄然苏醒》。这篇文章的灵感源头是何夕老师的《伤心者》,我试图表现那种在文章尽头将一切谜底揭开的阅读快感,但我笔力不够,阅历亦不如何夕老师,最终我完成这篇文章,只是凭着初生牛犊的劲头,进行了一次对《伤心者》的拙劣模仿。

但蒙编辑部评委的厚爱,《悄然苏醒》得了征文比赛的第一名,顺利刊发在 2012 年 10 月的《科幻世界》上。我至今记得买到杂志时的激动之情——从报刊亭到宿舍的路上,我紧紧抱着这本并不厚的杂志,仿佛生怕有人抢走。我一脸乐呵,哪怕有人朝我脸上打一拳,我再抬起头时,恐怕也还是这副乐呵呵的表情。我向上看,太阳当空照;我向下看,花儿对我笑。

处女作的顺利发表,让我觉得科幻小说不再那么高不可攀。

《收割童年》是这本书里面我最喜欢的一篇,写于大三那年的暑假。我没有回家,缩在宿舍里虚度光阴。宿舍楼前有一片树林,很高,几乎快够着我所在的七楼了。那时没装空调,白天宿舍里奇热无比,夜晚也像蒸笼,我躺在床上死去活来。一天中唯一清凉的时段,就是早上五点到八点。那时我没有睡觉,爬起来坐在阳台上,打开电脑敲字。时隔两年,我至今仍记得浓郁夜色被晨曦冲淡的每一个瞬间,也记得晨风将阳台旁的树叶吹得翻飞时发出的簌簌声。就在黎明被酝酿喷薄的那十几个交替的日夜,我书写了一个关于末世荒城里少男少女的青春故事。

一年前,我告别了学生时代,开始工作。我的第一份工作是援藏修建水电站,在康定县,没错,就是《康定情歌》的康定。去之前,我以为那里很美,不说风吹草地现牛羊,至少也得是情歌天天唱。但从成都出发,沿着 318 国道颠簸一整天后,我看到了荒芜的大山和黄土漫天的大坝现场。

想象和现实的巨大落差让我猝不及防,从学校到工地的转变也使我步履维艰,所以我花了很长一段时间来适应新生活。熟悉大山里的生活之后，便开始有了闲暇。同事们要么打游戏，要么打牌，这两样都不是我所喜欢的，所以，我又打开文档开始写作了。《芯魂之殇》便写于这个时期。

工作忙的时候，我要整天戴着防毒面罩待在隧洞里，指导、监督工人干活儿。施工进展顺利时，我在隧洞里找个干燥点儿的地方，掏出手机，开始书写发生在大洋彼岸的惊险故事。在五寸的手机屏幕上，我的两个拇指左右翻飞，上上下下，用一天的空闲时间写的加起来，远比后来在书房里正襟危坐写一天更多。只是，每次写完，我都会被憋得满头大汗，摘下面罩，里面的过滤芯片早已湿透。

现在，我住在北京三环边的小区里，把沙发搬到阳台前，可以用很惬意的姿势写作。但那段缩在大山深处隧洞里用手机写中篇小说的日子，是我永远不会忘的。

以上，大概涵盖了这本书的创作历程。

这些年，在写作上我受过一些褒奖，但内心里，我一直把自己当作新人。这种状态会持续很长时间。每一次写作时，我都像领取圣餐的孩子，睁大了眼睛，屏住了呼吸。

另外，感谢我的责编刘维佳老师。正是他兢兢业业的工作，才让这本书得以面市。不久前刘叔和我去赴一次宴席，他从编辑部被拉走时，依然不忘拿着厚厚的书稿回去校对。我看到书稿上密密麻麻的标注，一方面为自己写作的疏忽而惭愧，另一方面更对刘叔的敬业而感到钦佩。

最后，感谢阅读这本书的你。路才刚开了个头，还长，希望这段漫长的旅程里，我们还能再次相见。

现在，请合上这本书。